DESEO

MAUREEN CHILD

SEIS NOCHES
DE SEDUCCIÓN

Editado por Harlequin Ibérica.
Una división de HarperCollins Ibérica, S.A.
Avenida de Burgos, 8B - Planta 18
28036 Madrid

© 2024 Harlequin Ibérica, una división de HarperCollins Ibérica, S.A.
N.º 541 - 25.6.24

© 2021 Maureen Child
Seis noches de seducción
Título original: Six Nights of Seduction

© 2020 Joss Wood
Romance con un millonario
Título original: Hot Holiday Fling

© 2021 Fiona Gillibrand
Cómo resistir la tentación
Título original: How to Live with Temptation
Publicadas originalmente por Harlequin Enterprises, Ltd.
Estos títulos fueron publicados originalmente en español en 2021, 2021 y 2022

I.S.B.N.: 978-84-1062-830-4
Depósito legal: M-9677-2024
Impreso en España por: BLACK PRINT
Fecha impresión para Argentina: 22.12.24
Distribuidor exclusivo para España: LOGISTA
Distribuidor para México: Distibuidora Intermex, S.A. de C.V.
Distribuidores para Argentina: Interior, DGP, S.A. Alvarado 2118.
Cap. Fed./Buenos Aires y Gran Buenos Aires, VACCARO HNOS.

Capítulo Uno

–Llama a Matthew –Noah Graystone miró a su secretaria, Tessa Parker–. Quiero saber cómo va la búsqueda de un distribuidor en Míchigan.

Tessa tomó nota en el iPad y dijo:

–Veo que va a llamar a las cuatro para ponerte al día.

Noah volvió a mirarla, esta vez fijamente, a los azules ojos.

–Ya sabemos que no lo va a hacer. Es un estupendo vendedor y tiene buenos clientes, pero informar a la hora convenida no es uno de los puntos fuertes de mi hermano menor.

Los tres hermanos Graystone trabajaban en la destilería Graystone Fine Spirits y habían convertido el sueño de su abuelo en una empresa multimillonaria. Pero Noah sabía, hacía tiempo, que ni su hermano ni su hermana estaban tan comprometidos con el negocio como él.

Su despacho, en la última planta de un edificio de Newport Beach, en California, tenía vistas al puerto y al mar, aunque él pasaba la mayor parte del tiempo mirando la pantalla del ordenador. El despacho era grande y lujoso. En las paredes colgaban fotografías de la destilería y las estanterías estaban llenas de los premios que habían ganado los licores que en ella se producían.

Pero faltaba uno, que Noah estaba resuelto a ganar: el del mejor vodka del mundo. El vodka Graystone era creación de su abuelo, y Noah centraba sus esfuerzos en ganar esa distinción en su recuerdo de él. Cuando lo hubiera conseguido, seguiría ganando todos los premios existentes. No se detendría ante nada.

–Sí, Matthew no respeta los horarios, pero tú eres tan puntual que le sacas las castañas del fuego.

Noah enarcó las cejas.

–¿Es una indirecta?

–Posiblemente –miró la tableta y dijo–: Tu hermana ha mandado un correo electrónico para decirte que tiene que hablar contigo de las ofertas que está llevando a cabo.

Su hermana Stephanie era la directora de operaciones, así que él no tenía por qué actuar como tal.

–Dile que haga lo que mejor le parezca. Además, hoy no tengo tiempo para otra reunión.

–Muy bien. Hablando de reuniones, y de esta no te puedes librar, la que tienes con la empresa que va a realizar las nuevas etiquetas se ha trasladado a las tres.

–¿Qué? –el horario de Noah era inamovible, y él esperaba lo mismo de las personas con las que trabajaba–. ¿Por qué?

–Parece que la canguro de la señora Shipman no puede ir hoy. Se reunirá contigo en cuanto llegue su madre para quedarse con los niños.

¿Por qué las familias con hijos se empeñaban, además, en dirigir empresas? O una cosa o la otra. Las dos a la vez no podían hacerse bien. Era el motivo principal por el que evitaba cualquier clase de compromiso con una mujer. Hacía tiempo que había decidido dedicar su vida a honrar a su abuelo y a enmendar lo que su padre había estado a punto de destruir.

Cuando deseaba a una mujer la tenía, pero no dejaba que se quedara mucho tiempo. Si eso lo convertía en un canalla, al menos era sincero.

Negó con la cabeza y murmuró:

—Me está bien empleado por arriesgarme con un empresa pequeña.

—Recuerda que hicimos un concurso para encontrar una nueva porque nuestro fabricante de etiquetas se había quedado anticuado.

—Lo recuerdo –fue idea de Stephanie. Recibieron miles de propuestas de empresas grandes y pequeñas y la publicidad aumentó las ventas durante meses.

—Pues tranquilízate y dale la oportunidad a la señora Shipman de demostrarte que te equivocas. Tiene muy buena reputación y sabes perfectamente que el logotipo que ha ideado es fantástico.

Noah la miró con el ceño fruncido. Llevaba cinco años trabajando para él. ¿Lo había visto relajarse alguna vez?

—Nada de eso importa, si sus hijos le impiden trabajar.

—No lo hacen. Solo la han retrasado un poco hoy. Y tú vuelves a hacer lo mismo.

—¿El qué?

Ella ladeó la cabeza y el cabello rubio se le desplazó hacia el hombro.

—Lo de que, si las cosas no se hacen como quieres, tenemos una crisis.

Noah la fulminó con la mirada y no le extrañó

que ella no se inmutara. Había dejado de hacerlo un mes después de empezar a trabajar y a veces discutía con él, cuando creía que estaba equivocado. Ahora no se equivocaba. Casi nunca lo hacía.

Sin embargo, se había percatado de que le resultaba útil su sincera opinión, aunque él no estuviera de acuerdo con ella.

—Muy bien, la señora Shipman a las tres.

Ella apuntó algo en la tableta. Él fingió que no había visto la sonrisita de satisfacción que esbozó. A menudo, evitaba mirar a Tessa porque, como era su empleada, no era correcto que percibiera el aroma a flores de su cabello ni se fijara en las curvas de su cuerpo, que él no podía tocar. Así que, en vez de despedirla y contratar a una secretaria menos atractiva y eficiente, fingir era su única opción.

—No te olvides de que nos vamos a Londres dentro de unos días.

—Es poco probable que me olvide.

Él tampoco lo haría. Los premios internacionales a los mejores licores del año incluían los que se concedían a los mejores vodkas, y eso no se lo perdería por nada del mundo. Entre las grandes marcas que se presentaban, el vodka Graystone era un recién llegado, por lo que tenía pocas posibilidades de ganar. Pero el concurso era importante, porque se darían a conocer, se hablaría de ellos. Y, al año siguiente, lo ganaría y brindaría a la memoria de su abuelo.

—Tengo que zanjar algunos asuntos antes de que nos vayamos, entre ellos el de la nueva etiqueta. Espero que la señora Shipman venga.

—Lo hará. Y quedará zanjado el asunto a las tres,

en vez de a las dos –dijo Tessa. Y añadió–: Creí que serías algo más comprensivo. Callie Shipman dirige la empresa de su difunto esposo. Quiere expandirla y crear algo para su familia. ¿Te suena?

Noah se tragó su respuesta. Claro que le sonaba, ya que era lo que él estaba haciendo con la destilería fundada por su abuelo.

–La diferencia está en que yo mantengo mis citas.

–Y ella también lo hará. A las tres.

Como no podía hacer nada al respecto, Noah se dio por vencido.

–Muy bien.

–El hotel Barrington de Londres nos ha enviado un correo electrónico para confirmar las reservas y asegurarnos que tendrás las cosas especiales que has solicitado.

–Perfecto –sabía que Tessa hacía las cosas bien, aunque a veces lo distrajera, como, por ejemplo, ahora: ¿por qué olía tan bien? Pero era la persona más organizada que conocía. La verdad era que no sabía lo que habría hecho sin ella los cinco años anteriores.

–¿De verdad necesitas sábanas de mil ochocientos hilos? –preguntó ella.

–Si las probaras, no me lo preguntarías.

–¿Es una invitación?

–No.

Ella no estaba flirteando, sino que tenía sentido del humor. Aunque si no fuera su secretaria… Largo cabello rubio, ojos azules como el cielo de verano, piel suave y blanca, alta y con más curvas de las que estaban de moda.

«Y la estás mirando. Basta», se dijo con firmeza.

–De acuerdo. El director del hotel también te ha

7

conseguido el coche que quieres, aunque escapa a mi comprensión que tenga que ser un Aston Martin.

—James Bond —bromeó él.

—Claro —se dio golpecitos en la barbilla con el dedo—. Tal vez pueda conseguirte una reunión con M y Q.

Noah la miró, sorprendido.

—¿Te gusta James Bond?

—En dos palabras: Daniel Craig.

—¿En serio? ¿Es tu tipo?

—Veamos: guapísimo, fuerte, musculoso. Y, además, está el acento.

Él la miró con el ceño fruncido, aunque no sabía por qué le molestaba que a ella le atrajera un actor.

—Bueno, yo lo que quiero es su coche.

—Por supuesto.

—Me parece que no lo apruebas, pero me da igual.

—Muy bien. La embotelladora de Arizona tiene problemas para atender los últimos encargos que le hemos mandado.

—Son buenas noticias, porque eso significa que pronto tendremos que contratar otra embotelladora. Dile a Stephanie que comience a tantear el terreno.

Llevaba años trabajando para dar aquel paso adelante. Estaba muy bien que la familia tuviera dinero, ya que hacía más fácil dirigir la empresa. Sin embargo, reconstruir Graystone Spirits era la fuerza motriz de su vida y no pararía hasta que hubiera llevado la empresa a lo más alto.

—Graystone va a crecer como nunca y nos harán falta empresas que estén a la altura.

–Se lo diré a Stephanie.

–¿Algo más sobre el viaje a Inglaterra? –preguntó él.

Era importante tanto para él como para el futuro de la empresa.

Graystone llevaba veinte años hundiéndose; mejor dicho, hasta el momento en que él, hacía diez años, se había hecho cargo de la empresa y se había esforzado en cambiar de rumbo. Ahora se hallaba en el buen camino. Un día brindaría ante la tumba de su abuelo para decirle que su nieto había salvado su sueño.

Aunque la fortuna familiar procedía del whisky, su abuelo soñó con crear un vodka de primera clase como homenaje a su padre. Pero se dejó vencer por su espíritu competitivo y convirtió el whisky en una marca de fama mundial, y el vodka pasó a segundo plano. Trabajaba en él cuando podía y se juraba que un día sería tan famoso como las distintas clases de whisky de la destilería. Y podría haber sucedido, si el padre de Noah no hubiera tomado las riendas de la empresa y hubiera acabado con aquel sueño.

Jared Graystone quería el dinero de la familia, pero no le interesaba hacerlo crecer ni proteger las empresas que le proporcionaban el estilo de vida que tanto le gustaba. Eso no había afectado a la mayoría de los negocios, porque los protegía la junta directiva. Sin embargo, el vodka Graystone se quedó solo, por lo que a Jared le resultó muy fácil hundirlo.

Se dedicó a las mujeres y la buena vida y murió como había vivido: en un coche, con su última amiga, los dos borrachos, despeñándose por un acantilado y cayendo al mar.

Después de tantos años, a Noah, su padre le seguía produciendo ira y vergüenza.

—¿Noah?

Parpadeó y abandonó sus pensamientos. Tessa lo miraba inquisitivamente.

—¿Estás bien?

—Sí —se obligó a centrarse en el presente y olvidar el pasado.

—Ya —Noah percibió la curiosidad en su voz, pero no iba a satisfacerla. Al final, Tessa se encogió de hombros y siguió hablando.

—Están revisando el avión para que esté a punto para el vuelo. Y tu madre ha vuelto a llamar.

Noah se recostó en la silla. Su madre se había vuelta a casar y vivía en las Bermudas, de lo cual él se alegraba. Era indudable que había tenido que soportar lo indecible por culpa de su padre. Se merecía ser feliz, Sin embargo, él no tenía tiempo ni ganas de oírla decir que estaba desperdiciando la vida por trabajar; de que le recordara que su querido abuelo había pasado más horas en la empresa que con su familia; que el tiempo pasaba y, si no hacía algo pronto, acabaría siendo el multimillonario más solo del mundo.

No se sentía solo. Nunca lo estaba, a no ser que lo deseara. Tenía amigos. Tenía mujeres cuando le apetecía. Y en cuanto a trabajar en exceso, no había hallado otra cosa que lo cautivara tanto como la empresa y su deseo de convertir el vodka Graystone en el mejor del mundo. Y si debía pasarse la vida trabajando para conseguirlo, lo haría.

—¿Ha dejado un mensaje?

Tessa consultó las notas de la tableta.

–Ha dicho, textualmente: «Dile que no puede evitarme eternamente».

No la evitaba. Simplemente, estaba ocupado.

–La llamaré después.

Tessa lanzó un bufido.

–¿A qué viene eso?

–Sabes perfectamente que no vas a hacerlo.

–¿Ah, sí? –contratacó él.

–No quieres que te diga que tienes que tener una vida fuera de la empresa.

–La tengo, gracias.

–Seguro.

Noah alzó la vista y la miró enojado. Tenía el rostro tenso. En los cinco años que llevaba trabajando para él, nunca había observado nada en ella que no fuera profesional. ¿Por qué ese día no era así?

–¿Qué te pasa?

Tessa respiró hondo.

–Intento hallar el modo de decirte que lo dejo.

–¿El qué? –preguntó él con el ceño fruncido.

Ella puso los ojos en blanco.

–El trabajo, Noah. Renuncio.

–No seas absurda –dijo él riéndose.

–No lo soy –Tessa lo observó, esperando a que procesara lo que le acababa de decir. Cuando lo hizo, la miró desconcertado.

–¿Hablas en serio?

–Totalmente –llevaba varios meses meditándolo y había llegado a la conclusión de que la única manera de tener vida propia era dejando el trabajo y al hombre al que quería. Y cuanto antes, mejor.

—¿Por qué vas a dejarlo? —preguntó él al tiempo que se levantaba de un salto.

No podía explicarle el motivo fundamental de su renuncia. No iba a decirle que llevaba enamorada de él prácticamente desde que habían comenzado a trabajar juntos. Sería penoso.

Así que él dio el segundo motivo, que, en cierto modo, era tan importante como el primero.

—Porque quiero tener tiempo para centrarme en mi negocio. He ahorrado el dinero suficiente para ser autónoma.

—¿Tienes un negocio?

Tessa quiso lanzar un suspiro, pero no se molestó en hacerlo. Ya le había hablado de eso varias veces, en los dos años anteriores, pero, si no tenías «vodka» estampado en la frente, ni te escuchaba ni te veía.

—Sí. Hago velas, lociones y jabones y los vendo en internet. Y las ventas comienzan a subir. Quiero dedicarme a eso.

Él se pasó las manos por el rubio cabello y negó con la cabeza.

—Si has montado el negocio mientras trabajabas aquí, ¿por qué vas a dejar de hacerlo?

Porque no podía soportar seguir llegando al despacho otros veinte años y continuar enamorada y fingir que no lo estaba; porque no le gustaba concertarle citas para cenar con una modelo o una actriz; porque no le gustaba comprar regalos a mujeres con las que se acostaba una noche y mandárselos con una nota de agradecimiento y despedida. Todo tenía un límite.

—Porque, a diferencia de ti, Noah, quiero tener una vida fuera del despacho.

–Acabas de decirme que la tienes.

–No. Lo que tengo son cortos periodos de tiempo que puedo dedicar a mi trabajo, porque estoy de guardia para ti las veinticuatro horas del día, fines de semana incluidos.

–Exageras.

–¿Ah, sí? ¿Dónde estaba el domingo pasado por la noche? En tu ático, porque me llamaste a las once y media para decirme que se te habían ocurrido una serie de ideas para los vodkas varietales que vas a producir la primavera que viene. Me necesitabas para que investigara y me asegurara de que íbamos a crear algo nuevo.

–Fue algo inusual.

–¿En serio? El día antes estaba con una amiga y me mandaste un mensaje para decirme que fuera al despacho a recoger el archivo de Finnegan y te lo llevara a casa.

Había estado en su casa, en los acantilados de Dana Point, innumerables veces durante los cinco años anteriores. Pero, pensó ella, nunca había subido al piso superior ni había estado en su dormitorio. Para ella era la tierra prometida, y probablemente nunca la vería, porque él no la miraba de una forma que le indicara que verdaderamente la veía.

–Era importante. El viejo Finnegan trataba de impedir la fusión y…

Ella no lo dejó acabar porque, cuanto más hablaran de aquello, más le parecería que hacía años que debería haberse marchado. Nada iba a cambiar entre ellos, por lo que seguir allí esperando que las cosas fueran distintas no la ayudaba en absoluto.

–¿No te das cuenta? Siempre es importante,

Noah. Dejé a mi amiga en el cine, vine aquí, agarré el archivo y me pasé las diez horas siguientes en tu casa trabajando —frunció el ceño al recordarlo y añadió—: Acabé durmiendo en el sofá del salón porque, por muy motivado que estés, yo necesito dormir. Y, después de todas las molestias, acabé con tortícolis.

—¿Se trata del sueldo? Te lo subiré.

Ella volvió a suspirar, sin poder evitarlo. Él no lo entendía, y estaba segura de que lo hacía a propósito.

—No se trata de dinero.

Él rodeó el escritorio y se detuvo frente a ella. Durante unos segundos, Tessa tuvo la fantasía de que la tomaría en sus brazos y le declararía que la amaría eternamente. Estuvo a punto de echarse a reír.

—¿Quieres un coche de la empresa?

—No me escuchas. Tampoco quiero un coche, sino una vida propia, Noah. Y si sigo trabajando para ti, no la tendré —observó el lujoso despacho y se detuvo a contemplar el mar por los ventanales, antes de volver a mirarlo—. Acabaré como tú, que solo vives entre estas cuatro paredes, sin tiempo para la amistad ni el amor.

—¿Lo dices en serio? ¿Mi madre no ha podido hablar conmigo, pero lo ha hecho contigo?

—Aunque no te lo creas, no me hace falta que tu madre me diga que es importante tener a alguien a quien querer.

—No te impido hacerlo.

Claro que se lo impedía, porque era a él a quien quería. Pero estaba tan ciego a todo lo que no fuera el vodka Graystone que ni siquiera la veía. Para él, era una eficiente pieza del mobiliario del despacho, una buena impresora, un ordenador de primerísima calidad.

–No quiero discutir contigo, sino decirte que me marcharé dentro de quince días. Si quieres que entreviste a candidatos al puesto, lo haré.

–No –se metió las manos en los bolsillos–. No quiero seguir hablando de esto ahora. Llama a Finnegan. Tengo que ultimar algunos detalles.

–Muy bien –Tessa se dirigió hacia la puerta.

–Esto no se ha acabado, Tessa.

–Me temo que sí, Noah.

Salió del despacho sintiéndose como la superviviente de un naufragio que ha alcanzado la playa. Le temblaban las piernas y tenía el pulso acelerado, pero lo había hecho: había presentado su dimisión. Ahora solo tenía que resistir otras dos semanas.

Tessa conocía muy bien a Noah, y sabía que intentaría por todos los medios que se quedase.

15

Capítulo Dos

Tessa se detuvo y respiró hondo. No había sido fácil, pero lo había hecho. Y había sobrevivido.

Y, al cabo de dos semanas, sería libre . Trabajaría desde casa en su propio negocio. No tendría que ir allí todas las mañanas y estar con un hombre que la miraba sin verla. Aunque no toda la culpa era suya, se dijo. Suponiendo que él se sintiera atraído por ella, como era su jefe, no podía decírselo. Pero Tessa llevaba cinco años pensando eso mismo, y ya no se lo creía. Noah jamás había dado muestras del más mínimo interés por ella. Así que, en vez de seguir deseando a un hombre que no la veía, había llegado el momento de marcharse.

El teléfono de su escritorio estaba sonando.

–Despacho de Noah Graystone.

–Hola, Tessa.

Matthew Graystone llamaba siete horas antes de lo acordado. El hermano de Noah era impredecible.

–Hola, Matthew. ¿Qué tal el viaje?

–Muy bien. Por eso tengo que hablar con el jefe.

–Te lo paso.

–Gracias.

Llamó a Noah para decirle que su hermano estaba al teléfono.

Cuando colgó, se sumergió en el trabajo, cosa que siempre hacía para mantener la mente ocupada. Al cabo de una hora, sin embargo, tuvo que reconocer que esa vez no le servía. Ya que había puesto en marcha su plan, no dejaba de preguntarse si había hecho lo correcto.

Claro que sí. Pero una vocecita en un rincón del cerebro le insistía en que no volvería a ver a Noah, lo cual hacía que se replanteara la situación. Y eso era exasperante, porque la razón de su renuncia era poner distancia entre ambos.

Llevaba años soñando con él. Ya era hora de reconocer que sus sueños no se convertirían en realidad. «Pero», le susurraba la traicionera voz, «¿cómo vas a renunciar a lo que nunca has tenido?».

Con el ceño fruncido, buscó el programa de Noah para los premios internacionales al mejor vodka. Mientras hacía correcciones y tomaba notas, la vocecita seguía insistiendo.

«Sexo, Tessa. Me refiero al sexo».

Lo había tenido muchas veces. Incluso había estado prometida una vez, hasta que él la engañó con su mejor amiga. De todos modos, se dijo que era mejor haber descubierto antes de la boda que su prometido era un canalla mentiroso. Y su antigua amiga era aún peor.

Esa fue una de las razones por las que se marchó de Wyoming y se fue a vivir a California, para empezar de nuevo. Sus padres seguían felizmente casados. Su hermano mayor estaba casado y tenía hijos, e incluso sus primos tenían pareja o estaban casados, lo cual hacía que se sintiera mal en las reuniones familiares. Por eso hizo la maleta y se marchó. Ahora solo se relacionaba con todos ellos por teléfono.

Así que por supuesto que había tenido sexo.

«Pero no con Noah».

Claro que no. Era su jefe.

«Ya no».

Dejó de teclear. Frunció el ceño, pero no consiguió rechazar lo que la molesta vocecita le sugería.

Dos semanas después se habría marchado. Dos semanas más y Noah desaparecería de su vida. Pero ¿acaso formaba parte de ella? Sí, ya que se había pasado casi todos los días de los cinco años anteriores con él, e incluso alguna noche, aunque no del modo que hubiera deseado.

«Tal vez sea sexo lo que necesites».

La voz se estaba volviendo irritante, porque tenía razón. Si iba a despedirse de Noah para siempre, ¿por qué no gozar de una noche de sexo memorable? Sabía que sería memorable porque no había más que ver a Noah.

«Técnicamente, ha dejado de ser tu jefe».

Era cierto. No había nada, ni legal ni éticamente, que se interpusiera entre ellos.

«Así que si no hay nada que te lo impida, ¿qué te detiene?».

Suspiró y volvió a teclear, aunque sin prestar atención a lo que aparecía en la pantalla. Solo pensaba en Noah.

En seducirlo.

Y no hallaba ningún motivo para no hacerlo. ¿Por qué no iba a conseguir, antes de marcharse, aquello con lo que llevaba soñando cinco largos años?

***

–¿Me estás escuchando? –la voz de Matthew sonaba enojada.

–¿Qué? –Noah volvió a prestar atención a su hermano–. Claro que te escucho. Tienes al distribuidor de Nashville.

–Ya veo que desbordas de entusiasmo.

–Lo siento. Buen trabajo. ¿No ibas a conseguir un distribuidor en Michigan?

–Sí, eso ya está. Considera lo de Nashville un extra. Me han comunicado el acuerdo esta mañana y he pensado en decírtelo inmediatamente, ya que llevamos seis meses detrás de él.

–Muy bien –Noah giró la silla para contemplar el mar por el ventanal. La vista debería haberlo calmado, pero no lo hizo.

–Me parece que te debes estar muriendo o algo así. Es la primera vez que muestras esa falta de interés por el negocio.

–¿Cómo? –Noah dio la espalda a la ventana y trató de concentrarse–. Claro que me interesa. Me alegro de que hayas conseguido un acuerdo con ambos distribuidores.

–Ya –dijo Matthew–. ¿Qué te pasa?

Noah dirigió la vista a la puerta del despacho. Al otro lado, Tessa estaba sentada al escritorio, como los cinco años anteriores. Nadie entraba en el despacho, si ella no le daba el visto bueno. Se sabía los nombres de todos los empleados de Graystone Spirits y, probablemente, también los de sus hijos.

Tessa tenía al día los horarios y obligaciones laborales de su jefe y se podría afirmar que dirigía la empresa.

Llevaban cinco años formando un equipo estupendo y, de repente, ¿ella decidía que se había acabado? No se lo creía. Tenía que haber algo más y estaba dispuesto a averiguarlo.

Su hermano seguía esperando una explicación, así que le dijo:

—Tessa me acaba de presentar su dimisión.

—¿De verdad? —Matthew parecía tan desconcertado como él, lo cual hizo que se sintiera mejor—. ¿Por qué?

—Dice que quiere tener vida propia. ¿Qué demonios tiene ahora?

—Un empleo.

—Un muy buen empleo. Nunca se ha quejado.

—Entonces, pregúntate qué le has hecho.

No lo había pensado. Si algo la hubiera molestado, se lo habría dicho.

—Nada.

—Pues algo ha tenido que provocar esa situación, así que habla con ella para saber qué le pasa. Tú eres quien resuelve los problemas, Noah. Si este no lo solucionas tú, nadie lo hará.

Era cierto. Desde niño, Noah siempre examinaba una situación y hallaba la mejor salida.

—Tienes razón.

—Vaya —dijo Matthew riéndose—, ha merecido la pena llamarte solo para oírtelo decir.

—Pues no te acostumbres. ¿Hay noticias del distribuidor de Kansas City?

—Sí, ya lo he llamado y espero su respuesta. Mañana tomaré un avión para allá para conocerlo en persona.

—Muy bien. Háblame del acuerdo con el distribuidor de Nashville —solo oyó a medias lo que su hermano le dijo, porque su cerebro buscaba una solución al problema de Tessa.

—Lo he hecho.

Después de trabajar, Tessa se sentó a la mesa de la cocina de su vecina Lynn y agarró la copa de vino que le había servido. Dio un trago largo para que el vino, frío y seco, calmara la inquietud que llevaba horas sintiendo.

Noah se había pasado casi todo el día tratando de convencerla de que no renunciara. Le recordó lo bien que trabajaban juntos, cosa que ella ya sabía; lo mucho que habían conseguido y que, si se marchaba, el equipo se rompería.

Pero solo había conseguido aumentar su necesidad de marcharse. Ya no soportaba pasarse todo el tiempo con él. Estaba cansada de luchar contra su atracción por él.

—Enhorabuena —dijo Lynn sonriendo—. No creí que lo harías.

Lynn tenía buen corazón. Era la «madre» del barrio, aunque solo tenía treinta y cinco años. Todo el mundo sabía que, si necesitaba ayuda, había que ir a verla.

—Gracias por tu apoyo.

—Venga, sabes que estoy de tu lado. ¿Cómo se lo ha tomado?

—Me ha ofrecido un aumento de sueldo.

—Típico de un hombre —afirmó Lynn riendo—. Si hay un problema, se resuelve con dinero.

Tessa asintió.

—Se ha quedado atónito cuando se lo he dicho.

–¿Cómo no iba a estarlo? Llevas allí cinco años, cariño. Y le haces todo, salvo cortarle el cabello.

Tessa dio un sorbo de vino y no dijo nada. ¿Cómo iba a contarle a Lynn que se lo había cortado una vez? Solo las puntas, porque a Noah no le gustaba lo ondulado que lo tenía y estaban en su avión privado, de camino a una reunión. Por eso le pidió que se lo cortase. Pero no iba a decírselo a Lynn, ya que sería el cuento de nunca acabar.

Desde hacía dos años, cada viernes, Tessa y sus vecinas se reunían en casa de una de ellas a tomar una copa de vino y unos aperitivos. Ese viernes, la reunión era en casa de Lynn, que preparaba los mejores aperitivos.

Tessa agarró un espárrago envuelto en panceta y suspiró. Estaba buenísimo.

–¿En que piensas? –preguntó Lynn.

–Me preguntaba por qué Carol y tú no pesáis cien kilos. Se te da muy bien cocinar.

–Incluso he conseguido que mis hijos coman verdura –dijo Lynn sonriendo–. Verás –se volvió y gritó–: Jade, Evan.

La niña y el niño, de diez y ocho años respectivamente, llegaron corriendo.

–¿Queréis un espárrago? –preguntó su madre.

–¡Claro! –Jared agarró uno y le dio un gran mordisco. Evan tomó otro, le quitó la panceta y dio el espárrago a su madre. Cuando se fueron, Tessa se echó a reír.

–Uno de dos, no está mal –dijo Lynn con ironía.

Carol llegó en ese momento, dejó el bolso en la encimera y se dirigió a la mesa. Besó a su esposa antes de agarrar un copa de vino.

—¡Qué bien volver a casa! —se dejó caer en una silla y se sirvió vino.

—¿Has tenido mucho trabajo?

—No os hacéis una idea. Ha venido un grupo de madres con sus hijos, once en total, porque uno tenía varicela y querían que examinara a los otros, por si acaso. Y les he dicho que llevarlos juntos, como si fueran un rebaño garantizaba que todos se contagiarían.

Carol era una excelente pediatra. Le encantaban los niños. Eran los padres los que a veces la enojaban. Su largo cabello rubio estaba recogido en una cola de caballo y sus grandes ojos azules parecían cansados.

—¿No se les vacuna ahora contra esa enfermedad? —preguntó Tessa.

—Claro que sí, pero los padres no se las ponen a sus hijos. No te creerías…

—No estamos aquí para hablar de trabajo —dijo Lynn mirando severamente a su esposa—. Tampoco para quejarnos. Al menos hasta que hayamos bebido lo suficiente para que todo nos dé igual.

Carol fue a protestar, pero se contuvo.

—Tienes razón, cariño. Que corra el vino.

Tessa sintió envidia, como siempre que estaba con sus amigas. Las dos mujeres tenían la mejor relación que había visto en su vida. Discutían, como todo el mundo, pero siempre se apoyaban mutuamente. Casi se palpaba el amor entre ellas. Llevaban juntas quince años y seguían siendo felices.

Los niños estaban en el salón viendo una película. Desde la cocina se oían sus risas. Lynn acercó el plato de queso y galletas saladas a Carol y le dijo:

–Lo ha hecho.

–¿Quién ha hecho qué?

–¿Quién crees? –preguntó Lynn riéndose–. Tessa ha dejado el trabajo.

–¿En serio? –preguntó Carol mirándola con los ojos como platos.

Tessa reprimió un gemido. ¿Sus amigas estaban orgullosas de que renunciara a un empleo que le encantaba?

–Por favor, chicas, no es un milagro ni nada parecido. Simplemente he dado el aviso de que me marcharé dentro de dos semanas. No es nada del otro mundo.

Carol alzó la copa.

–Claro que no es nada del otro mundo, salvo porque llevas dos años hablando de ello.

–Creo que es la señal de que se acerca el apocalipsis –susurró Lynn.

–Muy graciosa –Tessa hizo una mueca y agarró otro espárrago.

–Vamos, cariño, estamos bromeando –dijo Lynn.

–Sí –intervino Carol–. Y nos alegramos de que por fin lo hayas hecho. Ahora tienes que mantenerlo.

–Sé que bromeáis, pero ya vale –Tessa dio un sorbo de vino–. Y claro que voy a mantenerlo. Si no, ¿para qué iba a haber dejado el puesto?

–Noah no va a darse por vencido fácilmente –apuntó Lynn.

Era cierto. Echaría de menos tenerla a su entera disposición. ¿A quién iba a contratar que estuviera dispuesto a trabajar por la noche y los fines de semana?

–Lo sé, pero he tomado una decisión.

–Demuéstralo –dijo Lynn.

–Cuando te llame este fin de semana…

–Y lo va a hacer –intervino Carol.

–No le contestes. O aún mejor, apaga el móvil.

Tessa lo pensó durante unos segundos. No le gustaba la idea de apagarlo, porque era adicta al maldito aparato. Pero si no lo hacía y Noah la llamaba, cosa que haría, contestaría. ¿Qué indicaba eso sobre ella? ¿Acaso era masoquista, como le decía su abuela?

–Tenéis razón, pero aún voy a trabajar con él dos semanas más.

–Los días laborables y de día –afirmó Carol–. Las noches y los fines de semana son tuyos. Incluso yo libro un fin de semana de cada dos.

Tessa respiró hondo.

–Por eso he dejado el trabajo y por eso voy a apagar el móvil este fin de semana.

Y para demostrarles que hablaba en serio, se sacó el móvil del bolsillo y lo apagó. Y la vocecita interior le susurró: «¿Y qué pasa con las emergencias?». Pero la única «emergencia» sería una llamada de Noah para que se pusiera a trabajar. Debía distanciarse de él para mantener la cordura.

–¿Estás bien? –preguntó Lynn riéndose.

–No lo sé –Tessa le sonrió con ironía–. Sobreviviré. Probablemente.

–Brindo por tu liberación y por la expansión de tu negocio. Y –añadió Carol alzando la copa– porque encuentres a un hombre.

El problema, pensó Tessa, era que ya lo había encontrado, pero que, por desgracia, no era para ella.

–Aunque –propuso Lynn– si quieres extender las alas, tengo una amiga…

–No, gracias –contestó Tessa riendo–. Me limitaré a los hombres.

Aunque solo quería estar con Noah. Pero eso no sucedería.

La vocecita le susurró: «Ya no es tu jefe. Sedúcelo antes de marcharte. No tienes nada que perder».

Noah nunca había estado en casa de Tessa. Tuvo que preguntar en Recursos Humanos dónde vivía, lo que le molestó, porque debería haberlo sabido. Tessa había ido a su casa varias veces, pero no sabía que ella vivía casi a la vuelta de la esquina.

Aparcó frente a su pequeña casa. Era un buen barrio. Había árboles a ambos lados de la calle. Las casas eran pequeñas y estaban cuidadas y se veía luz en las ventanas.

La casa de Tessa destacaba entre todas. Era como un castillo en miniatura, con un torreón y la yedra trepando por las piedras grises. Tessa no viviría en un lugar corriente. Por lo que él había visto en los cinco años anteriores, era cualquier cosa menos una mujer corriente.

Flores se alineaban a lo largo del camino adoquinado hasta el porche. Noah pensó que aquella casa no tenia nada que ver con la suya. Prefería, desde luego, su inmenso ático, con piscina privada y vistas al Pacífico. Solo veía a gente cuando quería. En aquella calle, sin embargo, los vecinos podían salirte al encuentro a robarte tiempo con conversaciones anodinas.

Había ido a convencer a Tessa de que se quedara en la empresa. Y le daba igual lo que tuviera que hacer para conseguirlo.

El jardín era pequeño y bonito. Una luz brillaba en el porche. La puerta era un arco de madera oscura y pesada, que podría ser muy bien la de un castillo de verdad.

La casa era algo extraña para ser la de Tessa, que era tan pragmática y realista. Contemplar aquella otra faceta suya le abrió los ojos, en el sentido de que tal vez no la conociera tan bien como creía.

«Es absurdo», pensó. Claro que la conocía, incluso mejor de lo que ella se conocía a sí misma, porque sabía que, en realidad, no quería renunciar a su puesto. Le gustaba el trabajo y se le daba muy bien.

Llamó a la puerta con fuerza y esperó impaciente a que le abriera. Cuando lo hizo, Noah se quedó sin habla.

Llevaba el rubio cabello suelto sobre los hombros y una camiseta que se le ajustaba al cuerpo como no lo hacía su atuendo en el despacho. La camiseta le dejaba unos centímetros de piel al aire, por encima de la cintura de los pantalones cortos. Sus largas piernas estaban desnudas y llevaba las uñas de los pies pintadas de rojo. Estaba para comérsela.

—¿Noah? —lo miró confundida—. ¿Qué haces aquí?

—Tenemos que hablar —la empujó y entró.

—Entra, por favor —dijo ella detrás de él.

Capítulo Tres

Noah se paró en el umbral y la miró con ironía. Después echó un vistazo al interior. El vestíbulo era de piedra gris. Había una alfombra de colores y cuadros y fotografías en las paredes.

Siguió andando y llegó al minúsculo salón, donde había un sofá y dos sillas. La mesa brillaba y las lámparas emitían una luz suave y dorada que creaba un ambiente hogareño, en vez de claustrofóbico, lo que era todo un logro, ya que la habitación no era mayor que un vestidor.

Se volvió a mirarla. Tenía que reconocer que le gustaba mucho aquella inesperada Tessa. Ella cerró la puerta, por lo que Noah pudo admirar la curva de sus nalgas y supo que no la olvidaría.

—¿A qué has venido?

—Ya te lo he dicho. Tenemos que hablar.

—Sí —dijo ella cruzándose de brazos, lo que elevó lo senos— pero cuando tenemos que hablar, me llamas por teléfono para que vaya a tu casa. Ni siquiera creía que supieras dónde vivía.

—Claro que lo sabía —mintió él. No iba a decirle que había tenido que buscar la dirección. Llevaba cinco años trabajando para él y no sabía nada de su vida. No sabía que llevaba un negocio en su tiempo libre ni que vivía en una casita que parecía salida de un cuento de hadas.

Ni, desde luego, que los pantalones cortos le quedaban tan bien.

A ella le sorprendió, pero lo aceptó.

–Muy bien. Repito la pregunta: ¿a qué has venido?

–A hablar contigo.

–¿De qué, Noah?

–Lo sabes de sobra –le espetó él, sin saber si estaba más molesto con ella o consigo mismo. Verla tan relajada, despreocupada y tentadora le abría toda clase de posibilidades–. Vas a marcharte, pero no lo acepto. Es absurdo.

–No lo es. En realidad, debería haberlo hecho hace mucho tiempo –dijo ella pasando a su lado y dirigiéndose al corto y estrecho pasillo como si no estuviera allí.

Noah la siguió.

–¿Dónde vamos?

–Yo voy a la cocina y luego al garaje. No sé qué vas a hacer tú.

–Seguirte.

Entró en la cocina y no le sorprendió que fuera pequeña y acogedora. Había una mesa para dos personas y, en la encimera, docenas de pequeños tarros vacíos.

Tessa se dirigió directamente a la cocina, que parecía tener más edad que ella, y removió el contenido de una cacerola, que emitió olor a jazmín.

Noah se quitó la chaqueta y la colgó en el respaldo de una silla.

–¿Qué haces?

–Velas.

–¿En serio? ¿Te haces tus propias velas? –no conocía a nadie que lo hiciera–. Supongo que sabes que las venden. ¿Se trata de eso? ¿De un elevado aumento de sueldo? ¿También fabricas tu propio jabón?

–Sí, no, no y sí –ella contestó a las cuatro preguntas–. Podría comprar velas, pero me las hago yo. Estas son para venderlas en Etsy. Y no, no se trata de un aumento de sueldo, ya te lo he dicho. Y también te he dicho que hago jabón y lociones.

No lo recordaba.

Cuando ella acabó de remover el contenido de la cacerola, con el cucharón vertió un poco de cera fundida en cada tarro y les añadió un pábilo.

Noah la observaba en silencio. No entendía lo que hacía, pero le encantaba mirarla. Ella se movía con gracia y sin hacer ruido, descalza. Cuando se volvió de nuevo hacia la cocina, tuvo otra hermosa vista de su trasero y vio que, al final de la espalda, le sobresalía por la cintura de los pantalones un tatuaje.

E inmediatamente quiso verlo entero.

Se desabrochó el cuello de la camisa y se aflojó la corbata.

Unos minutos después, ella se puso una manopla para retirar la cacerola del fuego. Vertió la cera en los tarros, ajustando los pábilos para que quedaran rectos. Llenó seis tarros, enderezó los pábilos con unos palillos y dejó la cacerola en la cocina.

–¿Cómo quitas la cera sobrante de la cacerola?

–No la quito. La vuelvo a calentar para rellenar los tarros, cuando la que ya he echado se ha asentado.

–¿Hay que verterla en dos veces?

–Sí, la primera vez, la cera se asienta, pero se abre una concavidad a lo largo del pábilo. Al verter más cera, se cierra.

–Entiendo –en realidad le daba igual. Solo quería seguir mirándola.

–Tengo que ir al garaje. Ahora mismo vuelvo.

Pero él no iba a quedarse solo en la cocina, como un idiota, por lo que la siguió y volvió a disfrutar de la vista de sus nalgas. Se preguntó qué sería el tatuaje: ¿un delfín?, ¿el arcoíris?, ¿una sirena?

Noah negó con la cabeza. Tessa había conseguido camuflar sus estupendas nalgas con los trajes de chaqueta que llevaba al trabajo. A él no se le había ocurrido que tuviera un tatuaje. Era un sorpresa agradable e inquietante a la vez. No le gustaba cómo lo afectaba mirarla, pero no podía hacer mucho al respecto.

Se metió las manos en los bolsillos y, mientras se dirigían al garaje, echó un vistazo al jardín.

También era pequeño. Era sorprendente que pudiera haber tantas plantas y árboles en un espacio tan reducido. Todos estaban muy bien cuidados.

Tessa abrió la puerta lateral del garaje y encendió la luz. Él entró detrás de ella.

Volvió a sorprenderse y entendió por qué el coche de Tessa estaba aparcado en el sendero que conducía a la casa.

Aquello no era un garaje, sino más bien un taller. En medio había dos sólidas mesas con cajas colocadas ordenadamente. En las paredes había estantes con cajas de tarros de cristal y jarras llenas de líquidos de colores. Más jarras con un líquido lechoso se alineaban en el suelo. Y de una barra sujeta entre dos armarios colgaban rollos de cintas.

–¿Qué es todo esto? –preguntó Noah, desconcertado.

—Mi negocio —contestó ella mientras sacaba de una caja un bloque de cera dividido en pequeños cuadrados—. Aquí guardo la cera de las velas y las bases de los aromas y las lociones. Y utilizo las mesas para los grandes encargos.

—¿Cuándo tienes tiempo para hacer todo eso? —preguntó él sin poder contenerse.

—Buena pregunta. Trabajo cuando puedo, sacando tiempo de aquí y de allá. No tengo tiempo suficiente para dedicarme a ello. Si recuerdas, ese es el motivo por el que he renunciado a mi puesto.

Él frunció el ceño.

—Prefieres trabajar en un garaje que trabajar para mí.

—Prefiero trabajar para mí, sí —dijo ella asintiendo al tiempo que se encaminaba a la puerta.

Al pasar a su lado, él la detuvo, agarrándola del brazo. Notó una sacudida. ¿Qué le pasaba?

Llevaba años trabajando con Tessa y, salvo en contadas ocasiones, no había reparado en que era preciosa. Ahora era lo único que veía y lo único en lo que pensaba.

La soltó rápidamente, pero las puntas de los dedos le siguieron quemando.

—Podríamos buscar una solución —dijo mirándola a los ojos. ¿Siempre habían tenido ese profundo color?

—No serviría de nada.

—No lo sabes.

—Por favor, ¿quién mejor que yo va a saberlo? No puedo estar a tu disposición permanentemente y tener tiempo para dedicarme a lo mío. Llevo cinco años intentándolo y no lo he conseguido.

Él le quitó el bloque de cera y le sorprendió lo pesado que era.

–Ahora que sé que tienes este negocio –se interrumpió y la miró con dureza– del que podía haberme hablado hace tiempo, podemos sacar tiempo.

–Aunque ahora lo digas en serio… –dijo ella sonriendo levemente.

–Yo nunca digo nada que no esté dispuesto a cumplir –la interrumpió él.

–… no duraría –prosiguió ella, como si no lo hubiera oído–. Estás tan centrado en el trabajo, que es lo único que existe para ti.

No en ese momento, pensó el, mirando el impresionante escote que lucía ella con aquella camiseta de cuello en forma de V. En aquel momento, el trabajo era lo último en que pensaba.

–A pesar del poco tiempo que le dedico, el negocio aumenta. Ahora también vendo joyas que hace mi vecina. Necesito tiempo. Así que, gracias, pero he tomado la decisión acertada –se dirigió a la puerta y él la siguió.

Muy enojado, apagó la luz, cerró la puerta y la siguió a la casa. Dejó el bloque de cera en la encimera. Tessa volvió a calentar la cera con la que había estado trabajando antes.

–¿Qué haces ahora?

–Caliento la cera para volver a echarla –murmuró ella sin molestarse en volverse a mirarlo.

Aunque fuera absurdo, no estaba acostumbrado a que no le hiciera caso.

–¿Cuántas veces tienes que verterla?

–Normalmente dos, pero se puede hacer más. Depende cómo se asiente la cera y de lo que pretendas.

Él miró las velas y vio que, en efecto, la cera se asentaba, se hundía. Se dio cuenta de cuánto trabajo suponía una cosa tan sencilla. Prefería trabajar con licores.

Una destilería funcionaba sin complicaciones y los empleados solucionaban los problemas inmediatamente. Él sabía desenvolverse muy bien en el mundo de los negocios. Y, a pesar de que no le gustaba reconocerlo, Tessa era uno de los motivos de su éxito. No podía perderla.

No la perdería.

Y empezaría por tentarla con lo que más le importaba: su negocio.

—Si te quedas… —esperó a que ella se volviera a mirarlo para continuar.

Ella lo hizo y él estuvo a punto de perder el hilo de sus pensamientos, lo cual era inaudito. Se enorgullecía de su capacidad para centrarse en las situaciones, pero Tessa lo distraía.

—¿Qué?

—Podríamos hacer algo con respecto a tu negocio.

—¿Ah, sí? —preguntó ella riéndose.

Él frunció el ceño, pero ella no lo vio porque se había puesto a remover la cera de nuevo.

—Te reformaré el garaje.

—¿Cómo? ¿Por qué? —ahora lo miraba con los ojos como platos.

Se acercó a ella, pero se detuvo a una distancia prudente.

—Quieres ampliar el negocio, pero trabajas en esta cocina claustrofóbica y en un garaje en el que ya no cabe nada más. ¿Cómo vas a ampliar el negocio, si trabajas en un espacio limitado?

Ella lanzó un profundo suspiro.

—Lo ampliaré si tengo más tiempo para dedicárselo. No pretendo ser la mayor vendedora de velas, jabones y lociones de la Costa Oeste.

Eso contradecía todo lo que a él le habían enseñado. Si hacías algo, tenías que intentar ser el mejor; el único, a ser posible.

—¿Por qué no? ¿Por qué no quieres ser la mejor y la mayor?

—Porque no todos estamos tan motivados como tú, Noah. Lo que quiero es poder vivir de mi negocio. No todos queremos convertirnos en magnates. Algunos preferimos tener vida propia.

—Yo la tengo.

Ella lanzó un bufido y él volvió a fruncir el ceño.

—Pues no lo he visto —dijo ella al tiempo que agarraba la cacerola y volvía verter más cera en cada tarro. La cocina se llenó de un seductor olor a jazmín.

Tessa dejó de nuevo la cacerola en la cocina y se volvió hacia Noah con los brazos en jarras, postura que resaltaba sus senos, que él no conseguía dejar de mirar.

—Te agradezco tu egoísta generosidad, pero no la necesito. Me gusta mucho trabajar en mi cocina.

—¿Aunque la oferta incluya una cocina de calidad comercial y todo el equipamiento que necesites para dirigir el negocio de forma más eficaz?

Tessa pareció reflexionar, y él supo que, al menos, había captado su interés. Pero ella dijo:

—Aquí no hay espacio para una cocina de calidad comercial.

—Reformaremos la cocina.

Tessa rio, negando con la cabeza.

–He renunciado, Noah, pero no es el fin del mundo. Te llevarás bien con tu nueva secretaria.

No sería así. Tessa conocía la empresa tan bien como él.

–No, tardaré años en formarla.

–O en someterla –murmuró ella.

–¿Qué has dicho?

–Nada. He hecho mi trabajo y ha llegado el momento de hacer otra cosa.

¿Someterla? ¿Había hecho él eso? No veía cómo, puesto que Tessa rara vez lo trataba con deferencia, dirigía la empresa e incluso le dirigía la vida. No iba a aceptar aquel comentario sin pedirle explicaciones.

–¿Cómo puedes decir que te he sometido?–la pregunta quedó en suspenso entre ambos durante un par de minutos, hasta que ella respondió.

–No voy a entrar en eso ahora.

–Dejas el trabajo –contratacó él con fiereza– así que, si no es ahora, ¿cuándo?

–Nunca, ¿qué te parece? –preguntó ella bromeando.

Tessa se dijo que era culpa suya.

No debería haberlo dejado entrar, aunque él no le había dado la oportunidad de negarle la entrada. Ni, desde luego, debería haber consentido que se quedase, ni murmurar aquel comentario lo bastante alto para que él lo oyera.

La cocina le pareció, de repente, muy pequeña. Guardaba recuerdos de su abuela, que había sido la propietaria de la casa. Al morir se la dejó a Tessa.

La familia iba a visitar a la abuela casi todos los veranos, por lo que la casa estaba llena de recuerdos.

Era suficientemente grande para Tessa y su negocio. Y la cocina le hacía sentirse segura. Pero esa noche, la presencia de Noah había encogido el espacio, de modo que ella no podía respirar sin que le llegara el aroma de su loción para después del afeitado, una mezcla vegetal que siempre le había parecido que olía a gloria.

El corazón le latía a toda velocidad y tenía la boca seca. Estaba tan habituada a que el cuerpo le temblara al estar a su lado que no le extrañó. Pero que la estuviera mirando con atención era una inquietante novedad. Sus ojos azules parecían más oscuros y grandes, y su forma de apretar la mandíbula la hizo preguntarse qué pensaba.

–Tal vez he sido un poco dura. No se trata tanto de someterme como de agotarme. No quiero un trabajo en el que siempre tenga que estar de guardia.

–Pero es que no lo estás.

–¿De verdad? –extendió las manos y lo miró–. Es viernes por la noche y estás en mi casa.

–Pero no para pedirte que trabajes.

Para pedirle que se quedara, pero no podía hacerlo. Se moriría de vergüenza si tenía que decirles a Lynn y Carol que su renuncia no había durado ni veinticuatro horas. Pero no se trataba solo de eso. Era por su propio bien. Debía pensar en un futuro que no incluyera a Noah.

Estar tan cerca de él que la volvía loca. En la oficina solía descartar lo que sentía porque era inadecuado. La atracción entre el jefe y la secretaria era un cliché de tal calibre que ni siquiera ella lo soportaba Pero ahora él estaba allí, en su casa. Y tan cerca que ella no podía hacer caso omiso de la tentación contra la que llevaba tanto tiempo luchando.

No obstante, resistiría.

—Claro que sí —contratacó ella—. Tratas de sobornarme para que continúe en un puesto al que he renunciado.

—Sobornar es una palabra excesiva.

—¿En serio? —se rio porque Noah se pasaba fácilmente de la raya sin darse cuenta—. Me acabas de ofrecer reformarme el garaje y la cocina y equiparlos con aparatos de primera calidad.

—Que me fusilen al amanecer por tratar de hacerte la vida más fácil.

Ella suspiró.

—Sabes perfectamente que no he dicho eso.

—Pensaba que te conocía, pero me he dado cuenta de que no es así.

Pues se alegraba de, por fin, haberlo sorprendido, aunque eso implicara que estuviera allí oliendo de maravilla y despidiendo tanto calor que a ella le quemaba la piel.

No, no la conocía en absoluto. Si la conociera, no habría ido allí, cuando ella estaba nerviosa por haber dejado el empleo y saber que ya no tenía que ser prudente en su modo de tratarlo, porque, técnicamente, había dejado de ser su jefe.

«Entonces, ¿no está bien que esté aquí?», le susurró la vocecita interior.

«No».

Aquella vocecita comenzaba a resultarle muy molesta, sobre todo porque sus susurros eran cada vez más tentadores.

–Estoy ocupada, Noah. No tengo tiempo de volver a lo mismo una y otra vez.

«Muy bien. Dile que se vaya».

«Pídele que se quede».

–Tal vez pueda ayudarte.

–¿Qué? –lo miró asombrada. ¿El dueño del universo quería bajar al mundo real y trabajar en una pequeña cocina?

–No parece muy difícil y mientras trabajamos podemos seguir hablando.

–Estupendo.

«También podrías olvidarte de las velas y hacer otra cosa».

–De acuerdo –dijo ella con brusquedad, esforzándose en silenciar la vocecita interior–. Ahí está la despensa –le señaló una puerta en una esquina–. Agarra una de las cacerolas del estante inferior.

Lo observó mientras iba a la despensa y admiró la vista que llevaba contemplando cinco años. Ningún hombre debería tener un trasero tan bonito. ¿Y sus largas piernas, estrechas caderas, estómago liso y ancho pecho? Eran verdaderamente increíbles.

«¿A qué esperas, Tessa?».

¿Una señal, tal vez? ¿Un meteorito? ¿Un asteroide que chocara contra el planeta?

Él se inclinó para agarrar la cacerola y Tessa suspiró. Iba a ser una noche muy larga.

Una hora después, el desorden reinaba en la cocina, cuatro tarros más estaban llenos de cera de arándanos y Noah se quitaba cera roja de la camisa de quinientos dólares.

–Te pagaré la camisa –dijo ella.

–¿Por qué? –masculló él–. Soy yo quien se ha salpicado.

–Decías que no parecía difícil.

–Y no lo es. Es… peligroso.

Tessa se le acercó, le apartó las manos y, con la uñas le quitó la cera adherida a la tela. Y estando tan cerca de él aspiró su aroma y la envolvió su calor. Oyó su respiración y juraría que también los latidos de su corazón. Cuando notó que se le aceleraban estuvo segura.

Se irguió y lo miró a los ojos. Lo que vio en ellos sobresaltó a la vocecita, que gritó: «Ha llegado el momento de hacer algo, Tessa».

Los ojos de Noah se oscurecieron y, al mismo tiempo, se iluminaron con un fuego que ella también sentía arder en su interior. Él le apartó un mechón del rostro y la punta de sus dedos se le deslizó por la piel como un deseo. Y a ella le pareció que se quemaba por dentro. No le importaron las llamas porque llevaba cinco años apagándolas.

Tal vez hubiera llegado el momento de avivarlas.

–Ya no eres mi jefe.

–Hasta que te haga cambiar de opinión.

«Haz algo, Tessa. Aunque sea un error, haz algo».

Y lo hizo. Soltó el aire que no había notado que estaba conteniendo y dijo:

–De momento, no lo eres.

–No, no lo soy.

–Estamos los dos de acuerdo –se puso de puntillas para besarlo y la vocecita interior, por suerte, se quedó en silencio.

Capítulo Cuatro

Tessa lo dejó aturdido.

Ella notó que se sobresaltaba al rodearle el cuello con los brazos y posar la boca en la suya. Pero se recuperó de forma sorprendentemente rápida, ya que la abrazó y le devolvió el beso.

Todo fue como ella creía que sería, y más de lo que había soñado. La boca de Noah era firme, suave y experta. A ella le cosquillearon los pezones, apretados contra el torso masculino. Se quedó sin respiración, pero le dio igual, porque ¿quién necesitaba respirar?

Se entregó al momento que vivía, que la tentaba con la promesa de algo más. La mezcla de emociones que experimentaba la confundía, por lo que decidió concentrarse exclusivamente en las sensaciones. Él le acarició la espalda y la agarró de las nalgas, apretándola contra sí hasta hacerla gemir.

Pasaron varios segundos y lo único que se oía era el fuerte latido de sus corazones. Él le introdujo la lengua en la boca y ella ahogó un grito a causa de la electrizante sensación que le recorrió el cuerpo.

Había abierto la caja de Pandora y no estaba segura de qué hacer a continuación. Cuando él deslizó la mano hasta uno de sus senos, ella suspiró disfrutando del momento con el que tanto había soñado. Pero la realidad asomó su fea cabeza, el cerebro se le aclaró y supo que tenía que detenerse. Y pensar.

«¡Nada de pensar!».

«Tienes la oportunidad frente a ti. No la dejes escapar».

Pero no podía hacerlo, porque tenía que seguir viendo a Noah en el trabajo las dos semanas siguientes.

Aparó la boca de la de él y se soltó de sus brazos. Le temblaban las piernas y había perdido el sentido del equilibrio.

—¿Qué pasa, Tessa? —preguntó Noah dando un paso hacia ella—. ¿Por qué has parado?

Ella alzó la mano y respiró hondo, como si eso fuera a servir para algo.

—Porque me había prometido no dejar el trabajo sin hacer eso, al menos una vez. Ya lo he hecho, así que ya está.

—Ya, así que ya está. Sabes que podríamos hacer muchas otras cosas, al menos una vez…

No había nada que ella deseara más. Contuvo la respiración al imaginarse los cuerpos desnudos de ambos entrelazados sobre las sábanas. Pero negó con la cabeza firmemente.

—Tenemos que seguir trabajando dos semanas.

—Ahora no estamos trabajando.

—No, así que sería mejor que te fueras.

—¿En serio? —preguntó él sorprendido—. ¿Me besas como me has besado y me dices que me vaya?

—Sí, lo siento —claro que lo sentía. Sentía haber parado, que no hubieran ido al dormitorio y tener que pasarse las dos semanas siguientes pensando en ese beso.

–Muy bien, me marcho.

«No dejes que se vaya. ¿En qué estás pensando?».

Él agarró la chaqueta que había dejado en una silla, se la puso y se volvió hacia ella. Tessa pensó que iba a besarla de nuevo, pero luego se dio cuenta de que no lo haría, ya que ella lo había detenido.

–Me voy. Hasta el lunes.

–Sí, hasta el lunes.

Noah le puso la mano en la mejilla y le levantó la cabeza para que lo mirara a los ojos.

–Irás el lunes a trabajar, ¿verdad?

–Por supuesto.

–Muy bien –dijo él sonriendo–. No me gustaría que tuvieras miedo.

¿De volver a verlo? ¿De dejarlo? En cualquiera de los dos casos, Tessa se sintió insultada, aunque sabía que la estaba desafiando para asegurarse de que iría a trabajar.

–No tengo miedo.

–¿En serio? –hizo una mueca–. Me parece que es lo que te acaba de pasar.

Tal vez tuviera razón.

–Simplemente, he recobrado la sensatez.

–Pues no creo que eso sea todo.

–No me asustas, Noah –susurró ella.

–Bueno es saberlo. Asustarte es lo último que desearía –dio media vuelta y se dirigió al pasillo para salir mientras decía–: Hasta el lunes, Tessa.

Ella suspiró y se apoyó en la encimera.

«Has desaprovechado la oportunidad».

–Vamos, Tessa –masculló–. Acaba las velas, recoge y tómate una copa de vino. O varias. Y date una ducha fría.

«Una ducha fría. Es lamentable».

—¡Cállate! —ordenó a la vocecita. Y se preguntó si no sería una mala señal que hubiera comenzado a discutir consigo misma.

Fue un fin de semana muy largo.

Noah se pasó mucho tiempo pensando en el beso que se habían dado Tessa y él en la cocina. Intentó quitarle importancia diciéndose que se trataba de un simple beso. Pero ni él mismo se creía sus mentiras. Tessa llevaba dos días protagonizando sus sueños y sus pensamientos, y deseaba de todo corazón que ella también estuviera pasando un mal fin de semana.

El lunes llegó al despacho temprano, como de costumbre.

Lo que no era habitual era que no se pusiera a hablar por teléfono o a revisar papeles, sino que siguiera pensando en Tessa y que esperara su llegada para ver si a ella también la había atormentado ese beso como a él durante todo el fin de semana.

No era fácil sorprenderlo. Se vanagloriaba de ir siempre un paso por delante de sus competidores e incluso de sus amigos.

Sin embargo, Tessa lo había desconcertado.

Se levantó del escritorio y se acercó al ventanal a mirar el mar y las nubes grises que se amontonaban en el horizonte. Pero solo vio los grandes ojos azules de Tessa mirándolo con una pasión que había despertado algo inesperado en su interior.

Un tremendo deseo. Y cuando ella se detuvo, su cuerpo pasó del deseo a la frustración en un instante. Y ahí se había quedado todo el fin de semana. Él no había podido dejar de pensar en ella, que, además, aparecía en sus sueños sonriéndole con los brazos abiertos.

–Al menos una vez –murmuró–. Así que, ¿eso le basta? ¿Solo un beso?

Noah reconoció que aquello no le gustaba. No el beso, desde luego, porque tendría que haber estado muerto para que no le hubiera gustado. Y ni incluso eso habría bastado para apagar el deseo que Tessa le había provocado.

Lo que no le gustaba era haber estado pensando en ella todo el fin de semana y seguir haciéndolo. Tessa lo distraía, y no podía permitirse el lujo de distraerse. Debía centrarse en el premio.

Estaba más cerca que nunca de conseguir lo que llevaba años persiguiendo. Tenía un deber que cumplir con respecto a su abuelo y a su familia. Y no podía apartarse de él bajo ningún concepto, ni siquiera por otro beso de Tessa.

Cerró los puños mientras miraba el mar, pero lo asaltaron imágenes del pasado.

Jared, su padre, había estado a punto de conseguir que quebrase la división de la empresa dedicada al vodka. Thomas, su abuelo había sido testigo de cómo su hijo abandonaba sus deberes para con la empresa, su mujer y sus hijos. Noah tenía diez años cuando su padre los dejó. A los catorce, cuando, borracho, Jared se despeñó por un acantilado con el coche y se mató junto a la mujer que lo acompañaba, casi experimentó alivio.

Su abuelo volvió a tomar las riendas de la empresa y se llevó a Noah a trabajar con él para enseñarle cómo funcionaba el negocio. Noah aprendió rápido. Deseaba hasta tal punto compensar a su abuelo por lo que había hecho su padre que le prometió que, cuando creciera, convertiría Graystone en la mejor marca del mundo.

Mientras los recuerdos se esfumaban, Noah apretó los dientes. Su padre lo había perdido todo persiguiendo a las mujeres. Él no tenía la intención de imitarlo.

Ni siquiera Tessa podría apartarlo de hacer realidad el sueño de su abuelo y borrar los pecados de su padre.

Así que durante el fin de semana había decidido que, esa mañana, se comportaría como si todo siguiera igual entre ellos. Se olvidaría momentáneamente de ese beso y esa noche.

En ese momento, Tessa entró.

—Buenos días, Noah.

—Tessa —la miró. Llevaba un traje de chaqueta y el largo cabello recogido en un moño—. Hazme un plan de trabajo para Londres. Quiero saber dónde estaremos en cada momento y lo que haremos.

—Lo tendrás dentro de un par de horas.

—Muy bien —continuó sin mirarla. Era incapaz ahora que sabía qué cuerpo ocultaba aquel traje de chaqueta, que llevaba las uñas de los pies pintadas de rojo y que tenía un tatuaje, todo lo cual quedaba camuflado por la imagen de perfecta secretaria.

Si volvía a mirarla, pensaría de nuevo en esa noche en su casa, en el beso.

—¿Algo más? —preguntó ella.

—Dile a mi hermana que venga cuando pueda. Tengo que revisar algunas cosas con ella.

–Muy bien. ¿Eso es todo?

–Sí –y añadió para sí: «Vete».

–De acuerdo –pero no se fue, claro. La notaba allí. Esperando.

Por fin se volvió hacia ella y el mero hecho de mirar la hizo que quisiera modificar sus planes.

–¿Todo bien, Noah? –preguntó ella.

–Sí, todo bien –contestó él en el tono más neutro del que fue capaz.

Ella lo examinó durante unos segundos.

–¿No deberíamos hablar de lo que sucedió el viernes?

–No –se dirigió al escritorio. Si volvía a mirarla, tal vez perdiera la determinación.

–Pues creo que deberíamos hacerlo. Es evidente que te molesta.

La miró a los ojos. Lo que le molestaba era apartarse tan fácilmente del camino que se había trazado. No consentiría que volviera a ocurrir.

–Te equivocas, Tessa.

–Me parece que no. Estaba allí, y lo recuerdo. Y tú también.

Claro que lo recordaba. Aquel beso, aquel momento, se le había grabado a fuego en la memoria, por lo que no podía olvidarlo.

Pero sí hacer caso omiso de él.

–Solo fue un beso. No hay que darle más importancia de la que tiene.

–Tampoco menos.

Él la miró con el ceño fruncido, pero ella no se inmutó.

–Tenemos trabajo, así que vamos a hacerlo.

–Muy bien –dijo ella dirigiéndose a la puerta. Se

detuvo en el umbral y lo miró–. Pero sabes que mientes, así que no te creas que te has salido con la tuya.

Tessa se dirigió al despacho de Stephanie Graystone, al otro extremo de la planta. Podía haberla llamado por teléfono, pero necesitaba moverse, como si así pudiera alejarse de la reacción de Noah. ¿A quién se creía que iba a engañar?

Durante el fin de semana había imaginado todas las formas posibles en que podría desarrollarse la conversación con él esa mañana. Algunas acababan con el cierre con llave de la puerta del despacho, tumbados en el sofá y…

Apartó de sí ese pensamiento. Se había pasado el fin de semana trabajando en la cocina y reviviendo continuamente el beso que se habían dado. Y había tenido sueños increíblemente eróticos, que la dejaban llena de deseo y exhausta.

¿Y ahora él pretendía decirle que no había sido nada? ¿Se creía que era estúpida? ¿Acaso lo era él?

«¿Qué más da si es estúpido?». «Besa de maravilla y seguro que en el asunto principal es buenísimo».

Seguro, pero para eso necesitaría que él cooperara.

Al llegar al despacho de Stephanie, entró y habló con Angie, la secretaria.

–¿Está libre?

–Sí. Acaba de terminar de hablar por teléfono y tiene una reunión dentro de media hora.

–Muy bien, gracias –Tessa abrió la puerta y echó una ojeada al interior–. ¿Tienes un minuto, Stephanie?

—Claro, entra —Stephanie era alta y, hablando sin rodeos, preciosa. Llevaba una cinta en el rubio cabello para apartárselo del rostro. Le caía hasta más abajo de los hombros. Llevaba una camisa blanca y unos pantalones negros. Tenía los ojos azules, como Noah, pero más oscuros, casi de color violeta, y su ancha boca esbozaba una sonrisa.

—¿Qué pasa, Tessa?

—Dice Noah que quiere verte. Supongo que debe de tratarse de los planes para nuestra estancia en Londres.

—¿Y has venido hasta aquí para decírmelo? —preguntó Stephanie, sorprendida.

—No —contestó Tessa al tiempo que se sentaba en una de las sillas de las visitas. Las dos mujeres eran amigas hacía tiempo, lo cual, ese día, Tessa agradeció.

—Ah. ¿Noah te ha sacado de quicio a ti también?

—¿A mí también? ¿Qué te ha hecho?

—Me trata como si fuera mi primera semana en el puesto. No me importa, estoy acostumbrada. Lo escucho y luego hago las cosas a mi manera. Y todos contentos. Es un maniaco del control.

—Así es —Noah creía que solo él podía dirigir la empresa como era debido. Controlaba todos los departamentos y supervisaba todas las decisiones.

—¿Qué pasa, Tessa?

—Nada —negó con la cabeza preguntándose por qué había acudido a Stephanie. Eran amigas, pero ella era hermana de Noah, por mucho que la sacara de quicio.

—Entonces, ¿qué te preocupa?

—Dejé el trabajo el viernes pasado. ¿Te lo ha dicho?

49

–Sí, me lo contó el viernes a última hora, antes de marcharse. Estaba indignado.

–¿Y tú lo estás?

–No –Stephanie sonrió–. Si quieres montar tu propio negocio, no podrás hacerlo si te desvives por complacer al rey.

Tessa soltó un bufido liberando parte de la tensión que notaba en el pecho.

–Gracias.

–De nada. Pero ¿hay problemas con Noah por eso? ¿Te lo está haciendo pasar mal?

–Vino a casa el viernes para intentar disuadirme, pero acabó ayudándome a hacer velas. No se trata de mi renuncia, o no del todo.

–Ah, así que aquí tenemos una historia. ¿Me la vas a contar?

–Probablemente, pero antes quiero hacerte una pregunta sobre algo que llevo años intentando comprender. ¿Por qué significa el premio al mejor vodka tanto para él?

–Es una larga historia que trataré de resumirte. Se remonta a nuestro padre. Lo primero que tienes que saber es que nuestro querido padre era un mal progenitor. Nos abandonó. Nos criaron nuestra madre y nuestro abuelo. Nuestro padre se hizo cargo de la empresa y casi la llevó a la bancarrota.

A mi abuelo se le partió el corazón al ver en qué se había convertido su hijo. Cuando mi padre murió, volvió a tomar las riendas de la empresa. Como Noah era el mayor de los hermanos, asumió la obligación de conseguir que Graystone volviera a ser lo que había sido. Nuestro abuelo nos acogió, nos dio un hogar y un legado.

Sonrió recordando a su abuelo.

—Matthew se parece mucho a papá y Noah es casi un clon del abuelo. Lo que más le importa es la familia y el deber. Creo que no se dará por vencido hasta que el sueño de nuestro abuelo se haga realidad.

A Tessa no le gustó lo que acababa de oír. Aunque, por fin, entendía los motivos de Noah, no se sentía mejor.

¿Qué haría si finalmente ganaba el premio, si alcanzaba su objetivo? ¿Intentaría, entonces, tener vida personal o se limitaría a buscarse otro reto?

—Por cierto —dijo Stephanie—, estoy deseando que Noah se vaya a Londres una semana.

—¿Por qué?

Porque, mientras esté fuera, voy a dar tres o cuatro días de vacaciones a los empleados para pintar las paredes de otro color que no sea ese blanco cegador que ahora tienen y para poner parqué.

—¿En tres o cuatro días?

Stephanie le guiñó el ojo.

—Es increíble el efecto que produce la palabra «bonificación».

Tessa rio.

—Mientras venía para acá pensaba que es el lugar más bonito de trabajo que he visto en mi vida.

—Claro, tenemos vistas al mar, lo cual ayuda mucho. Pero está claro que Noah no se daría cuenta de su entorno aunque estuviera en llamas, así que, ¿por qué vamos a tener que soportar los demás su insulso estilo decorativo?

—Tienes razón. Noah no se daría cuenta, a menos que la etiqueta de la empresa apareciera pegada en las paredes. Adelante, Stephanie. Mándame una foto cuando esté acabado.

—Es verdad. Ya no estarás aquí para verlo. Qué tristeza. ¿A quién voy a quejarme ahora de Noah?

—Puedes llamarme.

—Tal vez lo haga —dijo Stephanie. Se calló durante unos segundos y añadió—: Deberías ir a por él.

—¿A por quién?

—A por Noah. No vas a volverlo a ver después del viaje a Londres. Siempre has estado enamorada de él, así que, sedúcelo.

—¿Lo sabías?

—No es difícil darse cuenta, salvo si eres Noah, por supuesto.

—No me hace caso.

—Pues no dejes que lo haga.

—No están fácil.

—Solo se trata de sexo, Tessa.

«Justo lo que te he estado diciendo».

Tessa frunció el ceño ante la vocecita interior, pero decidió contar a su amiga lo sucedido el viernes anterior. ¿Quién mejor que ella, que se había criado con Noah, para darle consejo?

—El viernes, lo besé.

—Ya era hora.

No era la reacción que Tessa se esperaba.

—¿A qué te refieres?

—Por favor, Tessa. Que mi hermano lleve cinco años con anteojeras no implica que lo haga yo también.

¡Qué vergüenza! ¿Cuántos empleados más se habrían percatado de que estaba enamorada de su jefe?

Stephanie se echó a reír.

—No es una tragedia. ¿Qué pasó, entonces?

—Me devolvió el beso. Después se marchó y no he vuelto a saber nada de él hasta hoy. Y esta mañana se ha comportado como si no hubiera pasado nada —lo cual la seguía molestando—. Ha dicho que no tenía importancia y que no volveríamos a hablar de ello.

Ahora que lo pensaba bien, estaba bastante más que molesta: se sentía insultada.

—Típico de él. Pues está mintiendo.

—Lo sé, pero eso no cambia la situación.

—Yo creo que sí. Si no significara nada para él, no le importaría que hablarais de ello. Diría una tontería sobre los comportamientos inadecuados y ahí se acabaría todo. Sin embargo, si dice que no tiene importancia, pero se niega a hablar de ello, se debe a que ha significado algo para él y no quiere analizarlo.

—Lo sé, pero ¿qué cambia porque lo sepa?

—Cambia la forma de enfrentarte a ello, si aún quieres hacerlo. Aunque entendería perfectamente que quisieras olvidarte de él por completo.

—No —la ocasión de eliminarlo de su vida se le había presentado hacía años, al darse cuenta de que estaba enamorada de él, de un hombre que solo la veía como parte del mobiliario.

¿Acaso no había cambiado eso la noche del viernes anterior? Por fin, ¿no la había visto de verdad, por primera vez?

—Si quieres un consejo, habla con él del beso todo lo que puedas. Haz que lo recuerde.

Hacer que lo recordara, ¿qué le reportaría a

ella? ¿Era la respuesta reconocer, por fin, lo que sentía por Noah y actuar en consecuencia? ¿O era mejor dejar el trabajo con el mismo deseo que llevaba cinco años torturándola?

¿Cómo iba a saberlo?

Stephanie se encogió de hombros.

—Depende de ti, claro. Pero conozco a mi hermano. Desde la muerte de nuestro abuelo, le obsesiona cumplir su sueño: conseguir que cuando alguien quiera comprar una botella de vodka piense en Graystone. A veces me gustaría darle un golpe en la cabeza para hacerle cambiar de idea.

Tessa rio porque, sinceramente, a ella la sacaba de quicio muchas veces. No era fácil trabajar con un perfeccionista ni tampoco fingir que no le interesaba en absoluto.

—Como digo —prosiguió Stephanie—, depende de ti—. Pero, por si te sirve de ayuda, debes saber que estoy de tu parte.

Bueno era saberlo. Debía reflexionar y tomar decisiones. Pero, antes, tenía que continuar con su trabajo.

—Gracias —dijo al tiempo que se levantaba—. Aún no sé qué voy a hacer. Ahora, me vuelvo al despacho.

—Dile a Noah que iré dentro de unos minutos.

—Muy bien —Tessa salió y volvió andando lentamente. Al mirar a su alrededor, reconoció que iba a echar de menos trabajar allí. Y no solo por la gente que conocía, sino por el trabajo en sí. Contribuir a que Graystone fuera famosa era emocionante e iba a marcharse justo cuando Noah tenía posibilidades de conseguir el premio por el que llevaba años luchando.

Pero debía irse. El sueño de Noah no era el suyo. Su futuro no estaba en la empresa ni con Noah. Así que, por muy difícil que le resultara, debía seguir adelante.

Ahora tenía que decidir si, antes de hacerlo, satisfacía su deseo de estar con él.

Estaba segura de saber la respuesta.

—Tessa me ha dicho que querías verme.

Noah alzó la vista mientras su hermana entraba en el despacho. Stephanie era inteligente y capaz y, desde que desempeñaba el puesto de directora de operaciones, había hecho un gran trabajo. Noah confiaba en ella, pero, a pesar de eso, supervisaba sus decisiones.

—Sí. Como voy a estar en Londres una semana, he pensado que debíamos hablar para comprobar que estamos de acuerdo.

—¿En qué? —preguntó ella al tiempo que se sentaba frente al escritorio. Cruzó las piernas, se puso las manos en el regazo y esperó. Tenía mucha paciencia, lo que jugaba a su favor a la hora de negociar con los competidores y los clientes, pero eso no le servía con Noah.

—Quiero saber qué planes tienes mientras esté fuera.

—Ninguno —contestó ella levantando las manos en señal de inocencia.

—Muy bien. Ya me he ocupado de las reuniones que tengo antes de marcharme. Las nuevas etiquetas que ha diseñado la señorita Shipman me parecen bien. Te va a mandar algunos bocetos para que elijas.

—De acuerdo. Son para el vodka varietal, ¿verdad?

—Sí —Noah estaba seguro de que la mezcla de vodka con mora y lima ganaría el premio. Una vez conseguido, se centraría en el vodka puro—. Y me gustaría que me dieras tu opinión.

—La tendrás. Tessa me ha dicho que estuviste en su casa el viernes pasado.

Él alzó la cabeza bruscamente y fulminó con la mirada a su hermana. Sabía que Tessa y ella eran amigas, pero no sabía que en su amistad tuviera cabida el cotilleo.

—¿Y qué más te ha dicho?

—Nada.

Él lanzó un bufido.

—No te ha dicho nada más.

Stephanie se encogió de hombros.

—No. Me ha dicho que la ayudaste a hacer velas y que te fuiste poco después.

—Y ya está.

—Ya está.

Noah frunció el ceño. ¿Tessa no le había dicho que se habían besado? ¿O Stephanie se burlaba de él? Era difícil saberlo.

Ella se levantó.

—Si eso es todo, tengo una reunión con Devon dentro de unos minutos. Tiene algunas ideas para la próxima campaña que me parecen brillantes.

—¿Cuáles?

—Te las contaré cuando vuelvas de Londres. Y llámame si ganamos —añadió dirigiéndose a la puerta.

—Cuando ganemos, lo haré.

56

—Que Tessa y tú os divirtáis en Londres.

—Es un viaje de negocios, Stephanie. No vamos a divertirnos.

Stephanie suspiró.

—Tú nunca te diviertes, ¿verdad, Noah?

—¿A qué te refieres?

Ella miró a su hermano a los ojos.

—A que no tienes que sacrificar tu vida para ser lo opuesto a papá.

—No estoy sacrificando nada —respondió él mientras se preguntaba por qué había dado ese giro la conversación.

—Claro que sí. Es como si fueras un monje.

—Eso es absurdo. ¿A qué viene esto?

—Hoy he hablado con Matthew y se va a tomar un par de días libres en Nueva Orleans. Me he dado cuenta de que hace años que no descansas.

—Matthew se toma demasiados días libres.

—Crees que se está volviendo como papá, ¿no?

No le gustaba pensarlo, pero, en efecto, creía que su hermano menor poseía algunos de los rasgos negativos de su padre. Jared Graystone solo había dejado desgracias a su paso, por lo que Noah había hecho lo imposible para conducir su vida en dirección contraria.

Matthew era muy pequeño para darse cuenta del daño causado por su padre. No había oído llorar a su madre ni había contemplado la decepción en los ojos de su abuelo.

Tampoco había hecho el voto de recuperar lo que su padre había destruido.

—A Matthew le gustan las mujeres, Noah. Le gusta tener vida propia.

–También le gustaba a papá.

–Pero nuestro hermano no es un alcohólico ni una persona cruel ni ninguna de las otras cosas que era nuestro padre.

Noah se levantó y Stephanie se irguió para mirarlo al rostro.

–Pero podría serlo. La tentación está ahí y si toma un camino equivocado…

Stephanie suspiró.

–Ese es el motivo de que Matthew siempre esté viajando. Aunque sea jefe de ventas, podría delegar mucho más, pero no lo hace para no tener que soportar tu desaprobación.

–Tonterías –¿era cierto?

–Te preocupa tanto que Matthew imite a nuestro padre que no te das cuenta de que, en lo que verdaderamente importa, no se parece en nada a él. Y tu constante expectativa de que se convierta en un vago y un despilfarrador es lo que lo que lo mantiene alejado. Noah, una cosa es divertirse de vez en cuando y otra ser un imbécil que destruye lo importante.

Dese un punto de vista racional, Noah sabía que su hermana tenía razón. Aun así, le preocupaba que su hermano tomara decisiones desacertadas.

–No quiero que deje de venir por aquí por mi culpa. Hace un buen trabajo, solo que…

–Siempre estás preocupado –ella rodeó el escritorio y lo abrazó–. ¿Por qué no intentas relajarte un poco? Recuerda que nuestro abuelo, además de trabajar, nos crio. Y recuerda lo desgraciada que se sintió mamá cuando papá se fue. Y lo contenta que está ahora. ¿Se lo echas en cara?

–Claro que no.

Ella sonrió.

–Entonces, no te sientas molesto cuando Matthew o yo nos tomemos unas vacaciones o tengamos sexo de vez en cuando.

Noah hizo una mueca.

–No voy a hablar de la vida sexual de mi hermana pequeña.

Ella se echó a reír.

–Hablemos de la tuya o, mejor dicho, de la falta de ella.

–No es asunto tuyo –dijo él con sequedad, dando por terminada la conversación–. ¿No tenías una reunión?

–Puede que si tuvieras relaciones sexuales de vez en cuando, fuera más fácil relacionarse contigo.

–Lárgate.

–Muy bien –dijo ella encogiéndose de hombros–. Pero ahora que Tessa va a dejar de trabajar para ti, el viaje a Londres, aparte de ser de negocios, podría ser una diversión.

Él entrecerró los ojos.

–Me has dicho que ella no te había dicho nada.

Stephanie le dio unos golpecitos en la mejilla.

–Te he mentido, evidentemente.

Capítulo Cinco

Tres días después, Noah estaba nervioso.

Tessa y él siempre habían trabajado juntos, pero, esos días, su proximidad lo abrumaba.

Le parecía que ella estaba allí cada vez que se daba la vuelta, inclinándose sobre el escritorio, rozándole la mano al darle un informe. Incluso su voz le parecía distinta, más ronca, suave y tentadora.

Se daba cuenta de que pensar en ella le embotaba la mente cuando mayor claridad necesitaba. El concurso internacional era la semana siguiente, por lo que debía estar más despierto que nunca.

En realidad, daba igual, porque ya se había hecho el recuento de votos y el premio estaba decidido. Pero, antes y después de la ceremonia de entrega, había que hablar con gente, establecer relaciones y llegar a compromisos. Para conseguir que el vodka Graystone alcanzara fama mundial debía establecer alianzas en Europa.

El problema era que no conseguía concentrarse a causa de Tessa.

Por eso volvía a estar allí en aquel momento, delante de su casa. No porque la echara de menos ni quisiera volver a besarla, no. Era un visita de negocios para establecer una serie de reglas y recordarle que el viaje a Londres era muy importante y no podía salir mal.

¿Era un error estar a solas con ella fuera del despacho? Probablemente. ¿Alguna vez se había sentido atemorizado ante un desafío? Nunca.

Sin embargo, se dijo que nunca se había enfrentado a uno como el que le planteaba Tessa. Lo importante era dejar algunas cosas claras para que el viaje no se viera afectado.

Llamó a la pesada puerta de madera con más fuerza de la necesaria. La puerta se abrió y apareció Tessa. Llevaba el cabello recogido en una cola de caballo, una ajustada camiseta roja, pantalones de yoga con flores rojas y verdes y las uñas de los pies pintadas de azul.

–Menos mal que has venido –Tessa lo agarró de la mano y cerró la puerta de un portazo. Lo condujo a la cocina mientras le decía–: Necesito ayuda. El servicio de recogida nocturno llegará dentro de media hora y Lynn, mi vecina, ha tenido que irse porque su hijo está enfermo. Así que no voy a poder acabar todo sola, por lo que me tienes que ayudar.

Aquello no estaba saliendo como Noah esperaba, que había supuesto que tendría una tranquila charla con ella para decirle que no había nada entre ambos y que debían centrarse en el trabajo.

–¿A qué exactamente?

–Ahora lo verás –Tessa entró en la cocina, le soltó la mano y se dirigió a la mesa de la pared del fondo.

La cocina era un caos. Lo que vio Noah contradecía todo lo que sabía de Tessa. Una de las cosas que admiraba de ella era su sentido de la organización. Recordaba que incluso el garaje lo tenía metódicamente organizado.

Había velas en una docena de frascos de farmacia, tres rollos de cinta, montones de cajas vacías y, en las encimeras, material de embalaje, parte del cual se había caído al suelo.

–¿Qué ha pasado? –se volvió a mirar a Tessa, inclinada sobre la mesa.

–He tenido que trabajar hasta tarde –dijo en tono acusador– por lo que me he retrasado con todo esto. Pero me he comprometido a tener listas estas velas y varios pendientes esta noche, y solo me queda media hora para que vengan a recogerlos. Así que, si no te importa, hablamos luego y me ayudas ahora.

–¿Qué tengo que hacer? –no sabía nada del negocio de Tessa y parecía que ella tampoco. ¿Iba a renunciar a su trabajo por aquello? ¿Iba a dejar un trabajo estupendo y un buen sueldo por aquella mesa de pesadilla?

–Quiero que cortes trozos de cinta de veinticinco centímetros y que hagas un lazo en el cuello de los frascos etiquetados.

–¿Que haga un lazo? ¿Lo dices sen serio? –la miró como si le hubiera pedido que realizase una operación a corazón abierto.

–No tengo tiempo para eso, Noah. Ayúdame o vete si no sabes hacerlo.

Él enarcó las cejas.

–¿Que no sé hacer un lazo? Por favor –no iba a marcharse sin haber hablado con ella, y si tenía que hacer lazos, los haría. No podía ser tan difícil.

Se quitó la chaqueta, la dejó en la encimera y agarró la cinta roja. Utilizó la regla que había al lado del rollo para medirla, cortó el trozo e hizo un lazó alrededor de uno de los frascos. Le pareció que le había quedado bien, así que pasó al siguiente. Mientras seguía trabajando, preguntó:

—¿Qué haces?

—Escribir a mano la dirección en las cajas, llenarlas y sellarlas.

—¿La escribes a mano? ¿Es que estamos en la Edad de Piedra? ¿No tienes impresora?

—Es el toque personal. ¿Cuántos frascos llevas?

—Dos —dijo mientras terminaba el segundo.

—Date prisa.

Noah enarcó las cejas. Hacía mucho que no recibía órdenes de nadie, pero no había tiempo de discutir. Tenía que ayudar a Tessa a acabar para que pudieran hablar. Ella agarró otras dos cajas y fue a recoger las dos velas que él había terminado. Las levantó, las miró y le preguntó:

—¿Has hecho los lazos con los pies?

—¿Cómo?

Ella deshizo el lazo rojo y lo volvió a hacer.

—¿Es que nunca has envuelto un regalo? No, claro que no. Soy yo la que te lo envuelve. Da igual. Tenía que habérmelo pensado dos veces antes de pedirte ayuda.

Él la escuchaba a medias mientras se fijaba en los hábiles movimientos de sus dedos. Se dijo que podía imitarlos.

—Muy bien. Sigue empaquetando, que yo me encargo de esto.

Ella frunció el ceño.

—¡Maldita sea, Tessa! Soy presidente de una empresa multimillonaria. Puedo hacer lazos.

—De acuerdo. No tengo tiempo de ser exigente. Intenta hacerlo mejor.

Se sintió insultado, pero no dijo nada y siguió trabajando. Reconoció que los lazos habían mejorado mucho al imitar los movimientos de Tessa. Acabó en pocos minutos.

–Ya está.

–Estupendo. Mételas de dos en dos en una caja. Utiliza el material de embalaje para que no se rompan mientras las transportan.

–¿Estás segura de que voy a hacerlo bien? –murmuró él lo bastante alto para que lo oyera.

–No, pero no me queda más remedio –empuñó la cinta adhesiva como si fuera un espada. Trabajaba deprisa y, en cuanto él hubo metido las velas en las cajas, las selló, les puso las etiquetas y las colocó a un lado.

Formaban un buen equipo, pensó él, incluso en algo tan absurdo como aquello. Por eso era ilógica su renuncia al puesto. Era su mano derecha y tomaba parte en todas las decisiones. Él solía tener en cuenta sus sugerencias y, a menudo, las aceptaba. ¿Por qué iba a tirarlo todo por la borda por… aquello?

Cuando llamaron a la puerta, ella le dijo:

–Haz el favor de abrir. Será Travis, que viene a recoger las cajas. En cuanto selle estas dos, habré acabado.

Noah abrió la puerta a un hombre alto, de cabello negro, que le sonreía abiertamente. Poco a poco, la sonrisa desapareció de su rostro.

–¿Tú quién eres?

–Eso a ti no te importa –contestó Noah, enfadado.

–Oye, conozco a Tessa y a ti no te he visto antes. ¿Dónde está?

El enfado dejó paso a la indignación. ¿Acaso parecía un asesino en serie?

—Estoy aquí, Travis.

Al oír el grito de Tessa, Travis pasó al lado de Noah y se dirigió a la cocina. Travis parecía sentirse muy cómodo en casa de Tessa y conocerla muy bien. Noah entró en la cocina en el momento en que ella le daba un fuerte abrazo y, riéndose, exclamaba:

—¡Mi héroe!

Desde el punto de vista de Noah, Travis la retuvo en sus brazos demasiado tiempo. Después de separarse de ella, señaló a Noah con el pulgar.

—¿Quién es ese estirado?

Tessa rio, miró a Noah e intentó contener la risa.

—Es mi jefe, Noah Graystone.

—¿En serio? ¿Cómo el whisky Graystone?

—El mismo.

Travis le estrechó la mano con fuerza.

—Encantado de conocerte. Fabricas mi bebida preferida.

Noah se tragó la incomodidad y le dio las gracias.

—De nada —Travis se volvió a Tessa y le tiró del cabello—. ¿Todo listo, Tessa?

—Así es —agarró un albarán y se lo entregó—. Ahí tienes las direcciones y mi número de cuenta.

Travis se metió el papel en el bolsillo de la chaqueta y agarró cinco cajas.

—Ahora vuelvo a por las demás.

Noah frunció el ceño. Quería que Travis se marchara lo antes posible, por lo que agarró otras cinco cajas, en tanto que Tessa llevaba las dos restantes.

–Podemos ayudarle –dijo él.

Travis se dirigió a la camioneta hablando con Tessa.

–¿Cuándo vamos a ir a cenar?

¿Le estaba pidiendo una cita delante de Noah?

–Ahora mismo estoy muy ocupada, pero puede que pronto.

–Te lo recordaré –dijo Travis, y ella le guiñó el ojo.

Después, Travis dejó de flirtear para cargar la camioneta. Una vez hubo acabado, cerró la puerta.

–Me alegro de conocerte –le dijo a Noah. Después miró a Tessa–. ¿Nos vemos la semana que viene?

–No. Voy a estar fuera una semana. Te llamaré cuando vuelva y tenga un pedido preparado.

–De acuerdo, y puede que cenemos juntos cuando vuelvas.

–Puede ser. Gracias, Travis.

–De nada. Hasta pronto, Tessa.

Travis se subió a la camioneta y se fue.

Tessa miró a Noah.

–Gracias por tu ayuda. No habría acabado a tiempo sin ella.

Aún molesto, Noah murmuró:

–Creo que Travis se hubiera esperado.

–Es posible. Es un buen tipo.

–Parece que le caes muy bien.

Tessa rio.

–¿Es acaso un delito?

–No, es… nada.

–Ya. Bueno, gracias por pasarte. Nos vemos mañana en el despacho.

Él la agarró del brazo cuando se disponía a entrar en la casa.

–No he venido a atar cintas, Tessa.

–¿A qué has venido?

–Creía saberlo –murmuró él mirando la calle por la que, a lo lejos, aún se divisaban las luces de la camioneta de Travis.

–Estoy cansada. Quiero sentarme con una copa de vino y pedir comida para llevar.

–Me parece bien.

–No era una invitación.

–Pues yo me lo tomo como tal. Considéralo el pago por mi experta forma de hacer lazos.

Ella volvió a reírse.

–¿Esperas que te pague por lo mal que los has hecho?

–Lo único que ha hecho tu «héroe» es agarrar las cajas, y se ha ganado un abrazo.

–¿Estás celoso?

–Claro que no –no lo estaba. Nunca tenía celos porque no mantenía relaciones en las que sintiera posesivo. Simplemente, no le gustaba la forma en que Travis miraba a Tessa ni tampoco le había gustado la longitud del abrazo que ella le había dado.

–Los celos no tienen nada que ver. No me gusta el modo en que te mira.

Ella hizo un gesto con la mano para restarle importancia.

–Travis es mi amigo.

–Pues no te miraba como tal.

–¿Y a ti qué te importa?

–No me importa –simplemente lo había exasperado observarlo.

–Pues si a mí no me importa, no debería importarte.

Tenía razón. Y sin embargo…

Ella se volvió hacia la casa.

—Voy a entrar. Me estoy helando.

A él, por el contrario, le parecía estar ardiendo. Pero fue tras ella. Tenían que hablar, aunque, en aquel momento, hablar era lo último en lo que pensaba. Tessa fue directamente a la cocina y Noah la siguió, disfrutando de la vista.

Mientras recogía los restos del trabajo, ella preguntó:

—¿De qué querías hablarme?

Buena pregunta. Durante unos segundos, él se quedó en blanco, sin recordar a qué había ido allí. Tenía la vista fija en la boca de ella y estaba hipnotizado. ¿Cómo no se había fijado antes de la semana anterior en que tenía unos labios carnosos y tentadores? ¿Cómo no había querido conocer su sabor? ¿Cómo llevaba varios días sin volver a probarlos?

El deber, se dijo, era lo que le mantenía a distancia. Y la razón de que estuviera allí.

Se metió las manos en los bolsillos.

—Quería decirte que mañana te tomaras el día libre.

Ella lo miró, claramente sorprendida.

—¿En serio? ¿Que me tome el viernes libre cuando nos vamos el sábado? ¿Te encuentras bien?

—Sí, estoy bien. Creo que es buena idea que cada uno se prepare para el viaje y no hay motivo para ir al despacho. Ya nos hemos ocupado de todos los detalles.

—Ya —se soltó el cabello, que le enmarcó el rostro y le cayó por los hombros.

Noah se preguntó por qué sentía deseos de acariciárselo. Aquello no iba como había planeado. Y se dio cuenta de que eso mismo había pensado la vez anterior que había estado en aquella casa. Parecía que su cerebro se tomaba unas vacaciones en cuanto entraba allí, lo cual era una prueba de que estaba en lo cierto con respecto a aquello de lo que había ido a hablar con ella. Del deber. Esa palabra lo mantendría en el buen camino y lo ayudaría a evitar la tentación que suponía Tessa.

–Hay algo más –dijo él, asombrado de poder articular palabras con el nudo que tenía en la garganta.

–Ya me lo parecía. Voy a servirme una copa de vino. ¿Quieres una?

–Sí, muy bien.

Él la observó mientras sacaba dos copas del armario, abría la nevera, sacaba una botella de vino blanco y lo servía. Le dio una de las copas y le rozó los dedos, que era lo que llevaba haciendo toda la semana. Tessa dio un sorbo de vino y suspiró de placer.

Después respiró hondo y sus senos se elevaron y descendieron al hacerlo. Él se los miró brevemente y luego la miró a los ojos y vio que le brillaban. Ella se había dado cuenta.

Noah dejó la copa de vino sin haberla probado. Ya estaba bastante aturdido como para beber alcohol.

–Verás, tal vez fue un error no hablar del beso que nos dimos.

–¿Eso crees? –preguntó ella. Se mordió el labio inferior.

–Deja de hacer eso –dijo él con voz tensa.

–¿El qué? –preguntó ella en un tono inocente que él no se creyó.

–Sabes perfectamente a lo que me refiero.

–No lo sé –se apoyó en la mesa de la cocina y tomó otro sorbo de vino. Dejó la copa y se echó el cabello hacia atrás–. ¿Por qué no me lo explicas?

–Sí, claro. Justamente me refiero a eso.

Ella negó con la cabeza.

–Sigo sin entenderte.

–Tessa, eso no va a suceder.

–¿El qué? –preguntó ella sonriendo.

–Que tu y yo vayamos a estar juntos.

Por fin lo había dicho.

–De acuerdo. Intentaré recomponerme el corazón hecho pedazos…

–Muy graciosa.

–No intento serlo –dijo ella enderezándose para enfrentarse a él–. Intento entender por qué crees que, por algún motivo, me consumo por ti.

–No he dicho eso.

–Entonces, ¿a qué te refieres?

–¿Quieres que te lo diga? Muy bien –dio un paso hacia ella y enseguida lo lamentó. Olía a verano y su aroma lo envolvió como una promesa.

–El beso fue… placentero.

–Estoy de acuerdo –dijo ella.

–Pero no puede repetirse.

–De acuerdo.

Tessa parecía muy razonable, pero la miró a los ojos y no vio en ellos inocencia, sino una mezcla de humor y deseo.

–Dices eso, pero toda la semana te has comportado…

Ella sonrió.

–¿Cómo?

–De forma tentadora.

Ella le puso la mano en el brazo y el deseo se apoderó de él instantáneamente.

–Es bonito lo que me dices.

–No es un cumplido.

–Pues yo me lo tomo como tal.

–Muy bien –Noah negó con la cabeza–. No quiero que vayas a la oficina mañana porque lo mejor es que estemos un tiempo separados, antes de subirnos al avión.

–¿No te fías de ti mismo conmigo a tu lado?

«No».

–Por supuesto que sí, pero no quiero que me distraigas. Estoy más cerca que nunca de conseguir que el vodka Graystone sea el mejor del mundo, por lo que no voy a dejar que nadie se interponga en mi camino.

–Yo no me interpongo, Noah. Nunca lo he hecho. En realidad, he hecho lo posible para ayudarte a alcanzar ese objetivo. Sé lo que la empresa significa para ti. Es por eso que he renunciado a mi puesto, porque a mí me pasa lo mismo con mi negocio. Así que lo entiendo.

–De acuerdo –seguía tenso y el corazón le latía a toda velocidad.

–Y, en poco más de una semana, no volverás a verme. Desapareceré de tu vida.

No le gustó oírselo decir, como tampoco le había gustado que le dijera que renunciaba. A pesar de que quería evitar distracciones que lo desviaran de su meta, no se imaginaba la vida diaria si Tessa.

Llevaban mucho tiempo trabajando juntos. Confiaba en ella como en casi nadie más. Formaba parte de su vida, y perderla no le resultaría fácil. Pero aún más difícil sería tenerla como algo más que su secretaria.

—Entonces, estamos de acuerdo —dijo mirándola a los ojos.

—Creo que sí —replicó ella en voz baja.

—Nos vemos en el avión, el sábado por la mañana. Saldremos a las ocho.

Ella asintió sin apartar la vista de sus ojos.

—Allí estaré.

—Bien. Y, durante esa semana, nos comportaremos como profesionales.

—Por supuesto.

—Y nos olvidaremos del beso que nos dimos.

—Creo que no —dijo ella negando con la cabeza.

—No, yo tampoco lo creo.

—Así que lo que verdaderamente me estás diciendo es que me mantenga a distancia de ti y, a la vez, cerca.

Él se pasó la mano por el rostro. No recordaba haberse sentido tan confuso.

—Sí, eso parece.

Él se preguntó qué hacía allí. No podía permitirse apartarse de su objetivo.

—Noah…

La miró a los ojos y notó que todo aquello a lo que había dedicado la vida desaparecía y lo único que quedaba era Tessa. Y el deseo que lo consumía.

Ella no apartó la mirada y pasaron varios segundos. Noah se dijo que sabía que ir a casa de ella era mala idea, pero, de todos modos, lo había hecho.

Tessa dio un paso atrás y él frunció el ceño.

—¿Qué pasa?

–En los cinco años que hace que te conozco, no te he visto indeciso.

–Es cierto.

–Sin embargo, ahora que estás aquí, no estás seguro de querer estar.

También era verdad, pero no iba a reconocerlo.

–Que sepas que planeaba seducirte.

–¿En serio? –el cuerpo entero se le tensó ante su confesión.

–Sí, pero he cambiado de idea.

–Es un poco tarde para eso, ya que llevas haciéndolo toda la semana.

–¿Cómo dices?

Él negó con la cabeza.

–Los roces de tu mano, inclinarte sobre el escritorio para enseñarme un informe, tu aroma que me llena el cerebro y lo vacía de cualquier otra cosa que no seas tú…

–¿Tengo que darte las gracias? –no sabía si sentirse insultada o halagada.

–De nada. Así que decir que has cambiado de idea no sirve de mucho.

–Muy bien, pues digamos que he estado haciendo eso, pero que no voy a seguir haciéndolo –retrocedió otro paso–. Reconozco que te deseaba, pero no quiero desear a un hombre que no me desea o que no sabe si es así o no.

No la culpaba por ello, pero se equivocaba al creer que no la deseaba. Nunca había deseado nada con más intensidad ni se había pasado un fin de semana pensando en una mujer.

–¿Y si ese hombre ha tomado una decisión antes de venir?

—¿Lo ha hecho?

—Si no lo hubiera hecho, no estaría aquí —respondió él dando un paso hacia ella.

—Ya…

Era evidente que ella esperaba algo más, pero él no sabía qué más podía ofrecerle. No le iba a prometer nada. No estaba hablando de anillos de diamantes ni de casarse y formar una familia. Solo pensaba en sábanas frías, cuerpos calientes y la consumación del deseo.

—Tienes razón al decir que ya no soy tu jefe, porque ya has renunciado a tu puesto.

—Así es.

—Entonces, lo que pase ahora es solo entre tú y yo —avanzó otro paso. Estaba tan cerca de ella que veía el brillo de sus ojos y oía su respiración irregular—. Cuando me besaste me dijiste que querías hacerlo al menos una vez. Pues hay algo que yo quiero hacer, al menos una vez.

Ella se humedeció los labios con la lengua y Noah supo que, para bien o para mal, la suerte estaba echada y no había marcha atrás. Él nunca retrocedía, siempre avanzaba.

—Así que, ¿se ha acabado la seducción? —preguntó.

—Eso parece —dijo ella avanzando hacia él.

Era la señal que Noah necesitaba. La abrazó y la atrajo hacia sí. Ella echó la cabeza hacia atrás y él se apoderó de su boca con un beso largo y profundo que hizo que le comenzaran a sonar sirenas de alarma en el cerebro. Noah no les hizo caso porque ya sabía el peligro que corría y, en aquel momento, le daba exactamente igual.

Capítulo Seis

Lo único que Noah quería era que el sabor de Tessa lo llenara por completo; notar su cuerpo apretado contra el suyo y su aliento en la mejilla. Quería acariciarla y, por fin, contemplar el tatuaje que tenía al final de la espalda.

Ella lo abrazó por el cuello mientras abría la boca para él y las lenguas se enredaban, los alientos se mezclaban y los corazones se desbocaban. Él deslizó las manos por su cuerpo, arriba y abajo, antes de introducírselas en los pantalones de yoga. Ella gimió cuando le agarró las nalgas y la apretó contra su excitada y dura masculinidad.

De repente, ella dejó de besarlo y le dijo:

–Quítate la chaqueta.

–¿Qué? –no era fácil pensar después de aquel beso.

Ella ya tiraba de los hombros de la prenda, así que él la soltó y se la quitó. Ya puestos, se quitó la corbata mientras ella le desabotonaba la camisa. Ella le acarició el pecho y la suavidad de su piel sobre la de él incrementó el deseo de Noah, a pesar de que le parecía imposible. Era la primera vez que deseaba a una mujer de aquel modo, y se moriría si no la hacía suya en los minutos siguientes.

Tessa lo abrazó por la parte baja de la espalda, lo miró y sonrió.

–Cuando tomas una decisión, estás listo para llevarla a cabo.

–No hables, Tessa –la besó en el cuello y notó en la lengua el pulso acelerado al final de la garganta. Sonrió al percatarse de que ella estaba tan excitada como él. Llevaba torturándolo toda la semana, por lo que se alegraba de saber que la seducción era una vía de doble sentido.

–Dejaré de hablar si te pones a la tarea.

Él alzó la cabeza y la miró jadeando.

–Creí que ya me había puesto.

–Hay tareas y tareas –dijo ella al tiempo que le quitaba la camisa, que cayó al suelo.

–Cierto –besarse no era suficiente; acariciarla, tampoco. Necesitaba estar en su interior. Bueno era saber que ella sentía lo mismo.

La levantó del suelo y ella entrelazó las piernas en su cintura. Él la sujetó por las nalgas y salió de la cocina.

–¿Dónde está el dormitorio?

–Arriba.

Subió las escaleras casi corriendo y giró a la izquierda, siguiendo las indicaciones de Tessa.

Como era de esperar, el dormitorio se hallaba en el torreón. Había una cama con dosel cubierta por una colcha azul y verde y cuadros de bosques y mares en las paredes.

Siempre le había impresionado la capacidad laboral de Tessa, pero, desde que había ido a su casa, se había dado cuenta de que también era creativa y menos conservadora de lo que creía. Así que aquella casita de cuento de hadas encajaba con ella.

Contempló la habitación durante medio segundo y se olvidó de todo lo demás, salvo de la cama. Era lo único que necesitaban y, si seguían esperando, ni siquiera la necesitarían. Apoyaría a Tessa en la pared, la tomaría y la locura se apoderaría de ellos.

Se acercó a la cama y ella se inclinó para quitar la colcha. Él, de mala gana, la dejó en el suelo y notó inmediatamente la pérdida de su cuerpo apretado contra el suyo. Y quiso recuperar esa sensación. No tuvo que esperar mucho. Unos segundos después estaban los dos desnudos y rodando por las sábanas, consumidos de deseo.

La mente de Noah solo registraba la sensación que le producía ver a Tessa y acariciarla. Tenía unos hermosos senos, nalgas redondas y anchas caderas. Estaba cansado de mujeres con más huesos que carne, por lo que prefería el cuerpo de Tessa. No podía dejar de acariciarla. Ella era tan sensible que respondía a cada caricia con un suspiro o un gemido.

Se retorcía en sus brazos dejándole ver exactamente lo que sentía. No ocultaba nada. Él no se había excitado tanto en su vida. La forma de reaccionar de ella incrementaba la suya. Entonces, ella le devolvió la pelota y comenzó a acariciarlo con avidez.

Le deslizó las manos por el torso y descendió por abdomen hasta que sus dedos se cerraron en torno a su excitada masculinidad, que acarició hasta volverlo loco de deseo. Después, le acarició las caderas y le arañó la espalda. Él gimió y se inclinó para besarla en la boca.

–Me vas a matar, Tessa.

–Lo mismo digo –susurró ella.

La deseaba más que respirar, pero, primero, había algo que debía hacer. Se separó de ella lo suficiente para darle la vuelta y verle, por fin, el tatuaje.

–¿Qué haces?

–Tenía que verte el tatuaje –contestó él recorriéndolo con la punta de los dedos–. Llevo días preguntándome qué sería, porque veía parte de él cuando se te subía la camiseta.

–¿Qué te parece?

Noah se dijo que tenía unas nalgas estupendas. Pero ¿el tatuaje?

–Me gusta.

Eran varios picos de montaña nevados bajo un cielo estrellado.

–Después me hablas de él.

Agachó la cabeza y recorrió cada estrella con la lengua hasta que ella se retorció y él sintió los latidos de su propio corazón. Sin poder soportarlo más, se arrodilló y la agarró por las caderas para ponerla también de rodillas.

Fue entonces cuando recordó que no tenía preservativos.

–¡Maldita sea!

–¿Qué pasa? –ella volvió la cabeza para mirarlo. ¿Por qué te paras?

–No he traído protección.

–¿De verdad?

Él le apretó las nalgas y reprimió un gemido de decepción. Estar tan cerca de poseerla y no poder hacerlo era como ganar el premio al mejor vodka y tener que rechazarlo.

–Aunque no te lo creas, no llevo preservativos en la cartera desde los dieciséis años.

Ella rio.

—Menos mal que uno de los dos ha sido previsor. Mira en la mesilla.

Abrió el cajón y sacó uno de los preservativos que había. Vaya, estaba preparada. ¿Para Travis? ¿Se había acostado con ella en aquella habitación? Apartó ese pensamiento. Lo único que importaba era el momento y Tessa.

Se puso el preservativo y volvió a arrodillarse frente a ella. Le acarició la espalda y las caderas, demorándose en ellas a pesar del deseo que sentía. Si aquello iba a suceder solo una noche, haría que fuera memorable. Eso implicaba mirarla a los ojos cuando la poseyera.

Le dio la vuelta para tumbarla de espaldas, observó la sorpresa en sus ojos y sonrió.

—Quiero verte los ojos.

—Yo también —dijo ella mientras levantaba las piernas y abría los brazos.

—No va a ser rápido —apuntó él, con la boca seca. Aunque se preguntó cuánto duraría sin perder el poco entendimiento que le quedaba.

Ella tragó saliva y asintió.

—Está bien que sea lento.

Él sonrió y se tumbó sobre ella, que le introdujo los dedos en el cabello y le arañó la piel. Después continuó acariciándole los hombros y el pecho, deteniéndose en los pezones. Él se introdujo su pezón izquierdo en la boca y jugueteó con él con la lengua y los dientes.

Ella arqueó la espalda gimiendo. Mientras la lamía deslizó la mano por su cuerpo y le introdujo los dedos en su centro húmedo y caliente.

Ella se aferró a sus hombros y le clavó las uñas gritando su nombre. Movió las caderas buscando una liberación que no estaba a su alcance.

–Noah, penétrame. Penétrame ya.

–Se acabó la lentitud –masculló él y se situó entre los muslos de ella.

–Sí, la lentitud, para después –susurró ella.

Sí, después, porque él sabía que con una vez no bastaría.

La agarró por las caderas, la atrajo hacia sí y la penetró. Inmediatamente, los cálidos músculos de ella se cerraron en torno a él, que gimió de satisfacción. Era lo que llevaba días deseando. Se quedó inmóvil durante unos segundos saboreando el momento, hasta que Tessa se removió, impaciente.

Entonces, Noah comenzó a moverse a un ritmo que ella se apresuró a seguir. Levantó las piernas y las enlazó por encima de sus hombros para que él pudiera llegar más adentro. Pero él seguía queriendo más.

Llevaba una semana sin pensar en nada más y se entregó al deleite de, por fin, tenerla bajo su cuerpo, mirarla a los ojos mientras ella iba escalando una montaña de sensaciones y se esforzaba por llegar a la cumbre.

Él la acompañó en la escalada, paso a paso. Notó que ella alcanzaba el clímax antes de verlo en sus ojos y un instante antes de que ella gritara.

El cuerpo de ella aún temblaba cuando él alcanzó la cumbre, segundos después. Fue más de lo que nunca había experimentado. Se estremeció todo entero y lo único que pudo hacer fue aferrarse a ella y gritar mientras se rompía en mil pedazos.

Tessa se esforzó en respirar. Necesitaba que se le calmase el corazón y que le llegara el aire a los pulmones, aunque solo fuera para volver a gritar el nombre de Noah.

Noah, por fin.

Desplomado sobre ella, era como una manta pesada y cálida. Seguía en su interior, sus cuerpos continuaban unidos, lo que hizo que algo se le removiera internamente. No había tenido bastante. Ahora se daba cuenta de que una vez no sería suficiente. Su teoría de hacerlo al menos una vez con Noah se había visto rebatida. No le bastarían decenas de veces. Llevaba mucho tiempo esperándolo y ahora quería más.

Él se apoyó en los codos y la miró.

—Vaya —dijo mientras su deliciosa boca esbozaba una sonrisa—, ha sido una… revelación.

—Es una buena definición —contestó ella mientras le apartaba el cabello de la frente. Luego bajó la mano para acariciarle la mejilla.

Él giró la cara y le besó la mano, y a Tessa se le derritió el corazón aún más. ¿Era una reacción a lo que acababan de hacer? ¿Acaso sentía él algo más por ella de lo que estaba dispuesto a reconocer? Y si no lo reconocía, ¿de qué servía? ¿Qué iba a hacer ella cuando se acabara el tiempo que les quedaba de estar juntos? ¿Cómo iba a superar su amor por él, con el recuerdo de esa noche marcado a fuego en el cerebro para siempre?

—¿Te aplasto —le dio un rápido beso en los labios.

—No —contestó ella acariciándole la espalda. Le encantaba notar sus músculos.

Él se movió ligeramente y el interior de ella se despertó.

—No te muevas —susurró— o muévete más deprisa.

Él sonrió e hizo lo segundo, como ella esperaba. Y, además, le chupó el seno derecho. Ella le puso la mano en la nuca para que no dejara de hacerlo. Sus labios, su lengua y sus dientes la atormentaban de manera fantástica, mientras él seguía moviéndose en su interior.

Le encantaba que él pudiera hacer dos cosas a la vez.

En cuestión de segundos, ella comenzó a jadear. Él alzó la cabeza y la miró a los ojos.

Y ella olvidó el clímax anterior mientras se apresuraba a alcanzar otro. Apoyó los pies en la cama y movió las caderas para ir al encuentro de Noah y que la penetrara más profundamente.

—Túmbate de espaldas —dijo ella jadeando.

Él le sonrió y lo hizo, llevándosela consigo, de modo que ella quedó encima. Se sentó erguida, con el cuerpo atravesado por el de él. Gimió y echó la cabeza hacia atrás deleitándose en la sensación de su forma de llenarla. Después respiró hondo, le apoyó las manos en el pecho y comenzó a moverse, creando una fricción que la impulsaba a moverse más deprisa.

Él la agarró por las caderas mientras se movía mirándolo a los ojos, ambos atrapados en el ritmo que ella había creado. Ella se agarró los senos y vio el brillo en los ojos de él, que la asió con más fuerza. Sin dejar de mirarlo, cabalgó sobre él. Era ella la que, esa vez, controlaba el ritmo. Se acarició los pezones y él gimió.

Y Tessa supo, por el cosquilleo en su centro, que se acercaba al clímax.

—Lleguemos juntos, Noah.

Él negó con la cabeza.

—Tú primero, siempre tú primero.

—Juntos —insistió ella. Echó los brazos hacia atrás, lo agarró y apretó suavemente. Vio que se le ponían los ojos vidriosos y noto que su cuerpo comenzaba a dar sacudidas. Se unió a él y gritó cuando la invadió el placer con una fuerza desconocida hasta entonces.

Los cuerpos de ambos cuerpos temblaron. Y, esa vez, cuando todo hubo acabado, fue ella la que se desplomó sobre él y notó que la abrazaba.

Unos minutos después, que podían haber sido horas, Tessa oyó que Noah le decía:

—Creo que voy a necesitar un poco más de tiempo antes de que lo volvamos a intentar.

Ella rio.

—Sí, yo también —reconoció suspirando.

Él le acarició la espalda y las nalgas, de arriba abajo, como si quisiera aprenderse cada centímetro de su piel. Al final, se echó a un lado, llevándosela con él. Sus cuerpos se separaron y ella suspiró por la pérdida, aunque lo miró y sonrió.

Había una lámpara encendida en un rincón de la habitación y daba la suficiente luz para que ella viera que la expresión de su rostro era de satisfacción y confusión a la vez.

Él se apoyó en un codo.

—Tenemos unos minutos, así que háblame del tatuaje.

—Ya sabes que soy de Wyoming.

—Lo recuerdo.

—Cuando me trasladé a California, me hice el tatuaje para que me ayudara a recordar.

—¿Creías que te olvidarías?

—No quería arriesgarme. Me encanta Wyoming: las montañas, los árboles y el cielo, que a veces es tan azul que te hace daño mirarlo. Quería llevarme un trozo conmigo.

—Si tanto te gustaba, ¿por qué te fuiste? —preguntó él acariciándole un seno—. No me lo has contado.

Ella suspiró ante la caricia. Le resultaba difícil pensar, cuando él la acariciaba.

—Es una larga historia.

—Tenemos tiempo.

Ella lo miró y comprobó en su ojos que sentía curiosidad, tanta como la que ella experimentaba sobre la historia de él. Gracias a Stephanie, sabía algo de la infancia de ambos, pero él no le había contado nada. Tal vez si ella lo hacía, él le devolvería el favor.

—Mis padres aún viven el en rancho en que me crie.

Él sonrió.

—¿Eras una vaquera?

—Se podría decir que sí —dijo ella, aunque nunca se había considerado como tal. Simplemente, vivía en un rancho. Salía a caballo a comprobar cómo estaba el rebaño, daba de comer a los animales y pasaba mucho frío, o mucho calor, cuando trabajaba–. Mis hermanos y yo trabajamos en el rancho desde pequeños. Creo que aprendimos a montar a caballo antes que a andar.

–Qué bien.

–Sí –afirmó ella al tiempo que la invadían los recuerdos–. Iba a casarme con un hombre al que conocía desde que éramos niños. Me parecía el hombre perfecto, lo que demuestra lo equivocado que uno puede llegar a estar.

La mano de él en su seno se detuvo.

–¿Qué pasó?

Tessa agarró la colcha y se tapó con ella como si fuera una especie de escudo de tela que la ocultara. Pero, pensándolo bien, era tan absurdo que volvió a echarla a un lado.

–Unas semanas antes de la boda, decidió que prefería a mi mejor amiga –dijo, sin poder evitar un estremecimiento, no porque aún le siguiera doliendo ni porque lamentara no haberse casado con ese canalla.

–¿Te engañó?

–Sí –era patético. La ingenua novia planeando la boda con un hombre creyendo que la quería, sin sospechar que la había engañado desde el primer momento–. Me enteré más tarde que él y mi amiga llevaban acostándose seis meses y que yo era la única del grupo que no lo sabía.

–¿Nadie te lo dijo?

–Nadie quería hacerme daño –aún no sabía si estarles agradecida o enfadada con ellos. ¿Habrían dejado que se casaran? Probablemente. Y hubiera sido un desastre.

85

–Lo siento.

–No importa –dijo ella mirándolo a los ojos–. Pasó hace tiempo. Acabaron casándose y se divorciaron un año después, así que… En cuanto a mí, creo que fue lo mejor.

–Estoy de acuerdo.

–¿De verdad? –preguntó ella sonriendo–. ¿Por qué?

–Porque estás aquí, en la cama, conmigo, en un castillo en miniatura, además. De no ser por ellos, serías una esposa en Wyoming.

–Bien pensado –lo cierto era que ella hacía años que había superado la traición y el dolor. No obstante, que Noah le dijera eso hizo que recordara todo lo que se habría perdido de no ser por aquel sufrimiento.

–Entonces, ¿te marchaste por eso?

–Básicamente –dijo ella mientras le acariciaba el torso y sonreía al notar que él contenía la respiración–. Pero también estaba mi hermano, con su esposa e hijos, y mi hermana, con su esposo e hijos, y mis padres, que me miraban preguntándose cuándo encontraría a otro hombre y les daría más nietos. Al cabo de un tiempo, me cansé de tener que decirles constantemente que me dejaran en paz, de forma cariñosa, claro.

–Claro. ¿No quieres tener hijos?

–No he dicho eso. Me gustaría tenerlos más adelante. Pero lo que me irritaba era la sensación de que todos estuvieran pendientes de mi reloj biológico.

Él rio y ella lo miró frunciendo el ceño.

–No veo que tú hayas tenido hijos.

—Ni lo verás —contestó él con firmeza.

—Ahí está el tono concluyente que tan bien conozco.

—Es imposible ser un buen progenitor y conseguir que el vodka Graystone sea el mejor del mundo.

—Mi padre nos decía que la palabra «imposible» no existe. Hay que seguir intentándolo hasta hacerlo posible.

—Ya. Eso implica que quieres intentarlo.

—Y que tú no.

—No.

—¿Por qué? —él se quedó callado e inmóvil, pero ella le acababa de contar lo más humillante que le había sucedido en la vida, por lo que le tocaba a él. No iba a darse por vencida—. ¿Es por tu padre?

Él frunció el ceño.

—¿Qué sabes de mi padre?

—Stephanie me ha contado algo…

—Por supuesto —Noah suspiró y negó con la cabeza.

—Pero no todo. ¿Es tu padre la causa de que no quieras tener hijos?

—Digamos que aprendí muy pronto que, si no te entusiasma la idea, serás un padre pésimo.

Se estaba yendo por la tangente, así que Tessa lo agarró por la cadera, como si quisiera aferrarse a él y evitar que desapareciera la intimidad.

—Stephanie me ha dicho que decidiste ser el hombre de la familia cuando solo eras un niño.

—Stephanie habla demasiado.

—¿Por qué no me lo cuentas?

Noah se quedó callado y Tessa pensó que no iba a contárselo, pero estaba equivocada.

–Es probable que ya lo sepas casi todo. Mi padre nos abandonó. Mi abuelo nos acogió a mi madre y a nosotros tres y la ayudó a criarnos. Por eso estoy en deuda con él. Nada de lo que hago tiene que ver con mi padre, Tessa, sino con mi abuelo. Tengo un deber para con mi familia y la empresa que no puedo rechazar ni estoy dispuesto a hacerlo.

–Nadie te lo ha pedido –musitó ella–. Pero seguro que tu abuelo no esperaba que lo sacrificaras todo para que se sintiera orgulloso de ti.

–Eso no podemos saberlo –negó con la cabeza, se separó de ella y se levantó–. ¿Dónde está el cuarto de baño?

–En el pasillo. Hemos pasado por delante al venir.

–Vuelvo enseguida.

Ella contempló, admirada, sus nalgas desnudas y sus largas y musculosas piernas. Aunque pareciera que se pasaba la vida trabajando, era evidente que sacaba tiempo para hacer ejercicio.

Se quedó tumbada mirando al techo y suspiró. Que Noah le hubiera hablado de su padre y su abuelo la ayudaba a entender por qué estaba tan centrado en un objetivo. Stephanie se lo había contado de forma seca y sin emoción. Pero notar la tensión en la voz de Noah le había revelado lo importante que era para él cumplir con su deber.

Y no había manera de cambiarlo, ya que su abuelo había muerto y no podía darle permiso para vivir la vida. Y hasta que Noah no consiguiera que el vodka Graystone fuera el mejor del mercado, no se permitiría la libertad de que hubiese algo más en su vida que la empresa.

La noche estaba siendo todo lo que había soñado. Noah era un amante estupendo y, además de compartir su cuerpo, le había contado algo de sí mismo. Pero, al mismo tiempo, a Tessa le parecía que solo se trataba de una larga despedida.

Que Noah la deseara no significaba que la quisiera ni que la necesitara. Parecía que no necesitaba nada ni a nadie, salvo el éxito.

Unos minutos después, Noah se hallaba en el umbral, con un hombro apoyado en el marco de la puerta y cruzado de brazos. Parecía una escultura.

—Estás preciosa, tumbada en la cama, desnuda y esperando.

Tal vez él no la necesitara, pero era obvio que la deseaba.

Tessa se olvidó de la parte obstinada de su cerebro que esperaba ser algo más para él y se convirtió en la mujer que había accedido a pasar la noche con él. «Aprovecha lo que puedas», insistió la vocecita interior.

Se estiró lánguidamente.

—Estaba pensando lo mismo sobre ti.

—Entonces, ¿se ha acabado la espera?

—Creo que sí.

—Pues volvemos a estar de acuerdo —dijo él dirigiéndose hacia la cama a paso firme—. Sigo diciendo que formamos un buen equipo.

Y después le demostró lo buenos que eran.

Capítulo Siete

Dos horas más tarde, estaban comiendo en la cama de Tessa. Desnudos, con la colcha sobre el regazo, tomaban la comida china que habían encargado y bebían vino blanco frío.

Mientras lo hacían, Noah pensó que deberían hablar. Era lo que lo había llevado hasta allí. Pero ¿cómo iba a contenerse y no acariciarla, cuando era tan hermosa?

Al contemplarla con el cabello suelto y los senos desnudos notó que volvía a flaquear. Probablemente fuera un enorme error haberse acostado con ella, pero no iba a lamentarse por ello cuando lo único en que pensaba era en volver a hacerlo. Lo había atrapado como ninguna otra mujer.

–¿Por qué frunces el entrecejo? –preguntó Tessa–. ¿Ya lamentas lo sucedido esta noche?

–No –con independencia de lo que pasara, nunca lamentaría lo ocurrido entre ellos–. Pero…

Ella dio un sorbo de vino.

–Sabía que había un pero.

Él esbozó una media sonrisa. Con Tessa había hablado y se había reído más que con ninguna otra mujer. Incluso durante el sexo, no habían dejado de hacerlo, lo cual era nuevo para él. El sexo solía ser una necesidad física que intentaba satisfacer. No establecía relaciones, no quería charlar ni conectar en modo alguno con la mujer que estuviera en su cama.

Tessa era distinta. Y no sabía cómo reaccionar.

—El «pero» es que esto no va a ir a ninguna parte.

Ella volvió a dar un sorbo de vino y ladeó la cabeza.

—Simplemente, no quiero que hagas de esto algo que no es —añadió él.

—Pues gracias —dijo ella agarrando un trozo de pollo. Se lo metió en la boca y se chupó el dedo para quitarse la salsa.

Al verlo, Noah se excitó. Respiró hondo y dijo:

—Quiero decir que hemos hecho lo de «al menos una vez» y que ya está.

—Ha sido más de una vez.

—Sí, es verdad. Pero tiene que haber una serie de reglas básicas, antes de que nos vayamos a Londres.

—Muy bien, tú dirás.

El problema era que lo que él quería era volver a estar con ella. Lo que no deseaba era tener complicaciones. Así que fue sincero y se lo dijo.

—Complicaciones —repitió—. ¿Como que me aferre a tu masculina persona y te ruegue que me quieras?

Él la miró con los ojos entrecerrados. Oírselo decir en voz alta hacía que pareciera una estupidez.

—No, no me refiero a eso.

—Entonces, ¿a qué?

—Tessa, esto no va a ser nada más de lo que es.

—Eso ya me lo has dicho, Noah. Y te equivocas si crees que no lo sabía antes de esta noche.

—¿Ah, sí?

91

–Ay, Noah –Tessa sonrió mientras negaba con la cabeza–. Llevo cinco años viéndote esquivar a mujeres que querían algo más que pasar un par de noches contigo. Te he comprado los regalos de despedida para las que se te aproximaban demasiado. Evitas las relaciones como un vampiro una ristra de ajos.

Él lanzó un bufido.

–Gracias.

–Lo que quiero decir es que ya soy mayorcita y no te pido nada salvo… –señaló un envase de cartón cerca de su muslo– un poco más de arroz frito.

Él se lo dio y la observó mientras se echaba un poco en el plato. Parecía estar bien. No era sensiblera. Pero sus palabras le habían afectado más de lo que deberían. Estaba acostumbrado a decir a las mujeres que no esperaran nada de él; a lo que no estaba acostumbrado era a que dejaran de lado ese discurso, como si careciera de importancia.

Al cabo de unos segundos de silencio, ella lo miró.

–Me observas de manera extraña.

–No, es que no me esperaba que fueras…

–¿Realista? ¿Pragmática? ¿Tan sumamente razonable?

–Sí.

–Me encanta sorprender.

–Por supuesto.

–En serio, Noah, no te preocupes –le puso la mano en el muslo–. Recuerda que esto solo iba a ser cosa de una vez.

Él rio y tomó un sorbo de vino.

–Cosa de una vez que se ha convertido en ¿cuántas?

–De acuerdo, cosa de una noche.

–¿Y te parece bien?

–Claro.

Pues a él no. No quería pasarse la vida con Tessa, pero sí quería estar con ella más de una noche. No iba a conseguirlo, pero habría estado bien que ella se mostrara algo más afectada por la situación. Aunque, pensándolo bien, era absurdo.

–Así que olvidaremos esta noche, iremos a Londres y trabajaremos –él esperó a ver cómo reaccionaba ella.

–Podríamos hacerlo –dijo ella, lamiendo el tenedor, lo cual hizo que él reprimiera un gemido.

–¿Podríamos hacerlo o ¿podríamos…?

–O –dijo ella sonriendo– podríamos aprovechar la estancia en Londres para gozar el uno del otro antes de separarnos.

–Gozar el uno del otro –la miró a los ojos y se dijo que era la mejor propuesta que le habían hecho en mucho tiempo. Tal vez no fuera la más inteligente, pero le pareció perfecta.

–¿Por qué no? –ella se encogió de hombros y sus magníficos senos se movieron al hacerlo.

Noah sabía que debía levantarse, vestirse y marcharse. Era hombre de aventuras de una noche. Más de una implicaba el riesgo de conectar, de que las mujeres quisieran algo más de lo que estaba dispuesto a ofrecerles.

Pero no lo hizo. Una semana con Tessa en su cama era una oportunidad que no podía desaprovechar. No tenía nada que perder. Además, Tessa se mostraba muy razonable y sabía que aquello no iba a ir a ninguna parte. Lo único que se planteaban era pasar juntos seis noches estupendas, antes de despedirse.

—Por si no te lo he dicho lo suficiente, te repito que eres una mujer brillante.

—Me alegro de que lo creas —dijo ella sonriendo—. Y estoy de acuerdo. ¿Quieres más vino?

El viernes por la noche, Tessa se reunió con sus amigas en casa de ella y se esforzó en preparar buenos aperitivos. Los acompañarían de vino en abundancia. A los niños les pondría una película y les serviría helados.

—¡Qué bueno está todo! —exclamó Carol agarrando otra galleta salada con salami.

Lynn se limitó a mirarla.

—Come verdura. ¿Qué clase de doctora eres?

—Una que está hambrienta.

Tessa suspiró de alegría por estar con sus amigas y las escuchó discutir sobre las ventajas de la verdura con respecto a la carne.

Lynn agarró un pimiento rojo y lo mojó en la salsa ranchera.

—De verdad que está muy bueno.

Carol agarró uno para complacer a Lynn, le dio un mordisco y miró a Tessa.

—Anoche vimos el coche de Noah frente a tu casa.

—¿Ah, sí? —Tessa se sirvió más vino.

—Carol, me habías dicho que no ibas a meterte con ella.

—Te dije que no me metería mucho con ella —la corrigió Carol.

Lynn puso los ojos en blanco y miró a Tessa.

–Perdónala.

Tessa rio.

–No importa. Sí, estuvo aquí anoche.

–Era muy tarde –comentó Carol.

Aún riendo, Tessa le preguntó:

–¿Lo estuviste cronometrando?

–No.

–Sí –dijo Lynn–. Las dos lo estuvimos vigilando. Estábamos… preocupadas por ti.

–Nos picaba la curiosidad. ¿Qué pasó?

–Ya sabéis lo que pasó –contestó Tessa mirando al pasillo para comprobar que los niños seguían en el salón. No quería darles un curso de educación sexual por sorpresa.

–Vamos, cariño, contrólate –Lynn negó con la cabeza mirando a Carol. Esta la miró desafiante hasta que Lynn confesó–: Vale, me pica tanto la curiosidad como a ella, lo reconozco. Me sentía fatal por haber tenido que dejarte sola para empaquetar las cajas y ponerles la dirección, pero Evan estaba enfermo y…

–Como médica –la interrumpió Carol– diría que se trataba del síndrome de las galletas de chocolate. Lynn encontró un paquete vacío en la despensa. Parece que nuestro hijo se las comió todas.

–Sí, pero, al principio, parecía que tenía gripe –dijo Lynn–. Yo estaba trabajando en el despacho cuando se las comió y…

–No es culpa tuya. Lynn. A nuestro hijo le encanta el azúcar –suspiró Carol–. Y yo debería haber sido dentista.

Lynn rio y volvió a mirar a Tessa.

–Mientras lo estaba cuidando, miré por la ventana y vi llegar a Noah.

–Y no lo vio marcharse –añadió Carol enarcando las cejas–. Así que, ¿cómo es él?

–Fantástico –contestó Tessa suspirando.

–Estupendo –Lynn también suspiró–. ¿Ha merecido la pena esperar?

–Desde luego.

–¿Y? –preguntó Carol.

–Y nada más –Tessa se encogió de hombros. Su rostro no expresaba nada. No quería que sus amigas se preocuparan de ella ni, sobre todo, oír un discurso sobre lo importante de protegerse el corazón. Sabía lo que hacía. Eso creía.

El sexo había sido increíble, pero le resultó muy difícil no decirle a Noah que le quería cuando la acariciaba. Si lo hacía, sería el fin. Y no estaba preparada para que lo fuera. Aún no.

–El sexo fue estupendo, dormimos poco y hoy tengo el día libre para prepararme para el viaje a Londres.

–¿Y no dijo nada sobre pasar juntos más de una noche? –preguntó Lynn agarrando otro pimiento.

–Sí – Tessa se removió un poco en la silla al recordar la conversación que tuvieron después de decidir que estarían juntos en Londres–. Seguiremos juntos en Londres y eso será todo.

–¿Y a ti te parece bien? –Lynn parecía preocupada.

Tessa también lo estaba, pero no iba a decirlo.

–Es una semana extra con él, así que sí, me parece bien.

Después se quedaría destrozada, pero soportaría el dolor, si era el resultado de poder estar con Noah más tiempo.

–¿Y te va a dar igual que os separéis al final de esa semana? –Carol no parecía convencida.

–No creo, pero me marcharé de todos modos. Tengo que hacerlo.

–Ay, cariño… –Lynn le apretó la mano–. Te va a resultar muy duro.

Tessa lo sabía y lo aceptaba y estaba dispuesta a pagar el precio. El amor te volvía estúpida, pensó y deseó, no por primera vez, no estar tan enamorada de alguien a quien no le interesaba el amor.

–Lo superarás –dijo Carol–. Creo que haces lo correcto, Tessa. Utilízalo y olvídalo.

Tessa soltó una carcajada.

–¡Carol! –exclamó Lynn.

–Cariño, Tessa lleva enamorada de él desde siempre. Puede saciarse de él durante cinco o seis días y seguir con su vida.

–Ya. ¿Tú me dejarías con tanta facilidad?

–Venga, chicas…

–Claro que no, cariño –dijo Carol. Pero es que yo te quiero.

–Y Tessa quiere a Noah, aunque él probablemente no se lo merezca, si es incapaz de ver lo maravillosa que es.

–¿Lo ves? ¡Estamos de acuerdo! Tessa, haz lo que debas. Estaremos aquí cuando vuelvas a casa.

Tessa miró a sus amigas y sonrió. Con independencia de lo que pasara después del viaje, todo saldría bien. Tardaría un poco, pero lo superaría. Tenía vida propia, un negocio del que ocuparse y unas amigas que la apoyarían.

Por pasar seis noches con Noah, estaba dispuesta a arriesgarse a sufrir.

Volar en avión privado era la única forma de hacerlo, se dijo Noah. El jet de la empresa era elegante y cómodo y era él quien decidía el horario, no la compañía aérea.

Llegaron a Londres a última hora de la tarde y fueron directamente al hotel. Noah había pedido que les tuvieran la cena preparada y champán. Para después tenía otros planes, que había ido trazando después de marcharse de casa de Tessa.

La miró. Llevaba el cabello recogido y había sustituido el traje de chaqueta habitual por una blusa roja, una minifalda negra y unos zapatos de tacón rojos. ¿Había elegido ese atuendo para volverlo loco durante el viaje? Si era sí, lo había conseguido.

Estaba trabajando en el iPad. No le prestaba atención ni trataba de deliberadamente de seducirlo. Sin embargo, a él se le hacía la boca agua al mirarla.

Era increíble cómo podía cambiar el punto de vista. Llevaba cinco años trabajando con Tessa y solo de vez en cuando había pensado que era atractiva.

Ahora, al mirarla, se le aceleraba el pulso y se excitaba. Tenía una semana por delante para estar con ella y pensaba disfrutar de cada momento. Era cierto que tendrían mucho trabajo y que ella, como siempre, lo ayudaría. Pero esa semana habría mucho más entre ellos.

—Me estás observando —dijo ella sin levantar la vista de la tableta.

Él sonrió.

–¿Cómo lo sabes?

–Lo noto.

–Qué bien saber que soy tan poderoso –musitó él al tiempo que se levantaba para acercarse a ella. Se sentó en el sofá, a su lado, y miró el iPad.

–¿Estás viendo perros? Creí que trabajabas.

–Lo estaba, pero cuando he acabado he buscado la página web del refugio de animales que hay cerca de mi casa.

–Ah –dijo él mientras iban pasando perros por la pantalla–. ¿Estás viendo escaparates?

Ella le sonrió.

–En cierto modo. Quiero tener un perro. Lo he deseado desde que llegué a California, pero no quiero comprar un cachorro, sino adoptar. Encontrar uno que me necesite tanto como yo a él o a ella. Me da igual que sea macho o hembra.

–¿Por qué no lo tienes ya?

–Porque apenas estaba en casa, Noah. No me parecía justo para el animal dejarlo solo todo el día.

Él sintió una punzada de culpa, aunque era absurdo. Había dado a Tessa un trabajo estupendo con un sueldo excelente, ¿y ahora iba a sentirse mal porque ella no podía tener mascota?

Como si le hubiera adivinado el pensamiento, Tessa le dijo:

–No es culpa tuya. Hay mucha gente que tiene mascotas, a pesar de trabajar mucho. Pero yo no puedo hacerlo. De todos modos, ahora da igual, porque voy a tener una.

Porque ya no iba a trabajar para él. Porque, al cabo de una semana, no volvería a verla. Era un pensamiento más deprimente de lo esperado.

99

Ella quería tener un perro y tiempo para trabajar en su negocio. Tal vez pudiera tener ambas cosas, se dijo Noah, si se le ocurría una oferta que le permitiera seguir trabajando con él, aunque la aventura entre ellos acabara.

Frunció el ceño. Pero ¿tenía que acabar? No había motivo alguno. Juntos estaban de maravilla, así que ¿por qué parar? Era un arreglo perfecto.

Tessa ya le había dicho que sabía que él no quería una relación. Ella tampoco la buscaba. Entonces, ¿por qué no disfrutar del maravilloso sexo que creaban entre ambos? Sin promesas por ninguna de las dos partes, simplemente dos adultos divirtiéndose.

Se puso a pensar en el modo de que Tessa siguiera trabajando con él.

—¿Qué clase de perro buscas?

—De niña tuve un labrador negro, así que uno así sería perfecto. Pero, sinceramente, no me importa. Solo quiero un perro que me haga compañía mientras trabajo en casa.

Él volvió a fruncir el ceño. Hallaría el compromiso perfecto y, durante la semana en Inglaterra, intentaría convencerla de que se quedara en la empresa. Con él. ¿Por qué iba a perder a la mejor secretaria que había tenido por el hecho de que se lo pasaran de maravilla en la cama?

Y ella se daría cuenta de que era más seguro conservar su puesto que arriesgarlo todo por un negocio que podría funcionar o no. Que adoptara el perro. Él se aseguraría de que estuviera en casa el tiempo suficiente para que no le remordiera la conciencia.

Sonrió para sí.

–¿En qué piensas? –preguntó ella.

–Pensaba en que debemos relajarnos antes de comenzar la frenética semana que nos espera.

–Lo estoy haciendo mientras miro perros.

–Sí, pero yo tengo una idea mejor –le quitó el iPad y lo lanzó al otro extremo del sofá.

Él pulsó un botón que había en la pared y apareció Hannah, la azafata del vuelo.

–¿Qué desea?

–Estamos listos. ¿Puede prepararlo?

La azafata, sonrió.

–Desde luego.

–¿Qué estás tramando? –preguntó Tessa.

–Ahora lo verás –al cabo de unos segundos, Tessa volvió con una bandeja en la que había un cuenco de palomitas y dos refrescos–. Gracias, Hannah. Puede empezar cuando esté lista.

–Muy bien.

–¿Qué pasa , Noah? –Tessa agarró uno de los vasos y dio un sorbo.

–Ahora lo verás.

Los estores de las ventanillas se bajaron, las luces se atenuaron y del techo cayó una gran pantalla.

–¿Vamos a ver una película? –preguntó ella sonriéndole.

Le pasó el brazo por los hombros mientras se iniciaba la proyección.

Ella se recostó en él y le dio un breve beso.

–Me parece genial.

Cuando ella miró la pantalla, Noah la observó. Y no hizo caso de algo inesperado que le oprimió el corazón.

Capítulo Ocho

El Barrington era lo que un hotel de cinco estrellas debería ser.

Se hallaba frente a Hyde Park, en el distrito de Mayfair, donde había elegantes casas de estilo georgiano y hoteles y restaurantes de lujo. Y, en opinión de Tessa, el Barrington era la joya de la corona.

Sabía que ese domingo estaría lleno de los asistentes a la conferencia y la entrega de premios a las mejores bebidas alcohólicas. Pero, ahora, el silencio que reinaba en el lujoso hotel aumentaba la sensación de estar en un lugar exclusivo.

Después de haberse registrado, los condujeron a un ascensor privado que los llevó al ático. Mientras Noah hablaba por teléfono, Tessa se dedicó a explorar la suite.

El suelo era de parqué y estaba cubierto de hermosas alfombras. El salón, con grandes ventanales, y el dormitorio principal, tenían salida a una terraza, con una vista impresionante de Londres.

Había un comedor con muebles de estilo georgiano, una chimenea de gas y una gran pantalla de televisión encima de ella.

Tessa observó el pasillo que conducía a los dormitorios y se le aceleró el pulso. Había dos, pero solo utilizarían uno. La imaginación se le desbordó, pero la detuvo de inmediato. Debía controlar los sentimientos porque sabía que experimentaría un enorme dolor al despedirse de Noah. Ojalá pudiera dejar de quererlo.

Lo miró mientras hablaba por teléfono y reconoció, por el tono amigable, que conversaba con un posible socio.

—Es una muy buena noticia, Henry —dijo Noah mientras se acercaba a ella y le acariciaba el brazo. Tessa se estremeció. Él le sonrió, antes de decir a Henry—: Mi hermana llamará a los abogados. Ellos y los tuyos se encargarán de los detalles.

Tessa sonrió para sí. Henry debía ser Henry Davenport, de Davenport Freight, con sede en Birmingham. Sabía que Graystone y Davenport llevaban un mes negociando y parecía que habían alcanzado un acuerdo. Apenas llevaban una hora en Inglaterra y Noah ya había alcanzado un compromiso. Era un formidable hombre de negocios.

Pero eso hacía años que ella lo sabía.

Abrió la puerta de la terraza y salió. Contempló la vista. Las luces comenzaban a encenderse. El cielo estaba despejado, el viento era gélido y en el interior se hallaba su amante.

Se cruzó de brazos. Sí, Noah era su amante. Temporal, en efecto, pero no por ello menos real.

—¿No tienes frío? —Noah la abrazó por detrás.

El frío desapareció, reemplazado por el deseo.

—Lo tenía —echó la cabeza hacia atrás y le sonrió—. Ahora, ya no.

Él la abrazó con más fuerza.

—¿No estás cansada? Ha sido un viaje muy largo.

—No —viajar en el jet privado de Noah era menos agotador que hacerlo con una línea comercial.

–Me alegro –le dio la vuelta en los brazos para besarla.

Tomó su rostro entre las manos y el beso despertó todas las células del cuerpo de Tessa, al tiempo que la vocecita interior comenzaba a cantar: *Aleluya.*

Podría haberse quedado allí con él eternamente, pero llamaron a la puerta. Él la tomó de la mano.

–Ven. Debe de ser la cena.

Ella lo siguió.

–¿Cuándo la has pedido?

–Ayer –contestó él guiñándole el ojo–. Hice algunas llamadas para encargar determinadas cosas.

–¿Ah, sí? –Tessa sonrió–. ¿Me las cuentas? Soy tu secretaria, así que debería estar al tanto de tus planes.

–Formas parte de ellos –le aseguró él con una ancha sonrisa–. Vuelvo enseguida.

La fuerza de esa sonrisa era enorme. Ella lo veía sonreír tan pocas veces, aunque mucho más en los últimos días que en los cinco años anteriores, que aún la dejaba sin respiración.

Noah abrió la puerta. Un hombre de esmoquin empujó un carrito cubierto por un mantel. Sobre él había platos con tapas plateadas, copas de cristal y servilletas rojas. Otro hombre seguía al primero, con un cubo de hielo y una botella de champán.

Noah firmó la cuenta y les dio las gracias.

–¿Qué hay para cenar? –preguntó Tessa. Se acercó al carrito y levantó una tapa. El aroma a pasta con carne llenó la habitación y ella se dio cuenta de que tenía hambre–. Huele de maravilla.

–Pero primero, vamos a brindar. No hay nada malo en brindar porque tengamos una buena semana, ¿verdad?

Ella dejó la tapa en su sitio.

–Nada en absoluto.

Noah sirvió las copas y le dio una. Acercó la suya a la de ella y brindaron. Ella dio un sorbo para aliviar la repentina sequedad de su boca.

Intentó imaginarse qué tramaba Noah. Era cierto que habían acordado tener una relación de una semana, pero ¿por qué se esforzaba tanto en seducirla? Primero, la película en el avión; ahora, champán en la suite. ¿Por qué los hacía?

¿Era posible que se hubiera dado cuenta de que ella le importaba?

–Deja de pensar –dijo él.

–De acuerdo –ya habría tiempo después de descifrar lo que le sucedía.

Él la besó en la boca. Si era para que dejara de pensar, lo consiguió. Tessa se perdió en el beso y todo lo demás desapareció. Era lo que llevaba cinco años esperando y soñando. ¿Por qué iba a desperdiciar un solo segundo?

Cuando el móvil de él sonó, él alzó la cabeza y ella lo miró.

–¿Ni pensar ni contestar llamadas?

–Por supuesto –se separó un momento de ella para apagarlo–. Ya he dicho en recepción que no nos molesten; tampoco sonará el teléfono del hotel.

Era evidente que tramaba algo, porque nunca apagaba el móvil. Que lo hiciera esa noche significaba algo, pero ¿qué?

–¿Cenamos ya? –preguntó él dejando la copa.

Tessa, mirándolo a los ojos, dejó la copa al lado de la suya.

—Después —se dijo que no le importaban los motivos de él. Había decidido gozar del tiempo que estuvieran juntos. El futuro le daba igual. Le interesaba más el presente.

—Bien pensado.

La tomó en brazos y la llevó al dormitorio principal.

La cama ya estaba abierta y ella apenas tuvo tiempo de mirar la lujosa habitación.

La cama era enorme y estaba cubierta con una colcha de color burdeos. En el cabecero había un montón de almohadas y la lámpara de una de las mesillas de noche estaba encendida.

Noah la dejó encima de la cama y se desnudó a toda prisa. Ella lo imitó. Una vez desnudos, ella lo contempló durante unos segundos. Él le sonrió.

—No me he limitado a encargar la cena. Esta vez, estoy preparado —abrió el cajón de la mesilla y sacó dos cajas de condones. Ella sonrió.

—Me gusta que estés preparado. Es sexy.

Noah sacó un preservativo y metió las cajas en el cajón.

Ella lo observó mientras se lo ponía al tiempo que pensaba que, si había dos cajas, planeaba una semana movida. Y a ella le pareció muy bien.

Noah la empujó suavemente para tumbarla en la cama. Después le dio la vuelta para dejarla tumbada boca abajo. Tessa notó que se le secaba la boca y comenzó a temblar.

Respiró hondo y volvió la cabeza para mirarlo. Le vio los ojos brillantes de deseo mientras le acariciaba la espalda para detenerse en las nalgas, que apretó con fuerza, y ella gimió de placer. Después le acarició el centro de su feminidad con la punta de los dedos. La agarró por las caderas y la levantó para que se pudiera de rodillas. Se inclinó para besarle el tatuaje. Parecía fascinarlo y a ella le gustaba que así fuera.

–Más arriba, Tessa –susurró él.

Ella elevó las caderas y apoyó la frente en los antebrazos. Él la penetró de una embestida y ella suspiró. El cuerpo le temblaba a cada embestida. Gritó cuando no pudo contenerse más y se aferró a la colcha.

Fue a su encuentro cada vez, tomándolo tan profundamente como podía y siguiendo el ritmo que Noah marcaba. Lo único que se oía en la habitación eran los jadeos y gemidos de ambos.

Tessa nunca había necesitado, sentido ni deseado tanto. Tener a Noah en su interior lo era todo. Oír su agitada respiración y notar sus manos en las caderas sujetándola superaba sus fantasías. Cada vez era mejor que la anterior. Había un vínculo entre ellos. Tanto si él se daba cuenta como si no, la conexión entre ellos era real y potente.

Y se merecía dedicarle más de una semana.

–Vamos, Tessa, déjate llevar –masculló él, como si fuera una victoria personal ser capaz de hablar. Y tal vez lo fuera.

En aquel momento, ella era incapaz de hacerlo.

Después, la mente se le vació mientras se aproximaba al clímax. Se esforzó en respirar y notó que el corazón le latía desbocado. Se mordió el labio inferior y agarró con más fuerza la colcha. Él siguió embistiéndola, exigiéndole en silencio que le diera todo lo que era. Y, por fin, ella lo hizo, sin poder evitarlo ni prolongarlo.

Gritó y fue al encuentro del cuerpo de Noah una última y frenética vez, antes de sumirse en el olvido.

Unos segundos después, él la sujetó con más fuerza gritando su nombre.

Cuando se desplomo sobre la cama, rodó con Tessa y la abrazó. Ella le apoyó la cabeza en el pecho, pasó una pierna por encima de las suyas y sonrió mientras oía cómo le latía el corazón.

Lo quería. Lo querría siempre.

Lo angustioso era que no podía decírselo.

El Aston Martin que Noah había pedido ya había llegado al hotel y el domingo, el primer día entero que pasaban en Inglaterra, fueron de excursión a Stonehenge, porque Tessa dijo que quería verlo. Salisbury estaba a casi dos horas de Londres, y lo más fácil era ir en tren. Sin embargo, nada podía impedir que Noah condujera aquel coche.

Como estaban a principios de diciembre, el tiempo era frío y húmedo, así que se pusieron vaqueros y chaquetones y llevaron paraguas. Había muchos turistas en Stonehenge, a pesar del tiempo, y Tessa supuso que muchos de ellos habían ido a Inglaterra para la conferencia y entrega de premios.

–¿Es como te lo imaginabas? –preguntó Noah mirando las antiguas rocas.

–Claro que sí. Ojalá pudiéramos acercarnos más, pero es maravilloso.

Él sostenía el paraguas protegerse.

–De haber sabido que te interesaba, habría organizado una visita privada.

Tessa lo miró.

–Gracias, pero incluso así es maravilloso –volvió a mirar las enormes piedras, negó con la cabeza y musitó–: ¿Te imaginas lo que costaría disponer las piedras de esa forma?

–¿Es otra lección sobre la no existencia de la palabra «imposible»?

Ella lo miró y vio que sonreía.

–Digamos que mi padre habría valorado la resolución de esa gente –volvió a desviar la mirada hacia las piedras y suspiró.

–Casi se percibe la magia, ¿verdad?

Él la miró al contestar:

–Sí, supongo que sí.

–Me estás observando otra vez.

–Me gusta la vista.

Se volvió hacia él y el viento le echó el cabello al rostro. Se lo apartó y dijo:

–Gracias por traerme aquí. Era algo que siempre había querido ver.

–Deberías habérmelo dicho el verano pasado, cuando estuvimos en Londres.

–No paramos de trabajar.

–Podíamos habernos tomado una tarde libre.

–¿De verdad? –ella le sonrió con ironía porque ambos sabían que eso no habría ocurrido. Todo lo que no fuera la empresa no existía para Noah. A ella le disgustaba que se estuviera perdiendo tantas cosas, pero no podía hacerle ver la realidad.

–De acuerdo, probablemente no lo hubiera hecho.

—Ahora estás aquí —afirmó ella apoyando la cabeza en su hombro—. Es suficiente.

La lluvia tamborileaba en el paraguas y la niebla envolvía el terreno que rodeaba las piedras. La magia parecía vibrar en el aire y, cuando Noah tomó a Tessa de la mano, ella sintió esa magia.

La primera reunión de Noah, el lunes, fue incluso mejor de lo esperado.

Salió del comedor satisfecho de las negociaciones con Billingsley Bottling. Charles Billingsley ansiaba expandir la empresa. Noah quería tener una planta embotelladora en el Reino Unido para aumentar las ventas y satisfacer la creciente demanda. Había llamado a Stephanie para decírselo y para que se encargara de los detalles de la operación.

Llevaba varias horas sin ver a Tessa, pero se dijo que era mejor así. Después del viaje a Stonehenge, algo había cambiado entre ellos. Además del deseo, sentía por ella algo más profundo. Y no sabía qué hacer al respecto.

El sexo era una cosa.

Una relación seria, algo muy distinto.

Había comenzado a replantearse la idea de hacer que ella se quedara en la empresa, sobre todo si continuaban con aquella aventura. Si se complicaban las cosas e intervenían los sentimientos, eso también lo descentraría. Y no podía permitírselo. Tenía una empresa que quería expandir. No disponía de tiempo para crear nada más.

El único modo de que Tessa se quedara en la empresa era dar por concluida la aventura e intentar olvidar el tiempo pasado juntos. No sería fácil, desde luego, pero era necesario.

Divisó a Tessa en el vestíbulo. Destacaba entre la masa de gente y no se sorprendió de que algunos se volvieran a mirarla. Noah frunció el ceño al ver que un hombre alto se acercaba a ella, le estrechaba la mano y le dedicaba una sonrisa encantadora.

Era Marcus Campbell, de Campbell Bottling, en Glasgow. Sostuvo la mano de Tessa entre las suyas más de lo necesario, luego se inclinó hacia ella y le dijo algo que la hizo reír. Noah se preguntó de qué se reían. ¿Y por qué parecía Tessa tan contenta de ver a Marcus Campbell?

Noah la había observado, tanto con competidores como con socios y sabía que poseía la capacidad de limar las asperezas y realizar avances con personas interesada en Graystone. Pero nunca la había visto sonreír así. O tal vez no lo hubiera notado. Era una posibilidad porque, hasta la semana anterior, no había considerado a Tessa una mujer, sino su secretaria, alguien en quien confiaba.

Seguro que estaba hablando con Campbell de la reunión que Noah tendría con él al día siguiente para hablar de un acuerdo de transporte, por lo que Tessa le estaría allanando el camino.

Le puso la mano a Campbell en el brazo, y este sonrió. ¿Por qué seguían hablando? ¿Y por qué lo tocaba?

–Noah… –se volvió hacia Anna Morgan, la hija de uno de sus mayores competidores, que se le acercaba. El bourbon Morgan era famoso en Estados Unidos. Sin duda, Anna estaba allí para establecer relaciones con Europa.

–Hola, Anna –dijo él estrechándole la mano y mirando a Tessa y Marcus–. ¿Cómo estás?

–Bien –ladeó la cabeza–. ¿A quién miras?

–¿Qué? –apartó la mirada de Tessa. Le molestó que Anna le hubiera pillado mirándola–. A mi secretaria, que está organizando una reunión.

Ella miró en su dirección, sonrió y dijo:

–Ah, está con Marcus, un hombre muy divertido.

–¿Ah, sí? –Tessa parecía pensar lo mismo. Noah se obligó a prestar atención a Anna–. Me han dicho que tu padre se jubiló el año pasado y que ahora eres tú la directora general.

–En efecto –dijo ella, evidentemente complacida–. Estoy realizando algunos cambios. Pronto añadiremos más licores a nuestra marca. He conocido a un experto en destilería que… –se interrumpió al ver que él pensaba en otra cosa–. Da igual. Ya hablaremos de negocios en otro momento. Me alegro de verte, Noah –dijo besándolo en la mejilla. Espero que nos reunamos a lo largo de la semana.

El asintió y miró a Anna, de verdad, por primera vez. Era preciosa, con el cabello y los ojos castaños. Era inteligente, ambiciosa y tenía fama de obtener lo que quería, algo que él admiraba.

Pero no sentía nada más por ella, no les atraía. La observó alejarse antes de volverse hacia Tessa y Marcus.

Parecía que se lo estaban pasando bien, lo cual le molestó aún más. Sabía que Tessa estaba haciendo el trabajo preparatorio de la reunión, pero ¿tenía que divertirse tanto al hacerlo? Aunque, tal vez la pregunta más importante era por qué le fastidiaba de ese modo. Se estaba comportando de forma posesiva, cosa que no había hecho en su vida. Y no le hacía ninguna gracia.

¿Qué iba a hacer sin ella? ¿Había sido una locura iniciar aquella aventura? Probablemente, pero no lo lamentaba.

Sin embargo, perderla como secretaria sería una pesadilla. ¿Cómo iba a reemplazar a alguien que conocía la empresa tan bien como él mismo? ¿A una mujer que podía hablar con quien fuera y hacer que se sintiera a gusto?

La realidad era que Tessa era más importante para la empresa de lo que pensaba. Y ahora que se había percatado, ¿debía dejarla marchar? De ningún modo.

Tessa sonrió a Marcus y el rostro se le iluminó.

Y esa sonrisa afectó a Noah como nada antes lo había afectado, lo que le indicó que aquel asunto entre ambos debía acabar.

Y puesto que estaba a punto de perder a su amante, intentaría conservar a su secretaria.

En un par de horas visitaron la Torre de Londres, la Abadía de Westminster y el Palacio de Buckingham, y Tessa estaba encantada. En Londres, a la gente no la desanimaba el mal tiempo, así que ella adoptó la misma actitud. Las calles estaban atestadas de coches y de los típicos autobuses londinenses rojos, de dos pisos.

Era maravilloso.

–¿Quieres ver algo más? –preguntó Noah sujetando el paraguas. Había vuelto a llover, pero eso no los había detenido. Tessa incluso creía que la lluvia mejoraba las cosas. Bajo el paraguas, estaban unidos en su pequeño mundo, como si estuvieran aislados del resto.

—Me tomaría un café o un té.

Noah hizo una mueca.

—Mejor un té. Acabamos de pasar por delante de una tienda de tés.

—Vamos —se agarró a su brazo y deshicieron el camino andado. Los escaparates estaban iluminados y en algunos ya había adornos navideños.

Noah le abrió la puerta de la tienda. Hacía calor y olía de maravilla.

Eligieron una mesa junto a la ventana de la fachada y pidieron té con sándwiches y bollos.

—Has sido muy amable, Noah. Jamás hubiera pensado que fuéramos a hacer turismo.

—Puedo ser flexible —afirmó él. Y cuando ella se limitó a sonreír, añadió—: Vale, soy tan flexible como una barra de acero.

—Pero lo reconoces, lo cual es un buen principio.

—Gracias —dijo él conteniendo la risa.

—En cualquier caso, como sé que odias esto, lo valoro aún más. Me lo he pasado muy bien.

—¿A pesar de la lluvia?

—Da ambiente.

—Y te deja helado.

La camarera les llevó la tetera, las tazas, y una jarrita de nata líquida. Les sonrió y dijo:

—Ahora les traigo los sándwiches y los bollos.

—Gracias —Tessa se sirvió té y le añadió unas gotas de nata. Suspiró al dar el primer sorbo y Noah se echó a reír.

–Yo suspiro con un café, pero ¿con un té?

–No lo critiques hasta que lo pruebes.

Noah lo hizo y se vio obligado a asentir.

–No está mal, sobre todo en un día como hoy.

Cuando llegó la comida, se sirvieron y se pusieron a hablar de la conferencia.

–He hablado con Stephanie –dijo Tessa–. Le he dado un par de nombres para que nuestros abogados hablen con ellos.

–Muy bien. Esta mañana me he encontrado con Anna Morgan.

–¿Cómo está? ¿Le va bien como directora general? –Tessa sabía que llevaba años intentando convencer a su padre de que se jubilase. Finalmente, había conseguido lo que quería.

–Eso parece –contestó él sirviendo más té a los dos–. Te he visto hablar con Marcus Campbell.

Lo dijo en un tono extraño, pero ella no le prestó atención.

–Deberías haberte acercado a saludarlo.

–Ya lo saludaré en la reunión de mañana. Parecía que teníais muchas cosas que deciros.

–Puse sí. No lo veía desde la conferencia del año pasado. Es divertido hablar con él.

–¿Ah, sí? Tiene un acento escocés tan cerrado que la mitad de las veces no se le entiende.

De nuevo , aquel extraño tono. Pero Tessa decidió no hacerle caso y sonrió.

–Me encanta su acento.

–Ya me he dado cuenta.

–¿Qué te pasa?–preguntó ella bruscamente.

–Nada. Solo me preguntaba qué grado de cercanía hay entre vosotros.

115

–¿Cercanía? Él vive en Glasgow y yo en California, así que no mucha.

–Ya sabes a lo que me refiero.

–Sí, lo sé. Y me pregunto a qué viene esto –lo miró y vio que no estaba enfadado, sino, como mucho, distante. ¿Qué le ocurría? Había pasado dos horas muy agradables y no había dado señales de nada de eso. ¿Cómo podía pasar, en cuestión de segundos, de ser divertido y encantador a transformarse en un robot?

–Te acabo de decir que no veía a Marcus desde el año pasado.

–Ya. ¿Y qué hay de Travis?

Tessa negó con la cabeza.

–¿Qué le pasa?

–Él está mucho más cerca que Glasgow, ¿no? – Noah se inclinó hacia ella y bajó la voz–. Tenías preservativos la primera noche que pasamos juntos. Y parece que Travis conoce muy bien tu casa.

Ella se recostó en el asiento. ¿Qué había sucedido? ¿Por qué le salía ahora con eso? Lo conocía bien y la maldad no formaba parte de su personalidad.

–Esto ya pasa de castaño oscuro. ¿Tienes fiebre?

–¿Qué? No.

–¿Estás seguro? Porque parece que deliras. La fiebre lo explicaría.

–No tengo fiebre. Solo te he hecho una pregunta. ¿Qué grado de intimidad hay entre Travis y tú?

–No es asunto tuyo –contestó ella notando que comenzaba a enfadarse.

–Así que tanta, ¿eh?

–Pues claro, Noah –esa vez fue ella la que se inclinó hacia él mirándolo a los ojos–. Has sido muy listo al descubrir mis más oscuros secretos. Nos vemos cuando hay luna llena y bailamos desnudos bajo el olmo de la parte de atrás de mi casa. Deberías vernos en verano. Lanzamos fuegos artificiales.

Él movió la boca como si se estuviera tragando las palabras que quería decir y ella pensó que hacía bien, porque, si la volvía a insultar, le tiraría lo que le quedaba de té en el regazo.

–¿Solo se te ocurre ser sarcástica?

–Es lo único que te mereces. Por si no lo sabes, soy una persona adulta que ha tenido relaciones sexuales muchas veces antes de conocerte. He tenido citas que han ido muy bien y he llevado a hombres a mi casa. Y eso es asunto mío. Yo no te hago preguntas sobre las mujeres guapas, pero tontas, de las que te despides siempre con un collar de diamantes...

–No son tontas.

–... y soy yo quien tiene que envolverlo y mandarlo. ¿Te he insultado alguna vez por tus preferencias?

Noah tragó saliva.

–No. No era mi intención...

–Pues me has insultado –se levantó, agarró el chaquetón y se lo puso–. Enhorabuena, has estropeado un día precioso.

–No te vayas, Tessa.

–No me apetece estar contigo.

–Al menos, llévate el paraguas –dijo él levantándolo.

–Si lo agarro, puede que te pegue con él –se dirigió a la puerta y salió. Diluviaba, pero no le importó, ya que necesitaría una tormenta de hielo para apagar el fuego que ardía en su interior.

Capítulo Nueve

—¡Maldita sea! ¡Tessa, espera! —gritó Noah. Varias personas se volvieron a mirarlo, pero ella siguió andando a grandes zancadas. ¿Cómo no iba a estar furiosa?, pensó.

Pagó y salió tras ella. Enseguida la alcanzó, la agarró del brazo y la volvió hacia él. La lluvia lo estaba empapando.

—Vas a agarrar una pulmonía. Toma el paraguas.

—No quiero nada de ti —se soltó de su mano y siguió andando.

Noah apretó los dientes e iba a seguirla, cuando una mujer salió de la tienda protegiéndose la cabeza con el bolso.

—Tenga, quédeselo —dijo él dándole el paraguas.

Ella se sobresaltó, pero lo agarró. Y Noah corrió tras Tessa. El agua de los charcos le salpicaba los pantalones mientras se reprochaba su comportamiento con ella. No sabía lo que le pasaba últimamente. Era la primera vez que perdía el control de ese modo, por lo que no culpaba a Tessa por marcharse. Podía considerarse afortunado porque no le hubiera estrellado la tetera en la cabeza.

—¡Tessa, para!

Ella lo hizo. Se volvió hacia él.

—¿Qué quieres? ¿Seguirme insultando?

Él tomó aliento y se apartó el mojado cabello

del rostro. Ella tenía un aspecto lamentable, con el cabello, el rostro y la ropa empapados, pero seguía siendo lo más hermoso que había visto en su vida. Quería abrazarla con todas sus fuerzas, pero le daba la impresión de que no sería bien recibido.

—No, no.

—¿Estás seguro? ¿Por eso has estado tan agradable todo el día? ¿Por eso me has llevado a esos hermosos sitios, te has mostrado divertido y encantador? ¿Era una trampa para poder interrogarme y seguirte sintiendo bien contigo mismo?

Los ojos le brillaban de furia, y no podía culparla por ello.

—¡Claro que no!

Ella se apartó el cabello del rostro y lo fulminó con la mirada.

—Entonces, ¿a qué ha venido todo eso, Noah? ¿Por qué comienzas a lanzarme esa clase de acusaciones?

—No lo sé —negó con la cabeza mirando al suelo mientras intentaba ordenar sus pensamientos, sin conseguirlo. La miró a los ojos y añadió—: No sé a qué ha venido todo eso ni por qué lo he dicho. Desde que esto ha comenzado entre nosotros, Tessa, me parece que el cerebro se niega a funcionarme.

La gente pasaba a su lado a toda prisa huyendo de la lluvia, aunque la mayoría ya debía de estar acostumbrada, pensó Noah. Pero Tessa y él seguían plantados allí, en medio de la tormenta.

Observó que los ojos le seguían brillando de ira, aunque no con tanta intensidad como antes.

—Creo que sé a lo que te refieres —dijo ella— porque yo me he sentido así un par de veces. Pero no voy a dejar que hagas de mí el blanco de tus frustraciones.

–Tienes razón –furioso consigo mismo, intentó averiguar qué le pasaba. Tessa seguía observándolo mientras esperaba una explicación que no podía darle. Sentirse posesivo con respecto a una mujer era algo que no le había sucedido nunca.

Se sentía muy disgustado por todo aquello. Por primera vez había perdido el control de sí mismo.

–Tessa –dijo mientras se pasaba la mano por el rostro–, no sé qué me ocurre.

–Yo sí –contestó ella mirándolo a los ojos–. Lo hemos pasado muy bien juntos. Hemos sido felices durante varios días. Y como no has podido soportarlo, lo has saboteado.

–¿A qué te refieres?

–A que no quieres ser feliz, Noah.

Tessa lanzó un profundo suspiro. Parecía que su ira había desaparecido y la había dejado exhausta.

–Quieres centrarte en la empresa y debes eliminar todo lo que se interponga.

Él quiso contradecirla, pero ¿no era eso, precisamente, lo que se decía a sí mismo? Lo cual le indicó que estaba en lo cierto: había que dar por concluida la aventura y conservar a su secretaria. Era la única solución. Probablemente no habría muchas posibilidades de que siguiera trabajando para él, después de aquello, pero lo intentaría. Perder a su amante le resultaría muy duro, pero eliminar a Tessa de su vida por completo le resultaba imposible.

Debía decirle algo para solucionar aquello, para reparar lo que había roto. Más allá de lo que hubiera habido entre ellos en los último días, le caía bien y la admiraba, y no quería que eso se destruyera.

–«Sabotear» me parece un término excesivo.

Ella negó con la cabeza.

Parecía que recurrir al humor no era la mejor idea.

–Mira, no sé qué me pasa. Puede que tengas razón o puede que no. De lo único que estoy seguro es de que tenemos que refugiarnos de la lluvia o nos vamos a ahogar.

–Muy bien –ya no le brillaban los ojos de ira, pero tampoco le brillaban como los días anteriores.

Él no se dio cuenta.

A la mañana siguiente, salieron juntos de la habitación, pero separados. Por primera vez desde que habían llegado a un acuerdo, no había habido sexo la noche anterior, y Noah se preguntaba si lo volvería a haber. ¿No volverían a estar juntos? Esperaba que no fuera así.

Solo era martes. Tenían hasta el viernes, pero ahora se preguntaba a qué habían ido a Londres.

–Hasta luego –dijo Tessa cuando el ascensor los dejó en el vestíbulo.

Las puertas se abrieron y pasaron del silencio al ruido que causaban dos mil personas hablando a la vez. Aquellas conferencias a Noah le daban energía porque establecía nuevas relaciones comerciales, veía a antiguos amigos y recogía nuevas ideas para hacer avanzar la empresa.

Ahora solo deseaba que toda la gente reunida allí estuviera en el otro extremo del mundo.

–¿Comemos juntos? –preguntó él con precaución–. Podemos intercambiar las notas de las reuniones.

–No puedo. Voy a comer con Morris, de la empresa de fabricación de botellas.

–De acuerdo –Noah asintió. Ella iba a ir a esa reunión en su lugar para obtener información básica sobre la idea que tenía de una nueva botella para el whisky–. Hasta luego, entonces.

Ella se dispuso a marcharse, pero se detuvo y lo miró.

–Noah, vamos a trabajar y hablamos esta noche.

Por el tono de su voz, él no estaba seguro de querer tener esa conversación, pero no le quedaba más remedio. Además, debería imitar su ejemplo y comenzar a establecer límites. Le disgustaba, porque se lo había pasado muy bien los últimos días. Al pasar tanto tiempo libre con Tessa se había divertido como nunca.

–Muy bien. Buena suerte con Morris.

Ella asintió.

–Saluda a Marcus de mi parte.

Mientras la observaba alejarse, Noah pensó que lo había dicho adrede, para recordarle la discusión del día anterior. Tessa no se quedaba callada cuando estaba enfadada, y parecía que seguía estándolo. ¿Y de quién era la culpa?, se preguntó él.

El desayuno con Marcus no le puso de mejor humor.

La familia Campbell dirigía una empresa embotelladora y distribuidora en Glasgow. A Noah le interesaba tener más de un distribuidor en el Reino Unido. No sabía por qué había elegido a Marcus.

Sin duda, habría muchos otros que serían menos irritantes.

Marcus tenía la edad de Noah. Llevaba un traje hecho a medida y el cabello pelirrojo bien cortado. Sus ojos verdes estaban atentos a todo.

Después de hablar de negocios, concretaron los detalles mientras se tomaban un té.

A Noah seguía sin gustarle el té, pero, bien hecho, era mejor que un café malo.

–¿Tessa, tu eficiente secretaria, se pondrá en contacto conmigo? –preguntó Marcus, aunque su cerrado acento escocés le impedía a Noah estar seguro de lo que le había dicho.

Noah frunció el ceño como si reflexionara.

–Sí, te llamará para pedirte la información que necesitamos. Después serán nuestros equipos de abogados los que redacten un contrato con el que los dos estemos de acuerdo.

Marcus tomó un sorbo de té.

–No creo que eso vaya a ser un problema. Pienso que el trato nos beneficiará a los dos.

–Estoy de acuerdo.

–Debo decirte que te envidio por la secretaria que tienes.

–Vaya –Noah le examinó el rostro y comenzó a sentirse molesto. Al verlo con Tessa no le había pasado desapercibido lo mucho que la admiraba. Y ahora, además, ¿tenía también que oírselo decir?

–Sí. Cuando nos encontramos ayer, se portó de manera encantadora –sonrió para sí–. Tenía todos los datos en la cabeza. Esa mujer es una maravilla.

Noah ya lo sabía, así que no le hacía falta que Marcus se lo recordara.

Marcus le guiñó el ojo.

—No le digas nada, pero voy a pedirle que cene conmigo esta noche.

—No creo que pueda. Tenemos trabajo.

—Vamos, hombre. Estamos en una conferencia. Hay que beber, comer y bailar. No se puede trabajar todo el tiempo.

—Lo tendré en cuenta —dijo Noah en tono seco.

El bullicio que había en el comedor, con mucha gente hablando y riendo, impedía que nadie escuchara la conversación. Por las ventanas entraban una suave luz gris. Volvía a llover.

Marcus lo miró durante unos segundos.

—Voy a pedírselo, de todos modos. A ver si tengo suerte.

—Como quieras —dijo Noah, aunque le costó hacerlo. No deseaba que Tessa fuera a cenar con Marcus, pero no sabía cómo evitarlo. En aquellos momentos, ella no iba a hacer caso de lo que le dijera.

—Eres un hombre afortunado, Noah, por tener a una mujer tan brillante como Tessa trabajando para ti —negó con la cabeza y suspiró—. A su lado, Margaret, mi secretaria, parece tonta.

El sentido del humor de Marcus era solo algo menos irritante que su incomprensible acento.

Marcus tamborileó con los dedos en la mesa.

—¿Está contenta con su trabajo?

Noah lo miró con suspicacia.

—¿Por qué lo preguntas?

Marcus dio vueltas a la taza en el platito.

—Porque me estoy planteando hacerle una oferta para quitártela, si es posible.

Por primera vez durante el desayuno, Noah se relajó.

—No va a poder ser, porque ha renunciado a su puesto.

—¿En serio? —Marcus se recostó en la silla y sonrió satisfecho—. Es un estupenda noticia.

Noah negó con la cabeza.

—Se marcha porque quiere dedicarse a su negocio.

—Es fantástica, ya te lo he dicho.

—Fantástica o no, no va a trasladarse a Escocia a trabajar en un puesto al que acaba de renunciar en Estados Unidos.

—¿Qué negocio tiene?

—Uno de venta por Internet —masculló Noah mientras recordaba los lazos que había tenido que hacer en la cocina de ella.

—Estupendo —Marcus sonrió—. Puede trabajar en su negocio en Glasgow, del mismo modo que lo hace en California.

—Va a negarse —al menos, eso esperaba. Entendía que no fuera a trabajar para él, pero no iba a soportar que viviera en Escocia con Marcus, aunque tampoco podría impedírselo

—Voy a intentarlo —Marcus hizo una seña al camarero para que les llevara la cuenta—. Esta vez invito yo, a modo de brindis por nuestro futuro acuerdo.

—Gracias.

—Y, dado que voy a intentar quitarte a Tessa, es lo menos que puedo hacer.

Noah frunció el ceño.

—Buena suerte. Vas a necesitarla

–Me sobra, Noah –dijo Marcus sonriendo–. Me sobra.

Mientras Noah acudía a su reunión matutina, Tessa estaba con un grupo de distribuidores europeos y tomaba notas en la tableta.

Los asistentes explicaban por turnos los pasos dados en la distribución y Tessa se fijaba en ellos. Se podía saber mucho de una persona por su forma de hablar sobre sus empleados y la empresa.

Tres de los asistentes hablaron de sí mismos y dijeron que habían creado la mayor y mejor empresa ellos solos. El cuarto, por el contrario, se dedicó a elogiar a los conductores de camiones, los trabajadores de los almacenes, los de la oficina y a todos los que trabajaban para él. Se refirió a ellos y a sí mismo como un equipo que había sido esencial en la consolidación de la empresa.

Tessa anotó su nombre y el de la empresa. Sería Noah, o tal vez Stephanie, quien tomaría la decisión, pero, si no querían saber su opinión, no deberían mandarla a aquellas reuniones.

Se sobresaltó cuando le vibró el móvil. Miró la pantalla, vio el nombre de Stephanie y contestó en un susurro:

–Hola, Stephanie. ¿Todo bien?

–Muy bien.

El hombre sentado delante de Tessa se volvió hacia ella.

–¡Shhh!

Tessa hizo una mueca.

–Espera un momento –susurró. Salió de la sala

al vestíbulo, ruidoso y lleno de gente. Buscó una silla y se sentó.

—Hola, ya está.

—¿Qué ha pasado?

—Estaba en una reunión y no podía hablar.

—Perdona.

—Me has hecho un favor porque ya tengo lo que necesitaba. Creo que deberías ponerte en contacto con Harry Miller, de Liverpool, que tiene una empresa de camiones. Me ha gustado mucho lo que ha dicho y creo que sería bueno que trabajara para nosotros… Quiero decir, para vosotros.

—Muy bien, gracias. Hablaré con Noah.

Tessa se lo diría cuando lo viera, pero hablar con Stephanie adelantaría las cosas. Pensó que también echaría de menos esa parte de lo que hacía: buscar a la gente adecuada para un trabajo. Le producía satisfacción encontrar a alguien como Harry Miller, cuya empresa, si Graystone la contrataba, experimentaría un gran crecimiento.

Pero no iba a quedarse, sobre todo después de lo sucedido el día anterior. Las cosas se habían torcido tan deprisa que seguía sin saber lo que había pasado. En cuestión de segundos, Noah se había convertido en un desconocido para ella, después de haber estado encantador durante todo el día. Y aunque se había disculpado, ella no se había calmado.

Tessa sabía por qué le había dicho todo aquello. Estaba asustado, algo que él no reconocería. Como ella le había dicho, las cosas estaban yendo muy bien entre ellos, lo cual a él le preocupaba.

Desde entonces, había tanta tensión entre ellos que parecían conocidos atrapados en la suite de un lujoso hotel sin saber cómo comportarse. Ella aún no lo había abandonado y ya lo echaba de menos. Su cercanía, su risa…

«Y el sexo, Tessa. También echas de menos el sexo».

Era cierto. La noche anterior habían dormido en la misma cama, pero como si estuvieran en planetas distintos. No se habían acariciado ni abrazado ni besado.

La discusión estaba allí como un muro que ninguno de los dos pudiera saltar. Y les quedaban dos días de estar juntos. El viernes, como Cenicienta escapándose del baile a medianoche, ella huiría de Noah y su mundo.

Pero no sabía qué iba a hacer hasta entonces.

Respiró hondo y trató de poner una voz alegre para hablar con Stephanie, porque no quería contarle nada de aquello a su amiga.

—¿Qué tal todo por allí?

—No te imaginas lo bien que han quedado las paredes. Y el suelo, cuando esté terminado, va a quedar precioso. La mitad de la oficina ya está acabada.

Se le había olvidado que Stephanie pensaba reformar la oficina mientras Noah estaba fuera.

—¡Qué rapidez!

—Recuerda que les prometí una bonificación —dijo su amiga riendo—. Incluso vinieron el domingo para adelantar el trabajo.

—Eres impresionante.

—Y tú muy perspicaz. Pero baste de hablar de la oficina. ¿Qué tal en Inglaterra? ¿Cómo está mi hermano?

Tessa contestó primero a la pregunta más fácil.

–Inglaterra, maravillosa. Claro que, en diciembre, hace frío y llueve.

Tessa se levantó y fue al bar a por una taza de café. Después volvió a sentarse en la incómoda silla.

–El sábado fuimos a Stonehenge.

–Perdona, pero creo que no te he oído bien. ¿Has dicho Stonehenge? ¿Noah fue a una atracción turística? –preguntó incrédula.

–No es un parque de atracciones, sino un monumento histórico.

–Tú lo has dicho. Conseguir que Noah se tomara un día libre es histórico.

Tessa rio y tomó un sorbo de café. Era increíble que Noah lo hubiera hecho y que lo hubiera vuelto a hacer el día anterior.

–Fue maravilloso, incluso bajo la lluvia. Ayer fuimos a la Torre de Londres, a la Abadía de Westminster y al Palacio de Buckingham.

–Es una pena que sea tan temprano aquí, porque necesito beber algo fuerte.

Tessa sonrió.

–Estuvo muy bien.

–Ya. Por el tono de tu voz, me parece que hubo algo más que las maravillas turísticas. ¿Qué te ha hecho Noah?

–¿Por qué crees que ha sido él?

–Por favor…

Tessa asintió y saludó con la mano a una mujer que conocía.

–Sí, fue él. Ayer por la tarde me dijo unas cosas que me pusieron furiosa. Nos peleamos y, ahora, no creo que yo pueda aguantar aquí hasta el viernes.

Stephanie suspiró.

—Mi hermano es idiota. Sinceramente, creo que la mayoría de los hombres lo son, pero Noah se lleva la palma.

—Tampoco sé por qué lo hizo.

—Yo me lo imagino.

—Yo también. Pero eso da igual. Ambos dijimos cosas que no deberíamos haber dicho y no veo la forma de retractarnos.

—Siempre la hay, si se está dispuesto.

Tessa miró por la ventana. Seguía lloviendo y un mar de paraguas se desplazaba por la calle.

—Eso creía yo antes.

—Ya conocías a Noah y, aun así, lo querías. ¿Y ahora decides que no puedes soportarlo?

Eso se acercaba lo bastante a la verdad para que Tessa se sintiera incómoda. Conocía a Noah, sus virtudes y sus defectos.

—Pero he dejado el trabajo, Stephanie. Estas «vacaciones» con él son algo temporal.

—No tienen por qué serlo.

Tessa rio. Miró a su alrededor, a los centenares de personas yendo de un lado a otro, charlando, estudiando horarios, sentadas a la barra del bar. El personal del hotel estaba ocupado, pero todo funcionaba con normalidad. No todo: Noah y ella habían chocado con una pared de ladrillo.

Todos los asistentes a la conferencia tenían un propósito. Noah y ella también.

¿Qué quedaría, una vez cumplido?

***

130

La cena comenzó de forma tensa. Noah llevaba buena parte del día preguntándose qué iba a decir a Tessa. Y no se le ocurría nada. Al final de la semana, ella se marcharía, después de haber hecho su trabajo. Y acabaría aquel periodo de seducción. ¿Y cómo se quedaría él?

Igual que estaba antes de que todo aquello comenzase, se dijo, salvo porque no tendría a Tessa para compartir sus ideas ni para organizarle los negocios y la vida. No la vería por la mañana y no comería la tarta de canela que ella hacía en Navidad. Se había olvidado de ese detalle hasta ese momento. Y fue otra amarga píldora que se tuvo que tragar.

No tendría a Tessa, pero continuaría teniendo que defender el legado de su familia y conseguir el mejor vodka del mundo, como quería su abuelo. Hasta que no tuviera éxito, no podría plantearse nada más en la vida.

No volvería a acostarse con Tessa porque había comenzado a sentir algo por ella, cosa que no se podía permitir.

–Estás muy callado –dijo Tessa en voz baja.

Estaban en el restaurante del hotel, una suntuosa sala. Los camareros, de esmoquin, se movían entre las mesas y los reservados. Se oía la suave música de un pianista, situado en el centro de la estancia. Había velas en todas las mesas. Era un sitio precioso y la comida estaba deliciosa, aunque a Noah le hubiera dado lo mismo estar comiendo cartón, ya que no la paladeaba.

Prescindir de Tessa en la cama y en el despacho era excesivo, por lo que decidió arriesgarse.

–He estado pensando.

Tessa era hermosa, pero a la luz de la velas era impresionante. Llevaba el cabello suelto sobre los hombros y un vestido negro de tirantes, corto y con un amplio escote.

–Yo también –dijo ella–. Me pregunto si será lo mismo.

–Veámoslo –él dio un sorbo de vino, dejó la copa y miró a Tessa–. Quiero que sigas trabajando para mí.

Tessa rio, bebió a su vez y negó con la cabeza.

–Pues no hemos estado pensando lo mismo.

–Eso no es una respuesta.

–Ya sabes la respuesta, Noah. No puedo quedarme.

–Claro que puedes –y le contó lo que se le había ocurrido durante el largo día que llevaban separados. Sabía que debía tener cuidado y hacerlo bien, ya que no quería volver a insultarla.

–Redactaremos un contrato. Los abogados se encargarán de hacerlo.

–¿Para qué?

–Para establecer el número de horas que trabajarás y lo que se espera de ti en el trabajo. Se acabó lo de estar siempre disponible, Tessa.

–Noah…

–Déjame acabar –se frotó la nuca y se obligó a decir–: Siento lo de ayer. No puedo explicarme por qué te dije aquello, así que puede que, hasta cierto punto, tengas razón en lo de que era un intento de sabotear la relación.

–Gracias por disculparte. Sé que «lo siento» no es algo que digas muy a menudo.

–Porque rara vez me equivoco –contestó él sonriendo–. Tessa, esta aventura, o lo que quiera que sea, debe terminar.

Se dio cuenta de que ella se ponía tensa, lo que no le gustó.

–Lo sabíamos cuando la iniciamos –añadió.

–Así es.

–Pero puedes seguir trabajando –insistió–. Somos personas adultas, así que podemos trabajar juntos sin dormir juntos. Trabajarás menos horas y tendrás libres los fines de semana. Podrás tener un perro y seguir formando parte de Graystone –hablaba deprisa porque notaba que la estaba perdiendo–. Haces muy bien tu trabajo y conoces la empresa casi tan bien como yo.

Ella lo observó sin decir nada.

–Y mira lo que has logrado aquí, en la conferencia. Has conseguido dos distribuidores con los que probablemente firmaremos un contrato. Has organizado la reunión con Marcus. Se te da bien este trabajo, más que bien. Necesito que continúes. Quédate.

–No.

Él echó la cabeza hacia atrás con brusquedad. Le había ofrecido menos horas y los fines de semana libres. ¿Qué más podía hacer?

–¿Eso es lo único que vas a decirme?

–Sí –dio un sorbo de vino–. Es lo único. No puedo quedarme, Noah.

–¿Por qué no?

–Porque te quiero.

Noah se echó hacia atrás de golpe. Eso no se lo esperaba. Estaba preparado para rebatir cualquier argumento que ella le diera, pero ese no se le había pasado por la cabeza.

—¿Que me quieres?

—No hace falta que pongas esa cara. Tranquilo, no me debes nada.

—No sé qué decir —solo su madre le había dicho esas palabras. Aunque, para ser sinceros, llevaba una vida en que evitaba cualquier clase de compromiso que pudiera derivar en aquello.

Ella dio otro sorbo de vino.

—¿Sabes una cosa? ¿Te acuerdas de que comenzamos esto porque quería besarte, al menos una vez?

—Sí.

—Pues también quería decirte una vez «te quiero». No deseo nada de ti, Noah. Solo intento que entiendas por qué no puedo seguir trabajando contigo. Te quiero y tú no me correspondes, así que no puedo quedarme. No puedo seguir trabajando contigo sabiendo que lo que vivimos durante una semana no volverá a suceder.

—Tessa… —debía decirle algo, pero no se le ocurría nada adecuado. No quería hacerle daño, pero no podía prometerle lo que ella deseaba.

Ella lanzó un bufido.

—Déjalo, Noah.

Sorprendido, preguntó:

—¿Que deje qué?

—Deja de buscar algo que decir que no hiera a la pobre Tessa.

—No estaba… —se calló, incapaz de negarlo—. Muy bien. Sí, era lo que estaba haciendo.

—Lo sé —sonrió—. No eres el misterio que crees ser.

No supo cómo tomarse aquello. Lo único que

sabía era que la cena no había ido como quería y que Tessa lo amaba.

–Mira –dijo ella–, lo hemos pasado de maravilla y así quiero que esto acabe: que nos despidamos como amigos y que cada uno siga su camino.

–Así que tengo que dejarte marchar.

–No puedes evitarlo –la sonrisa de ella desapareció–. Y si eres sincero contigo mismo, ya que no conmigo, eso es precisamente lo que deseas.

Antes de que él pudiera contestarle, una voz masculina los interrumpió.

–Perdonad.

Noah apretó los dientes y volvió la cabeza para mirar a Marcus Campbell. No lo había oído llegar y se preguntó cuánto tiempo llevaba allí.

–¿Qué pasa, Marcus?

Este sonrió y desvió la mirada hacia Tessa.

–Quiero hablar contigo ¿Nos tomamos una copa dentro de un rato?

Ella miró a Noah antes de responder.

–Claro. ¿En el bar del hotel, dentro de una hora?

–Estupendo. Hasta luego –hizo un gesto con la cabeza a Noah.

Este lo observó alejarse antes de volverse hacia Tessa.

–Quiere ofrecerte un empleo –le espetó.

–¿En serio? –preguntó ella sonriendo divertida.

–Le he dicho que no estarías interesada.

–¿Ah, sí?

–¿Me equivoco? –preguntó él, asombrado–. Vas a dejar de trabajar conmigo, ¿pero te trasladarías a Glasgow para trabajar con Marcus? –era intolerable.

–No lo sabré hasta que me diga lo que me ofrece.

–¿De verdad? –tuvo que esforzarse para no elevar la voz–. ¿No puedo darte lo que deseas y te marchas del país?

Tessa enarcó las cejas.

–Aunque no te lo creas, no se trata de ti.

–Claro que sí. Hemos discutido, me he portado como un imbécil y te vas a Glasgow.

Ella alzó las manos.

–¿Sabes lo que te digo? Que no soporto más de una discusión al día.

–Tessa –la agarró de la mano–. Perdona. Siento lo de antes y lo de ahora. Ojalá las cosas fueran distintas.

Ella le puso la mano en la mejilla.

–No es lo que deseas, Noah, o harías que lo fueran.

Él la miró a los ojos y supo que se había acabado. Y tal vez ya hubiera llegado el momento de hacerlo.

Notó que una mano fría le apretaba el corazón y no quiso saber por qué. Sentía el calor de la mano de Tessa en el rostro y dejó que penetrara en su interior, porque probablemente sería la última vez.

Se abrió un inmenso agujero negro en su interior y supo que seguiría allí mucho tiempo.

Capítulo Diez

–Podrías trabajar para mí en Glasgow –dijo Marcus sonriendo a Tessa de forma tentadora.

Pero ella, en aquellos momentos, era inmune al encanto y la tentación. Sabía a quién quería y que él no la correspondía. ¿Qué le importaba el encanto de otro hombre?

Se había entregado por entero a la aventura pensando que, después de haber estado con él, se marcharía medianamente satisfecha. Sin embargo, se sentía más vacía y sola que nunca. Había perdido el trabajo, el corazón y a Noah.

Lo único que deseaba era volver a casa, trabajar en su negocio y llevar una vida normal hasta que se le cicatrizaran las heridas.

–Te agradezco la propuesta, Marcus, pero no estoy buscando trabajo.

Había mucha gente en el bar tomando la última copa. La música que sonaba por los altavoces transmitía unas alegría que Tessa no sentía.

–Si no un trabajo, ¿por qué no un aventura? –Marcus se inclinó hacia ella mirándola a los ojos–. Vente un año a Glasgow y trabaja conmigo. Tendrás tiempo para tu negocio, que, según Noah, es muy importante para ti.

–¿Eso te ha dicho? –al menos había prestado atención a algo de lo que le decía.

—Serías feliz en Escocia, Tessa. Y te aumentaría el sueldo que hayas cobrado hasta ahora.

—No se trata de dinero, Marcus, de verdad.

—Ah, entonces, ¿es eso?

—¿El qué?

—Estás enamorada de él.

—¿Tan evidente resulta?

—Tal vez no para todo el mundo —se llevó la mano al corazón y lanzó un profundo suspiro—. Estoy muy decepcionado. Mis planes se han hecho trizas.

Tessa sonrió. Marcus sabía lo atractivo que era y lo utilizaba con cualquier mujer que tuviera a mano. En aquel momento, su innegable carisma iba dirigido a ella, y reconocía que era un arma admirable. En cualquier otra fase de su vida, se lo hubiera pasado bien con él. Era muy guapo, divertido y tenía aquel acento… Pero, al estar enamorada de Noah, no le interesaba ningún otro hombre.

—Lamento haberte destrozado los planes —dijo ella sonriendo—. De todos modos, te agradezco la oferta.

—Lo superaré. ¿Y tú? —preguntó mirándola a los ojos.

—Tardaré, pero lo haré.

Marcus volvió a suspirar, apuró la copa y dijo:

—Hoy le he dicho a Noah que era afortunado. Ahora creo que alguien tan estúpido como para dejar que te vayas no merece serlo.

—¿Por qué no me he enamorado de ti, Marcus? —preguntó ella sonriendo con tristeza.

Él le puso una mano sobre la suya.

—También es un misterio para mí.

Tessa rio, que era lo que él pretendía, y se lo agradeció.

El miércoles por la noche se celebró la ceremonia de entrega de premios, pero Tessa no estaba del humor con el que pensaba que acudiría. Se hallaba allí con Noah, pero tan distantes el uno del otro, que era angustioso. Al menos para ella.

Noah no parecía afectado, que era lo que ella esperaba. Estaba tan resuelto a evitar cualquier clase de complicación que le extrañaba que no la hubiera montado en el avión de vuelta a casa en el momento en que le había confesado que lo quería.

Ella había trasladado sus cosas al otro dormitorio de la suite. No había dormido mucho, así que estaba nerviosa y se esforzaba en no demostrarlo.

Llevaba mucho tiempo trabajando con Noah y aquella ceremonia era la zanahoria al final del palo. Si su vodka ganaba esa noche, alcanzaría el objetivo de honrar a su abuelo.

Tessa se preguntó si el premio le bastaría, si se relajaría, disfrutaría del triunfo y comenzaría a fijarse en la vida que había a su alrededor. Aunque lo más probable era que lo impulsara a conseguir los premios a todas las clases de vodka.

Lo miró. Estaba sentado a su lado. Los camareros servían el postre y el champán. Los hombres iban de esmoquin y las mujeres lucían largos vestidos y joyas de incalculable valor.

El de Tessa era de color escarlata, ajustado y sin tirantes. El collar y los pendientes a juego los había hecho Lynn, con falsos rubíes y diamantes.

Noah no había podido disimular una mirada de admiración al verla en la suite, pero, desde entonces, apenas la había mirado. Se sentía dolida, pero intentó no pensar en ello. «Tendrás que acostumbrarte, Tessa. Los juegos y la diversión se han terminado y la cruda realidad se ha vuelto a imponer».

Sin embargo, su realidad no era cruda en absoluto. Ahora tendría tiempo de disfrutar de la vida, ampliar el negocio, ver a sus amigos… Y echar de menos a Noah con desesperación.

Respiró hondo, agarró la copa de champán y le dio un sorbo.

–Buena suerte, Noah –musitó.

Él la miró. Durante unos segundos, sus ojos se dulcificaron y ella deseó que es ese momento durara eternamente. Pero se acabó de inmediato.

–Gracias, Tessa. Y, pase lo que pase esta noche, gracias por todo lo que has trabajado.

Ella asintió. La conexión entre ellos había desaparecido. Él la había dado por concluida y ella se preguntó cómo lo había hecho con tanta limpieza.

A lo largo de los años, había visto cómo prescindía de las mujeres, pero no se imaginaba lo doloroso que resultaba.

Durante la hora siguiente, aplaudieron cortésmente a los ganadores y bebieron champán. Los camareros no cesaban de volver a llenarles las copas. Por último, se anunciaron los premios al vodka varietal. Tessa notó que Noah se ponía tenso y a ella le pasó lo mismo. Con independencia de lo sucedido entre ellos, esperaba que ganara el vodka de Graystone porque Noah había trabajado mucho para conseguirlo. Mientras el maestro de ceremonias leía los finalistas, ella puso la mano sobre la de Noah, que inmediatamente le dio la vuelta para agarrársela.

—El premio para el vodka varietal es para Graystone, por su vodka con infusión de lima y arándanos.

Noah le apretó la mano con fuerza, antes de soltársela y levantarse. Al llegar al escenario, Tessa aplaudió con el resto de los presentes y lo vio aceptar la medalla de oro que llevaba casi toda la vida intentando conseguir. Al bajar del escenario, la gente se apresuró a felicitarlo.

«Me alegro por él», pensó, Se alegraba de verdad. En ese momento, Anna Morgan se acercó a Noah y lo abrazó. Tessa esperaba que Noah rompiera el abrazo, pero, en lugar de eso, la abrazó a su vez y comenzó a girar con ella, mientras Anna reía y sus amigos seguían vitoreándolo.

Tessa fue incapaz de seguir mirando. Agarró el bolso y se dirigió a la puerta. El ruido era ensordecedor. A pesar del calor que hacía en la sala, estaba helada. Durante unos segundos, cuando Noah le había apretado la mano, le pareció que seguían siendo un equipo. Pero él se había ido y la sensación había desaparecido.

No había motivo alguno para que ella siguiera allí.

Cuando Noah volvió a la mesa, Tessa no estaba. La buscó, sin resultado. Tras una hora de recibir felicitaciones y de buscarla entre la multitud, subió a la suite. Tampoco se encontraba allí y su habitación estaba vacía. La maleta había desaparecido. Tessa se había marchado sin decirle nada.

—¿Por qué se ha ido? —murmuró buscando inútilmente una nota inexistente. Era como si ella no hubiera estado allí.

—Muy bien —dijo en voz alta—, pues sin despedidas.

Dejó el esmoquin en una silla y agarró la medalla que tanto le había costado ganar. Contempló el brillo del oro. Aquello era la culminación de todos aquellos años, la satisfacción de una deuda que tenía con su abuelo.

Debería estar contento.

—Enhorabuena, Noah —murmuró—. Has ganado.

—¡Por amor de Dios! —exclamó Stephanie dos semanas después—. Ve a ver a Tessa. Habla con ella y dejar de hablar conmigo, por favor.

Noah dejó de recorrer el despacho de su hermana y la fulminó con la mirada, aunque ella no se dio cuenta.

—Esto no tiene nada que ver con Tessa, sino con mi nueva secretaria. Llora cuando me habla.

—Es nueva, Noah. Tardará un tiempo en aprender.

—No debería estar aquí. Tessa es la que tendría que estar sentada al escritorio.

Tessa debería estar en sus brazos, en su cama.

—Pues no está. Ha renunciado y tú las has dejado marchar.

–¿Acaso es culpa mía?

–Por supuesto –Stephanie suspiró–. Te quiere, tú la quieres, pero tu cobardía te impide hacer nada al respecto.

Noah se quedó inmóvil y dirigió una mirada a su hermana que debería haberla aterrorizado, pero ella no se inmutó.

–¿Mi cobardía?

–¿Cómo lo calificarías, si no? –Stephanie se levantó–. Ya has conseguido el premio que llevabas años persiguiendo. Hay una mujer que te quiere lo bastante para soportarte, lo cual, en mi opinión, es casi una heroicidad… –Noah intentó decir algo, pero desistió cuando ella alzó la mano para indicarle que no había terminado de hablar–. Y la has dejado marchar, en vez de reconocer que hay cosas más importantes que una promesa que hiciste a los catorce años.

Fue como si hubiera recibido una bofetada. Noah había prometido a su abuelo rehabilitar el apellido de la familia y, por fin, había llegado a un punto en que podía cumplir la promesa. ¿Debía detenerse ahí?

–¿Así que me tengo que olvidar del abuelo y de lo que le debo? ¿De lo que le debemos?

–Nadie dice eso. Puedes tener ambas cosas: triunfar en los negocios y querer a alguien.

Él negó con la cabeza. No había hecho otra cosa que pensar desde la vuelta de Inglaterra. Ahora odiaba estar en su casa porque era enorme, estaba vacía y el silencio se burlaba de él cada vez que entraba. Solo pensaba en la casita de Tessa, donde había luz, un ambiente cálido y estaba ella.

–No lo entiendes, Stephanie –dijo enfadado.

–Claro que lo entiendo, idiota –contestó ella con afecto–. Nos criaron las mismas personas y en la misma casa. ¿Quién, si no, iba a entenderlo?

–Entonces lo entiendes. No puedo estar con Tessa y mantener la promesa que le hice al abuelo.

–De acuerdo –dijo ella pacientemente–. Probemos otra táctica. ¿Quién creó la empresa?

–El abuelo.

–¿Y estaba soltero?

–¿Deliras o qué? No –no sabía dónde quería llegar su hermana con aquello, pero, si su intención era tranquilizarlo, no lo estaba consiguiendo.

–Exactamente –Stephanie rodeó el escritorio y se sentó en el borde–. Estuvo casado con la abuela cincuenta y ocho años, hasta su muerte.

–¿Qué quieres decir?

–¿No lo entiendes? Lo que quiero decir es que tuvo un vida plena y, además, creó la empresa. Amó a su esposa, al idiota de su hijo y a sus nietos y fundó una empresa que tuvo éxito. ¿Crees que le gustaría que lo sacrificaras todo para cumplir la promesa que le hiciste?

¿Tenía razón su hermana? ¿Se estaba portando como un imbécil al negarse a arriesgarse en el amor utilizando la promesa hecha a su abuelo como excusa?

Al mirar a Stephanie notó que algo se despertaba en su interior, aunque no con la suficiente intensidad para expulsar la ira, la frustración y el dolor de haber perdido a Tessa.

Pero con la suficiente para arrojar un poco de luz en las sombras que lo acosaban.

***

–Has vuelto a hablar con Stephanie, ¿verdad?

Tessa dejó de envolver las pastillas de jabón de jazmín y miró a Lynn.

–¿Cómo lo sabes?

–Porque pareces algo más contenta. Sonríes satisfecha. Como soy buena observadora, eso me indica que Stephanie te ha dicho que su hermano se siente muy desgraciado.

Tessa pensó que debía aprender a poner cara de póquer. Se adivinaba claramente lo que sentía. Y Lynn estaba en lo cierto. Había hablado con Stephanie varias veces desde que había vuelto de Inglaterra, por lo que sabía que Noah estaba malhumorado y que discutía con todo el mundo.

No debería alegrarse por eso, pero lo hacía.

–Lo cierto es que debería estar contento por haber ganado el premio.

–Puede que se haya dado cuenta de que no es tan importante como creía –apuntó Lynn.

Tessa negó con la cabeza.

–No, era el objetivo de su vida.

–Tal vez ganar el premio y perderte la misma noche lo haya deslucido. Además, las cosas cambian –Lynn señaló la cocina. Había cajas etiquetadas por todas partes, salvo en la mesa, donde estaban empaquetándolas–. Fíjate. Llevas dos semanas teniendo tiempo de trabajar en tu negocio y ya está despegando.

–Los anuncios en Internet han contribuido. Pero tienes razón. Y es estupendo estar en casa y

145

trabajar contigo –respiró hondo–. Falta una semana para Navidad y estamos mandado el triple de productos que el año pasado.

Después, Tessa se calló y la mente se le llenó, como de costumbre en esos días, de imágenes del tiempo que había pasado con Noah. Deberían hacerla sonreír, pero todo había terminado. Y por eso debería estar contenta, porque trabajaba para ella, tenía tiempo y el negocio crecía.

Sin embargo, echaba de menos a Noah. Suspiró.

Siempre lo echaría de menos.

–Lo has vuelto a hacer.

–Tessa miró a Lynn.

–¿El qué?

–Suspirar. Y tienes esa sonrisa triste y los ojos empañados. ¿Dónde estabas?

–En Stonehenge –Tessa se encogió de hombros–. Fue un día estupendo. Llovía a cántaros, soplaba un viento gélido…

–Sí, un día maravilloso –dijo Lynn riéndose.

–Tenías que estar allí para darte cuenta –ese día era solo uno de los que no dejaba de recordar. Agarró tres pastillas de jabón, cortó un trozo de cinta amarilla y las ató.

Aquello era lo que deseaba, pero no estaba resultando como esperaba. Vendía más, lo cual estaba muy bien, pero no sentía la alegría de antes al trabajar en casa. Probablemente porque no dejaba de pensar en Noah.

–¿Has sabido algo de él? –preguntó Lynn.

–Puedes decir su nombre, no pasa nada. No, no he sabido nada de Noah. Tampoco lo esperaba.

–¿De verdad? Pues, por lo que me has contado, se diría que él se lo pasó tan bien como tú.

–Así es –Tessa sonrió–. Y por eso precisamente no ha hablado conmigo.

–Eso no tiene sentido.

–Bienvenida al mundo de Noah –Tessa sonrió con pesar. Él no se dedicaría a recordar, como ella. Para Noah, cuando algo se acababa, se acababa. Aunque le causara tristeza reconocerlo, probablemente no había pensado en ella ni un solo segundo desde que habían vuelto.

Cansada de sus pensamientos, apartó los jabones.

–¿Quieres un café? –preguntó a Lynn.

–Sí.

Tessa siempre tenía café preparado, por lo que sirvió dos tazas y le dio una a Lynn.

–Vamos a sentarnos un rato. Tengo unas galletas que me ha hecho mi maravillosa vecina.

Lynn rio.

–Ah, mis galletas de chocolate. No queda ni una en casa. Carol dice que se las come Evan, pero ella se levanta a media noche para comerse alguna, y se cree que no lo sé.

Tessa puso las galletas en el centro de la mesa.

–Pues me alegro de haberte reservado algunas.

–Yo también –Lynn agarró una y le dio un mordisco–. Cuéntame cómo es el extraño mundo de Noah.

–No es que sea extraño, ya que para él tiene mucho sentido.

Tessa le habló del padre y el abuelo de Noah y de su empeño en conseguir que su abuelo estuviera orgulloso de él.

–Esa ha sido su principal motivación en la vida. Y ahora que ha ganado el premio al mejor vodka varietal, nada lo detendrá. Quiere ganar también el de las otras clases de vodka.

–Parece más una obsesión que devoción por el trabajo.

–No, simplemente es un exceso de concentración –Tessa se preguntó por qué seguía defendiéndolo. Recordó lo orgulloso que se había sentido la noche en que ganó el premio.

Después había abrazado a Anna Morgan y… Desechó el recuerdo a toda prisa.

–No se permite hacer promesas a una mujer, si cree que no podrá cumplirlas porque se debe a la empresa y al recuerdo de su abuelo.

–Me parece que eres demasiado razonable, Tessa.

–Lo intento –sonrió y añadió–: He tardado mucho tiempo en llegar donde estoy y quiero seguir ahí. No va a hacerme ningún bien seguir enfadada con él. ¿Para qué? Ya no forma parte de mi vida, así que continuar estando furiosa solo me hace daño a mí, no a él.

–Una forma de pensar muy madura –Lynn la observó–. Yo en tu lugar estaría rompiendo cosas y maldiciendo a Carol. Tu estabilidad me pone la carne de gallina.

–¿Te sentirías mejor si te digo que tengo un muñeco que representa a Noah al que le clavo alfileres?

–Sí, es triste pero es así.

–Muy bien –dijo Tessa riéndose–. Compraré uno.

–De acuerdo. Cambiemos de tema.

–Gracias –Tessa no quería seguir hablando de Noah. Le dolía mucho.

–¿Vas a adoptar a Hugo?

–Iba a adoptarlo –dio un sorbo de café y agarró una galleta–. Es un labrador negro de dos años. Me encanta su cara. Te enseñé la foto.

–Es muy guapo.

–Pero he llamado al refugio esta mañana y alguien se me ha adelantado.

Lynn negó con la cabeza.

–Lo siento. Pero seguro que el perro adecuado te encontrará.

–Veremos –dijo Tessa sonriendo–. Voy a buscar en otros refugios.

Lynn dio otro mordisco a la galleta.

–Así que estás bien y contenta y vas a seguir con tu vida.

–Desde luego –Tessa alzó la barbilla, se obligó a sonreír y asintió.

–Mientes –dijo Lynn.

Tessa hundió los hombros, su sonrisa se esfumó y murmuró:

–Desde luego.

No podría seguir adelante mientras no se olvidase de Noah, y eso, se dijo tristemente, no sucedería nunca.

Dos días después, Tessa estaba sola en casa cuando llamaron a la puerta. Al mirar por la ventana vio que el coche de Noah aparcado frente a la casa.

Con el corazón desbocado, corrió a abrir la

puerta. Miró a Noah a los ojos, que le brillaban, y le preguntó:

—¿A qué has venido?

—Se acabó, Tessa. Ya está. No puedo más.

—¿De qué hablas?

Estaba tan guapo como siempre. Llevaba unos vaqueros negros, una camisa verde oscura y botas. Estaba despeinado y tenía la mandíbula rígida, como si estuviera apretando los dientes.

Eso la desconcertó porque estaba habituada a verlo tranquilo e inalterable, y vestido de traje.

—De ti. Hace dos semanas y sigo enfadado. Ganamos el maldito premio en Inglaterra y no te quedaste a celebrarlo.

—¿Por eso estás aquí? —frunció el ceño al recordarlo dando vueltas abrazado a Anna, delante de todo el mundo—. Me pareció que ya lo estabais haciendo Anna y tú sin necesitar mi ayuda.

Él la miró con la boca abierta.

—¿Por eso te fuiste? La abracé durante un minuto porque me creí que eras tú, que habías corrido hacia mí a celebrarlo.

—¿Que era yo? Vamos, hombre.

—Si te hubieras quedado me habrías visto dejarla e ir a buscarte.

Tessa vaciló y no supo qué decir. ¿Había malinterpretado la situación? Dejó de pensar y siguió escuchando a Noah, que aún no había acabado de hablar.

—Después subí a la suite y vi que te habías ido —se pasó la mano por la nuca— sin dejarme ni siquiera una nota. Tuve que enterarme por el portero de que te habías marchado al aeropuerto.

–Estuve a punto de dejarte una nota –pero se convenció de que no tenía nada que decirle. Y ahora se sentía fatal.

–Pero no lo hiciste. Sin embargo, no estoy aquí por eso.

–¿Por qué no entramos y me lo cuentas? No tenemos que quedarnos en el porche.

–No voy a ir a ningún sitio hasta que te diga lo que he venido a decirte.

–Muy bien –contestó ella cruzándose de brazos, una clara postura defensiva–. Dilo.

–He venido porque tengo una secretaria terrible que no puede trabajar sin llorar.

–¿Y a mí qué me importa? –claro que le importaba, pero no quería que él lo supiera.

–Es culpa tuya –levantó las manos en un gesto de impotencia–. Llora si la miro, llora si no funciona la impresora… Te juro que el despacho se va a inundar si las cosas continúan así.

Tessa sonrió.

–Tú ríete. No tienes que solucionar el lío que has dejado al marcharte.

–No puedes culparme.

–No, soy yo quien tiene la culpa –respiró hondo–. Nada va bien desde que te fuiste, Tessa.

A ella le gustó oírselo decir, saber que la echaba de menos.

–No quiero volver a mi antiguo puesto.

–No es lo que te ofrezco –la agarró por los codos.

–Entonces, ¿qué? –preguntó ella mirándolo a los ojos.

–Quiero que vuelvas a trabajar y que te cases conmigo.

–¿Qué? –se soltó de sus manos y negó con la cabeza. No se lo creía. Al pensar en sus intentos de soborno para conseguir que se quedara en la empresa se puso furiosa–. Noah, eso es absurdo y, probablemente, lo peor que se te ha ocurrido en la vida. Me has ofrecido reformarme la casa, comprarme un coche y aumentarme el sueldo, para que siguiera trabajando contigo. Pero ofrecerte a casarte conmigo es ir demasiado lejos.

–¿Qué? No –se pasó las manos por el rostro–. No he sabido explicarme. Eso también es culpa tuya.

–¿Por qué?

–Porque me has dejado hecho polvo al marcharte. ¡Ni siquiera puedo pensar! Que te cases conmigo no es un beneficio laboral extra, sino casi una condena. No soy una persona fácil.

–Es cierto.

–Y estar casada conmigo probablemente será difícil, pero no me importa y a ti tampoco debería importarte, ya que me dijiste que me querías.

–Lo hice, pero…

–Lo que no sabes es que yo también te quiero.

A Tessa le fallaron la piernas. Le resultó increíble estar en el porche de su casa oyendo decir al hombre a quien amaba que la correspondía.

–Te quiero. Te necesito y te tendré, ¡maldita sea!

Tessa rio.

–Qué romántico.

–¿Quieres romanticismo? Puedo ser romántico. Te he traído flores, pero me las he dejado en el coche y ahora habrán desaparecido.

–¿Cómo?

–Da igual. Cásate conmigo, Tessa –le puso las manos en los hombros. Ella sintió su calor, que se le transmitió hasta los huesos, eliminando el frío que sentía desde la vuelta de Inglaterra.

–Me parece bien que tengas tu propio negocio. Te ayudaré cuando pueda, pero no voy a volver a atar lazos porque lo hago muy mal.

–Estoy de acuerdo –dijo ella riendo.

–Puedo ser romántico. Te quiero y deseo que vuelvas a trabajar conmigo, que vivas conmigo y que me quieras.

Tessa no sabía qué decir. Noah le ofrecía todo y lo único que ella era capaz de hacer era mirarlo a los ojos. Ahora no le ocultaban nada. Su rostro expresaba lo que sentía. Era verdad que la quería.

–¿Y la promesa a tu abuelo?

–La cumpliré. Pero me he dado cuenta de que hemos sido tú y yo los que han ganado el premio. Somos un equipo, un muy buen equipo que no debe separarse. Juntos conseguiremos que el vodka Graystone sea el mejor.

A ella se le estaba derritiendo el corazón. Lo notaba en el pecho y era una sensación maravillosa.

–Noah…

–Dime que sí. Te quiero, Tessa. Y tú me quieres.

Ella sonrió.

–Sigo deseando trabajar en mi negocio.

–Por supuesto. Como te he dicho, te ayudaré en todo lo que pueda.

–Volveré al despacho, pero trabajaré media jornada.

–Muy bien. Tessa –dijo apoyando la frente en la de ella–, cásate conmigo.

–Tendrás que acompañarme a Wyoming para conocer a mi familia.

–Será un placer –dijo él comenzando a esbozar la sonrisa de satisfacción que a ella tanto le gustaba.

–Y quiero tener hijos.

–Todos los que desees –contestó él alzando la vista para mirar la casa y el jardín antes de volver a mirar a Tessa–. Pero no en mi casa. Creo que deberíamos vivir aquí, en tu castillo.

–¿En serio? –se casaría con Noah, se quedaría en su castillo, tendría hijos y todo aquello con lo que soñaba. Era el mejor día de su vida–. ¿Quieres vivir aquí?

–Sí, me gusta mucho, aunque tendremos que ampliarla en algún momento. Y tendremos que poner una verja para él.

–¿Para quién?

–Ahora te lo digo –se sacó una cajita del bolsillo. La abrió y le mostró un anillo de zafiros y diamantes–. Tessa, ¿quieres casarte conmigo?

Ella se quedó sin aliento y se llevó la mano a la boca. Sus sueños se convertían en realidad. Noah la quería y estaba dispuesto a cumplir la promesa que le había hecho.

–Sí, Noah, quiero.

Él sonrió y le puso el anillo en el dedo y se lo besó.

–Te quiero. Creo que siempre lo he hecho.

–Lo que importa es que lo sigas haciendo siempre –dijo ella poniéndole la mano en la mejilla.

–Siempre –susurró él inclinándose a besarla.

El beso concluyó unos segundos después, cuando comenzó a sonar un ladrido insistente. Tessa miró el coche de Noah.

–¿Qué pasa?

–Vuelvo enseguida. Es probable que se esté comiendo el asiento trasero.

Salió corriendo hacia el coche, abrió la puerta trasera y sacó algo de su interior. Al enderezarse llevaba un ramo de flores en una mano y un perro negro en la otra.

–Pero qué… Tessa salió corriendo y, al llegar junto a Noah, le quitó el perro de la mano–. No me lo puedo creer. Es Hugo, el perro que quería adoptar.

El animal le lamió el rostro, los ojos y todo aquello que pudo alcanzar, mientras se movía alegremente. Tessa rio extasiada y miró a Noah.

–¿Eres tú quien lo ha adoptado?

–Sí –miró lo que quedaba de lo que había sido un caro ramo de rosas y después dirigió al perro una mirada de pocos amigos–. Hablé con Lynn y…

–¿Ah, sí?

–Sí. Y me dijo que querías adoptar a Hugo, así que lo hice yo para darte una sorpresa. Tendremos que vigilarlo casa segundo. Se ha comido el sofá de casa. Se lo come todo –miró las rosas, de las que, prácticamente, solo quedaban los tallos–. Incluso las rosas.

Ella lanzó una carcajada y abrazó al perro.

–Lo educaremos. Me parece increíble que hayas hecho todo eso.

Le pasó el brazo por la cintura mientras sostenía a Hugo con la otra mano. Echó la cabeza hacia atrás para mirarlo a los ojos.

—Llevo tanto tiempo queriéndote que me resulta difícil creer que esto esté sucediendo de verdad.

—Pues créetelo.

—Y todo porque quería besarte, al menos una vez.

Él sonrió y volvió a besarla.

—Hemos desperdiciado cinco años, Tessa. Deberías haberme seducido antes.

DESEO

JOSS WOOD

ROMANCE
CON UN MILLONARIO

Capítulo Uno

Adie Ashby-Tate había terminado… al menos por aquella noche.

Se despidió del último invitado en la pequeña pero exquisita sala de conferencias del emblemático hotel Grantham-Forrester de la Quinta Avenida, en el corazón de Manhattan, y dejó que su sonrisa se desvaneciera, agradecida por la sala vacía ahora que todos los multimillonarios que habían asistido a su mercadillo navideño se habían marchado.

Le encantaba interactuar con los clientes y mostrarles sus productos pero mantener el encanto durante más de cuatro horas era agotador.

Como le dolían los pies, Adie se quitó los tacones y hundió las plantas en la costosa moqueta. Miró a su alrededor, satisfecha de haber conseguido capturar la esencia de un nevado mercado navideño europeo en aquella salita. Había colocado luces de hadas, el árbol de Navidad de tres metros situado en un rincón estaba cubierto de nieve falsa, y un difusor desprendía aromas de chocolate caliente, piñas y sidra. También bajó la temperatura a un punto cercano al frío para reflejar la sensación de una noche de invierno teñida de nieve.

La habitación sugería riqueza, pero sobre todo romanticismo y espíritu navideño. Los costes implicados le daban escalofríos, pero preparar el escenario, atraer clientes y transportarlos a una época más sencilla valía cada céntimo y todas las horas de trabajo agotador. Una noche que terminaba con un cuaderno lleno de contactos solo podía calificarse de exitosa, y sus proveedores, artesanos de gran talento, iban a estar muy, muy satisfechos con su trabajo. Ya vendrán más pedidos. Sus regalos eran únicos, y a los ricos les gustaba la rareza y la exclusividad.

Después de aquel evento, Adie iba a pasar los días previos a la Navidad en Nueva York para ver si podía abrir una sucursal de Tesoros y Tareas en Manhattan y para averiguar si ella y Kate –una nueva amiga que había conocido por uno de sus clientes– podían trabajar juntas. Necesitaba algo más que unos cuantos pedidos antes de decidirse a invertir tanto dinero en una de las ciudades más caras del mundo. Así que se pasaría las siguientes tres semanas trabajando desde Nueva York, probando el mercado mientras hacía malabarismos con los pedidos de sus clientes de Londres y de todo el mundo.

Las Navidades eran la época de mayor actividad para Adie, pero ella quería y necesitaba llenar cada momento de sus días, especialmente en esta época. Era el momento del año en que los fantasmas del pasado decidían pasarse por allí y arengarla, y ella prefería estar demasiado ocupada como para prestarles atención.

Adie miró las mesas, exquisitamente decoradas. Allí había más de medio millón de libras de inventario, desde tapones de botellas con incrustaciones de joyas hasta plumas bañadas en oro. Pero como algunas de las personas más ricas tenían los dedos más pegajosos, tenía que contar el inventario y luego guardarlo todo. Le llevaría unas horas.

Al día siguiente tenía varias reuniones con clientes potenciales, pero el tipo del que Kate no paraba de hablar, un viejo amigo de Kate al que llamaba «el *influencer* más reacio» del planeta, no se había presentado. Aunque resultó que Adie no había necesitado su apoyo. La noche fue un éxito rotundo.

Adie oyó el golpe de los nudillos en la puerta de la sala parcialmente abierta y se giró rápidamente. Se trataba de un hotel de lujo con buena seguridad, pero el robo siempre era una posibilidad.

El hombre que estaba en la puerta estaba haciendo un buen trabajo para robarle el aliento.

Adie se puso la mano en el esternón y se dijo que era una idiota por sentirse mareada. No era más que un hombre de carne y hueso…

Pero… ¡qué hombre!

Era tan alto que tenía que agachar la cabeza para pasar por la puerta. Hombros anchos, piernas largas y musculosas, y lo que debía ser un abdomen de infarto bajo la camisa de botones verde menta metida dentro de un pantalón negro liso. Llevaba una maltrecha chaqueta de cuero en el puño. Tenía un cuerpo muy atractivo, pero fue su cara la que atrajo la atención de Adie.

Un joven Cary Grant, tal vez… pero rápidamente decidió que no era lo suficiente guapo como para que la comparación funcionara. Tenía la frente ancha y la barbilla fuerte, pero su nariz era demasiado aguileña y una barba demasiado espesa. No, este era un hombre de acción, como sus galanes favoritos de Hollywood: Gerard Butler y Tom Hardy.

–Señora, estaba en la lista de invitados, así que le dejé subir. Espero que esté bien.

Adie apartó los ojos de mistermaravilla para mirar al guardia de seguridad. Enderezó la columna vertebral y se dijo a sí misma que debía actuar de acuerdo a su edad. Tenía como clientes a príncipes multimillonarios y estrellas de cine de primera fila.

Al encontrarse con aquellos ojos claros –¿azul niebla o plata?– bajó las cejas gruesas y rectas, un tono más claro que el color de azúcar moreno de su pelo, se sintió clavada en el suelo, pero finalmente consiguió esbozar una sonrisa cortés.

–Buenas noches. Llegas un par de horas tarde, pero puedes echar un vistazo, si no te importa que yo vaya recogiendo detrás de ti.

–Debería haber llegado antes, pero me he entretenido inevitablemente.

Tenía la voz cálida como el chocolate negro, pero dentro de aquella riqueza, Adie escuchó agotamiento. Francamente, el hombre parecía necesitar un trago. Señaló el pequeño bar que había en la esquina.

–¿Puedo ofrecerle un copa?

–Dios, sí. Por favor. Whisky, si hay.

Adie sonrió ante su entusiasmo y caminó hacia la barra, todavía descalza. Se miró los pies y se encogió de hombros. Aquel hombre llegaba con cuatro horas de retraso, ella estaba recogiendo y los zapatos de tacón de ocho centímetros eran bonitos pero tortuosos, así que tendría que aguantar sus pies descalzos. Y a juzgar por la mirada que dirigió a sus piernas, desnudas bajo los bordes de un vestido de cóctel rojo que le llegaba a medio muslo, le gustó bastante lo que vio.

Hacía tiempo que no se encontraba con un hombre que la hiciera sentir tanto calor como escalofríos. Era

6

una sensación deliciosa pero, se advirtió a sí misma, también peligrosa.

Adie sostuvo dos botellas en el aire.

—¿*Bourbon* o escocés?

—Escocés, por favor. Con hielo, si puede ser.

Adie sirvió una buena cantidad en dos vasos y levantó la tapa de una cubitera. Agarró los cubitos de hielo con unas pinzas de plata y vertió un par de ellos en los vasos de cristal antes de volver a acercarse a él. Sin los tacones, la parte superior de su cabeza solo le llegaba a la clavícula, y junto a él se sentía delicada y deliciosamente femenina.

Adie le pasó el vaso y los dedos de él se deslizaron sobre los de ella, enviando una deliciosa corriente por el brazo. El calor se acumuló entre las piernas y se sintió a la vez lánguida y excitada. Adie miró sus dedos, que seguían en el cristal, rodeados por los de él, más oscuros. Quería ver y sentir aquellos dedos cubriéndole los senos…

¡Santo cielo! ¿Qué estaba pasando aquí?

Adie apartó la mano, dio un paso atrás y se llevó su vaso a los labios, esperando que él no se diera cuenta. No le gustaba sentirse tan descontrolada. Ni siquiera en los viejos tiempos, cuando utilizaba a los hombres y su atención como distracción, había experimentado una reacción tan intensa. Por aquel entonces, se preocupaba más por lo que un hombre podía hacer por ella, mental y emocionalmente, que por lo que le provocaba.

El hombre se detuvo frente a un maniquí dorado sin rostro que llevaba una diminuta camisola y braguitas y ladeó la cabeza. Extendió la mano y acarició la seda entre los dedos.

–Es de uno de los diseñadores más exclusivos y con más talento del mundo. Está hecho de seda de Lyon ribeteada con encaje de Chantilly, y viene en todos los colores que puedas imaginar –murmuró Adie sintiendo cómo le ardía el rostro–. Obviamente, tiene otros diseños, si esto no es lo tuyo.

Los labios del hombre se fruncieron y aquellos preciosos ojos brillaron divertidos.

–No es lo mío en absoluto. Soy más de los que quitan que de los que se ponen.

Adie sonrió ante su broma.

Él se aclaró la garganta y Adie se obligó a conectar la mirada con la suya. Aquellos ojos se oscurecieron, se volvieron intensos.

–Es una preciosidad– afirmó él sin apartar los ojos de los suyos. Adie no estaba segura de si se refería a ella, a la lencería o a ambas cosas–. Me gustaría verlo en un escenario más natural…

Y Adie no tendría ningún problema en ponérselo para él. Podía imaginar tranquilamente una cama enorme, lujosas sábanas de seda, una botella del mejor champán en cubitera de hielo y apasionada música de fado sonando de fondo.

Adie bajó la mirada, bebió un sorbo de whisky y dejó el vaso sobre la mesa, agradecida cuando él reanudó su lento paseo por las mesas, con aquellos ojos claros e intensos recorriendo su inventario. Agarró un adorno de cristal soplado para el árbol de Navidad y sostuvo el precioso diseño del pavo real a la luz.

–Es cristal soplado y pintado a mano. Los cristales del plumaje son diamantes.

Él no reaccionó, se limitó a dar un sorbo a su bebida y a mirar la caja abierta de galletas navideñas.

–¿Y estas?

Adie observó su perfil, preguntándose si su pelo ondulado sería tan suave como parecía. Inhaló su olor a almizcle y a sol. Necesitó de toda su capacidad de procesamiento para dar sentido a su pregunta.

–Eh… están hechas a mano en el Reino Unido con papel ecológico de lujo. Se hacen a medida. Un cliente le compró a cada uno de sus hijos un coche nuevo por Navidad y metimos las llaves del coche dentro.

Los labios del hombre se curvaron en una media sonrisa y Adie deseó desesperadamente saber si su boca era tan hábil como sexy. Estaba claro que necesitaba tener relaciones sexuales más a menudo; aquella reacción era ridícula. Pero, al igual que las relaciones, los encuentros sexuales al azar no eran lo suyo.

Aunque estaba considerando seriamente hacer de aquel hombre la excepción a su regla.

–Supongo que esos chicos no recibieron un modelo básico.

Por supuesto que no, sus clientes no entendían la expresión «modelo básico».

–Porsches y Lamborghinis.

Él silbó y continuó.

–¿Estás buscando algo en concreto? –preguntó Adie tratando de juzgar si era un derrochador. Llevaba unos pantalones de calidad y zapatos caros, pero no sabría decir si era multimillonario, millonario o simplemente rico. Por desgracia, si solo era rico, no podría permitirse lo que ella ofrecía. Sus productos estaban dirigidos a la sección de multimillonarios y multimillonarios del mercado.

–Solo estoy mirando.

Adie había aprendido que aquellas palabras eran a

menudo una forma de decir «me gusta, pero no puedo pagarlo». Bueno, tal vez no fuera un buen negocio, pero resultaba muy agradable de ver… Adie consultó el reloj y se dio cuenta de que eran más de las once y que aún tenía un par de horas de trabajo por delante. Al día siguiente le esperaba un largo día repleto de reuniones. Era hora de meterle prisa al guapísimo.

—¡No puede ser!

Al escuchar su arrebato, Adie dirigió la mirada hacia el objeto que el hombre tenía en la mano y sonrió. La pieza central del objeto era un diamante en forma de corazón de 3,5 quilates, y más diamantes redondos tachonaban la banda de piel de cocodrilo.

—¿Es un collar de perro? ¿Por trescientos mil? —exclamó con tono indignado.

—Es precioso, ¿verdad? —Adie le quitó el collar de la mano y examinó el intrincado trabajo.

—¿Cómo puede alguien gastarse tanto dinero en un perro? No me malinterpretes, me encantan los animales, pero ¿esta cantidad de dinero?

—Mis clientes adoran a sus animales —explicó Adie.

Dejó el collar del perro, apiló las cajas de bombones caseros y las apartó a un lado, dejando suficiente espacio para sentarse en la pesada mesa con las piernas colgando. Se sentía muy bien al no tener que estar de pie. Agarró un plato de bombones para probar y se lo ofreció.

Él negó con la cabeza.

—No suelo comer chocolate.

—Este te va a encantar —le aseguró Adie—. ¿Has probado alguna vez chocolate con beicon y chili mexicano?

–Va a ser que no.

–Es algo raro, delicioso y…

–Absurdamente caro –el hombre terminó por ella la frase y sonrió.

Adie chasqueó los dedos y le señaló con el índice.

–Veo que lo pillas.

Observó cómo él se metía el chocolate en la boca y deseó que fueran sus labios los que hicieran contacto con los suyos.

Adie se revolvió en el sitio y exhaló un suspiro frustrado. Como tenía la necesidad de hacer algo con las manos, agarró otra trufa de chocolate, la miró y le dio un agridulce mordisco.

Maravilloso… rico, cremoso y, demonios, ¡picante! Adie masticó, tragó y se llevó la mano a la boca. Le miró a los ojos risueños, del color de la niebla, y se sonrojó.

–Wasabi. No me lo esperaba…

–¿Quieres un poco del mío?

Adie miró la trufa a medio morder en sus dedos y se preguntó si iba a darle el resto del bombón. Súbitamente desesperada por tener algún contacto con él, cualquier contacto, asintió lentamente.

Él pareció dudar y sus ojos le recorrieron el rostro. A Adie le quedó claro que estaba tanteando el terreno, queriendo asegurarse de que interpretaba sus señales correctamente.

Y así era.

Sus ojos se fijaron en los de ella, fascinantes y misteriosos, mientras se llevaba el chocolate a la boca y apoyaba las manos en las rodillas de ella. El calor le subió por la espina dorsal cuando le separó suavemente sus piernas, entrando en el espacio que había creado.

Adie le sostuvo la mirada con respiración entrecorta-da mientras él bajaba la cabeza… cada vez más cerca, hasta que sus labios estaban a un suspiro de los de ella. Incapaz de soportar el suspense –deseaba su beso más de lo que necesitaba respirar–, levantó las manos hacia el pecho de él y apoyó los labios en los suyos. Suaves, duros, ambas cosas a la vez, y cuando la lengua calien-te de él jugueteó con la comisura de sus labios para que se abrieran, Adie le siguió de buen grado. Pero en lugar de su lengua entrando en la boca, saboreó el chocolate agridulce con un toque de chili salado.

Adie, que quería más, que lo quería todo, le rodeó la nuca con la mano y lo mantuvo en su sitio, disfru-tando de las caricias de su lengua cubierta de choco-late contra la suya, del modo en que las yemas de los dedos del hombre le apretaban la piel de las caderas mientras le cubría la mandíbula con la otra mano.

Adie le escuchó gemir y luego sintió sus manos en la cintura, acercándola para que la curva de sus piernas se conectara con la rígida erección de él, y sus pies se enroscaran en la parte posterior de sus rodillas.

Sentía como si se hubiera lanzado desde un acan-tilado a una cálida y profunda piscina de placer. Re-corrió su fuerte y musculosa espalda con las manos antes de pasar al espectacular trasero, y se sintió de maravilla. Quería aquello, quería más… verlo des-nudo, saborear cada centímetro de su piel caliente y masculina.

Había pasado tanto tiempo…

Él se apartó para cubrirle de besos la mandíbula, los pómulos, las sienes… tenía la respiración agitada, y Adie se deleitó en la idea de que la deseaba tanto como ella a él.

Le agarró la mandíbula con una mano, buscándole la boca. Sin darse cuenta de dónde estaba, le tomó la mano y se la colocó sobre un seno, gimiendo cuando la yema del pulgar le rozó el pezón. El hombre le giró ligeramente la cabeza hacia un lado y cambió el ángulo del beso, profundizando, exigiendo silenciosamente que ella le diera todo…

Adie le sacó la camisa de los pantalones y suspiró en su boca cuando sus manos encontraron unos músculos duros. Exploró las suaves protuberancias de su columna vertebral, y cuando llevó las manos a los costados y al vientre con intención de seguir descendiendo, sintió su mano en la suya deteniendo su avance.

Él se puso rígido, dejó de besarla y, tras un instante, separó su boca de suya.

La miró fijamente durante largo rato, con los ojos grises como el acero por la pasión y la respiración entrecortada.

–Eres preciosa – murmuró.

–Bésame otra vez –suplicó Adie con un deseo que superaba su orgullo.

Él negó con la cabeza.

–Si lo hago, no podré parar.

Adie sabía que aquello no estaba bien, que estaba corriendo un gran riesgo, y sin importarle, se encogió de hombros.

–Entonces, no te detengas.

Una parte de Adie dudó, preguntándose cuáles eran sus verdaderas motivaciones. ¿Actuaba así por la época del año que era, la temporada de las dudas y los remordimientos? En aquellas fechas siempre se cuestionaba a sí misma. ¿Estaba tomando las decisiones adecuadas? ¿Estaba realmente contenta con su vida?

Pero nunca nadie le había hecho sentir tanto tan rápidamente. Hacía mucho, mucho tiempo que no usaba a un hombre, y nunca se había ido con nadie a la cama tan deprisa. Ahora quería más, quería una noche de pasión salvaje y si sus besos eran el preludio del evento principal, le esperaba el mayor placer de su vida.

Era una mujer adulta y se le permitía explorar su sexualidad, así que esta noche no iba a dudar de sí misma, a preguntarse si estaba volviendo a caer en viejos patrones destructivos. Por la mañana podría analizar sus acciones y lidiar con su arrepentimiento, pero no iba a hacerlo esta noche.

—Tengo una habitación arriba —susurró Adie con el corazón en la boca.

El hombre le deslizó el pulgar por el labio inferior. Cuando abrió la boca para hablar, a Adie le sonó el móvil al otro lado de la habitación. Pero a ella solo le interesaba él, y lo miró fijamente, esperando su respuesta. ¿Por qué dudaba? ¿Se estaba haciendo el duro?

—Yo...

El teléfono volvió a sonar, y a través de la nebulosa del deseo, Adie reconoció el tono de llamada. Era Kate. Si no contestaba, su amiga seguiría llamando. Era muy persistente.

Adie lo apartó de sí y saltó al suelo.

—Lo siento, si no contesto va a seguir llamando.

Él asintió y Adie pasó por delante de él para dirigirse a su bolso. Sacó el móvil del bolsillo lateral, molesta y frustrada, y frunció el ceño mirando la pantalla.

—¿Qué pasa? —preguntó con sequedad al responder.

—Me acabo de dar cuenta de que te he dejado sola recogiendo todo. Voy a volver para ayudarte.

–No, no, no es necesario.

–No me gusta que estés sola con tantos objetos de valor. Ya sé que la seguridad allí es buena, pero cualquiera podría colarse.

Los ojos de Adie recorrieron la habitación hasta donde estaba él, con las manos en los bolsillos, tirando de la tela de los pantalones que le cubrían la dura erección. ¿Quién era y qué hacía realmente allí? A medida que la sangre volvía a su cerebro, las palabras de Kate calaron y Adie se mordió el labio, ¿La había besado para distraerla y poder meterse algo valioso en el bolsillo? El collar de perro era demasiado grande, pero los tapones de botella con incrustaciones de diamantes y las tarjetas de memoria de oro se podían ocultar fácilmente.

¿De verdad le había invitado a subir a su habitación? ¿Se habría marchado con él sin registrar la sala?

Dios, ¿qué demonios le pasaba? Era un desconocido, y ella había estado a punto de arriesgar su cuerpo, su seguridad y su negocio. Estaba actuando como cuando era joven, impulsivamente y sin pensar, buscando atención, buscando una distracción.

Adie se negaba a volver a aquel lugar, a recuperar aquella personalidad que había tenido. Había trabajado demasiado como para poner en peligro todo lo que le había costado conseguir, para convertirse en la persona que ahora era. Ningún hombre, por muy atraída que se sintiera hacia él, merecía que retrocediera ni un centímetro.

Colgó a Kate y se cruzó de brazos, forzándose a mirarlo a los ojos. La pasión se había esfumado y su mirada era ahora gris y dura.

–Veo que retiras tu oferta.

Adie se mordió el labio inferior. Sacudió la cabeza en dirección hacia la puerta.

—Creo que me he dejado llevar —dijo en voz baja. Si me disculpas, tengo trabajo que hacer.

El hombre se le acercó y se detuvo a un centímetro de ella. Adie se negó a moverse y mantuvo los brazos cruzados a modo de barrera para que no se acercara más. Se puso rígida cuando él le depositó un beso suave en la comisura de la boca.

—No hace falta que te pongas a revisar, no he robado nada —le dio otro beso en el pómulo y luego en la sien—. Gracias por el chocolate. Ha sido un placer conocerte.

Le dirigió una sonrisa sexy, pero Adie se dio cuenta de que no le llegaba a los ojos.

—Pero besarte ha sido aún mejor.

Adie no dijo nada mientras se daba la vuelta. Lo observó caminar hacia la puerta, mordiéndose el labio inferior para no llamarlo de nuevo, para no rogarle que la llevara a su habitación y le mostrara lo bueno que podía ser el sexo.

Porque sabía que con él sería demasiado fantástico.

Las Navidades eran una pesadilla, decidió Hunt Sheridan recostándose en la silla y apoyando los pies en la esquina del escritorio.

Después de Acción de Gracias la productividad bajaba, la pereza aumentaba y parecía que todos sus empleados se distraían pensando, planificando y charlando sobre las festividades navideñas.

Si por Hunt fuera, cancelaría todas las vacaciones. Pero aunque la Navidad no significaba nada para él, había gente obsesionada con esa celebración, y a juzgar por lo que había visto la noche anterior, estaba dispuesta a gastarse mucho dinero.

¿Trescientos mil por un collar de perro? Increíble.

Hunt echó la cabeza hacia atrás y se frotó los ojos, reconociendo de mala gana que los collares de perro, los tapones de vino y el chocolate agridulce no eran lo que ocupaba su mente.

Era Adie Ashby-Tate.

Supo quién era en cuanto entró en el salón de baile del Grantham-Forrester. La reconoció al instante por las incesantes publicaciones de Kate en las redes sociales. ¿Y quién sino la dueña de la empresa iba a ser la última en salir?

Con sus rizos salvajes color chocolate cortados cerca de la cabeza y sus delicadas facciones, le recordaba a una joven Audrey Hepburn. Tenía la piel de tono crema intenso y los ojos…

Hunt se pasó la mano por el pelo y dejó salir una larga bocanada de aire. Aquellos ojos… cielos, eran preciosos. Destacaban sobre el fondo de su piel luminosa con el color de dos granos de café oscuro sobre un lecho de nieve. Su cuerpo, delgado pero con curvas, había sido toda una revelación que encajó perfectamente en él como si fuera una pieza de rompecabezas que no sabía que le faltaba.

El efecto que le provocaba bajo los pantalones… ¿Cuántos años tenía, treinta y cinco o quince?

Hunt se frotó la mandíbula con la mano. Se había sentido inmediatamente atraído por su aspecto, pero al tener la oportunidad de estar con ella al final evento, había visto a la mujer que se ocultaba bajo la vendedora, una mujer más con los pies en la tierra de lo que esperaba para ser alguien completamente inmerso en aquel mundo, el mundo de Hunt.

Era un lugar repleto de opulencia, servicio fantástico y experiencias inolvidables. Era un mundo de excesos y ostentación, gratificación instantánea, orgullo y arrogancia. Según su investigación en internet, el padre de Adie era un lord británico; su madre, una heredera tabaquera estadounidense; y ella era hija única. La madre de Adie había sido una famosa modelo y su padre jugador profesional de polo antes de heredar una fortuna de sus padres. En la actualidad, su padre no hacía gran cosa aparte de ir de yate en yate y de mansión en mansión acompañado siempre de mujeres jóvenes de grandes pechos.

Su hija era en gran medida un producto de aquel mundo rico y aristocrático. El vestido que llevaba Adie era de un diseñador famoso, y en sus bonitos lóbulos brillaban unos pendientes de brillantes. Llevaba un perfume caro, y tenía el acento de la clase alta británica. Era una auténtica aristócrata y, aunque no la había visto trabajar, Hunt sabía que lo había hecho con gracia y encanto.

Debería haberse presentado, eso era obvio, pero si lo hubiera hecho, no habría tenido la oportunidad de besarla, de sostener su esbelto cuerpo contra el suyo, de sentir sus elegantes curvas bajo sus temblorosos dedos. Le sorprendió que le ofreciera subir con él a la habitación porque no parecía esa clase de mujer, pero quiso aceptar su inesperado ofrecimiento, porque, qué diablos, sus besos lo habían dejado sin palabras.

Pero sabía que Adie querría saber con quién iba a acostarse –un cliente potencial, uno de los empresarios más influyentes de la ciudad, según Kate–, y estaba a punto de presentarse cuando sonó el maldito teléfono. Cuando regresó tras contestar la llamada, estaba claro que Adie se lo había pensado mejor y que iba a retirar su oferta. Así que le dio un beso de despedida sabiendo que volvería a verla en menos de dieciocho horas.

Y que pronto retomarían donde lo habían dejado.

Hunt tenía trabajo que hacer, mucho trabajo. Pero como estaba actuando como un adolescente, no podía dejar de pensar en los dulces y sensuales besos de Adie. Habían sido los más sexis de su vida y, si hubieran llegado a lo realmente bueno, Hunt pensó que habría habido muchas posibilidades de que incendiaran el hotel.

No recordaba cuándo había sido la última vez, si es que alguna vez la hubo, que tuvo esa necesidad de tomar a una mujer allí mismo, en el suelo.

Hunt soltó un gruñido de frustración, molesto por no poder concentrarse en otra cosa que no fuera aquella hermosa mujer de grandes ojos marrones y cara de duendecillo.

Él no era así. Las mujeres nunca le distraían, y no permitía que afectaran a su productividad. El trabajo era lo único importante. Tenía varias empresas que dirigir, un legado que crear, objetivos que alcanzar. Las personas –mujeres, amigos, conocidos– le quitaban tiempo, cuando podía estar trabajando. Pero aquí estaba, completamente distraído.

Que Dios lo ayudara.

Hunt escuchó que se abría la puerta de su despacho y levantó la vista cuando su ayudante se acercó a la mesa sin apartar la vista de su tableta.

–Entonces, ¿Griselda está fuera de la lista de personas a las que debo comprar un regalo de Navidad? ¿Es correcto?

—Sí.

Hunt percibió la curiosidad en los ojos de Duncan, pero no le explicó que había roto aquella ¿aventura?, ¿relación de amigos con derechos?, con Griselda unos días antes, cuando ella le pidió que considerara la posibilidad de criar un hijo con ella. Su «diablos, no» fue la vehemente explosión que puso fin a su relación.

Sinceramente, la gente le agotaba.

Creía que le había tocado la lotería con Griselda. Después de haberse pasado la infancia de una familia de acogida a otra, de su corto pero dramático matrimonio y de la muerte de su mejor amigo y socio, había elegido deliberadamente a una mujer que no exigiera nada, ni económica ni emocionalmente. Y así había sido con Griselda hasta el otro día, cuando le propuso que fuera el padre de su hijo.

Y todos los pensamientos sobre su ex se desvanecieron al conocer a Adie la noche anterior...

Duncan apretó los labios.

—Bueno, no comprarle a Griselda una pieza de arte o una joya cara te ahorrará un buen dinero.

Hunt disimuló una sonrisa y confió en que su expresión siguiera siendo inescrutable. Incluso después de tantos años como su asistente personal, Duncan todavía actuaba como si Hunt estuviera al borde de las bancarrota. Dado que tenía dinero suficiente para cien vidas, incluso aunque decidiera no trabajar nunca más, la actitud de Duncan de ahorrar y recortar gastos suponía una constante fuente de diversión.

Hunt se reclinó en la silla, levantó la vista y percibió una preocupación más profunda en los ojos de

Duncan, algo más intenso que el coste de los regalos. Duncan era casi tan estoico como Hunt, por lo que ver su rostro estresado fue una sorpresa.

–¿Va todo bien? –le preguntó.

Duncan se agarró al respaldo de la silla que había frente al escritorio y negó con la cabeza.

–Acabo de recibir un correo electrónico… Mi primera pareja, el hombre con el que creía que me iba a casar, está en el hospital tras sufrir un episodio cerebral. Por alguna razón, y aunque hace más de quince años que no estamos juntos, me designó para tomar cualquier decisión médica si él estuviera incapacitado. Y está incapacitado.

Hunt percibió la confusión, la sorpresa y el miedo intenso en la voz de Duncan.

–Lo siento.

La cabeza de Duncan se movió arriba y abajo en un escueto reconocimiento de la simpatía de Hunt.

–Sé que no es un buen momento para que me tome unos días, hay mucho que hacer con la recaudación anual de fondos de tu fundación.

Lo cierto era que Hunt se había olvidado de la recaudación de fondos anual de Navidad. Aquel año iban a probar algo nuevo: una carrera urbana de búsqueda del tesoro. Todos los fondos recaudados se destinarían a la Fundación Williams-Sheridan, llamada así en honor a la amistad entre él y su mejor amigo, Steve.

Duncan lo había organizado todo de forma discreta y eficaz, y la participación de Hunt consistía en presentarse en el cóctel y entregar los premios a los equipos ganadores.

Duncan también compraba los regalos de Navidad para los principales clientes de Hunt, sus proveedores favoritos y para los deportistas que actuaban como embajadores de su marca. Era su mano derecha, y conseguía que la vida de Hunt funcionara sin problemas. No solo gestionaba su oficina con aplomo, sino que también le compraba entradas para el teatro, hacía reservas en restaurantes, lidiaba con los responsables del servicio de sus casas y le preparaba las escasas vacaciones que se tomaba.

Y hacía que las Navidades fueran más llevaderas protegiendo a Hunt del caos de aquella época. Pero Duncan necesitaba tiempo para sí mismo, y Hunt tenía que anteponer las necesidades de su ayudante. Sobreviviría a la Navidad… o no.

—Llama a Jeff y dile que prepare el avión para que salga tan pronto como se pueda.

El rostro de Duncan reflejó su gratitud por el ofrecimiento para utilizar su avión privado.

—Puedo reservar un vuelo comercial, será mucho más barato… —protestó Duncan.

—Usa mi avión, Duncan —le dijo con un tono que no daba lugar a más protestas.

Duncan asintió con un gesto de agradecimiento.

—En cuanto al trabajo, seguramente me pasaré el día en el hospital, así que podré seguir siendo productivo. Me llevaré el portátil y el móvil.

Hunt se levantó y rodeó el escritorio para poner brevemente la mano en el hombro de Duncan.

—Trabaja si quieres, Duncan, pero no porque tengas que hacerlo. Puedes simplemente estar con tu amigo.

Duncan tenía los ojos algo húmedos.

—Gracias —murmuró—. Kate y Adie Ashby-Tate estarán aquí en cinco minutos.

Hunt estaba deseando encontrarse con Kate, la gemela de Steve. Fue ella la que le llamó a principios de semana para pedirle que asistiera al mercado navideño de la noche anterior.

–Voy a terminar algunas cosas aquí y enseguida me pongo con un plan para gestionar tu horario navideño, los eventos que tienes y la carrera de la caza del tesoro.

Al ver la hora que era, Hunt se levantó y se abotonó la chaqueta del traje. Luego se acercó al enorme ventanal con vistas a Central Park y frunció el ceño ante las oscuras nubes grises. Estaba previsto que nevara aquella tarde, no iba a ser una gran nevada, pero eso no le impediría a Hunt salir a correr por el parque, como hacía diariamente. Necesitaba como el aire mantenerse en forma y pasar un rato cada día al exterior. Si no lo hacía, sentía que las paredes de la oficina y de su apartamento se cernían sobre él, sacando a la superficie los recuerdos de todas las casas de acogida en las que había vivido.

Después de la reunión con Kate y Adie, caminaría hacia el parque y volvería. Eso le serviría hasta que pudiera ponerse la ropa de hacer deporte. Hunt se giró cuando llamaron suavemente a la puerta y vio a la esbelta mujer que entraba en su despacho.

Allí estaba…

Le aterrorizó darse cuenta de que había echado de menos a aquella mujer a la que no conocía.

23

Capítulo Dos

Al entrar en aquel enorme y luminoso despacho con vistas a Central Park, Adie esbozó una sonrisa profesional. Aquella era una reunión importante. Hunt Sheridan era amigo de Kate, alguien influyente y la persona que Adie necesitaba enganchar si quería tener la posibilidad de introducirse rápidamente en la sociedad de Manhattan.

Kate le había explicado a Adie que tal vez Hunt Sheridan ejercía tanta influencia porque le importaba un bledo lo que la sociedad pensara de él o si lo aceptaban o no. Según le contó, podía ser un hombre encantador si lo quería, pero también podía ser exigente e impaciente.

Un hombre duro, le dijo.

Cuando Adie vio a aquel hombre de pie cerca de la ventana, supo lo duro que podía ser. Se detuvo de repente y su mirada se cruzó con la suya. Supo entonces que él había sabido exactamente quién era ella la noche anterior, mientras Adie lo ignoraba todo de él.

Lo miró ahora con su traje negro de diseño italiano, la camisa blanca y la corbata plateada. Y si la noche anterior había albergado alguna duda sobre su riqueza, esta mañana no la tenía. Parecía lo que obviamente era: rico y poderoso.

Y Adie le había pedido que subiera con ella y que la viera desnuda. Qué humillación. Se había pasado muchas horas desde su encuentro maldiciéndolo, pero sobre todo maldiciéndose a sí misma. Ya no caía rendida en brazos de los hombres. En la adolescencia y a los veintitantos había sido adicta a la atención, lanzándose a los brazos de cualquier hombre que estuviera dispuesto a sostenerla. Se enamoraba fácil y completamente, convencida de que ese hombre sería el que le daría lo que tanto ansiaba: amor, tiempo, atención, una familia.

La mayoría de los chicos huían, asustados por su intensidad. Pero unos pocos se quedaron y, como estaba completamente desquiciada, cuando le hablaban de llevar la relación al siguiente nivel, diciéndole un «te quiero», un «vamos a vivir juntos» o incluso un «¿quieres casarte conmigo?», era ella la que se marchaba de allí como alma que lleva el diablo.

Porque las cosas que más deseaba eran también las que la aterrorizaban.

Y ahora sabía que era mejor estar sola que ser rechazada.

Porque nada duraba para siempre.

Cinco años atrás, poco después de cumplir los veinticinco, se dio cuenta de que su comportamiento era destructivo y degradante. Tras reflexionar mucho sobre sí misma, aceptó el hecho de que buscaba constantemente la atención porque nunca la había recibido de sus padres cuando era niña. Aceptó el hecho de que utilizaba a los chicos y las relaciones como una distracción para llenar los agujeros de su corazón. Después de años de perseguir el amor, había decidido que ya no lo quería. Necesitaba aprender a ser feliz por sí misma.

Al mantenerse ocupada y llenarse de actividades, se había vuelto fuerte e independiente, totalmente centrada en su trabajo y comprometida con la prestación de un servicio de seis estrellas a sus clientes. Nunca había permitido que surgiera ninguna relación romántica; le aterraba volver a ser la mujer exigente y pegajosa que había sido.

Y el sexo no era más que un vago recuerdo.

Pero las Navidades siempre eran una mala época para ella, y Adie sabía que el estrés de las fiestas creaba tristeza y depresión en muchas personas. Ella no era inmune. A medida que se acercaban aquellas fechas y las imágenes de personas, familias y situaciones perfectas la bombardeaban, recordaba su fea infancia y el abandono de sus padres. Ver a Kate con su madre la noche anterior en el mercado navideño había sido como echar sal en aquella herida.

Resultaba obvio que madre e hija se querían mucho y disfrutaban de su mutua compañía, Rachel, la madre de Kate, era una abogada de éxito, pero se tomaba muy en serio su papel de madre. Sus hijos, como le dijo Kate a Adie, eran la razón por la que el sol de Rachel salía cada mañana. La pérdida de su hermano gemelo, Steve, había destrozado a Kate, pero fue Rachel la que se tomó un año de vacaciones, la que no pudo funcionar durante meses tras la muerte de Steve.

Adie no tenía ninguna duda de que, si le ocurriera algo, su madre celebraría un funeral de muy buen gusto y lloraría con mucha elegancia. Lady Vivien Ashby-Tate tenía la profundidad emocional de un charco y, al cabo de una semana, se habría aburrido del papel de madre de luto.

Adie se pasó la mano por la corta melena y lamentó ser tan dura, pero la realidad era que su madre no la quería, nunca la había querido, y Adie era una carga que sus padres desearían no haber tenido que llevar.

Ver a Kate y a Rachel juntas había hecho aflorar aquellos viejos sentimientos de abandono y necesidad. En general, era feliz durante la mayor parte del año, se contentaba con estar soltera y tener un trabajo estupendo. Pero a medida que se acercaba diciembre, la melancolía navideña hacía su aparición y empezaba a cuestionarse lo que de verdad quería, lo que necesitaba. Siempre procuraba buscar distracciones en Navidad, y este año la distracción era intentar abrirse camino en Nueva York.

No entregarse a los besos de Hunt Sheridan.

–Kate, Adie.

Adie sintió la mirada confusa que Kate le dirigió, pero no podía apartar los ojos del rostro irresistible de Hunt. Había besado aquellos labios, había sentido la presión de su erección…

–¿Os conocéis? –preguntó Kate arrojando el bolso sobre el sofá que había en una esquina del despacho.

Hunt se acercó al sofá, agarró el bolso de Kate y se lo puso en los brazos.

–Necesitamos un minuto, Kate. Quizá más de un minuto. Ve a hablar con Duncan, necesita a alguien ahora mismo.

Kate le miró con el ceño fruncido.

–Pero tenemos una reunión…

–Por favor, Kate.

La joven frunció el ceño al escuchar el tono de orden en la voz de Hunt y volvió los ojos hacia su amiga. Adie, convencida de que estaba roja como una remolacha, inclinó ligeramente la cabeza, avergonzada.

–Danos diez minutos –le pidió en un hilo de voz.

Adie esperó a que la puerta se cerrara tras Kate antes de volver a establecer contacto visual con Hunt.

–Eres Hunt Sheridan –murmuró–. Esto es muy incómodo…

Hunt se cruzó de brazos, mostrando la esfera de su reloj. Adie reconoció al instante el reloj. Era uno de los diez ejemplares de un prestigioso fabricante suizo tan solicitado que había una lista de espera de una década.

–Anoche pensé que eras otra persona… –era una explicación débil, pero la única que tenía–. Si hubiera sabido que eras Hunt Sheridan, nunca habría sugerido…

–¿Que subiera contigo? –Hunt levantó las gruesas cejas–. Qué raro… normalmente es al revés.

Adie le miró la boca, recordó lo bien que besaba y calculó la distancia entre ellos. Un par de pasos y estaría en sus brazos…

No, no permitiría que él fuera su distracción navideña, su aventura festiva… aquel ya no era su juego.

Miró hacia un punto detrás de su hombro y forzó un disculpa.

–Lo lamento. Anoche no fui muy profesional. Si quieres que me vaya…

–No, no lo fuiste –reconoció Hunt con un tono seguro y tranquilo–. Pero ya que has venido, escucharé lo que tengas que decirme. Sin embargo…

Adie contuvo la respiración cuando Hunt cruzó el despacho y se colocó frente a ella con las manos en los bolsillos, completamente relajado.

–En algún momento del futuro, llueva o truene, continuaremos donde lo dejamos anoche.

Adie vio el deseo ardiendo en sus ojos y supo que estaba pensando en cómo la había estrechado entre sus brazos, su mano en un pecho, la otra bajo la falda. La había hecho pasar de cero a cien en cuestión de segundos, y si Kate no la hubiera llamado, este encuentro habría sido cien veces más incómodo.

Y ya era bastante incómodo. Sobre todo porque Adie seguía deseando, desesperadamente, desnudarlo y hacerle cosas perversas.

Sin darle la oportunidad de responder, Hunt se desvió hacia la derecha y se dirigió a la puerta, abriéndola de un tirón.

–Kate, vuelve a entrar, tenemos trabajo que hacer.

Adie se quedó mirando su ancha espalda, perpleja, confundida y –maldita sea– totalmente excitada.

Gracias a Dios, Adie había hecho aquella presentación cientos de veces antes y la podía recitar de memoria. No había nada demasiado grande, demasiado costoso o demasiado complicado para ella. Le habló de lo que podía ofrecerle como consejera en materia de viajes: villas de lujo y suites de hoteles de alta gama, vacaciones de aventura y reservas en los mejores restaurantes de cualquier parte del mundo.

El rostro de Hunt permaneció impasible. Adie le habló de pases entre bastidores para eventos musicales y culturales con entradas agotadas. Por fin mostró un atisbo de interés cuando mencionó los mejores palcos de los estadios deportivos. La compra de regalos personalizados para empleados, amigos y familiares suscitó otro parpadeo de interés, y ella terminó asegurándole que, contratando a Tesoros y Tareas, disfrutaría de un servicio de guante blanco en todos los aspectos de su vida.

Hunt cogió el folleto brillante y lo ojeó. Adie se mordió suavemente el labio. Nunca había conocido a nadie con tanta cara de póquer. Aquel no era el hombre que había conocido la noche anterior, el de la pasión en los ojos. No, este Hunt era todo negocios. Y en aquel momento no parecía impresionado por nada de lo que le había contado.

Hunt agarró un bloc de notas, cogió una pluma y escribió algo. Luego arrancó la página, se la pasó y se recostó en la silla con los dedos entrelazados sobre el vientre plano. Adie leyó rápidamente la lista. Iba desde la compra de regalos de Navidad hasta la organización de un par de cócteles, pasando por la decoración de su apartamento y la reserva de unas vacaciones de surf en algún momento del nuevo año.

El último punto de la lista era el que más le intrigaba: ayudar con los preparativos finales de la carrera de búsqueda del tesoro urbano de su fundación… Aquello sí que sonaba interesante.

–Duncan se encarga de la mayor parte de lo que tú propones –clarificó entonces Hunt–. Y hace su trabajo excepcionalmente bien. Pero se marchará en breve por una emergencia familiar. Dudo que vuelva antes de Navidad. Estoy dispuesto a contratarte para que le sustituyas. Supongo que puedes encargarte de todo esto.

Adie se burló internamente. ¿Estaba bromeando? Comparado con organizarlo todo para que un chef con estrellas Michelin cocinara en iglú para que sus clientes pudieran cenar bajo la aurora boreal, aquello era un juego de niños.

–Podemos –aseguró agarrando de nuevo la lista–. ¿Podrías darme más detalles sobre la carrera de búsqueda del tesoro urbano?

–Es el principal evento de recaudación de fondos del año de mi fundación. Se hacen equipos de dos personas: un deportista profesional y un adolescente desfavorecido de uno de los programas deportivos de la fundación, y ambos corren por Manhattan en busca de pistas. Las estrellas del deporte recaudan dinero para la fundación pidiendo a sus conocidos que se comprometan a aportar una cantidad por cada tramo completado. También recibimos muchas donaciones de empresas.

–¿Y cuándo es?

Hunt hizo una mueca.

–Este próximo fin de semana. La caza tiene lugar el sábado y culmina con un cóctel en el que repartimos premios.

–Suena muy divertido –dijo Kate, sonriendo–. Voy a ir a hablar con Duncan antes de que se vaya para que me aclare algunos detalles.

Hunt vio salir a Kate y, cuando la puerta se cerró tras ella, volvió a hablar.

–Me viene bien vuestra ayuda, a menos hasta que vuelva Duncan. ¿Cómo funcionan vuestros servicios y cuánto cuestan?

Adie repasó las implicaciones financieras, le dio una cifra aproximada y dijo que él enviaría un presupuesto y un contrato más tarde.

–Bueno, no es que tenga muchas opciones. Duncan no está disponible y no quiero organizar cócteles, decorar árboles ni ir de compras.

–Kate y yo estaremos encantadas de ocuparnos de todo eso por ti –aseguró Adie tratando de sonar enérgica.

–Bien.

Hunt se acercó tanto a ella que podía sentir el calor que irradiaba. Olía muy bien, a jabón y a hombre y a algo caro pero discreto. Quería enterrar su cara su cuello y simplemente inhalar…

Hunt le pasó los dedos por la mejilla.

–No he dejado de pensar en besarte. Has estado en mi mente todo el día.

Maldita sea, Sheridan era la tentación personificada. Adie apoyó la mejilla en su palma abierta.

–No me acuesto con mis clientes, Hunt.

¿Le estaba informando o recordándoselo a sí misma? Ambas cosas.

–Eso es sensato –murmuró él inclinándose para mordisquearle la mandíbula.

Adie subió la barbilla para permitirle un mejor acceso.

–Pero todavía no he firmado el contrato… –le recordó él.

–Pero lo harás.

–Más tarde –insistió él moviendo los labios sobre los suyos.

Adie sabía que debía resistirse, pero abrió la boca de todos modos, y cuando la lengua de él tocó la suya, gimió. Aquello era mejor si cabía que la noche anterior. Parecía más duro, más resistente, más sexy, y lo deseaba con cada átomo que latía en su cuerpo.

Y como nunca se había sentido así con nadie, jamás, Adie se separó de sus brazos y dio un paso atrás, con las manos levantadas en un gesto de «retrocede». Lo que estaba pasando entre ellos era demasiado intenso, demasiado poderoso. Era un *tsunami* de deseo que le robaba el alma, el aliento y el pensamiento.

Gracias a Dios, Hunt captó el mensaje y, en lugar

de intentar acercarse de nuevo, se metió las manos en los bolsillos. Adie, que se había dado cuenta de la impresionante erección que se abría paso bajo sus pantalones, no le quitó los ojos de encima. Sí, el implacable y distante hombre de negocios había desaparecido, y ahora tenía delante a un hombre frustrado.

–Esto no es una buena idea.

–Anoche te pareció una idea excelente –le recordó él.

–Anoche no sabía quién eras y nuestra atracción mutua me pilló desprevenida –respondió Adie–. No me gusta tener pareja –afirmó tratando de poner fin a aquella conversación.

–A mí tampoco.

Aquella no era la respuesta que Adie esperaba.

–¿Por qué no?

–Me gusta el sexo sin complicaciones y sin ataduras –era una respuesta, pero no a la pregunta que ella había hecho.

Hunt le pasó el pulgar por el labio inferior antes de dejar caer la mano.

–No voy a presionarte, Adie. Pero si cambias de opinión, ya sabes dónde encontrarme.

Adie enderezó los hombros.

–No voy a cambiar de opinión.

O al menos lo intentaría.

Hunt sonrió con su devastadora y sexy media sonrisa.

–Yo creo que sí. Espero que más pronto que tarde.

Adie se quedó con la boca abierta ante su arrogancia, pero antes de que pudiera formar las palabras para abofetear su ego, Hunt consultó su reloj.

–Tengo que volver al trabajo. Envíame tu presupuesto y el contrato y lo revisaré.

Adie parpadeó, algo mareada por el repentino cambio de tema.

—De acuerdo.

Hunt se acercó a su escritorio y sacó una tarjeta de una caja plateada que tenía sobre la mesa. Le dio la vuelta y garabateó en el reverso antes de entregársela.

—Este es mi número de teléfono personal, puedes llamarme en cualquier momento. Siéntete libre de usarlo.

—No lo haré.

—Sí, creo que lo harás —respondió él con cierta sorna—. Y espero verte aquí dos veces al día, una por la mañana y otra por la tarde, para mantenerme al día.

Adie lo fulminó con la mirada.

—¡Puedo simplemente enviarte un correo electrónico!

Hunt recogió su bolso y le indicó que se acercara a la puerta. La abrió y le puso el bolso al hombro.

—Sí, podrías, pero eso no sería divertido —Hunt se inclinó y le depositó un beso en la comisura de los labios—. Nos vemos aquí mañana a las nueve de la mañana. A menos que…

—¿A menos que qué?

Hunt señaló con la cabeza la tarjeta que ella tenía en la mano.

—A menos que me llames de aquí a entonces.

Sin saber qué hacer ni qué decir, Adie se marchó de allí a toda prisa.

Capítulo Tres

Después de unos días en Manhattan y ante la insistencia de Kate, Adie se había instalado en la habitación de invitados del apartamento que su amiga tenía en Chelsea.

Kate le dijo entre risas cuando le hizo la oferta que se le daba bien la casa, pero las mañanas no tanto. Y había dicho la verdad. Adie, vestida para dirigirse al Upper East Side y al edificio de Hunt, sacudió la cabeza al ver la cara de sueño de Kate. Necesitaba que le diera cierta información antes de salir.

Adie se apresuró a servirle a Kate una taza de café y la urgió a sentarse en la mesita de la cocina. Luego le puso la taza en las manos, esperando que su vuelta a la realidad no tardara demasiado.

El primer sorbo no hizo nada, ni tampoco el segundo. Kate seguía con los ojos medio cerrados.

Adie agarró su tarrina de yogur.

–Vamos, Kate. Tengo que irme y necesito que te despiertes y te concentres.

Kate levantó un dedo y dio un par de sorbos más a su café. Cuando se levantó para rellenar la taza, Adie supo que estaba de vuelta en el mundo de los vivos.

Adie agarró la tableta, abrió la lista en la que estaba trabajando y lanzó un par de preguntas a Kate. Anotó sus respuestas con el lápiz óptico y asintió. Le preguntó si había contactado con los encargados del catering para el cóctel anual de Navidad de Hunt y recibió una respuesta lacónica.

—¿Qué pasa entre Hunt y tú? —preguntó Kate mirando a Adie por encima del borde de la taza.

—Nada —respondió ella dándose la vuelta para tirar el envase de plástico del yogur a la basura.

Y era la verdad. No pasaba nada y no iba a pasar nada entre ella y Hunt.

—¡No te creo!

—¿Por qué no ibas a creerme?

—Hemos tenido un par de reuniones con Hunt y la habitación parece diez grados más caliente cada vez que estáis juntos. Y la química entre vosotros es obvia —aseguró Kate levantando los pies para apoyar los talones en el borde de la silla.

—Sí, nos sentimos atraídos el uno por el otro, pero no va a pasar nada —reconoció.

—¿Por qué no? —preguntó Kate—. ¿Es por Griselda?

¿Por quién? Adie sacudió la cabeza, confundida.

—¿Quién es Griselda?

Kate puso una mueca. Parecía algo incómoda.

—Bueno, es… no sé cómo describirla.

—Inténtalo —le pidió Adie.

Al ver que Kate no contestaba repitió la pregunta con dientes apretados. Vale, estaba exagerando. No tenía derecho a estar celosa. Ella y Hunt solo habían compartido un par de besos y él quería acostarse con ella…

Pero si tuviera novia, no solo estaría furiosa con él, sino que también se sentiría decepcionada. Sus padres hacían alarde público de sus aventuras y por eso Adie respetaba profundamente el compromiso y la fidelidad. Si alguna vez tenía una aventura, los hombres con pareja estarían estrictamente prohibidos.

Y el hecho de que preguntara no significaba que fuera a tener una aventura con Hunt Sheridan. Pero no había nada malo en recopilar información…

–¿Es su novia? ¿Su pareja? ¿Su amiga especial? –preguntó, consciente del dolorcito que sintió en el corazón.

No, se negaba a sentirse decepcionada o herida. Había conocido a Hunt Sheridan hacía unos días; no tenía derecho a sentirse posesiva…

Se habían besado dos veces. Estaba exagerando. Totalmente.

Kate arrugó la nariz.

–No…

–No pareces convencida –afirmó Adie cruzándose de brazos.

–No sé cómo describir lo que son, Adie, y no, no estoy evitando la pregunta.

Adie la fulminó con la mirada, agarró la tableta y accedió a internet. Escribió «Hunt Sheridan + novia» en la barra de búsqueda y maldijo cuando la pantalla se le llenó de docenas de resultados. Abrió una popular revista en línea y sintió que se le caía el alma a los pies al ver las fotografías de Hunt en una prestigiosa gala, con su fuerte brazo alrededor de la estrecha cintura de una mujer exquisita.

Cuando era pequeña, Adie deseaba desesperadamente ser más alta, más rubia, más princesa que Cenicienta. Griselda era exactamente lo que Adie quería ser de mayor. Al igual que la madre de Adie, Vivien, Griselda era una rubia, alta, delgada, elegante y fría y tenía su propia cadena de estudios de danza. Había sido primera bailarina antes de que una lesión truncara su carrera, y ella y Hunt, según el sitio web, habían sido pareja durante unos dos años.

Adie levantó la cabeza para mirar a Kate.

—La prensa dice que es su novia.

Kate desestimó el comentario.

—Pero Hunt no. Hasta donde yo sé, tienen una relación… indefinida –Kate se llevó la mano al pelo, visiblemente incómoda–. Pregúntale a Hunt si quieres saberlo.

—No me interesa.

Kate se rio de su ridícula afirmación.

—¡Claro que sí, estás loca por él!

—Claro que no.

Kate sonrió todavía más.

—Cariño, puedes mentirte a ti misma, pero a mí no –Kate pasó el dedo por la taza de café y su expresión se volvió seria–. No puedo hablar de ella, Adie. No voy a hablarte de su relación con Hunt. Igual que no hablaría con Hunt de tus relaciones.

Adie no pudo más que valorar la lealtad de Kate y su poca predisposición a los cotilleos.

—Aunque claro, tendrías que tener una vida amorosa para que pudiera hablar de ella –bromeó Kate.

Adie le sacó la lengua a su amiga.

La sonrisa de Kate se desvaneció lentamente.

—Si de verdad quieres saberlo, pregúntale a Hunt.

—¡Kate! –Adie insistió. La curiosidad pudo más que el orgullo en esta ocasión–. No me dejes colgada, háblame de Griselda.

—Griselda –la corrigió Kate–. Y no, no lo haré. Además, has dicho que entre vosotros dos no había nada, así que ¿por qué te importa?

Kate se alejó, dejando sus palabras en el aire. Adie resistió el impulso de tirarla al suelo y sacarle la información a golpes.

Y Kate, maldita sea, tenía razón. Adie no tenía intención de tener ningún tipo de aventura, ni navideña ni de otro tipo, con Hunt, y le daba igual que tuviera novia.

Hunt se perdió la reunión matutina con Adie porque había volado a Chicago al amanecer para ocuparse de un conflicto salarial en uno de sus centros de distribución, pero la había tenido en mente todo el día. Intentó trabajar de camino a Chicago, pero no dejaba de mirar el teléfono en busca de una confirmación de lectura del mensaje que le había enviado diciéndole que la vería en su oficina sobre las seis.

Eran las seis y cuarto y estaba todo completamente oscuro cuando Hunt salió de su coche y cruzó la acera mojada para entrar en el vestíbulo de su edificio. Al subirse en el ascensor privado dio un golpe con el pie, irritado, deseando que el maldito aparato se moviera más rápido.

Si Adie no estaba sentada en su despacho esperándole, se sentiría muy molesto. Tan molesto, de hecho, que tendría que buscarla al apartamento de Kate. Necesitaba verla, maldita sea.

Necesitaba…

No le gustaba aquella palabra. De niño se había entrenado para no necesitar ni depender de nadie, ni de su madre ni de ninguno de sus padres adoptivos. A los veinte años, el divorcio y la muerte reforzaron la idea de que solo podía depender de sí mismo. No, él quería ver a Adie, no lo necesitaba. Había una gran diferencia entre las dos emociones.

Hunt rara vez hacía trabajar a su personal más allá de las cinco y, cuando se bajó en su planta, vio que todas las luces de la oficina estaban apagadas. El lugar estaba desierto, y dudaba que Adie se hubiera quedado en una oficina extraña y vacía.

Hunt entró en el oscuro despacho y arrojó el maletín en dirección al sofá de cuero. En lugar del familiar ruido seco que esperaba oír, le llegó a los oídos un grito grave, seguido rápidamente de una palabrota.

—¡Ay, ay, ay!

Hunt encendió con fuerza el interruptor de la luz y miró hacia el sofá. Adie estaba allí medio tumbada, con el vestido negro de manga larga levantado y dejando al descubierto una pierna muy bonita. Tenía el maletín de Hunt en el regazo y se frotaba el hombro.

—¿Por qué demonios has hecho eso? —le preguntó mirándole fijamente con los redondos ojos muy abiertos.

Hunt se sentó en el borde del sofá, con el muslo apretado contra la cadera de ella.

—Porque no esperaba que estuvieras en mi oficina, sentada en mi sofá en la oscuridad. ¿Estás bien?

Adie compuso una mueca de dolor y se pinchó el hombro con la punta de los dedos.

—Me va a salir un moratón.

—¿Necesitas hielo? —le preguntó Hunt, tratando de pensar en una forma de mover el cuello redondo y ajustado de su vestido para inspeccionarle el hombro.

—No hace falta.

Maldición.

Hunt le retiró el maletín del regalo, lo colocó en

40

el suelo y se dio cuenta de que los tacones de Adie también estaban en el suelo. Luego miró la hendidura del tamaño de una cabeza en el cojín verde que tenía al lado.

–¿Estabas dormida? –le preguntó burlón.

Adie puso cara como si la hubiera pillado rebuscando en los cajones de su escritorio.

–He estado trabajando muchas horas durante semanas y semanas. La Navidad es la temporada más ajetreada para mí. Esta mañana me he levantado a las dos para hablar con un cliente japonés que le ha comprado un cachorro de samoyedo muy raro y muy caro a un criador de California.

–Nunca he oído hablar de esa raza –afirmó Hunt.

–Yo tampoco, así que le pregunté a mi cliente por ella, lo que fue un gran error. Se pasó veinte minutos hablándome del linaje del cachorro y de lo que costaba.

–Dame la versión de un minuto.

–Blanco, de doble capa, originario de Siberia, inteligente, sociable y curioso. Muy poco común. El cachorro le costó el equivalente a un coche de tamaño medio.

Hunt levantó las cejas.

–¿Y tienes que llevarlo de California a Japón? ¿Cómo? ¿En una jaula?

La amplia boca de Adie se curvó y la sonrisa le llegó a los ojos. Hunt sintió como si estuviera asistiendo al nacimiento de una nueva estrella, a la reorganización de una galaxia lejana.

–Las mascotas de mis clientes no van en jaulas, Hunt. No, encontré a un paseador de perros que estaba dispuesto a recoger al cachorro y volar con él en

41

un jet privado contratado para la ocasión desde Los Ángeles hasta Osaka.

–Impresionante.

Adie se pasó las manos por el pelo y tiró del dobladillo de su vestido.

–En fin, anoche no dormí mucho, así que pensé en cerrar los ojos un momento. No esperaba que me cayera un maletín en la cabeza.

–Y yo no esperaba que estuvieras aquí –respondió Hunt.

La mano de Adie siguió bajando el vestido, y agarró la tela entre los dedos, frotando con indolencia el suave material.

–Y, créeme, no tengo ningún problema en mirarte las piernas.

Adie se sonrojó y se mordió el labio inferior. Clavó la mirada en la suya, en sus ojos había una mezcla de deseo y confusión. Hunt se preguntó qué emoción ganaría.

–Esto es una locura, Hunt.

–Estoy de acuerdo –reconoció él–. Cuando te miro, toda la sangre de mi cerebro se dirige hacia abajo. Solo puedo pensar en desnudarte y hacerte mía.

Adie se cubrió la cara con las manos, pero a través de las aperturas de los dedos vio que su tez se volvía rosada. No podía recordar cuándo fue la última vez que vio a una mujer sonrojarse. No era algo que sucediera con frecuencia.

Y Hunt sentía mucha curiosidad por saber hasta dónde llegaba su rubor.

–Te deseo, Adie. Y tú también me deseas.

–Bueno, ya –murmuró Adie–. Pero no es tan sencillo.

Hunt vio que estaba buscando una excusa y supo que iba a decir que él era su cliente, que debían ser profesionales, que esto podía complicarse. Así que decidió cortar sus argumentos antes de que pudiera expresarlos.

–Somos lo suficientemente mayores e inteligentes como para mantener separados el trabajo y la atracción, Adie. Una cosa no tiene nada que ver con la otra.

–En teoría –respondió ella–. Pero nunca funciona así, ¿verdad?

–Si queremos, sí –afirmó Hunt.

Pero en lugar de parecer más relajada, Adie tenía los hombros muy tensos y jugueteaba sin parar con el anillo que tenía en la mano derecha. Había algo que la inquietaba…

Oh, diablos. De alguna manera, Hunt supo que debía haber oído o leído algo sobre la presencia de Griselda en su vida y que había sumado dos y dos.

Maldición.

Las siguientes palabras de Adie confirmaron sus sospechas.

–Hay alguien en tu vida, Hunt. Y no me gusta la idea de ser la otra.

Vale, iba a estrangular a Kate con sus propias manos porque era la única persona que podría haber mencionado a Griselda, la única con la temeridad suficiente para interferir en sus asuntos.

–No tengo ninguna relación con Griselda.

Adie alzó las cejas.

–No es que hubiera nada que terminar, pero finalicé la relación un par de días antes de conocerte.

Adie ladeó la cabeza.

–¿Cómo se termina con algo que supuestamente no ha empezado?

¿Cómo podía explicarle la situación sin parecer un malnacido? Griselda había sido conveniente para él, y viceversa. Eran el uno para el otro un recurso que utilizaban. Tanto era así que Griselda le había propuesto la idea de ser su donante de esperma.

Dios, apenas había pensado en aquella idea ni en Griselda desde que conoció a Adie. De hecho, Adie ocupaba actualmente toda su energía mental. Era una situación muy inusual.

–Se ha acabado y punto. ¿Podemos dejar de hablar de ella ahora? –exigió Hunt con tono irascible.

Adie se levantó del sofá. Hunt la miró mientras deslizaba los pies en un par de tacones de color naranja brillante.

De acuerdo, cuando hicieran el amor podría dejarse puestos aquellos bonitos zapatos…

–¿Qué quieres de mí, Hunt? –le preguntó ella acercándose al escritorio y sentándose en el borde.

Sexo, tal vez un par de risas, una forma divertida de terminar el año. Hunt creía en ser sincero y honesto, no quería lidiar con los sentimientos heridos o la confusión. A veces le daba la impresión de que el sexo casual requería más negociación y conciencia emocional que el inicio de una relación a largo plazo.

Sintió cómo se le secaba la boca. Se sentía ridículo. Era un hombre de treinta y tantos años con derecho a divertirse. Siempre que Adie se sintiera segura y estuviera de acuerdo, podrían pasarlo muy bien.

Lo mejor era que la situación fuera tranquila y sin ambigüedades.

–Estuve casado una vez y no funcionó.

Vale, no era por donde había planeado empezar su explicación y no era relevante para la situación actual. ¿Qué demonios? Nunca hablaba de Joni con nadie. No le gustaba contarle a la gente lo tonto que había sido.

–Lo siento –Adie inclinó la cabeza hacia un lado, estaba claro que sentía curiosidad–. ¿Qué pasó?

Hunt no quería contárselo. No era asunto suyo, y no resultaba pertinente en aquella discusión.

–Me la jugó pero bien, y era adicta a mi tarjeta de crédito.

Dios, ahora la boca le funcionaba sin el permiso del cerebro.

Adie hizo una mueca.

–Le gustaba ir de compras.

Aquello era como decir que Usain Bolt era bastante rápido. Hunt aflojó el nudo de la corbata y se desabrochó el botón que mantenía el cuello cerrado.

–No hablo de ella ni de lo que pasó.

Aunque acababa de expresar mucho más de lo que había expresado nunca antes. A nadie. Hunt desechó aquel pensamiento y se echó la chaqueta del traje hacia atrás

–Ella no tiene nada que ver con lo que estamos hablando –aseguró poniéndose en jarras.

–Estamos hablando de que tienes novia.

–¡Te he dicho que hemos terminado! ¡No tengo ninguna novia, maldita sea! – Hunt se agarró el puente de la nariz en gesto frustrado.

–¿Griselda vive en Manhattan?

¿Por qué lo preguntaba? ¿Acaso importaba?

–Vive en la ciudad, pero ahora está en la Costa Oeste, se quedará allí hasta Navidad. Y nada de esto tiene que ver con que quiera acostarme contigo.

Los enormes ojos de Adie se encontraron con los suyos. Hunt estaba deseando que terminara con aquella tortura y lo sacara de su miseria. No era tan difícil, solo necesitaba un sí o un no.

–No estoy segura, Hunt –dijo finalmente–. Supongo que solo me ofreces una aventura de una noche o de un par de noches, ¿verdad?

Por alguna razón, Hunt sintió un nudo en la garganta y no fue capaz de decir que sí. Así que se limitó a asentir.

–Me lo imaginaba –Adie aspiró con fuerza el aire–. Mira, esta es una época del año bastante difícil para mí y, a veces, por razones complicadas que no pretendo explicar, busco distracciones que me ayuden a pasar esta época de paz y amor. Por eso estoy aquí, en Manhattan, durante la época del año más ajetreada para mí… porque quiero estar tan ocupada que no tenga tiempo ni para pensar.

Hunt quería saber qué demonios la acechaban. ¿Qué la obligaba a mantenerse tan ocupada?

–Pero los hombres no me sirven para sacarme de mi propia cabeza, y entre el trabajo que me has dado, mis clientes actuales y los nuevos que espero tener, estoy desbordada.

Hunt observó sus ojos oscuros, y se dio cuenta de que, aunque no mentía, tampoco estaba diciendo toda la verdad. Aquella mujer le fascinaba. A un nivel profundo, oscuro y peligroso, un nivel que prefería evitar.

Pero se dio cuenta de que todavía no le había dicho que no.

–¿Me estás diciendo que no? –después de todo, era vital ser claro.

Adie asintió.

–Estoy diciendo que no.

Hunt sintió que el alma se le caía a los pies. ¿Era decepción lo que sentía? Dios, ya le habían rechazado antes. No muy a menudo, pero sí había ocurrido. Y nunca le había dolido tanto. ¿Qué tenía aquella mujer esbelta y extravagante que hacía aflorar en él sentimientos extraños y no identificados?

Si le diera un buen beso, seguro que terminaría rogándole por más…

Y él también.

Pero él no quería a Adie así. Quería que ella no tuviera reservas ni dudas. Quería que estuviera completamente, totalmente con él en el momento. No podía aceptar menos. Durante aquel breve espacio de tiempo lo quería todo de ella, y no lo conseguiría si Adie tenía la más mínima duda en su mente.

Adie se apartó del escritorio y se acercó al sofá.

–Ha sido un día muy largo y me duele un poco la cabeza. ¿Te importa si nos ponemos a trabajar?

Hunt se sentía frustrado. Seguramente estaba mal acostumbrado. Nunca había tenido que esforzarse tanto con Griselda, ni con ninguna otra mujer. Cuando un hombre obtenía cierto nivel de poder, las cosas solían ser fáciles. Y Adie era todo menos fácil.

Y tenía que reconocer que parecía cansada. Veía la fatiga en sus ojos, la tensión alrededor de la boca. Hunt había trabajado con fiebre y con migraña, y cuando era jugador profesional, llegó a jugar con un tobillo roto y una conmoción cerebral. En resumen, nunca permitió que nada se interpusiera en el camino de lo que tenía que hacer. Tal vez Adie era parecida. Pero ella obviamente necesitaba descansar. Si le sugería que se fuera, sabía que insistiría en que había que trabajar.

Estaba empezando a darse cuenta de que Adie tenía una ética de trabajo muy marcada y una vena de terquedad kilométrica.

—Mira, estoy muy cansado y he tenido un día horrible —mintió Hunt—. ¿Podemos ponernos mañana con esto?

Los ojos de Adie reflejaron un gran alivio, como sabía que sucedería.

—Claro. Tenemos que repasar los últimos preparativos para la carrera de la búsqueda del tesoro urbano contigo, así que nos vemos por la mañana.

Hunt recordó que tenía un desayuno de trabajo temprano y que el resto del día estaba igualmente ocupado.

—Lo siento, no va a poder ser. ¿Qué tal mañana por la tarde, a la misma hora otra vez?

Adie negó con la cabeza.

—Le prometí a Kate que iría a casa de sus padres y sería el árbitro mientras la familia Williams discute sobre la mejor manera de decorar las galletas navideñas.

Un largo y fuerte escalofrío golpeó a Hunt. Las galletas decoradas y los recuerdos de haber estado con Steve y la familia Williams eran un cóctel inflamable.

—¿Y crees que esa es una forma divertida de pasar la tarde?

—Estoy alojada en casa de Kate, me pareció grosero no aceptar la invitación –respondió Adie–. ¿Tú vas a venir?

–Me han invitado, pero no. Deberías saber que el clan de Kate es entrometido y ruidoso y competitivo y ruidoso…

Adie sonrió.

–¿Habrá vino?

–Mucho vino. Y el ponche de huevo de Richard, que es, tengo que advertirte, lo suficientemente fuerte como para arrancarte el esmalte de los dientes.

Adie aplaudió entusiasmada.

–¡Me encanta el ponche de huevo!

No haría falta mucho para que Adie, que no pesaba más que una pluma, se intoxicara. Tal vez debería acompañarla para vigilarla…

–Estás relacionado con Kate a través de su hermano Steve, ¿verdad? –preguntó ella antes de que Hunt pudiera examinar por qué se sentía tan protector con aquella chica inglesa que se iría de Estados Unidos en un par de semanas.

Hunt asintió.

–Sí, Steve y yo jugábamos juntos al fútbol. Era mi mejor amigo y mi socio comercial. Murió hace un tiempo.

Hunt recordaba haber asistido a la hornada de galletas navideñas del clan Williams durante años, antes de que Steve muriera. Siempre había sido una de las noches más felices del año. Había disfrutado escuchando a la estridente y cariñosa familia discutir y burlarse unos de otros. Eran la familia con la que siempre había soñado de niño. Había pasado mucho tiempo desde la muerte de Steve, pero Hunt seguía recibiendo una invitación cada año. No había vuelto.

Había asistido a otros eventos con la familia Williams, pero siempre encontraba una excusa para perderse el concurso de galletas de Navidad y las demás fiestas navideñas que celebraba la familia.

—Debería hacer un esfuerzo, hace tiempo que no los veo. Pero prefiero reunirme con ellos en restaurantes o en lugares neutrales.

—¿Porque estar cerca de ellos, en un lugar donde puedes visualizar a Steve te duele demasiado?

Exactamente.

Esperaba que Adie escarbara más, que metiera el dedo en la pequeña grieta que le había presentado y ampliara la fisura, pero, para su sorpresa, se limitó a esbozar una sonrisa comprensiva. Bien. Porque no tenía intención de hablar con ella de Steve, del dolor que sentía todavía, de lo mucho que echaba de menos a su amigo, especialmente en aquella época del año.

Adie había entrado en su vida y en unas semanas se iría. Uno no hablaba de los mejores amigos y de lo mucho que los echaba de menos con gente que no iba a ser permanente en su vida.

Vale, eso significaba no hablar con nadie de Steve, pero estaba bien así. Hunt no era de los que tenían conversaciones de corazón a corazón. ¿Qué sentido tenía hablar, de todos modos? Steve se había ido y hablar no lo traería de vuelta, no reemplazaría lo que Hunt había perdido.

Un amigo, un hermano, una fuerte conexión.

Y la única conversación que realmente le interesaba tener con Adie consistía en si ella pasaría o no la noche con él. O un par de noches.

Pero no podía presionarla, no lo haría.

–¿Puedes mirar tu agenda y sacar a lo mejor una hora para mí mañana por la tarde? –preguntó Adie, rompiendo el silencio entre ellos–. Necesito que me des tu opinión sobre un par de asuntos.

Hunt hizo un repaso mental de su día y asintió.

–Reúnete conmigo aquí a las cinco y estarás libre a las seis, con tiempo suficiente para el gran concurso de galletas.

Adie asintió, bajó la cabeza y miró al suelo. Luego miró más allá de él, hacia Central Park, y Hunt percibió la indecisión en su rostro. ¿Contra qué estaba luchando? ¿Con si quería acostarse con él o no? Pero sus palabras, cuando llegaron, no tenían relación con lo que él quería.

–Sé que esto no es de mi incumbencia, pero deberías ir. Al concurso de galletas, me refiero. No importa lo difícil que sea. Kate habla mucho de su gemelo y de lo mucho que su familia y ella lo echan de menos –continuó Adie, con una sonrisa triste–. Como me dijo Kate, no solo perdieron a Steve cuando murió, también, en cierto modo, te perdieron a ti.

Hunt se echó hacia atrás las solapas de la chaqueta para meter las manos en los bolsillos del pantalón. Su instinto era soltarle una fresca, decirle que se ocupara de sus propios asuntos, que él solo era su cliente. Que el único «contacto personal» que quería era que se desnudaran. Pero, en lugar de contestar así, Hunt consideró otra respuesta.

–Era lo más parecido a un hermano que he tenido. Y mientras estaba vivo, eran mi familia –apartó la mirada, consciente de que se le estaba a punto de quebrar por el dolor que seguía siendo, después de tanto tiempo, una entidad viva, que respiraba…

51

¿Por qué le estaba contando cosas que nunca había sido capaz de decirle a Kate ni a nadie más?

–Creo que es obvio que todavía te consideran parte de la familia –Adie le pasó la mano por el brazo, le agarró la mano y se la apretó–. Haz galletas con ellos, Hunt. Aunque no quieras renovar aquel vínculo tan estrecho, es un detalle pequeño que les hará sentir muy bien. Y esta es la época de hacer cosas buenas.

¿Cómo podría resistirse a aquellos ojos marrones tan grandes y expresivos? Y, seamos sinceros, si Adie iba a pasar la noche con el clan Williams, Hunt también quería estar allí. Había algo en ella más allá del deseo que lo atraía. Incómodo con la emoción que se estaba creando entre ellos, Hunt fingió que se estremecía.

–Uf. Navidad.

–Grinch –se burló Adie–. Bueno, me voy.

Apartó la mano de la suya y se dirigió hacia la puerta. La mirada de Hunt descendió hacia su trasero y las bien torneadas piernas. Podía imaginarse fácilmente sus manos debajo de su trasero, esas piernas alrededor de sus caderas mientras empujaba dentro de ella.

La deseaba. Peor aún, la necesitaba.

Maldita sea. Ahí estaba aquella palabra de nuevo.

–¿Adie?

Ella se giró con la mano ya en el picaporte.

–¿Sí?

–Piensa en mi propuesta, ¿vale? Estaríamos bien juntos.

–De acuerdo, lo pensaré.

Hunt entrecerró los ojos mientras la miraba marcharse, consciente de eso era todo lo que iba a conseguir de ella.

Por ahora.

¿Que se lo pensaría?

¿Estaba loca?

Adie llamó a un taxi fuera del edificio de Hunt y le dio al conductor la dirección de Kate. Luego se preguntó por qué no había rechazado directamente la oferta directa de Hunt. Sabía por qué quería decir que sí: Hunt era un volcán caliente, se derretía cada vez que se acercaba a él a menos de diez metros y no podía dejar de pensar en lo bien que estarían en la cama. Pero «no» era la única respuesta posible. De acuerdo, ella le había hecho una proposición la otra noche y, aunque era algo completamente fuera de lo normal para Adie, seguía siendo diferente a su oferta de hacía quince minutos. La noche del mercadillo eran dos extraños. Ella no sabía quién era, y se lo tomó como una posible aventura fugaz. Algo poco habitual, sin duda. Pero también sencillo. E instintivo…

Debería haberse mantenido firme, haber mantenido el «no». La cabeza de Adie funcionaba ahora a todo gas. Por supuesto, había buenas y obvias razones por las que no debía acostarse con él: era su cliente, quería hacer negocios con él en el futuro, quería que la recomendara a sus amigos y socios ricos y no quería darle la impresión, ni a él ni a nadie, de que había cerrado el trato con sexo.

Además, hacía poco que Hunt había terminado su relación con su novia. Adie no estaba interesada en ser la tirita que cubriera su maltrecho ego.

Suspiró y dejó caer la cabeza en el asiento del taxi, admitiendo a regañadientes que todas aquellas excusas eran válidas, pero no la razón principal por la que debía rechazar categóricamente su oferta.

El problema eran las Navidades. Los sentimientos eran mucho más intensos en aquella época del año. Desde mediados de noviembre hasta el Año nuevo, aquellas semanas magnificaban y exacerbaban todos sus miedos e inseguridades, y la llevaban a compararse con otras personas que parecían tener más y hacer más.

Había aprendido a abandonar sus malos hábitos de buscar atención y validación en los lugares equivocados. Durante diez meses y medio al año celebraba su soltería, su compromiso con su trabajo, su capacidad para poder viajar por todo el mundo sin tener que explicar a nadie adónde iba ni cuánto tiempo iba a estar fuera. Durante unos trescientos treinta días al año disfrutaba de su estilo de vida libre, completamente satisfecha de ser una mujer rica y soltera sin mascotas, marido ni hijos. Durante la mayor parte del año, no pensaba en no tener pareja ni hijos. Estaba contenta, incluso feliz, de estar sola.

Pero en Navidad…

Dios, aquella época era como un bofetón en la cara. En cuanto veía el primer árbol decorado, las primeras luces navideñas o escuchaba un villancico, los fantasmas de las Navidades pasadas, presentes y futuras se acercaban a saludar… Y le susurraban al oído: «Deberías buscar el amor. ¿No te gustaría tener un hijo algún día, alguien a quien comprarle regalos, ver cómo se le ilumina la cara de alegría cuando ve los regalos que le deja Papá Noel? Mira este bonito anuncio de una familia divirtiéndose juntos. ¡Si hasta tienen un perro! ¿No te gustaría tener una familia así? ¿Y un perro? Te gustaría tener un perro…».

Adie miraba por la mugrienta ventanilla del taxi, ajena a los adornos navideños y al aguanieve que tocaba los hombros y las cabezas de los peatones en la acera. En aquella época del año tendía a obsesionarse con sus padres y a preguntarse por qué no podían quererla, o mostrar algún interés por ella. Se hacía muchas veces la pregunta «qué pasaría si…»: ¿qué pasaría si tuviera un marido, qué pasaría si tuviera hijos?

¿Se sentiría más feliz, más ligera, más realizada? ¿Tener una familia borraría el daño que le causaron sus padres? ¿Realmente quería vivir el resto de su vida soltera? ¿Cuánto tiempo le duraría la emoción de volar por todo el mundo facilitando la vida de sus clientes? ¿Viviría alguna vez unas Navidades acogedoras y llenas de amor?

Nunca se sentía así ni en marzo, ni en septiembre, ni en agosto, ni al principio de la primavera. No, su declive hacia la melancolía y el mal humor estaba directamente relacionado con la Navidad, así que ahora tenía que ser objetiva, práctica y no emocional.

No quería recaer en los malos hábitos, así que las citas estaban descartadas. Y tener una aventura cuando no era tan fuerte emocionalmente como podría ser… no era prudente. Era una mujer precavida y no tenía intención de caminar por aquel campo minado. Era vulnerable. No era una buena época del año para ella y su muro, habitualmente impenetrable, estaba un poco resquebrajado.

Acostarse con Hunt –con cualquier hombre, pero especialmente con Hunt– sería como darle un mazo y señalarle los ladrillos más frágiles y fáciles de romper.

No, eso no iba a pasar. Ni aquel día, ni al siguiente, ni dentro de poco. Ni con Hunt ni con nadie.

Capítulo Cuatro

A la noche siguiente, Hunt se encontraba en Carnegie Hill, sentado en la larga mesa de comedor de los Williams, ahora cubierta con un mantel rojo brillante adornado con dibujos de Papá Noel, con música navideña de fondo y un vaso de whisky al alcance de la mano.

Tenía delante una galleta de gran tamaño con forma de árbol de Navidad, y por toda la mesa había cuencos multicolores con dulces y caramelos.

Rachel Williams, con los ojos brillantes y completamente emocionada, estaba en la cabecera de la mesa, y el vino de su copa chapoteaba con cada gesto que hacía. Hunt se dio cuenta de que Kate se parecía más que nunca a su madre.

—¡Silencio! Silencio.

Hunt miró a su alrededor y sonrió cuando diez caras se volvieron hacia ella. Mike, el más joven, volaba solo en el evento navideño de aquella noche. Según Kate, era todavía mejor jugador que Steve, y eso ya era mucho decir. Grant, el hermano mayor, estaba casado y tenía una niña de dos años, Bella, y un niño de cuatro, Cayden, que estaba sentado en el regazo de Kate y nadie, excepto Hunt, parecía darse cuenta de que estaba dando a escondidas trozos de su galleta de árbol de Navidad, ya rota, al caniche maltés de Rachel, que estaba sentado bajo la mesa.

Los ojos de Hunt se dirigieron hacia Adie. Igual que él, seguía vestida con ropa de trabajo, una camisa blanca abotonada y unos pantalones negros, formales pero muy sexys. Se pasó una mano por la cara. Se sentía bien al estar sentado frente a ella, al estar allí, como si fuera un momento largamente esperado.

Dicho aquello, le seguía resultando abrumador. No estaba acostumbrado a tanto ruido: la gente hablando por encima de los demás y los villancicos de fondo. A Hunt le pareció que alguien había subido el volumen de su vida, y no pudo evitar mirar a su alrededor buscando a Steve, convencido de que su amigo estaba en la cocina o a la vuelta de la esquina. Entonces recordó que Steve había muerto, y fue como un golpe seco.

Hunt se había acostumbrado a distanciarse de tanta emoción. Se había acostumbrado a alejarla, y en el trabajo le resultaba fácil. Steve y él fundaron la empresa poco después de que ambos se retiraran del deporte profesional, pero Hunt la había gestionado y hecho crecer durante los últimos diez años sin su amigo. Los recuerdos de Steve en el trabajo no eran fuertes.

Pero en aquella casa estaban por todas partes. Su presencia allí aquella noche tenía que ser dura para la familia también, pero no lo parecía. Cuando Rachel abrió la puerta de su casa y lo vio de pie con Adie, se le escaparon las lágrimas, lo abrazó y no lo soltó durante largo rato. Richard, un poco más estoico, estrechó la mano de Hunt y le dio una palmada en el hombro, y Grant y Mike lo saludaron como si lo hubieran visto el día anterior.

Rachel golpeó la cuchara contra la mesa para que su ruidosa familia dejara de hablar y Richard se acercó y le quitó suavemente la copa de vino de la mano.

La colocó sobre la mesa y miró a Hunt, que estaba sentado a su derecha.

—Es la criatura más torpe del planeta, y esta alfombra parece con frecuencia la escena de un crimen.

Rachel le tocó el hombro con la cuchara.

—Cállate ya.

Richard puso los ojos en blanco ante Hunt y volvió a prestar atención a su mujer. Rachel hizo contacto visual con cada uno de los comensales antes de hablar.

—He cambiado las reglas del concurso familiar de galletas…

—¿Tienes permiso para hacer eso sin nuestro consentimiento? —preguntó Kate con descaro.

—Sí, mamá, ¿puedes hacerlo? ¿Acaso esta familia no es una democracia? —preguntó Grant para picar a Rachel.

—No, esta familia no es, de ninguna manera, una democracia. Aquí mando yo —replicó Rachel con decisión, aunque Hunt percibió el cariño en su tono.

—Delante de vosotros tenéis una galleta de árbol gigante —continuó Rachel—. Es obligatorio participar. Todo el mundo tiene que decorar una, le hacemos una foto y la compartimos en las redes sociales. El árbol con más «Me gusta» será el ganador.

—Eso no es justo, Hunt tiene una base de fans bastante grande —se quejó Kate—. Es famoso.

Después de mucho discutir sobre las reglas y los plazos y sobre cómo contar los «me gusta», Rachel finalmente dio permiso a su familia para empezar a decorar las galletas. Hunt, que no tenía ni una pizca de creatividad, miró los cuencos con dulces y la manga pastelera que tenía al lado y sacudió la cabeza. Con Duncan fuera de la oficina, Hunt estaba increíblemente ocupado y, sin embargo, estaba sentado allí a punto decorar una galletas.

Y sinceramente, no había otro lugar en el que prefiriera estar.

Adie le dirigió una sonrisa burlona y giró con maestría su manga pastelera para que el glaseado blanco llenara una esquina de la galleta.

–Mira y aprende.

Hunt siguió sus instrucciones y pronto tuvo su galleta cubierta de glaseado blanco. Cogió un bol de botones de chocolate y los colocó alrededor del borde del árbol, satisfecho por su esfuerzo.

Se metió un botón en la boca, llamó la atención de Adie y recordó al instante los excepcionales bombones que había probado unos días atrás.

–Este no es picante –dijo cuando ella se encontró con su mirada.

Adie se sonrojó, pero antes de que pudiera responder, Grant se dirigió a Hunt.

–Kate me ha hablado de la búsqueda del tesoro urbano de tu fundación. Es una gran idea juntar famosos con los adolescentes de los programas deportivos de la fundación. Y correr por la ciudad suena genial. Te lo vas a pasar muy bien.

Hunt negó con la cabeza.

–Yo no voy a correr.

Todos se volvieron para mirarle y él frunció el ceño ante sus caras de perplejidad. Levantó las manos.

–¿Qué pasa? ¿Por qué me miráis todos así?

–Creía que formabas parte de un equipo. ¿Por qué demonios no participas?

Adie formuló la pregunta que todos, obviamente,

se hacían. En realidad era una muy buena pregunta. ¿Por qué no corría en su propia carrera? Correr era algo que le gustaba pero, como tantas otras cosas, estaba muy abajo en su lista de prioridades. El trabajo lo ocupaba casi todo.

Hunt se revolvió en la silla, incómodo por la forma en que el clan Williams, incluidos los niños, lo miraban. Adie se limitó a sonreír ante su incomodidad.

No tenía una excusa decente y no quería decirles que la idea de correr no se le había ocurrido.

—Estoy muy ocupado, más de lo normal, incluso porque Duncan no está y tengo una gran carga de trabajo.

—Son un par de horas del sábado, Hunt, y todo el mundo, incluido tú, se merece un tiempo de descanso —dijo Adie apoyando los antebrazos en la mesa, con el codo peligrosamente cerca del vaso de ponche de huevo.

Hunt lo agarró y lo puso en un lugar más seguro.

—Aunque fuera algo que quisiera hacer, no puedo participar porque no tengo a nadie con quien correr. Los chicos participantes ya han sido emparejados con los atletas, y probablemente ya han empezado a desarrollar una relación con sus mentores.

—Es tu carrera, puedes añadir a alguien a la lista de inscritos o puedes correr con quien quieras —intervino Kate.

Era cierto. Repasó mentalmente la lista de sus conocidos y excompañeros de equipo y se dio cuenta de que o bien ya participaban en la carrera o tenían compromisos previos.

—Steve sería mi compañero en esta aventura —dijo Hunt en voz baja.

Ya estaba. Había mencionado su nombre. Por primera vez en una década, había introducido a Steve en la conversación. Hunt sintió la mano de Richard en el hombro, el apretón varonil. Hablar de Steve era difícil, pero maldita sea, se merecía formar parte de la conversación.

Miró a Rachel y, al ver las lágrimas en sus ojos, apartó rápidamente la mirada. Dios, si empezaba a llorar no podría soportarlo.

—Ya que la fundación lleva el nombre de Steve, ¿qué tal si uno de sus hermanos se presenta con Hunt? —la enérgica pregunta de Adie cortó la tensión.

Grant negó con la cabeza.

—Me encantaría, pero mañana salimos de la ciudad.

Adie miró a Mike, que negó con la cabeza.

—Lo siento, yo tampoco estoy disponible.

Kate hizo un mohín.

—¿Por qué nadie me pregunta a mí?

Adie le dio una palmadita en la espalda.

—Cariño, tu idea de ejercicio es un maratón de series en Netflix.

—Muy graciosa —murmuró su amiga.

Cuando las risas se apagaron, Hunt se encogió de hombros tratando de disimular la punzada de decepción.

—No importa, esto no es nada del otro mundo y la verdad es que tengo que trabajar. Estaré en la salida y luego veré a todo el mundo en el cóctel.

—Yo seré tu compañera.

Las miradas de todos los presentes se dirigieron hacia Adie.

—¿Cómo? ¿Por qué?

—Suena divertido –aseguró Adie–. Podré recorrer Manhattan persiguiendo pistas en lugares extraños. Será estupendo.

—Es una carrera de diez kilómetros –le recordó Hunt.

—Solía correr por el campo cuando era niña y participé en varias carreras en la universidad, Todavía consigo de vez en cuando hacer ocho kilómetros en la cinta. No me pasará nada.

—¿Pero no estarás ocupada organizando el día? –preguntó Hunt.

Kate respondió por ella.

—No, la empresa de organización de eventos se encarga de todo desde el momento en que los equipos llegan a la salida. Y Adie ya ha delegado en mí la cena de entrega de premios y el baile posterior a la carrera, así que yo estaré ahí y podré ocuparme de cualquier problema de última hora.

Hunt miró a Adie y vio el desafío en sus ojos. Sonrió de oreja a oreja.

—¿Qué pasa, Sheridan? ¿Tienes miedo de que uno de tus antiguos compañeros de equipo o alguien más joven pueda ganarte a ti, un neoyorquino? –se burló.

No, no tenía miedo porque eso nunca iba a suceder. Apuntó hacia Adie con la manga pastelera.

—Más te vale no retrasarme.

—¡Ja! Más te vale no retrasarme tú a mí. Y mi galleta de árbol es mucho mejor que la tuya.

Hunt miró su árbol y vio que el glaseado blanco se había desprendido, arrastrando consigo seis botones de chocolate. Frunció el ceño hacia Adie, que se limitó a sonreír. Incapaz de resistirse a su rostro pícaro, le lanzó un botón por encima de la mesa.

–¡Hunt Sheridan, aquí no nos tiramos comida! –le regañó Rachel.

Hunt sintió como si volviera a tener diecinueve años. Era aterrador y tranquilizador a la vez.

–Sí, señora.

A medida que la conversación avanzaba, Hunt miró a su alrededor en la mesa a aquella numerosa y cariñosa familia y lo comparó con lo que Griselda le había propuesto: una copaternidad sin amor con la crianza puesta en manos de niñeras. Si alguna vez tenía un hijo, quería criarlo en el seno de una familia unida, cariñosa, ruidosa y afectuosa, y eso le exigiría comprometerse, renunciar a su libertad, ceder el control.

No podía hacerlo, ni ahora ni nunca. Había trabajado mucho para crear un mundo en el que se sintiera cómodo. Prefería mantener a las mujeres, a todas las personas, a distancia.

Se preguntó brevemente cómo le iría a Griselda en su viaje por la Costa Oeste y se encogió de hombros para no sentir curiosidad. Su camino juntos se había dividido en dos bifurcaciones, una para él y otra para ella. Le parecía bien. Después de todo, casa cosa tenía su época.

Hunt miró a Adie, que estaba inmersa en una conversación con Rachel. Si tenía que equiparar a las mujeres con las estaciones, Griselda era el invierno, pero Adie era la primavera. Brillante, vibrante, interesante… nueva.

Pero no era más que una estación, y su tiempo con ella, cuando finalmente la llevara a la cama, pasaría rápidamente.

Adie seguiría adelante y él también, porque nada duraba para siempre.

***

Cuando Adie le propuso a Hunt ser su compañera en la búsqueda del tesoro, pensó que sería un evento pequeño en el que correrían principalmente por Central Park. Al llegar a la línea de salida, se dio cuenta de que la carrera era más complicada de lo que esperaba. Había reporteros y equipos de noticias, y una multitud de curiosos detrás de la cinta. Y aunque la carrera comenzaba en el parque, se dirigía a Midtown antes de llegar a Manhattan.

Hasta ahora había visto a una patinadora artística olímpica, a una nadadora de categoría mundial, a muchos jugadores de baloncesto famosos, a golfistas y a muchos jugadores de béisbol. Sus compañeros de carrera adolescentes estaban ojipláticos y emocionados.

Aunque había corrido en el colegio y estaba en forma, Adie había olvidado que Hunt había sido un atleta de talla mundial. También había olvidado tener en cuenta que las piernas de Hunt eran mucho más largas que las suyas. Y, como él le había dicho en la línea de salida, corría regularmente quince kilómetros.

Y además era competitivo. Cielos, muy competitivo.

Estaban en Chelsea, en la cuarta de las siete etapas, y Adie, con la respiración agitada, esquivaba a los turistas y a los residentes, intentando, sin conseguirlo, seguir el ritmo de las largas piernas de Hunt. Iban en las última posiciones, pero Hunt estaba decidido a terminar la carrera. Era el jefe de la fundación, le había recordado, tenía que predicar con el ejemplo.

Que predicara con el ejemplo podría matarla, pero daba igual.

No estaba en su naturaleza ir detrás de nadie, pensó Adie sin perder de vista su ancha espalda con las camiseta térmica color verde lima que ambos llevaban. Hunt quería ganar, y si tenía que arrastrar a Adie hasta la línea de meta medio muerta, lo haría.

Adie empezaba a pensar que la muerte era una posibilidad remota. Hunt se detuvo y esperó a que ella lo alcanzara con los brazos en jarras. Hacía mucho frío. Adie quería un café, quería un abrigo, quería acostarse y dormir durante una semana. Era demasiado mayor para correr a un ritmo tan rápido sin haber entrenado.

–¿Ves la tienda de recuerdos deportivos? –preguntó Hunt cuando lo alcanzó.

Así que eso era lo que estaban buscando. Se le había olvidado. Al echar un vistazo a las pintorescas tiendas, su atención se centró en una joyería *vintage* situada al otro lado de la calle cuyo escaparate estaba repleto de objetos inusuales y extravagantes. Era su tipo de tienda favorita, así que Adie se dispuso a cruzar la calle. Pero Hunt la agarró del brazo.

–Eso no es una tienda de recuerdos deportivos.

Bueno, no, pero era más de su estilo. Necesitaba cinco minutos solo para comprobar si valía la pena hacer otra visita. Hunt frunció el ceño ante la sugerencia.

–¡Estamos corriendo una carrera, Ashby-Tate!

–Serán solo cinco minutos –insistió ella utilizando su tono más convincente.

–Sé que esos ojos tuyos podrían convencer a un monje de que renunciara a sus votos de celibato, pero

65

conmigo no van a funcionar. Hoy no –le dijo Hunt, mirando más allá de ella para escudriñar la calle.

Levantó el brazo para señalar algo y señaló. Adie vio un cartel semioculto que mostraba la palabra «deporte».

Adie sintió que Hunt la arrastraba calle abajo. Primero le permitió caminar unos diez metros y, cuando pudieron ver todos los carteles que indicaban que habían encontrado la tienda correcta, empezó a trotar rápidamente. Adie, que iba detrás de él, saltó por encima de un pequeño perro con correa en su prisa por encontrarse con Hunt. Cuando llegó a su lado, y para su sorpresa, se encontró con una mirada tierna en los ojos de Hunt.

–No tenemos por qué hacer esto, Adie. Ya has corrido seis kilómetros, y la temperatura empieza a bajar.

No, podían seguir corriendo aunque llegaran los últimos, pensó Adie. La gente no tenía por qué ganar siempre, ni siquiera los directores ejecutivos. La gente lo entendería.

Pero en lugar de suplicarle que siguieran, le vino a la boca una frase distinta.

–¿Si estuvieras solo abandonarías? –le preguntó con tono desafiante.

Hunt negó lentamente con la cabeza.

–No.

Adie dio un pisotón y se sopló las manos.

–Bueno, entonces, cuanto más prisa nos demos, antes llegaremos a la meta. Últimos, seguro, pero lo haremos bien –le sonrió–. Pero más vale que haya chocolate caliente al final, Sheridan, o no estaré contenta.

Hunt le dio un rápido beso con la boca abierta en los labios.

—Seguro que lo habrá. Pero si quieres algo especial, llamaré antes para que lo tengan preparado. ¿Wasabi o chile?

—Me conformo con el normal, pero más vale que tengan mucho.

Hunt le dio un rápido abrazo y Adie se empapó de su calor. Él le tomó la mano y empezaron a trotar suavemente.

Seguro que se iba a arrepentir de esto por la mañana. O dentro de quince minutos.

67

Capítulo Cinco

Hunt, de pie dentro de un grupo que incluía al director y al capitán de los Monarchs, miraba a través de la sala de música art decó. Con la llegada de los famosos y las estrellas del deporte y sus parejas, la sala se había llenado. Un *disc jockey* compartía escenario con un enorme árbol de Navidad, y la pista de baile estaba abarrotada.

Había sido un día largo, del que se hablaría durante mucho tiempo, y Hunt se había divertido tanto como los demás. Sí, Adie y él habían tardado una eternidad en completar la ruta, pero no habían llegado los últimos.

Por supuesto, eso no había evitado las burlas de sus excompañeros de equipo. Tal y como esperaba, se mostraron despiadados. Pero bajo las burlas, había escuchado el respeto por su humildad, y eso significaba para Hunt más que cualquier otra cosa.

Y gran parte de su bienestar se lo debía a Adie.

Dios, no recordaba cuándo fue la última vez que se sintió tan ligero con una mujer. O haber sonreído tanto. Era fácil estar con ella; Adie no entablaba conversaciones triviales, pero cuando hablaba, a Hunt le interesaba inmediatamente todo lo que tenía que decir. Era, en todos los sentidos, todo lo contrario a Griselda.

Griselda…

Hunt metió la mano en el bolsillo de la chaqueta para sacar el teléfono y se detuvo bruscamente, diciéndose a sí mismo que no necesitaba volver a leer el mensaje. Se lo sabía de memoria:

Aunque no me pareció necesaria tu llamada de seguimiento para confirmar el fin de nuestra relación, gracias por la cortesía. Espero que algún día podamos retomar nuestra amistad.

Tan rígido y tan formal, como su relación. Hunt cerró brevemente los ojos y supo que la extraña sensación que le recorría era de alivio. Griselda era, oficial y definitivamente, parte de su pasado. Y, aunque siempre se había considerado soltero, nada les unía ahora. Se sintió más ligero, como una serpiente que se hubiera despojado de una piel demasiado apretada.

Tal vez era el momento de hacer más cambios, de reevaluar su vida, de empezar a buscar fuera del trabajo formas de llenar las horas. Le había encantado el día de hoy, estar al aire libre, hacer ejercicio, pero también interactuar con los voluntarios, los adolescentes y las celebridades del deporte. Debería empezar a hacer más carreras, quizá un triatlón. O tal vez la fundación podría organizar búsquedas de tesoros urbanos en otras ciudades.

Debería hablar de ello con Adie y Kate, para ver si podían convertir su vaga idea en un plan factible. Su entusiasmo bajó varios niveles cuando se dio cuenta de que Adie se iría pronto, que no iba a estar en la ciudad más que un par de semanas.

Ignorando la punzada helada que le atravesó los

pulmones, Hunt miró a su alrededor. Hablando de su sexy compañera de equipo, ¿dónde estaba?

La buscó y finalmente la encontró en la esquina opuesta a él. No era difícil de detectar, en una sala de mujeres que vestían mayoritariamente tonos neutros, sus pantalones verdes de pierna ancha y la parte de arriba a juego eran del color exacto de un árbol de Navidad. El verde brillante resaltaba su tez impecable y el alborotado y dorado cabello.

Dios, era preciosa.

Y él no era el único que lo notaba…

Treinta minutos atrás había estado conversando con Maxwell Green, una leyenda del baloncesto recién retirada. Antes de eso, la sorprendió riéndose de lo que Blake, el jugador de fútbol más sexy de la temporada, le estaba contando. Ahora estaba apoyada en la pared más lejana, y la mano de su jefe de ventas estaba apoyada en la pared por encima de su cabeza mientras se cernía sobre ella…

Pero Adie no se oponía. En todo caso, parecía disfrutar de la atención de Liam Pearson.

Hunt no se molestó en excusarse del grupo, simplemente se abrió paso entre la gente y en pocos minutos se colocó detrás de Pearson con los brazos cruzados. Adie fue la primera en darse cuenta de su presencia y, en lugar de apartarse, se limitó a enarcar las cejas.

–¿Querías algo, Hunt?

Él apretó los dientes mientras Pearson se tomaba su tiempo para levantar la mano de la pared y crear distancia entre él y Adie.

–Jefe… – murmuró Pearson.

Hunt le sostuvo la mirada.

Pasaron diez segundos, luego quince y Hunt vio que los ojos de Adie pasaban de su cara a la de Pearson y, tras veinte segundos –a Pearson le gustaba sobrepasar los límites–, el hombre levantó las manos en señal de derrota. Volviéndose hacia Adie, le dedicó una sonrisa arrepentida.

–Ha sido un placer hablar contigo, Adie.

Ella le miró desconcertada y cuando sus ojos se encontraron con los de Hunt, frunció el ceño. ¿Qué acaba de pasar?

Hunt metió las manos en los bolsillos de sus finos pantalones negros.

–Estaba charlando contigo y estaba a punto de pedirte una cita.

–Hasta ahí llego –respondió Adie.

Pues eso no iba a pasar. Porque las citas conducen a la intimidad, y la única persona que podía imaginar desnudándose con Adie era él. Sí, que lo llamaran primitivo o prepotente, pero él era el único hombre que besaría aquellos labios carnosos, que exploraría la caída de su cintura, que deslizaría los dedos entre sus femeninos pliegues.

Adie se cruzó de brazos.

–Estoy esperando una explicación, Sheridan. Puede que trabaje para ti, pero tu autoridad sobre mí no se extiende a con quién salgo.

Hunt se dio cuenta de que su discusión estaba llamando la atención. Miró a su alrededor y se fijó en que había un pasillo oscuro a su derecha, claramente marcado como «Solo para personal autorizado». A juzgar por la falta de luz, no se estaba utilizando, pero sería un lugar perfecto para exponer su punto de vista.

Consciente de su fuerza, agarró suavemente la estrecha muñeca de Adie y la guio por el pasillo, deteniéndose cuando estuvieron fuera de la vista del grupo. Ella apoyó la espalda en la pared, tenía los ojos oscuros y misteriosos bajo la escasa luz que entraba desde la sala.

–Sigo esperando una disculpa, Sheridan –afirmó Adie levantando la barbilla. O una explicación de por qué estamos aquí.

Hunt se quedó mirando sus labios rojos.

–No vas a recibir una disculpa. Y sabes muy bien por qué estamos aquí. Sabes que quiero besarte, he querido besarte todo el maldito día. Y estoy seguro de que tú también quieres.

Hunt esperaba una réplica sarcástica, que se hiciera la dura, pero la mano de Adie subió hasta su hombro y se le enroscó en la nuca. Le sorprendió aún más al ponerse de puntillas y colocar sus labios sobre los de él, suspirando cuando sus bocas se conectaron.

Hunt bajó la cabeza y metió la mano entre la pared y la esbelta espalda de la mujer, atrayéndola hacia él para que sus pechos se clavaran en su pecho y su estómago en su durísima erección.

La deseaba con una desesperación que rayaba en la irracionalidad. Incapaz de retrasar la gratificación ni un milisegundo más, Hunt levantó el pulgar hasta la adorable hendidura en medio del labio inferior de ella y presionó suavemente.

–Abre, cariño, necesito probarte.

El suave aliento de Adie pasó por encima de su pulgar y Hunt le cubrió la boca con la suya, buscando su lengua. Sabía a chocolate y a vino blanco, olía a jacintos y a cielo. Los sentidos de Hunt se dispararon:

la nariz se le llenó con su delicioso aroma, su boca era un paraíso.

En aquel momento, Adie era todo lo que necesitaba o podía desear.

La mano de Hunt se curvó alrededor de su trasero y ella inclinó las caderas hacia arriba para frotarse contra sus pantalones.

Empujándola contra la pared, Hunt gimió cuando su erección se apoyó en su montículo y observó cómo ella inclinaba la cabeza hacia atrás para apoyarse en la pared, exponiendo su elegante cuello.

—Eres preciosa —susurró Hunt deslizándole los labios por el cuello—. Maldita sea, me encantaría llevarte a la cama.

Adie se tensó en sus brazos y Hunt se estremeció, sabiendo que sus palabras habían roto el hechizo. Nunca hablaba sin pensar, pero Adie lo tenía hipnotizado.

Ella se apartó de la pared y Hunt dio un pequeño paso atrás, pero mantuvo la mano en su cintura. No podía dejar de tocarla; después de un beso que derretía el alma, eso era pedir lo imposible.

Adie se pasó una mano temblorosa por el pelo antes de poner las yemas de los dedos en los labios.

—Dios mío, Sheridan, sabes cómo besar.

—Lo mismo digo, cariño.

Adie dio un pequeño paso y apoyó la frente en su pecho.

—Deberíamos volver, la gente se preguntará dónde estás.

—No quiero —respondió Hunt besándola en el pelo.

No la presionaría, tenía que ser ella quien tomara la decisión. Pero podía intentarlo…

–Ven a mi casa conmigo, Adie.

Adie se miró la punta del zapato negro que asomaba bajo sus pantalones de pierna ancha.

–No es una buena idea, Hunt.

Hunt se sintió irracionalmente enfadado y profundamente decepcionado. No eran sentimientos a los que estaba acostumbrado.

–Por favor, no me des esa excusa tan manida de que trabajamos juntos. Dame una razón decente, porque sé que me deseas, y no me cabe la menor duda de que yo también te deseo a ti –Hunt le acarició el pómulo con la yema del pulgar–. ¿Qué puedo decir para que cambies de opinión?

Adie jugueteó con el lazo de su cintura y Hunt, sabiendo que un pequeño tirón sería el punto de partida para desnudarla, deseó que no lo hiciera.

–Para serte sincera, creo que hay un montón de cosas que podrías decir que me harían cambiar de opinión…

Las cosas se ponían interesantes.

–¿Como qué?

Adie arrugó la nariz e ignoró su esperanzadora pregunta.

–Seré sincera contigo: la Navidad es la peor época del año para mí. Durante el resto del año me gusta divertirme y salir, pero estoy comprometida a seguir soltera, no rendirle cuentas a nadie, no casarme y no tener hijos.

Hunt creyó percibir un tono nostálgico en su voz.

–Parece que estás intentando convencerte a ti misma, no a mí.

Adie le clavó el dedo en el pecho y Hunt se lo agarró.

Si fuera julio o febrero, probablemente estaríamos en la cama juntos, pero es Navidad –Adie se encogió de hombros–. Cuando era más joven, solía utilizar a los hombres para satisfacer mi necesidad de atención y validación. Me lanzaba a las relaciones rápidamente e, inevitablemente, terminaba con el corazón roto.

Hunt no sabía a dónde quería llegar, pero siguió escuchando.

–Dejé de hacer eso y he sido célibe durante mucho tiempo.

¿Cuánto? – preguntó Hunt.

–Cinco años.

–Maldita sea –murmuró Hunt–. Pero sigo sin ver la conexión entre que me digas que no, tu pasado y la Navidad.

–No estoy segura de si me atraes porque hay una química, o si estoy buscando atención, o si te estoy usando como una distracción para alejar un montón de malos recuerdos –Adie se pasó la mano por la cara–. Parece que siempre salen a la superficie en esta época del año.

–¿Puedes compartir esos recuerdos conmigo? –preguntó él con curiosidad.

–Lo siento, no puedo. Me da miedo que, al acostarme contigo, vuelva al viejo hábito de confundir de nuevo la atracción con la atención.

Hunt comprendió inmediatamente el subtexto de sus palabras.

–¿Te preocupa confundir sexo con afecto? –no quiso decir la palabra amor, no tenía cabida en aquella conversación.

Ni en su vida.

Adie miró al suelo y se cruzó de brazos. Hunt

le levantó la barbilla y esperó a que la mirara a los ojos.

—No soy el tipo del que quieres enamorarte, Adie. No me gusta el amor, ni el compromiso, ni el «felices para siempre». No creo en ese concepto.

Adie levantó las manos, frustrada.

—Sí, lo entiendo. Yo tampoco, Hunt. Por eso estoy tratando de entender lo que siento, por qué tengo que seguir diciendo que no a acostarme contigo. Me conozco muy bien y, francamente, esto tiene poco que ver contigo y mucho conmigo —añadió Adie—. Eres un hombre atractivo, exitoso e interesante, pero también me voy a ir pronto y estamos trabajando juntos. Todo es demasiado complicado.

Adie apoyó la cabeza en su pecho.

—Créeme, Sheridan, estoy muy tentada, pero aprendí hace tiempo que nadie va a cuidar de mí. Soy la que tengo que protegerme a mí misma.

«A mí me gustaría protegerte».

Hunt levantó la mano para frotarse la mandíbula inferior, sintiéndose un poco confundido ante aquel pensamiento tan insólito. Pero por primera vez en su vida adulta, quería interponerse entre una mujer y lo que le causaba dolor. Quería proteger a Adie de cualquier cosa que la amenazara, ya fuera la duda sobre sí misma, su pasado o alguna amenaza existencial.

Maldición.

Hunt no se reconocía a sí mismo. El verdadero Hunt, el Hunt con el que se sentía cómodo, libre, decidido, con fobia al compromiso, nunca pasaba tanto tiempo hablando o pensando en una mujer.

Pero Adie, tanto si estaba con él como si no, siempre estaba en primer plano y…

No le gustaba. Nada.

Adie le dio una palmadita en el pecho antes de dar un paso atrás.

–Respiremos profundamente, Sheridan. Diablos, a lo mejor dentro de un par de días te parezco un engorro de persona y lo que quieres es deshacerte de mí.

–Lo dudo –murmuró Hunt.

–O puede que descubra que en realidad eres un enorme imbécil bajo ese magnífico cuerpo y esa cara tan sexy.

Aquello era mucho más probable.

El domingo por la mañana, y después de una noche reviviendo los maravillosos besos de Hunt, Adie se encontraba bajo el pórtico de The Stellan, que era uno de los edificios de apartamentos más emblemáticos de Manhattan. Le costaba creer que Hunt fuera propietario no de uno, sino de todos los apartamentos de este edificio. La mayoría los utilizaba como oficinas, el ático era su espacio vital y el piso que separaba su espacio personal del de trabajo era un apartamento utilizado para las visitas.

Adie se balanceó sobre los tacones de las botas de piel altas y deseó que Hunt la hubiera invitado a subir a su apartamento en lugar de ofrecerle reunirse fuera. Le encantaría ver dónde vivía, pero sabía que si entraba en su apartamento tenía muchas posibilidades de conocer íntimamente su dormitorio.

Lo cual no sería el peor lugar para estar un domingo por la mañana…

Si hubiera sido una veinteañera, allí era estaría aquella mañana. Tumbada allí, desnuda, con estrellas en los ojos, redecorando mentalmente su dormitorio, preguntándose qué cocinar para la cena o si tendrían primero un niño o una niña.

Sí, ya se había dejado llevar por eso en el pasado. Y en alguna ocasión fue realmente grave. Una vez, bueno, tal vez un par de veces, le rogó a su novio que no la dejara.

No había sido bonito.

Recordar a la chica desesperada, triste e intensa que había sido le resultaba duro, era necesario hacerlo porque se negaba a volver a ser aquella persona necesitada y débil. No podía, no quería, correr el riesgo de volver a ser la persona asustada e insegura que había sido. Había hecho bien en rechazar su oferta de una aventura rápida.

¿Pero qué pasaría si se acostaba con él y lograba mantenerse alejada emocionalmente? ¿Y si confiaba un poco más en sí misma, en que los cinco años transcurridos desde que se le rompió el corazón por última vez la habían curado? ¿Y si era perfectamente capaz de manejar una aventura rápida con Hunt? ¿Y si se había curado de su hábito de buscar atención?

Si eso había ocurrido, ¿había rechazado a Hunt para nada? ¿Se estaba perdiendo un sexo espectacular por una razón que ya no era válida? ¿Estaba cometiendo un gran error al suponer que seguía siendo débil?

–Adie.

Ella respiró hondo y agradeció que las gafas de sol de gran tamaño le cubrieran los ojos porque, maldita sea, Hunt la tentaba a replantearse su postura de no tener sexo. Con unos vaqueros de diseño y un jersey gris y azulado que llevaba bajo la cazadora *bomber*, parecía relajado y más joven de lo habitual. Y le gustaba la barba incipiente de la mandíbula y el pelo más revuelto de lo habitual. Pelo que quería acariciar, agarrar mientras él le besaba el vientre…

—Hola.

—Hola —Adie empastó una sonrisa falsa en el rostro—. Qué frío hace hoy.

—Sí, me gustaría poder librarme del trabajo y escaparme a la playa —le dijo Hunt, poniéndole la mano en la espalda para indicarle el camino—. Arena caliente, chicas guapas en bikini, grandes olas…

—Mojitos helados, una bendición. ¿Haces surf? –le preguntó Adie.

Hunt asintió.

—Siempre que podíamos, Steve y yo nos íbamos a Hawái a coger olas. Pasábamos los días surfeando y las noches de fiesta, bebiendo y ligando.

Queriendo profundizar un poco más, Adie lanzó otra pregunta.

—Steve y tú estabais muy unidos, ¿verdad?

Hunt miró a lo lejos y se tomó un tiempo para responder.

—Era mi mejor amigo y mi hermano, en todos los sentidos. Cuando lo perdí, me sentí… a la deriva. Cuando no conectas a menudo con la gente, las personas con las que experimentas esa conexión son un tesoro.

—Kate y yo somos amigas desde hace poco, pero le cuento más cosas que a la mayoría de la gente. O quizá acabo contándole cosas porque no me deja guardar ningún secreto —admitió Adie.

Hunt se rio.

—Steve también era así. Presionaba y presionaba

hasta que te dabas cuenta de que era más fácil contárselo. Pero sabía guardar los secretos. En esta época del año, y después de días como el de ayer, es cuando más lo echo de menos.

Adie detuvo el paso ante su inesperada afirmación y le miró. Sintió el deseo de consolarlo, de rodearle la cintura con los brazos y enterrar su rostro en su cuello. Estaba segura de que Hunt no estaba familiarizado con los poderes reconstituyentes de un abrazo, con lo bien que se sentía uno al apoyarse en otra persona.

Sabiendo que tenía que dar pasos de bebé, Adie metió la mano en el bolsillo de la chaqueta de él y deslizó los dedos en los suyos. Ignoró la mirada de sorpresa que Hunt le dirigió y se limitó a apretarle la mano, esperando que entendiera que no estaba solo.

La mano de Hunt se estrechó en torno a la suya y Adie apoyó la cabeza en su hombro, agradeciendo que su cuerpo grande la protegiera del viento helado. Recordándose a sí misma que eran socios y no amantes, se enderezó con desgana y trató de retirar la mano.

Pero Hunt se negó a soltarla.

Sacó un papel doblado del bolsillo trasero con la mano libre y lo abrió. Se lo entregó a Adie y ella ojeó las notas.

–Es una lista de nombres, con indicación de edad y sexo –le miró y vio que tenía el cuello algo sonrojado. ¿Estaba avergonzado? Lo dudaba mucho–. ¿Una explicación, Sheridan?

Hunt le quitó el papel de la mano, lo dobló y se lo guardó en el bolsillo. Le puso la mano en la espalda y la guio hacia el otro lado de la carretera.

—Es una lista de los niños que actualmente residen en un hogar de acogida situado en Albany…

Hunt dejó de hablar y Adie supo que si lo presionaba, podría callarse.

—La mayoría de esos niños pasará el día de Navidad allí. Su madre de acogida es una de esas personas increíbles que siempre se ofrecen. Los trabajadores sociales saben que cuando están entre la espada y la pared, pueden llamar a la señorita Mae y ella hará lo posible por acoger a otro niño.

Adie siempre había admirado a la gente como Miss Mae. Después de lo que le hicieron pasar sus padres, no podía imaginarse tener hijos propios, y mucho menos acoger a niños que ya habían pasado por varios niveles del infierno.

Hunt continuó tranquilamente su explicación.

—Llevo años apoyando confidencialmente al hogar a través de una trabajadora social que se ocupa de la señorita Mae. Normalmente canalizo los fondos a través de ella y, en esta época del año, le doy un dinero extra para comprar regalos a los niños. Pero la señora Mae ha estado enferma y la trabajadora social se ha roto el pie, así que ninguna de las dos puede ir a comprar los regalos y no quiero que los niños se queden sin ellos.

—Seguro que hay otros trabajadores sociales que puedan encargarse.

Hunt torció el gesto.

—Lo he pensado, pero es muy importante para mí mantener esta contribución particular bajo el radar. La única persona aparte de ti ahora que sabe lo que estoy haciendo es la trabajadora social. Debe seguir siendo un secreto.

Adie estaba ahora confusa.

—Pero tú tienes una fundación que dona dinero. ¿Por qué la necesidad de mantener el secreto?

Hunt se pasó la mano por la cara.

—Bueno… porque la señorita Mae no lo aceptaría.

Adie se detuvo de golpe y lo miró desconcertada.

—No lo entiendo. Llevar un hogar de acogida tiene que ser caro, seguro que el estado no cubre todas las facturas. ¿Por qué no iba a aceptar tu ayuda?

Hunt se frotó ahora la nuca, visiblemente incómodo.

—La señora Mae fue mi madre de acogida. Viví con ella durante dos años.

—¿Dónde estaban tus padres? —le pregunto Adie con amabilidad, tratando de mantener el tono lo más conversacional posible. Sabía que la lástima le haría retroceder.

—Mi madre tenía problemas de salud mental bastante graves, entraba y salía de los centros psiquiátricos.

—¿Y tu padre?

Hunt se encogió de hombros.

—No era más que un nombre en mi partida de nacimiento.

Adie escuchó con atención, consciente de que le estaba dando una pequeña pincelada de su pasado y de su forma de pensar. Se sintió… bueno… era una palabra anticuada pero… honrada se ajustaba a la realidad. Estaba bastante segura de que Hunt no solía hablar de su pasado.

Y todavía no había explicado por qué necesitaba apoyar discretamente a la señor Mae.

—Háblame de tu misión altamente secreta —dijo

aligerando el tono para aliviar algo de la tensión–. Y cuéntame por qué la señora Mae no acepta la ayuda que pareces creer que necesita.

–Eso es porque hace muchos años entré en mi antigua casa con actitud arrogante y un camión lleno de muebles, electrodomésticos y ropa esperando que me abrazara y me dijera lo maravilloso que era. Hacía un par de años que no la veía ni hablaba demasiado con ella, y estaba enfadada conmigo por mi silencio.

Hunt hizo una breve pausa.

–Mis intenciones eran buenas, pero mi entusiasmo chocó contra su orgullo. Perdió los papeles y me echó en cara que yo era demasiado arrogante, que no necesitaba mi caridad, que había sobrevivido mucho tiempo sin mi ayuda. Yo grité, ella gritó. La llamé desagradecida, ella me llamó mocoso condescendiente… –se encogió de hombros–. Manejé mal la situación pero ella tiene más orgullo que Lucifer.

Y Adie sospechaba que él seguramente también.

–Así que ahora la apoyas en silencio, a través de la trabajadora social.

–Lauren me dice lo que necesita y yo se lo proporciono. En silencio. Por eso no puede pasar por la fundación, no quiero arriesgarme a que se entere de quién es su benefactor y vuelva a enfadarse.

Había algo muy conmovedor en aquel tipo tan duro y decidido con un corazón tan tierno. Hunt se presentaba como un hombre de negocios implacable, pero no había olvidado de dónde venía ni quién le había ayudado en el camino. Y, tal vez se equivocara, pero Adie sospechaba que la señora Mae era para él una figura más materna más que su propia madre.

Y si la señora Mae le tenía tanto cariño a Hunt como él a ella, también tenía que estar sufriendo.

–¿Hace cuánto tiempo ocurrió esto?

Hunt no la miró a los ojos y Adie supo que no quería responder a su pregunta.

–Hace doce años –admitió finalmente de mala gana. Cuando ella se detuvo y se quedó mirándolo fijamente, él levantó las manos–. ¡Es muy terca!

–¿No has hablado con ella desde hace más de diez años? –preguntó Adie alzando la voz.

–Sí que hablamos, no somos tan malos. Comemos cada dos meses en su restaurante favorito, y ella siempre insiste en pagar la mitad –Hunt frunció el ceño, obviamente irritado–. Pero no quiere que pague nada más porque me prometió hace más de una década que nunca aceptaría un céntimo mío. Le he ofrecido comprarle una casa más grande y un coche nuevo, pero sigue negándose.

–Vaya, eso es llevar la terquedad a un nivel completamente nuevo –murmuró Adie–. Pero no me creo que no sepa que estás pagando los regalos de Navidad de los niños.

–Estoy seguro de que lo sospecha, pero como la trabajadora social no habla de la donación ni le dice de dónde viene, su orgullo le permitirá aceptar la ayuda –Hunt parecía frustrado. De verdad que es todo un caso.

–Pero la quieres.

El encogimiento de hombros de Hunt fue toda la confirmación que iba a obtener, pero los actos decían mucho más que las palabras. Era obvio que adoraba a la señora Mae.

–Así que parece que vamos a pasar la mañana

comprando regalos de Navidad para un montón de niños –dijo Adie dando una patadita en la acera.

El alivio suavizó la boca de Hunt y la tensión de su cuerpo se relajó.

–Te pagaré por tu tiempo, por supuesto, pero me gustaría mantener esto separado de nuestra área de negocio.

Por favor, ella jamás aceptaría un pago por hacer esto.

Conmovida por su voluntad de hacer lo correcto, Adie asintió lentamente.

–Estoy muy contenta de gastar un montón de tu dinero, e incluso te ayudaré a envolver los regalos, pero te va a costar –Adie se llevó la mano al estómago–. Aunque no dinero… vas a tener que alimentarme. No puedo comprar con el estómago vacío.

Hunt le puso la mano en la parte baja de la espalda y la guio hacia una calle estrecha.

–Conozco un lugar donde sirven las mejores rosquillas de la ciudad.

Capítulo Seis

Mientras redactaba un correo electrónico, Hunt sintió que el coche se detenía. Levantó la cabeza para mirar por la ventanilla. Pete había aparcado en su lugar habitual, junto al pórtico del Stellan, y se estaba bajando para abrirle la puerta.

Hunt guardó su trabajo, cerró la tapa del portátil y lo guardó en el maletín. Sacudió la cabeza cuando se abrió la puerta del coche. Pete tenía más de setenta años, hacía un frío capaz de congelar el nitrógeno y la lluvia se estaba convirtiendo en aguanieve, pero a pesar de haberle dicho cien veces que era más que capaz de abrir la puerta de su propio coche, Pete era de la vieja escuela y se negaba a escuchar.

Había sido un día infernal, pensó Hunt, mientras salía del coche y daba las gracias a Pete. El asistente que compartía con su director financiero estaba enfermo y se había pasado el día rastreando documentos y archivos, buscando correos electrónicos y respondiendo a su propio teléfono.

Escuchó el sonido del mensaje que le entraba en el teléfono y lo sacó del bolsillo interior de la chaqueta.

¿Griselda? ¿Y ahora qué?

Si firmo todos los documentos legales posibles, ¿te plantearías donarme tu material biológico para que la utilice con el fin de quedarme embarazada?

Hunt leyó el mensaje, y luego lo volvió a leer para darle sentido a su petición. Parecía que Griselda quería su esperma...

¿Qué demonios? Hunt no dudó, y sus dedos teclearon rápidamente una respuesta.:

Eso es un «no» rotundo.

¿En qué estaba pensando Griselda? No quería tener hijos, pero no había ninguna posibilidad de que entregara sus genes y no tuviera ningún contacto con su hijo después.

Y además, si hubiera una prueba para demostrar la idoneidad como padres, Hunt dudaba que él y Griselda la pasaran.

Hunt no sabía mucho sobre la crianza de niños, pero sabía que necesitaban amor, afecto y tiempo. Ni él ni su ex estaban en condiciones de proporcionar todo lo que un hijo necesitaba. Entonces, ¿por qué la imagen de un bebé de ojos marrones y pelo oscuro se le aparecía en la mente, un niño sentado en el regazo de Santa Claus, chillando al ver los regalos bajo el árbol?

Aquellas imágenes no se limitaban a bebés y niños pequeños. También podía verse a sí mismo bateando durante horas con su hijo, llevando a su hija al altar...

Hunt se frotó la cara y maldijo entre dientes. ¿Qué demonios le pasaba? Tenía que haber una explicación lógica. Hunt decidió que tenía que ser una combinación de la Navidad y de haber visto antes las fotos de la campaña publicitaria de verano de Sheridan Sports, en las que aparecían familias felices realizando actividades deportivas. Era una respuesta exagerada al mirar de frente lo que no tenía, lo que una vez había deseado desesperadamente.

Ya no quería tener hijos, no quería una esposa o una familia a la que llamar suya. Su trabajo era lo único importante, el trabajo se podía controlar. El trabajo, a diferencia de su madre, no era una decepción constante. El trabajo, a diferencia de su primera mujer, no te traicionaba gastando todo tu dinero y acostándose con otros. El trabajo no podía morir y dejarte sin tu mejor amigo. El trabajo era algo simple. Las relaciones, no.

Hunt suspiró, consciente del dolor de cabeza que se le estaba levantando. Lo único que quería era un whisky, un par de horas de silencio y algo de tiempo para relajarse en su tranquilo y vacío apartamento.

Dicho esto, todavía, inexplicablemente, quería ver a Adie, estar con ella. Aquel día no había ido a la oficina y la había echado de menos. Levantaba la vista con impaciencia cada vez que alguien llamaba a la puerta, y luego se había pasado los siguientes diez minutos molesto por su decepción.

Necesitarla, desear verla y estar con ella más de lo que necesitaba la soledad para relajarse le irritaba sobremanera.

−¿Señor Sheridan? ¿Va a entrar?

Hunt dio un respingo al escuchar la voz del su portero y al mirar hacia atrás vio a Glen sosteniendo abierta la puerta de su edificio.

Hunt entró a grandes zancadas, desesperado por tomarse una copa y dejarse caer en el sofá. Miraría las luces de la ciudad e intentaría no echar de menos a Adie o a Steve…

−Señor Sheridan…

Hunt ignoró la llamada del portero. Entró en el ascensor privado que le llevaría directamente a su ático, pulsó el botón para cerrar la puerta y vio la cara de sorpresa de Glen.

–Pero tengo que decirle…

Ya había tenido suficiente gente por aquel día. Lo que tuviera que decir Glen podía esperar. Hunt apoyó la nuca en la puerta del ascensor y cerró los ojos. Tras unos instantes, sintió que el ascensor se ralentizaba y luego las puertas se abrieron sin ruido. Una música a todo trapo le asaltó los oídos y el dolor de cabeza se intensificó inmediatamente.

Salió al pasillo, dejó el maletín en la mesa del vestíbulo y se frotó los dedos en la sien. La única persona que tenía acceso sin restricciones a su casa era la chica que le limpiaba la casa. Como ya había sorprendido a Flora utilizando su sistema estéreo –cosa que normalmente no le importaba–, Hunt supuso inmediatamente que le habían cambiado las clases de la universidad y que estaba trabajando hasta tarde.

Justo lo que menos necesitaba.

Entró en el salón y parpadeó. Cerró los ojos y apretó los dedos índice y pulgar contra los párpados, esperando que el desorden desapareciera, pero cuando los abrió de nuevo, seguía allí. La mesa de acero inoxidable y cristal, hecha a mano, estaba apartada y rebosante de cintas y papel de regalo brillante.

Había hojas de papel esparcidas por la costosa alfombra persa azul marino, y montones de regalos, todos ellos envueltos, repartidos por la habitación.

Pasó por encima de un montón de paquetes navideños para los hijos de Mae y cogió el mando a distancia que estaba entre los residuos de la mesa de centro. Pulsó el botón de apagado y se hizo el silencio, bienvenido y cálido. Gracias a Dios.

Y Dios, qué desorden. Odiaba el caos, físico y mental; le recordaba su infancia poco estable, el haber compartido habitaciones con demasiados chicos, el no tener privacidad, el sentirse fuera de control.

Aquella era su casa y, obviamente, Adie había venido en algún momento del día, había empezado a envolver los regalos para los niños de acogida de la señora Mae y se había marchado, dejando atrás todo aquel desorden.

Aquello no era lo que esperaba…

–¿Hunt? ¿Eres tú?

Hunt se giró ante aquella voz femenina que provenía de la cocina. Su corazón suspiró de placer, irritándolo aún más. Quería estar solo, maldita sea.

O «debería» querer estar solo.

¿Y cómo se atrevía Adie a pensar que tenía derecho a estar en su espacio cuando él regresara a casa, que tenía derecho a convertir en un caos su ordenada zona de estar?

Hunt oyó movimiento detrás de él y todo el sistema de Hunt quedó en suspenso cuando Adie entró en su salón vestida con unos vaqueros desteñidos, un jersey crema hasta el muslo y calcetines gruesos Tenía una copa de vino en la mano y…

Y daba la sensación de que aquel era su sitio. Y eso aterrorizó a Hunt.

Y como estaba asustado por lo bien que encajaba en su vida y en su espacio, arremetió contra ella. Al diablo con la racionalidad.

–¿Qué demonios estás haciendo? rugió.

La brillante sonrisa de Adie se desvaneció y siguió la mirada de Hunt, que se dirigió hacia el papel y los regalos del suelo.

–Yo…

–¡No tienes ningún derecho a estar aquí, desordenando mis cosas como si estuvieras en tu casa!

A Adie le tembló ligeramente la copa en la mano y apretó los labios.

–¡Me dijiste que terminarías a las cinco! –Hunt golpeó la esfera de su reloj–. ¡Son más de las nueve!

–Sé qué hora es, Sheridan –respondió ella con calma dejando la copa de vino sobre el tronco de madera que servía de mesa auxiliar para el largo sofá de piel de búfalo.

Hunt se acercó a ella, agarró la copa y colocó un posavasos bajo el pie para capturar la condensación que rodaba por el cristal. Los troncos también eran antiguos, de una manera excepcional, y sería imposible reemplazarlos si se mancharan de agua.

Adie enarcó las cejas ante sus acciones, pero a Hunt no le importó. Había crecido sin nada, así que protegía y cuidaba lo que tenía. Se acercó al carrito de bebidas de la esquina y vertió una buena cantidad de whisky en un vaso de cristal. Observó que había un vaso sucio junto a la jarra y la irritación volvió a surgir.

–¿Te estás bebiendo mi vino y mi whisky? ¿Y no podrías haber llevado el vaso sucio a la cocina?

Adie se cruzó los brazos y le dirigió una mirada de puro desprecio.

–Vaya, ¿y quién habrá escupido en tus cereales?

Hunt apretó los dientes.

–He tenido un día infernal y lo único que quería era llegar a casa y relajarme en mi ordenado y pacífico salón. Pero esto parece una zona de guerra.

Adie se acercó al sillón de cuero rojo y se sentó

en el borde, agachándose para levantar del suelo una bota de suela plana. Metió el pie y subió la cremallera. Antes de agarrar la otra bota, lo miró. ¿Molesta? No, sus ojos brillaban con una furia contenida y una buena dosis de dolor.

Hunt sintió una oleada de remordimiento, pero no podía disculparse.

–Lo que yo quería hacer esta noche era ir con Kate a una galería en Greenwich Village porque había una exposición de uno de mis artistas favoritos. Pero como necesitabas envolver estos regalos lo antes posible, he venido aquí al salir de trabajar para terminarlo. Mi día también ha sido duro, gracias.

Le sobraba razón.

–¿Me dijiste o no me dijiste que viniera en cualquier momento, que Glen me dejaría entrar? –preguntó Adie con un tono que le atravesó la piel.

Sí, lo dijo, Y tal vez eso era lo que Glen había intentado comentarle. Tendría que haberle escuchado, y así se habría ahorrado aquella escena tan fea,

–Llevo aquí cuatro malditas horas. Me he cortado los dedos con el papel y me duele la espalda. He puesto música porque me aburría, me he tomado un vaso de whisky para acompañar las tres horas que me ha pasado envolviendo estos regalos, pensando que nunca, ni en un millón de años, me negarías una copa de la botella de vino abierta de tu nevera mientras me pensaba qué pizza pedir.

Adie no había subido el volumen de la voz, pero podía notar que sus niveles de ira y mal genio estaban subiendo rápidamente.

Se subió la cremallera de la otra bota, agarró la enorme bufanda y se la enrolló al cuello. Se echó el bolso al hombro, cruzó el salón y miró a su alrededor con frustración.

–¿Dónde está el maldito botón para llamar el ascensor? –Adie se le acercó y le quitó el mando que tenía en la mano.

Vio el icono del ascensor y lo pulsó, arrojando después el mando al sofá.

Había metido la pata. Y mucho. Dios, ¿cómo podía salvar aquella situación?

–Adie…

Hunt la siguió hasta el vestíbulo y entró directamente en el ascensor cuando se abrieron las puertas.

–No te atrevas a hablarme ahora, Sheridan, estoy muy enfadada contigo y no quiero decir algo de lo que me arrepienta.

Hunt puso la mano en la puerta para evitar que se cerrara.

–¿Algo como qué?

–Que eres egoísta, un grosero y un desagradecido.

Adie tenía razón, pero no sabía cómo disculparse o explicarse. No estaba acostumbrado a hacerlo.

–¡Atrás, Sheridan! –ella le dio un golpecito en la mano con el dedo y, como le pilló por sorpresa, levantó la mano de la puerta y esta se cerró inmediatamente.

El rostro furioso y dolido de Adie desapareció. Hunt se frotó la mitad inferior de la cara antes de enlazar las manos detrás de la cabeza y maldecir.

Había pensado que quería estar solo, pero estaba equivocado.

Muy equivocado.

***

Adie, que se alojaba en el apartamento de Kate en Chelsea, estaba muy agradecida de que Kate estuviera en Boston visitando a una viejo amigo de la universidad. Había salido en el vuelo de las tres de la tarde y tenía la intención de coger el último vuelo de vuelta a casa. O, como le había informado a Adie, si el amigo seguía conservando su buen aspecto, tal vez no volviera a casa.

Adie esperaba esto último, porque necesitaba reforzar sus defensas y reafirmar el control de su mente sobre el corazón.

Se paseó por el salón de Kate en pijama de hombre, con un vaso de vino tinto en la mano, consciente de que su magullado corazón le golpeaba en el pecho.

Hunt no debería tener el poder de herirla, de ninguna manera. Era su cliente, una puerta de entrada para conseguir más negocios en aquel mundo cerrado. Desde que empezó a trabajar para él había recibido muchas solicitudes de servicios.

Era su cliente… pero también era más que eso.

Había empezado a creer de verdad que, a pesar de la tensión sexual entre ellos, se habían hecho amigos. Llegó a pensar, tonta de ella, que no solo la deseaba, sino que también le tenía aprecio y la respetaba. Pero su comportamiento de aquella noche lo ponía en entredicho.

Y aquel inesperado ataque le había recordado además a su infancia, cuando era el saco de boxeo de su madre, que la culpaba de cosas que no eran culpa suya. Escuchaba en su cabeza a su madre acusándola de arruinar su matrimonio, diciéndole a su hija que era culpa suya que su padre pasara tiempo con sus amantes y que tener un bebé había afeado su cuerpo.

Adie le dio un sorbo grande a su vaso de vino y apoyó el cristal en la frente. ¿Estaba enfadada con Hunt o con su madre?

Siempre estaba enfadada con Vivien, la baronesa de Strathhope, pero también estaba muy enfadada con Hunt. Y él se lo merecía.

Así que podía seguir paseando por la alfombra y preguntarse si Hunt se disculparía o podía hacer algo constructivo con su tiempo, como leer los correos electrónicos de hoy, algo que aún no había hecho.

Acababa de sentarse frente al ordenador cuando llamaron al telefonillo. Pensando que era la pizza que había pedido, Adie pulsó el botón para abrir la puerta de abajo y fue a buscar el bolso para pagar al repartidor. Cuando llamaron a la puerta, Adie la abrió de un tirón y, con un movimiento practicado, estiró el brazo para recibir la caja de la pizza y extendió la otra mano para que él agarrara el dinero.

Fue entonces cuando reconoció aquella camisa color rosa pálido, la piel bronceada bajo el cuello abierto, el patrón geométrico blanco y negro de la corbata ladeada.

Adie levantó la mirada y el corazón se le desbocó al encontrarse con los ojos claros y casi tiernos de Hunt.

—Me he encontrado con el repartidor de pizza abajo —dijo levantando la caja.

—Gracias —Adie le puso el dinero en el bolsillo superior del abrigo e intentó quitarle la caja de pizza de la mano—. Ya puedes irte.

Pero Hunt no soltó la caja.

—¿No vas a compartirla?

Adie entrecerró los ojos.

–¿Y tú no vas a disculparte?

Por supuesto que no lo haría. Los hombres en su posición de riqueza y poder nunca lo hacían. Adie lo había visto una y otra vez. Los privilegiados y poderosos podían meter la pata, pero esperaban que la gente ignorara sus errores.

–Preferiría no hacerlo en el pasillo, pero si es la única forma de conseguir que me escuches, lo haré.

Adie parpadeó, confundida.

–¿Qué harás?

–Disculparme –afirmó Hunt con tono seco–. ¿Puedo pasar? Vale, al diablo. He sido un idiota, Adie, y lo siento.

Vaya, pues sí que lo había hecho. Adie inclinó la cabeza hacia un lado.

–¿Ha sido muy difícil?

Hunt apretó los labios.

–Un poco.

–Lástima, Tendría que haber sido mucho, porque te has portado muy mal.

Adie volvió a entrar en el pequeño vestíbulo y le indicó que entrara. Hunt, todavía con la pizza en la mano, pasó del vestíbulo a la cocina y colocó la caja en la isla del centro de la habitación. Luego se dirigió a un armarito y sacó un vaso. Señalando la botella de vino abierta sobre la encimera, levantó la barbilla.

–¿Puedo?

–Claro. A diferencia de otras personas, a mí me gusta compartir mis bebidas alcohólicas.

Hunt hizo una mueca.

–Ya. Eso no ha sido mi mejor momento.

Hunt se sirvió y bebió un sorbo. Bajó la mirada

hacia la caja de pizza y luego alzó la mirada para encontrarse con la suya.

–He tenido un día horrible y me molestó no haberte visto hoy. Yo no echo de menos a la gente, Adie.

El interior de Adie se calentó un par de grados ante su escueta admisión. Ella también lo había echado de menos, y había pensado en él todo el día, preguntándose qué estaría haciendo. Pasó treinta minutos convenciéndose de no ir a su despacho para ponerse al día. No había nada importante de lo que tuviera que hablar con él; solo quería ver su cara. Adie se comprometió a ir a su apartamento y se tomó su tiempo para envolver los regalos que habían comprado, deseando desesperadamente que él llegara a casa antes de que terminara.

–Intenté convencerme de que quería estar solo. Entré en mi apartamento y allí estabas tú, y me sentí confundido y a la vez muy feliz de verte, y no quería que me pasaran ninguna de las dos cosas. Así que me enfadé.

–Y además gritaste.

Hunt se encogió de hombros, avergonzado.

–Lo siento. Tú me haces ser irracional.

Era el cumplido más bonito y malhumorado que Adie había recibido nunca, y su temperatura interna subió uno o dos grados más. Si Hunt seguía así, podría entrar en combustión espontánea.

–No me gusta cómo me haces sentir –reconoció él agarrando la encimera con tanta fuerza que se le pusieron los nudillos blancos.

Adie agarró su vaso de vino medio lleno y bebió un sorbo. Sabía que no debía hacerlo y que estaba jugando con fuego, pero se lo preguntó de todos modos.

—¿Y cómo te hago sentir, Hunt?

—Confundido, emocionado, fuera de control... tan excitado que no sé ni dónde voy ni si respiro o no.

Dios. Así que ella no era la única que estaba lidiando con emociones salvajes. Suponía un gran alivio saber que Hunt también se sentía inquieto y perdido.

Adie bebió otro sorbo de vino, consciente de que él la estaba mirando fijamente. Al encontrarse con su mirada ardiente, vio el deseo en sus ojos grises y tormentosos, y se dio cuenta de lo ferozmente que la deseaba. Los hombres la habían deseado antes como una conquista, como una atracción, como una forma de pasar el tiempo, pero con Hunt le parecía diferente.

La deseaba.

Y ella sentía lo mismo.

No quería volver a caer en los malos hábitos de su juventud. Pero, por otro lado, ya no era la chica desesperada de antes, conocía sus defectos y sus debilidades, no se permitiría confundir el sexo con el amor. Podía hacerlo, tal vez tenía que hacerlo, para demostrarse a sí misma que era más fuerte de lo que creía.

¿Qué daño podría hacer una noche? Y tal vez, si tenían suerte, una noche de mucho sexo y poco sueño acabaría con aquella necesidad de su psique.

Para ella tenía sentido...

Todavía con la copa de vino en la mano, Adie le pidió que agarrara la botella de vino.

Hunt señaló la caja de pizza.

—Pensé que íbamos a comer.

Adie se levantó sobre los dedos de los pies desnudos y rozó su boca con la suya.

—Más tarde. Ahora mismo se me ocurre algo que me apetece más hacer. ¿Y a ti?

El pulgar de Hunt se deslizó sobre el labio inferior de Adie y sus ojos se volvieron del color del alquitrán húmedo.

—Se me ocurren varias cosas, y todas ellas implican que te desnudes.

Adie giró la cabeza para poder lamerle la yema del pulgar.

—Entonces, ¿a qué esperas?

Adie se dio la vuelta, pero Hunt le tiró de la mano y la giró hacia él. Se sintió un poco exasperada. Si Hunt seguía demorando el momento, comenzaría a pensar y podría terminar convenciéndose a sí misma de que aquello no era una buena idea…

—¿Estás segura?

—Sí, no… sí.

Definitivamente sí. Porque no quería arrepentirse a los setenta años de no haber tenido una aventura navideña con uno de los hombres más atractivos que había conocido jamás.

Sería solo una noche, nada más.

—Sí, estoy segura. ¿Vienes o no? ¿O me vas a decir que te duele la cabeza?

Hunt se rio entre dientes de un modo muy sexy y Adie lo besó en la boca.

Capítulo Siete

El sexo era lo último que esperaba, pero como era un hombre, un hombre que había deseado ferozmente a aquella mujer desde el momento en que la vio por primera vez, lo aceptaría.

Ni que fuera idiota.

Mientras llevaba en brazos a Adie a su dormitorio, Hunt se deleitó con su boca. Cerró la puerta de una patada y permitió que Adie se deslizara por su cuerpo hasta colocarse en el suelo.

Acunó su hermoso rostro entre las manos, preguntándose si debía volver a preguntarle si estaba segura. Pero pudo ver el deseo en sus ojos, el rubor de la excitación en sus pómulos. Le apartó con un dedo la tela del cuello y vio su piel rosada. Cuando ella cerró los ojos, disfrutando evidentemente de su contacto, Hunt hizo un esfuerzo por controlarse.

Aquello era algo a lo que se habían encaminado de forma inevitable durante los últimos diez días. Y por la mañana, volverían a ser como antes…

Ella no quería más, y él tampoco. Eran amigos que iban a tener sexo, no había que complicarse más.

Entonces, ¿por qué se sentía nervioso, como si estuviera dando un paso desde lo alto de un acantilado hacia el mar oscuro? Había tenido muchas relaciones sexuales. Sabía lo que hacía.

Pero hacerle el amor a Adie sería diferente. Aquella certeza le hizo vacilar. ¿Qué precio tendría que pagar por dejarse llevar por el deseo que sentía hacia ella? ¿Qué perdería? No lo sabía, y a Hunt no le gustaba arriesgarse sin conocer los posibles desenlaces.

Adie le puso la mano en la mejilla.

–¿Hunt? ¿Va todo bien?

Él parpadeó, sacudió la cabeza y luego la besó, saboreando aquellos labios exuberantes y sensuales. Adie arqueó la espalda y le rodeó el cuello con los brazos, levantando las caderas y acercándose para empujar el vientre hacia su erección.

Hunt necesitaba saborearla por completo, lo necesitaba todo, así que le puso las manos en los pechos y sintió al instante cómo se le endurecían los pezones en respuesta. Los buscó con los dedos y aprovechó el suspiro de Adie para deslizarle la lengua en la boca, saboreando el vino tinto que ella había bebido.

Por un momento, el mundo dejó de girar. Eran las dos únicas personas en la tierra y su pasión no solo se encendió, sino que detonó, lanzando destellos de deseo que le recorrían todas las vías neuronales del cuerpo. La deseaba más de lo que había deseado a nadie ni a nada antes.

Necesitaba verla, quería saber si lo que imaginaba se acercaba a la realidad, Hunt le levantó la camiseta del pijama por encima de la cabeza y le bajó el pantalón por las caderas. La tela se hizo un gurruño a sus pies mientras Hunt contenía el aliento al observar su hermoso cuerpo desnudo.

Tenía la piel blanca, pero como recubierta por una capa de marfil. Los pechos eran pequeños pero firmes con pezones de un rosa intenso. Tenía el vientre plano, y la delicada franja de vello entre las piernas era más oscura que su cabello. Las largas y torneadas piernas de corredora eran una delicia.

–Me estás mirando fijamente, Hunt –susurró Adie, tratando de apartar las manos de las suyas.

–Porque es maravilloso mirarte –replicó él con voz ronca–. Te sugiero que te acostumbres porque podría estar haciéndolo…

Se contuvo para no decir «toda la vida».

Si conseguía durar dos segundos después de entrar en ella sería un maldito milagro.

–Yo también quiero verte –le dijo Adie mirándole con impaciencia.

Si se desnudaba, no podría contenerse. Además, había algo increíblemente sexy en estar vestido mientras tu amante estaba desnuda…

Después de quitarse los zapatos y los calcetines, Hunt colocó a Adie para que estuviera de espaldas a él y la abrazó cubriéndolo los senos. Bajó los brazos hasta su cintura y la levantó suavemente, llevándola hasta donde había un espejo de pie en la esquina de la habitación. Ella echó la cabeza hacia atrás para apoyarse en su clavícula y le miró las manos, observando cómo le pellizcaba suavemente los pezones, poniéndolos todavía más duros.

–Mírame, Adie.

Adie alzó la mirada y sus ojos se encontraron con los suyos. Hunt sintió que su erección saltaba. Ella apretó el trasero contra su cuerpo y él gimió, apretándose contra ella. Quería tomarse más tiempo para explorarla, pero una mano, por voluntad propia, se le deslizó por el vientre y Hunt dobló las piernas para poder meter la mano entre los muslos de Adie y acariciar su montículo.

–Ábrete para mí, cariño –le pidió.

Y Adie abrió las piernas. Hunt suspiró cuando su calor femenino le llegó a la mano. Deslizó los dedos entre sus pliegues, sonriendo al sentir que sus fluidos le cubrían los dedos. Era muy sensible…

Subió un poco y deslizó el dedo índice contra su clítoris. Adie se puso rígida entre sus brazos, con los ojos muy abiertos.

Al principio pensó que no le estaba gustando, pero cuando le puso la mano sobre la suya y levantó las caderas, Hunt se rio entre dientes.

Sí, le estaba gustando. Y mucho.

–Hunt, Dios, esto…

Él le acercó la boca al cuello y le deslizó los labios por la piel. Le retiró la mano de entre las piernas y le arrastró los dedos húmedos por el estómago y por encima del pezón, haciéndolo brillar.

–No puedo esperar más a estar dentro de ti. No puedo esperar a hacerte mía.

Los ojos de Adie estaban empañados por el deseo, y le sorprendió tomándole la mano y colocándola de nuevo entre sus piernas.

–Tócame, Hunt.

Él se rio, feliz de complacerla, y vio cómo el placer teñía su piel de un tono rosa más intenso. Necesitaba ver cada parte de ella, necesitaba que no hubiera nada entre ellos, así que le levantó el pie derecho sobre el asiento de la silla junto al espejo, exponiéndola a su mirada. Vio el momentáneo destello de vergüenza que cruzó su rostro, pero antes de que pudiera afianzarse, le dijo al oído:

–Cada centímetro de ti es precioso. Eres tan femenina, tan sensible… sabía que sería así…

Hunt, que necesitaba saber más de ella, le deslizó un dedo en el calor de su canal, sintió cómo se apretaba a su alrededor y sonrió. Ella le apretó los dedos, pidiendo más. Hunt deslizó otro dedo dentro de ella y vio cómo abría la boca y respiraba con agitación. Sabía que Adie estaba cerca, sabía que con un pequeño bombeo, otro movimiento, se derrumbaría en sus brazos.

Adie, ajena a todo lo que no fuera su creciente placer, trató de empujar con su propia mano, pero Hunt se la apartó.

—Déjame hacer esto por ti, Adie.

—¡Pero hazlo ya!

Hunt, queriendo ocultar una sonrisa ante su impaciencia, dejó caer la cabeza hacia su cuello. Transcurrido un instante, sus ojos volvieron a encontrarse en el espejo.

—Bésame, Adie.

Adie se dio media vuelta, se puso de puntillas y su boca encontró la de él. Hunt estuvo a punto de tambalearse ante la pasión que mostró. Adie le deslizó la lengua en la boca y dejó que ella tomara el control del beso mientras derribaba su control por debajo. Dobló los dedos y encontró aquel punto especial en lo más profundo de su cuerpo, presionándolo al mismo tiempo que aumentaba la presión sobre su clítoris. Adie arqueó la espalda y separó su boca de la suya, respirando con dificultad mientras se tensaba entre sus brazos.

Hunt esperó un segundo, dio un par de toques más y ella soltó un grito áspero mientras se contraía alrededor de sus dedos con el cuerpo temblando mientras el orgasmo se apoderaba de ella. Hunt presionó más y volvió a convulsionar en un recorrido más profundo y largo que su orgasmo inicial.

Hunt la sostuvo mientras el placer la consumía, disfrutando de los jadeos y gemidos de una mujer completamente satisfecha.

No le importaba tener una erección casi dolorosa, podía esperar, esperaría. Se trataba de Adie y de lo que podía darle, de cómo podía hacerla sentir. Se trataba de aprender sobre su cuerpo y lo que la hacía derretirse.

Observó cómo ella volvía a la tierra, con los ojos empañados por el placer y la sorpresa, y Hunt supo que nunca había visto nada más sexy que Adie desnuda entre sus brazos, desplomada contra él.

Ella lo miró a los ojos y sonrió suavemente.

–Guau.

–¿Ha estado bien? –preguntó Hunt, aunque sabía que la respuesta era sí. Lo veía en sus ojos.

–Bien no, increíble –Adie bostezó y se llevó una mano a la boca, con los ojos abiertos por la vergüenza–. Lo siento, no he dormido bien últimamente.

–Yo tampoco –reconoció Hunt, dándole la vuelta para que le mirara–. Y me temo que esta noche no será mejor.

Adie arqueó las cejas mientras sus manos empezaban a desabrocharle los botones de la camisa.

–¿Por qué, tienes otros planes para nosotros?

Hunt no contestó, se limitó a acariciarle el trasero, maravillosamente redondo y suave.

–Oh, bueno –murmuró Adie con un suspiro de felicidad–. Ya dormiré cuando esté muerta.

–Cuéntame cosas de tu trabajo. ¿Qué es lo más difícil que te ha tocado hacer?

La mano de Hunt le acariciaba la piel del hombro.

–Bueno, tuve una mala experiencia con animales exóticos –dijo Adie mientras jugueteaba con su pezón–. Uno de mis primeros clientes quería un mono capuchino. Me sentí incómoda desde el principio. No me gusta la idea de los primates estén en cautividad metidos en jaulas.

–¿Pero…?

Adie arrugó la nariz al recordar el miedo que reflejaban los ojos del mono. Dios, todavía se sentía culpable.

–Necesitaba el dinero. Se trataba de mi primer cliente, y era inmensamente rico. Tenía que elegir entre aceptar la comisión o pagar el alquiler ese mes. Le encontré un mono, pero alguien lo denunció a la comisión de protección de animales, y fueron a visitar a mi cliente para preguntarle de dónde procedía el mono. Al parecer, el traficante del que lo obtuve dirigía una operación de contrabando que introducía animales exóticos en el país.

–Vaya por Dios.

–Sí. El agente me echó la bronca, y con razón. Se llevaron al mono a un zoológico, y parece que no le va mal. Desde entonces soy muy, muy cuidadosa con los pedidos que implican animales.

–¿Desde cuándo tienes tu negocio? –le preguntó Hunt, cambiando de tema.

–Desde los dieciocho años.

Hunt levantó la cabeza para mirarla con sorpresa.

–¿De verdad? ¿Tanto tiempo?

–Sí, aunque obviamente a una escala mucho menor. Las semillas del negocio se plantaron en el colegio –Adie cruzó los brazos sobre el pecho y apoyó la barbilla en el puño–. Mis padres eran tremendamente ricos, y me enviaron a un internado muy exclusivo, pero a menudo se olvidaban de pagar la matrícula. Mi madre no me daba una asignación, tenía que pedírsela cada vez que quería algo y, como nuestra relación no era muy buena y yo era testaruda, me negaba a pedirle nada. Así que me busqué la manera de ganar mi propio dinero. Tenía una pequeña tienda en la que vendía chocolate, bebidas energéticas y otras cosas. Si alguien decía que quería pizza, yo pedía diez y cobraba por porciones. Si querían algo pero les daba pereza buscarlo, yo lo encontraba, lo compraba y añadía un fuerte recargo por las molestias. Ellos pagaban.

–Impresionante. Es obvio que eres una empresaria nata.

–Sí, cuando me siento generosa, casi puedo estar agradecida a mis padres por haberme empujado hacia esta profesión.

Hunt le acarició el pelo y le metió los dedos para masajearle el cuero cabelludo. A Adie le encantó la sensación.

–Percibo un poco de amargura. ¿Por qué?

Adie se encogió de hombros.

–Mis padres no deberían haber tenido hijos.

Hunt frunció el ceño.

–Bueno, no estoy de acuerdo con esa afirmación, estás aquí y eres encantadora. ¿Por qué dices eso?

–No fui bienvenida a su mundo. Al parecer, yo soy la razón por la que su matrimonio se vino abajo, por la que se pelean, por la que mi padre tiene aventuras. Los hijos cambian la relación de los padres.

Hunt le puso la mano en la cadera y Adie percibió la tensión en su cuerpo largo y duro.

107

–Qué pena. Mi madre tenía problemas, se pasó la vida entrando y saliendo de centros psiquiátricos, pero nunca dudé de su amor por mí.

–Mi madre solo se quiere a sí misma –afirmó Adie–. Mis padres son la razón por la que me pasé tantos años buscando atención constante. No recibía ninguna por su parte.

Adie se sentó y se apartó de Hunt, colocándose al borde de la cama de espaldas a él.

–¿Por qué estamos hablando de esto? ¿Tienes hambre? La pizza sigue en la cocina.

Se levantó y sacó una camiseta de rugby de gran tamaño que había en la silla. Se la puso por encima de la cabeza y miró a Hunt, que la observaba con ojos entrecerrados. Estaba totalmente a gusto en su desnudez, y tenía todo el derecho a estarlo. Brazos grandes, vientre acanalado, muslos fuertes y musculosos y pies sexys y anchos.

Quizás vestirse no era tan buena idea; la pizza podía esperar. Quería acariciar aquellas piernas, recorrer con la lengua aquel vientre liso como una tabla de lavar, bajar hasta su zona más íntima…

Hunt esperó a que la mirada de Adie regresara a su rostro antes de sonreírle.

–Me gusta lo que estás pensando, pero después de dos rondas de sexo espectacular, necesito pizza, una copa de vino y un poco de tiempo para recuperarme.

Adie se sonrojó, sorprendida de que pudiera leerla con tanta facilidad. Lo vio ponerse de pie y rodear la cama en dirección al baño. Pero Hunt la sorprendió cuando se detuvo frente a ella y la abrazó suavemente. Le pareció que rodearle la cintura con los brazos y apoyar la mejilla en su pecho era algo natural.

Sintió cómo la besaba en el pelo, cómo su mano ancha le subía la camiseta para apoyar la mano en su trasero desnudo.

Adie tenía la sensación de que Hunt la había dejado agotada sexualmente, la había expuesto y la había dejado vulnerable y desequilibrada. Pero su abrazo volvió a unir todos aquellos pedazos rotos. Era una promesa física de seguridad y aceptación.

Podría haber permanecido así para siempre, empapándose de su fuerza, apoyándose en él, sintiendo sus tiernos labios en el pelo y en la sien. Era, con diferencia, el mejor abrazo que le habían dado jamás, y quería quedarse allí durante mucho tiempo…

Posiblemente para siempre.

«Lo estás haciendo de nuevo, Adie, estás actuando como antes. Estás corriendo hacia un estanque profundo en lugar de andar de puntillas por el borde. ¡Detente, ahora mismo!».

No iba a enamorarse de él ni a empezar a fantasear con un futuro juntos. Su estancia en Manhattan era temporal. Hunt era una aventura de una noche y no se permitiría tejer sueños en torno a él.

Hunt se apartó y Adie dejó caer inmediatamente los brazos a los lados.

–¿Qué pasa, cariño?

Adie consiguió esbozar una sonrisa.

– Nada en absoluto.

Aquello era solo sexo, y no estaba por la labor de repetir su viejo ciclo de acostarse con él, enamorarse inmediatamente y dejar que le rompiera el corazón.

–Voy a calentar la pizza y a buscar más vino.

«Tienes que establecer límites, así que hazlo. Porque sabes que no puede quedarse a pasar la noche».

–Y luego podemos decir buenas noches. Ha sido un día muy largo.

Hunt la miró con el ceño fruncido.

–¿Me estás echando?

No podía despertarse con su sonrisa somnolienta por la mañana, no quería encontrarse debajo de su cuerpo, sintiendo cómo entraba en ella mientras seguía soñando medio dormida. Necesitaba reconstruir sus barreras.

Adie forzó sus labios en una sonrisa descarada.

–Sé que te gusta llevar la voz cantante, Sheridan, pero es mi cama y son mis reglas –le dijo dándose la vuelta.

Hunt le atrapó la muñeca y Adie se detuvo, suspiró y lo miró. Él le soltó la mano, le cogió la cara con las manos y sus labios se deslizaron por su boca en un beso devastadoramente intenso.

–Relájate, Adie, todo está bien. Si no te sientes cómoda con que me quede a dormir, me iré. Puede que no te des cuenta, pero tú tienes el poder aquí.

–¿Lo tengo? –preguntó Adie, sorprendida. Esperaba una mayor resistencia.

Hunt le acarició la línea de la mandíbula.

–Claro que lo tienes, siempre lo has tenido y siempre lo tendrás. No voy a mentir, quiero volver a hacerlo, tantas veces como podamos antes de que te vayas de la ciudad, y para ello me gustaría hacer el amor, dormir contigo, despertarme y volver a empezar.

Hunt hizo una breve pausa antes de seguir.

–Pero si necesitas algo de tiempo para asimilar lo que está pasando entre nosotros, entonces me iré a casa y trataré de dormir un poco –concluyó.

–¡No está pasando nada entre nosotros! –afirmó

ella–. Esto no va a ninguna parte. Solo nos estamos divirtiendo en la cama.

Oh, Dios, ¡qué embarazoso sería que pensara que se estaba enamorando de él, el hombre más escurridizo de Manhattan! Eso sería un desastre.

Hunt se echó hacia atrás ante su feroz afirmación y levantó las manos como si quisiera rechazar un ataque.

–¡Adie, relájate! No era mi intención insinuar que ninguno de los dos quisiera algo serio.

–¿Entonces, qué has querido decir? –preguntó Adie, con el corazón acelerado y la respiración agitada.

–Mira, me has dicho que hacía mucho que no tenías relaciones sexuales. Tal vez necesitas procesar lo que ha pasado entre nosotros, no lo sé, estoy especulando porque creo que las mujeres piensan en el sexo de manera diferente a los hombres.

–¿Y qué piensan los hombres? –preguntó ella con sarcasmo alzando las cejas.

–Sobre todo, agradecemos tenerlo –respondió Hunt. Su sonrisa fácil apagó lo que quedaba de su mal humor–. Mientras haces lo que tengas que hacer esta noche, por tu cuenta, que sepas que yo estaré despierto pensando en ti. Luego tendré que darme una ducha fría y seguiré sin poder dormir y entonces estaré de un humor de perros en el trabajo…

Adie se rio de sus quejas, dándose cuenta de que estaba bromeando.

–Buen intento, Sheridan, pero te vas a ir a tu casa igual.

Hunt le dio un beso en los labios y una palmadita en el trasero.

—Eres un hueso duro de roer. Mira que echarme con lo fría que está la noche…

Adie se estaba alejando a pasos agigantados de la tentación. Hunt Sheridan no era más que una aventura navideña.

Después de hacer una última inspección en el apartamento de Hunt antes de que llegaran los invitados a la esperada fiesta de Navidad, Adie se precipitó por el pasillo y entró en el dormitorio principal, quitándose la sudadera mientras atravesaba la habitación en dirección al cuarto de baño.

Llegaba tarde. El agua caliente y el vapor inundaron la enorme cabina de ducha. Adie sabía que echaría de menos el lujoso baño de Hunt cuando volviera a Londres. También echaría de menos su enorme cama, la forma en que todo en su apartamento se controlaba con una tableta electrónica, las increíbles vistas a Central Park…

Y sobre todo, echaría de menos a Hunt.

Adie se desnudó y, dejando la ropa en el suelo, se metió en la sofisticada ducha, suspirando cuando los chorros de agua de doble cabezal golpearon su cuerpo con agua caliente. De mutuo acuerdo, y dado que ambos eran conscientes de que disponían de poco tiempo, Adie se había instalado en el apartamento de Hunt para poder pasar todo el tiempo posible con él antes de volar de regreso a Londres a finales de semana.

Llevaban dos semanas durmiendo juntos. Faltaban unos días para Nochebuena y su tiempo estaba a punto de terminar, pero no se arrepentía ni de un solo momento pasado con Hunt. Habían sido las mejores tres semanas de su vida. Fueron a patinar al Rockefeller Center, a mirar los escaparates de la Quinta Avenida, a cenar… y aparecieron en un par de ocasiones en la crónica social. Los periodistas se preguntaban si su relación con Griselda había terminado y aquella joven había conquistado el huidizo corazón de Hunt.

Pero allí no había corazones de por medio. Ella no había dejado que el suyo saliera de su jaula, pero su cerebro empresarial no pudo evitar sentirse satisfecho por la publicidad, ya que recibió bastantes consultas sobre sus servicios de conserjería después de que aquellos artículos aparecieran en internet.

Definitivamente, empezaba a parecer que podría abrir una sucursal de Tesoros y Tareas en Manhattan y, antes de marcharse, tenía que reunirse con Kate para concretar los detalles, Aunque Adie estaba segura de que Kate estaría de acuerdo.

Pero ahora tenía que prepararse para la estupenda, exclusiva y muy formal fiesta navideña de Hunt. El tema central era la decoración del árbol de dos metros que en aquellos momentos ocupaba el salón. Las luces y los adornos de cristal soplado que Adie había comprado a su proveedor de Polonia descansaban en sus estuches de terciopelo, a la espera de que los invitados los colgaran en las ramas.

Adie se lavó el cuerpo, deseando poder secarse, ponerse unos vaqueros suaves, un jersey y unos calcetines y acurrucarse en el sillón con una copa de vino. O deseó que, en lugar de recibir a extraños que no conocía, pudiera abrir la puerta al clan Williams. En lugar de adornos caros y comida elegante, podían pedir comida china y cantar al ritmo de Bing Crosby y Frank Sinatra mientras discutían sobre dónde poner un

Papá Noel de papel maché o el espumillón. Quería ver cómo discutían Kate y sus hermanos, colarse en la cocina para besar a Hunt como si no hubiera un mañana.

Quería algo sencillo y significativo, un Belén, velas rojas y adornos simples. No le interesaba el mundo de los ricos, trabajaba todo el día con ellos. Quería algo normal.

En unos minutos saldría, se secaría, se maquillaría y se pondría el vestido de marca que había comprado aquel mismo día. Tenía un encaje de Chantilly negro, con cuentas y bordados, sobre una tela de color visón, y era a la vez sexy y recatado, con su escote de pico. Le encantaba, y esperaba que a Hunt también.

Pero seguía prefiriendo llevar vaqueros, beber vino tinto e intentar no pensar en la llamada que había recibido antes…

«Piensa en otra cosa, Adie».

Repasó mentalmente la lista de tareas pendientes, esperando no haber olvidado nada. Un cliente de Dubái quería un regalo de última hora de Tiffany 's, y Adie había enviado a Kate a comprar el brazalete que había visto en internet, un diseño con diamantes y zafiros que costaba casi medio millón de dólares. Le habían llegado las fotografías del diseñador floral que había decorado el piso de su cliente en Knightsbridge. El trabajo era fantástico, pero la clienta no iba a poder disfrutarlo porque, después de comunicarle a Adie que su pago había sido procesado, cambió de opinión y decidió que ya no visitaría Londres este año.

Le pareció bien la sugerencia de Adie de donar las flores y el exquisito árbol, pero Adie estaba furiosa porque Gid se había dejado la piel para encajar en su apretada agenda la petición de decorar la casa, y todo para que la clienta cambiara de opinión en el último momento.

A veces sus clientes podían ser unos auténticos imbéciles.

Como la mayoría de la gente, había días en los que Adie odiaba su trabajo, y hoy había sido uno de aquellos días.

¿Cuántos chefs más contraría para fiestas de pedida de mano para luego escuchar que la pareja se había separado apenas unos meses después? ¿Cuántas vacaciones más organizaría que no se disfrutarían porque los clientes cambiaron de opinión? ¿Cuántas pulseras de diamantes y zafiros compraría y enviaría, y cuántas se usarían?

Pero estaba eludiendo la verdadera razón de su angustia. El día se le había complicado tras recibir la petición de una clienta, la directora general de una empresa de perfumes alemana. La llamada la había conmocionado y, por primera vez en mucho tiempo, no supo cómo responder a la despreocupada petición de su clienta.

La tristeza la invadió y Adie se llevó la mano al estómago. No podía permitirse el lujo de llorar ahora, ni de recordar el pasado. Su infancia quedaba ya atrás y ya no era aquella niña abandonada, ni una adolescente solitaria, en busca de afecto.

«Cambia tus pensamientos, Adie. Ahora, inmediatamente. Cambia de marcha y céntrate en lo positivo».

Era una exitosa mujer de negocios que tenía un breve romance con un hombre guapo e inteligente. Era Navidad, pero estaba manejando bien la tristeza, sus emociones y expectativas. Tal vez por fin había crecido y podía manejar una aventura sin ataduras.

Y se merecía una palmadita extra en la espalda por hacerlo en Navidades, cuando era más probable que volviera a caer en aquellos patrones destructivos de buscar el amor en los lugares equivocados.

Y tal vez por eso se sentía tan cómoda con Hunt, por el punto en el que se encontraban y por lo que compartían. Habían hablado de sus pasados y sus expectativas y era un alivio saber que a Hunt no le interesaban las relaciones largas. Era tan antimatrimonio, anticompromiso y antihijos como ella. Estaban en la misma página, leyendo el mismo libro. Hunt se sentía atraído por ella, le gustaba su cuerpo, y en un par de días le daría un beso en la mejilla, la abrazaría y la mandaría a paseo.

No habría lágrimas ni lamentos. Con el tiempo, aquello se convertiría en un recuerdo agradable.

Y tal vez Hunt fuera la puerta de entrada que le mostrara cómo estar con un chico sin expectativas ni proyecciones. Cómo tener una relación sexual con alguien y no resultar dañada.

Le gustaba mucho Hunt, le encantaba su cuerpo, lo echaría de menos cuando se fuera, pero se había resistido a enamorarse de él.

Gracias a Dios.

Adie se frotó los ojos, deseando poder meterse en la gran cama de Hunt y dormirse. Como el tiempo que tenían para estar juntos era limitado y no podía resistirse a él, siempre pasaban unas cuantas horas enredando entre las sábanas antes de acostarse. Por eso estaba agotada.

Adie soltó un enorme bostezo, cerró los ojos y apoyó la frente en las baldosas. Solo necesitaba una pequeña siesta…

Capítulo Ocho

Adie oyó pasos y luego se abrió la puerta de la ducha. Gimió cuando los pulgares de Hunt aplicaron presión en aquel punto concreto de la base del cráneo, y disfrutó del dulce dolor de la tensión liberándose. Estiró la mano hacia atrás y le dio un golpecito en el muslo desnudo, murmurando un rápido «hola» y un «qué bien me sienta esto».

Hunt le dio un beso en el hombro antes de masajearle los omóplatos.

–Me ha dado la impresión de estabas triste. ¿Va todo bien?

¿Cuánto tiempo llevaba observándola?

–¿Adie?

Ah, sí. Le había hecho una pregunta.

–Sí, todo bien, Solo estoy un poco cansada –como no quería mentir, añadió–, y un poco enfadada.

–¿Por qué? –le preguntó Hunt masajeándole los glúteos con sus fuertes manos.

–Una clienta me ha dicho hoy que se va a las Seychelles, y que su hija de ocho años se quedaba en casa con la niñera y la interna. Luego me ha dicho que pensaba que debería comprarle a la niña algunos regalos –Adie resopló con disgusto–. Su hija era algo completamente secundario. Parecía que estuviera haciendo las llamadas para dejar a la mascota en la perrera. Supongo que esto me ha afectado.

117

—Dime por qué.

Adie se giró hacia él, se puso en jarras y se encogió de hombros. Y como estaba segura de que eran amigos además de amantes, se sintió lo suficientemente cómoda con él como para explicarle.

—Para entenderlo, necesitarás un poco de historia previa —Adie se apartó el pelo de la cara—. Cuando tenía cuatro años, mi madre dejó a mi padre y me llevó a Europa, donde nos mudamos constantemente de una villa a otra, viviendo de su fondo fiduciario y de la caridad de sus amigos. Mi madre era muy alegre, guapa y divertida, y a la gente le gustaba tenerla cerca. A mí no tanto. Y para no enfadar a sus anfitriones, mi madre me mantenía alejada de la acción, de hecho, la mayoría de mis recuerdos de infancia son de la espalda de mi madre, viéndola alejarse.

Hunt no dijo nada, pero sus ojos irradiaban empatía.

—Mi padre exigió mi custodia, sobre todo porque pensó erróneamente que eso la enfadaría. Se sorprendió cuando mi madre aceptó al instante, y me enviaron de vuelta a Inglaterra. Como no quería ocuparse él mismo, decidió que me quedara con mi abuela en Ashby Hall, la mansión familiar.

—Eso debió ser duro para ti.

—No lo habría sido tanto si hubieran permitido que mi niñera viniera conmigo, pero no, mi abuela dijo que ella cuidaría de mí.

Adie se mordió el labio inferior con tanta fuerza que Hunt le dio un toque con el dedo para que parara.

—Hay más —afirmó Hunt.

Lo había.

—Resultó que a mi abuela no le hacía ninguna gracia tenerme con ella. Contrataron a otra niñera, que no estaba mal, y mi padre venía a Gales de vez en cuando, sobre todo los fines de semana, para verme. Pero luego conoció a la primera de muchas amantes y me olvidó.

—Dios mío, Adie.

—Mi abuela murió cuando yo tenía ocho años, y mi madre volvió a Ashby Hall a vivir —ella y mi padre nunca se divorciaron— y fue entonces cuando empezó el juego de las culpas… Yo era la razón por la que mi padre nunca volvía a casa, la razón por la que su matrimonio se desintegró. Ella nunca debió tenerme.

—Si alguna vez conozco a tu madre, podría estrangularla —gruñó Hunt con rabia.

—Eso dices ahora, pero a los cinco minutos de conocerla, te garantizo que te conquistará. Mi madre es la persona más encantadora que jamás conocerás —afirmó Adie, poniéndole las manos en el pecho—. De todos modos, la razón por la que te cuento esto es porque has notado que estaba triste y lo estoy. En algún lugar de Alemania, hay una niña que se siente sola y no deseada en Navidad y, como sé lo que eso duele, tengo ganas de ahogar a su madre, que es mi clienta.

—No vuelvas a trabajar con ella —sugirió Hunt.

—¡No puedo hacer eso! —protestó Adie.

—Claro que puedes… —Hunt le deslizó los pulgares por las caderas—. Estás muy solicitada, Adie. Eso significa que puedes elegir a tus clientes. Escoge para quién quieres trabajar, sube tus tarifas para ser aún más exclusiva y deshazte de la gente que te resulta molesta. O que te ofenda. O que te irrita. Créeme, cuanto más exclusiva te vuelvas, más solicitada estarás. Los ricos deseamos lo que no podemos tener.

Hunt inclinó la cabeza para besarle el lateral del cuello.

−Y hablando de desear…

¿Cómo era capaz de hacerla sentir siempre mejor, de tranquilizarla? Hunt podía alejar los duros recuerdos y aligerarle el alma. Resultaba peligroso…

Adie consultó el reloj a prueba de agua y se estremeció.

−Tus invitados llegan en cuarenta minutos, Sheridan, y yo tengo que vestirme, peinarme y maquillarme.

−Sé cómo te vistes cuando tienes prisa, y solo te llevará quince minutos −le dijo Hunt deslizándole el pulgar por el pezón−. Hay tiempo de sobra para lo que quiero hacer.

−¿Y qué quieres hacer?

−Prefiero mostrártelo a decírtelo.

Hunt la sentó en la repisa que abarcaba el ancho de la cabina de ducha. La deslizó hacia abajo para que se sentara a horcajadas sobre sus muslos y le agarró la cabeza para despojar su boca. Tras unos minutos besándose con una pasión que derretía la piel, Hunt se apartó y la miró con ojos encendidos.

−No me canso de ti. Pienso en ti constantemente, sobre todo cuando no debería −murmuró, sonando molesto−. ¿Cómo diablos voy a dejarte ir?

Consciente de que era el sexo el que hablaba, Adie no contestó.

En lugar de eso, le rozó la mandíbula con los labios, arrastrando la boca por su barba de dos días. Hunt respondió levantándola para que su montículo quedara presionado contra su gruesa erección. Adie no pudo evitar levantar las caderas, frotándose contra él para crear un poco de fricción.

Hunt bajó la cabeza para llevarse un pezón a la boca y mordisquearlo. Se las arregló para trazar aquella línea tan fina entre el placer y el dolor, y Adie quería más…

Cuando se olvidaba de regular sus pensamientos, a veces lo quería todo: el buen sexo, la conversación, el café de la mañana, hacer el amor tantas veces como quisieran…

¿Quién era ahora la que permitía que el sexo hablara?

Había sido tan buena manteniendo sus sentimientos al margen, que no iba a estropearlo ahora que estaba tan cerca de marcharse con el corazón intacto…

Conocía una forma de dejar de pensar en Hunt en términos de eternidad, y era dejar de pensar en general. Cuando Hunt estaba dentro de ella llevándola tan lejos, no pensaba en nada más que en el placer que compartían.

Impaciente consigo misma y con él, Adie le rodeó la erección con la mano. Su gruñido de aprobación encendió sus terminaciones nerviosas. Sin darle tiempo a moverse, ni siquiera a pensar, se colocó en posición y se hundió sobre él, gimiendo mientras sentía cómo la llenaba. Adie le rodeó la espalda con los tobillo, le puso las manos en los hombros y se balanceó, disfrutando de la sensación de sentir su piel dentro de la suya.

–Necesitamos un preservativo, cariño.

Estaba tan a gusto, que Adie no quería parar. Pero Hunt tenía razón; así era como se hacían los bebés. Y Dios sabía que un bebé era exactamente lo que ella no necesitaba.

La imagen de una niña de pelo negro con los ojos grises de Hunt parpadeó en la gran pantalla de su mente y Adie pudo oler su aroma de niña, sentir su suave pelo y quedó cegada por la sonrisa de Hunt en esa cara de duendecillo. Podía ver a la niña, tocarla, olerla…

Se estremeció, haciendo que el deseo la recorriera.

Ahora mismo, quería a Hunt. Quería toda una vida de sexo, de dormir a su lado, de discutir sobre a quién le tocaba hacer el café. Lo quería todo.

No, no lo quería. Estaba confundiendo el deseo con el amor.

Adie sintió que un temblor la recorría de nuevo y dirigió la mirada hacia el rostro de Hunt. Observó su expresión preocupada.

–¿Estás bien? Te has quedado un poco pálida.

Adie asintió, necesitando tranquilizarse a sí misma tanto como a él.

–Estoy bien. De verdad.

Hunt levantó las caderas y ella sintió cómo se hacía más grande en su interior.

–Dios, Adie, es maravilloso sentirte. Ahora mismo me pongo un preservativo. Solo quiero disfrutar de ti un poco más.

Aquello era la auténtica intimidad, pensó Adie. Piel con piel, calor con calor. Esto era real.

Adie lo cabalgó suavemente, arrastrada por el placer, montada en una ola de necesidad. Cuando él pidió más, aceleró el ritmo. Lo miró fijamente a los ojos, sabiendo que vería su rostro en sus sueños durante el resto de su vida. Él iba a ser el hombre por el que juzgaría a todos los demás hombres y sabía, sin ninguna duda, que todos se quedarían cortos.

Hunt no era perfecto, pero era perfecto para ella. No debería serlo, pero lo era.

Hunt le sostuvo la barbilla y la obligó a mirarlo.

–Deja de pensar, Adie. No sé qué te está distrayendo, pero puede esperar. Quédate aquí conmigo.

Adie asintió, deseando poder decirle que estaba con él, que siempre lo estaría. Pero en lugar de hablar, pegó su boca a las suyas y trató de volcar en un beso todo su pesar, toda su distorsionada e inútil necesidad de él. Los duros y fuertes brazos de Hunt la rodearon y se puso en pie. Adie gimió cuando se salió de su interior.

Salió con ella del cuarto de baño hacia su cama de matrimonio, arrojándola sobre el suave edredón. Adie se subió a la cama mientras Hunt abría el cajón que tenía a su lado y sacaba un preservativo. Sacó la fina goma de su funda y se la puso en el pene.

Luego le separó suavemente los muslos y miró hacia su lugar más secreto. En lugar de deslizarse dentro, bajó la cabeza para lamerla una y otra vez.

Adie se tapó los ojos con el antebrazo, convencida de que iba a morir de placer. Hunt la sedujo con la lengua, con los dedos, elevándola hasta el límite para luego sacarla de ahí.

Finalmente, Adie estaba a punto de sollozar suplicando el alivio, Hunt la penetró. Estaba tan cerca que no necesitó más que su suave orden para alcanzar el clímax, y lo hizo, palpitando, volando y sollozando.

Fue vagamente consciente del grito ronco de Hunt, de que la llamaba por su nombre, pero lo único que podía hacer era agarrarse a sus hombros mientras el mundo se rompía, se realineaba y volvía a romperse. Aquella era la esencia del placer, el origen de la explosión cósmica. Aquí fue donde comenzó la luz, se concibieron los sueños y se chocaron las estrellas.

Era la majestuosidad del universo en acción.

Capítulo Nueve

Hunt miró hacia Adie, que estaba de pie junto al árbol de Navidad, con la cabeza inclinada sobre la caja cubierta de terciopelo que contenía adornos navideños. Sumergida en una conversación con la esposa de un magnate de la tecnología, Adie levantó un adorno hacia a la luz, haciendo girar el cristal con el dedo.

El adorno brilló y centelleó. Igual que ella.

Hunt le dio un sorbo a su whisky con la atención puesta en Adie, no en sus invitados. No podía creer que tres semanas hubieran pasado tan rápido y que faltaran pocos días para Navidad. Adie se iría pronto y su apartamento, y su vida, volverían a la normalidad…

Si es que trabajar catorce horas al día y sentirse vacío podía llamarse normalidad. No quería que se fuera. Pero no podía pedirle que se quedara…

Por primera vez en su vida, Hunt no estaba seguro de lo que quería o no quería. No quería que Adie se fuera de su vida, pero tampoco podía pedirle que se quedara en ella. No quería dejar de acostarse con ella, pero ¿cómo podían mantener una relación en la distancia?

Estaba en tierra de nadie, no quería perderla pero tampoco estaba preparado para amarla.

Se habían divertido, pensó Hunt, pero nada duraba para siempre. Tenía la prueba de ello. Cuando su madre salía del hospital, durante las primeras semanas, era una buena madre, pero ser fuerte la agotaba. Sus demonios internos siempre reaparecían y la hacían volver a donde se sentía segura y protegida. Y él volvía a una nueva familia de acogida.

Su amistad con Steve había terminado con un accidente de coche y el matrimonio de Hunt había ardido y muerto con la misma rapidez. Nada duraba para siempre...

Aunque Adie tuviera su sede en Manhattan, aunque diera lo mejor de sí, acabaría marchitándose y muriendo. Así sucedían las cosas y no había excepciones a la regla.

Aunque cuánto le gustaría que las hubiera...

Quería terminar todas las fiestas que organizaba o a las que asistía llevándola a la cama para despertarla acurrucada contra él. Quería compartir duchas y comidas, espacio y tiempo, conversaciones e hijos. Su riqueza y su mundo.

Podía desear mucho, pero aquellos deseos no se traducían en nada concreto. Los sueños, las esperanzas y los deseos eran para gente optimista y un poco tonta. Los pragmáticos como él y Adie sabían que todo terminaba y que algunos finales eran más dolorosos que otros.

El final de su matrimonio le había dolido, sobre todo porque no le gustaba fracasar. La muerte de Steve lo había destrozado, y Hunt no quería volver a experimentar un dolor así.

Pero si se permitía amar a Adie y luego la perdía, nunca se recuperaría. Así que era muy fácil. No podía permitir que aquella relación continuara y, desde luego, no se permitiría enamorarse de ella.

Y si lo hacía, no podía culpar a nadie más que a sí mismo.

No sabía por qué estaba pensando en esto, porque Adie le había dicho que no tenía intención de profundizar en su relación. Había buscado el amor y el afecto cuando era más joven y se había llevado una decepción una y otra vez. Ahora era emocional y económicamente independiente, de sus padres y de un hombre, y no necesitaba a nadie más para ser feliz o para dar sentido a su vida.

Estaba bien sola, igual que él.

—No le has quitado los ojos de encima en ningún momento.

Hunt giró la cabeza para mirar a Kate y frunció el ceño.

—Qué va.

Pero por desgracia, sabía que era verdad. Sus ojos buscaban constantemente a Adie, necesitaba saber dónde estaba, y en cuanto la veía con aquel vestido de encaje negro tenía que hacer un esfuerzo por no echar a sus invitados y llevársela a la cama.

O dejar a los invitados a su aire y llevarla a la cama. Cualquiera de las dos cosas funcionaría.

Kate interrumpió sus fantasías dándole un golpecito en el brazo.

—¿Qué pasa? —preguntó él.

—A veces soy demasiado inteligente para mi propio bien. O mejor dicho, para el tuyo.

—¿Qué quieres decir?

Kate cogió una copa de champán de una bandeja que pasaba por allí y se quedó mirando el líquido amarillo pálido durante un buen rato antes de responder a su pregunta.

–Mira, no es un secreto que nunca me gustó Griselda y, cuando conocí a Adie, lo primero que se me ocurrió fue que sería perfecta para ti. Por eso te pedí que asistieras a su mercadillo navideño.

Hunt la miró fijamente, intentando comprender sus palabras.

–Pensé que querías utilizarme como una forma de introducirte en la sociedad de Manhattan, para captar nuevos clientes.

El resoplido de Kate contrastó con su elegante vestido rojo de Vera Wang y el precioso broche de diamantes y rubíes en su pelo rubio.

–Soy hija de Richard y Rachel Williams, que forman parte de este mundo desde antes de que yo naciera. Soy ridículamente rica y me invitan a las mejores fiestas. No necesito tu ayuda para captar clientes ni para que le presentes clientes potenciales a Adie, Hunt.

Vaya, aquello sí que era una buena bofetada.

Kate le sonrió.

–No me malinterpretes, mi conexión contigo no me perjudica y el hecho de que Adie trabaje para ti definitivamente ha impresionado a mucha gente, pero ninguna de los dos te necesitaba para establecer el negocio.

Hunt dio un sorbo a su whisky y entrecerró los ojos ante la expresión burlona de Kate.

–Vale, entendido. Mensaje recibido. ¿Podemos hablar ahora de tus planes de casamentera?

Kate le tomó del brazo y apoyó la cabeza en su bíceps mientras ambos observaban a Adie.

–Pensé que haríais buena pareja, pero nunca esperé que tuvieseis una química tan brutal y que encajaseis tan bien. Os veo a los dos juntos y os compenetráis. Los dos estáis a un pasito de enamoraros.

Hunt dio un paso atrás y se cruzó de brazos.

—¿Cuánto champán has tomado?

Kate ignoró la pregunta y volvió a mirar a Adie.

—Pero tengo miedo por ella, Hunt. Qué diablos, tengo miedo por los dos. Ahora la conozco mejor y, aunque no quiero que ninguno de los dos salgáis heridos, sé lo resistente que eres. Eres un superviviente, puedes hacer frente a cualquier cosa, pero Adie no es tan fuerte. Ha trabajado muy duro para convertirse en lo que es hoy. Si se enamora de ti y tú no te enamoras de ella, le dolerá, Hunt.

Kate hizo una breve pausa antes de continuar.

—Para Adie, el amor ha sido… esquivo. Si no planeas quedarte con ella para siempre, tienes que terminar, Hunt, antes de que se adentre más y ya no pueda salir.

Hunt no podía hablar. Apenas podía respirar. Quería debatir con Kate, decirle que se estaba dejando llevar por la imaginación, pero no podía decir una mentira. Kate, tan observadora como siempre, había dado en el clavo.

Tenía que ir a por todas con Adie o acabar con ella. Y como no quería una relación, no quería más de lo que tenían, eso significaba cortar los lazos… ahora, inmediatamente.

Bueno, lo antes posible. La piel se le erizó y se le helaron las venas. No, era demasiado pronto. Todavía no había tenido suficiente de ella.

Les quedaban tres días juntos. Podrían estar juntos durante el resto de su estancia en la ciudad y luego se despedirían.

–Se va en tres días, Kate. No pueden pasar muchas cosas en tan poco tiempo –¿intentaba convencer a Kate o a sí mismo?

Kate puso los ojos en blanco con gesto exagerado.

–¡Es la época más romántica del año, Sheridan! –señaló hacia su ventana, y Hunt vio cómo la nieve caía suavemente y cubría el balcón con una bonita capa blanca–. ¡Es la época de la magia y los milagros y, seamos sinceros, de la estupidez! Se hacen bebés, se hacen proposiciones de matrimonio, los «te quiero» parecen caer más fácilmente. No te dejes arrastrar por la corriente, Hunt.

–¿Me has visto alguna vez dejarme influenciar, Kate?

–Bueno, no –reconoció ella–. Pero siempre hay una primera vez para todo.

Hunt le acarició el brazo.

–Relájate, Kate, Adie y yo sabemos lo que estamos haciendo. Somos adultos y tenemos esto muy controlado.

Kate lo miró fijamente durante mucho tiempo y Hunt resistió el impulso de retorcerse. Tal vez la situación con Adie estuviera un poco fuera de control, pero tenía la intención de rectificar, de asegurarse de que mantuvieran a raya su intensa química. No tenía intención de salir herido, pero podría soportarlo si sucedía. Lo que no pensaba era permitir que Adie se viera afectada de ninguna manera.

Que Adie sufriera no era una opción. Y si poner fin a aquello tres días antes de su fecha de vencimiento significaba evitar ese escenario, entonces eso sería lo que haría.

Pero por la mañana, después de haber pasado la

noche haciendo el amor con ella. Les daría a ambos una última y gloriosa noche para recordar.

A la mañana siguiente, Adie abrió los ojos y vio grandes y esponjosos copos de nieve flotando por las ventanas del dormitorio de Hunt, que iban del suelo al techo. Si se levantaba, sabía que vería las copas de los árboles de Central Park espolvoreadas de azúcar en polvo, y Adie no podía esperar a descubrir si la ajetreada ciudad se convertiría en el lugar de cuento de hadas que imaginaba.

Pero por el momento, se contentaba con estar tumbada en la enorme cama de Hunt, con el trasero pegado a la entrepierna de él, con su gran mano cubriéndole el pecho.

Romántico, fácil, encantador… sí, aquella era la manera perfecta de empezar el día.

Adie sintió la dura erección de Hunt presionando contra ella y el calor se disparó en su interior. ¿Por qué estaban durmiendo? Solo les quedaban unos días juntos, horas en realidad, y estaban perdiendo el tiempo cuando podrían estar haciendo el amor. Adie se giró para mirarlo y aspiró con fuerza el aire al ver el calor ardiente de sus ojos, la expresión de su rostro.

Intentó darle los buenos días, pero las palabras murieron en su garganta, abrumada por las emociones que podía ver en sus ojos. Sí, la ternura estaba allí, al igual que el deseo. ¿Y qué era lo otro? ¿Arrepentimiento? ¿O miedo?

No lo sabía; no podía decirlo. Tampoco podía preguntar. Simplemente no estaba preparada para una conversación de corazón a corazón.

Además, no quería hablar, quería sentir, ser, amar a aquel hombre increíble y sexy mientras la nieve caía detrás de ellos.

Empujando suavemente a Hunt sobre su espalda, Adie se sentó a horcajadas sobre sus muslos, arrastrando su núcleo húmedo sobre su erección lista para jugar. Era una sensación tan increíble, aquel órgano tan intensamente duro y caliente, satinado sobre el hierro. ¿Cómo iba a renunciar a esto? ¿Cómo iba a alejarse de tanto placer, de lo que él le hacía sentir?

«No puedes pensar en eso, Adie, ahora no. Lo único que puedes hacer es disfrutar de él. Disfruta del momento y registra mentalmente cada recuerdo».

Adie, que no quería terminar esto antes de que empezara, se inclinó para besar a Hunt, deslizándole la lengua en su boca. Le sostuvo la cara con las manos, le acarició los pómulos con los pulgares y la mandíbula con los dedos, intentando grabar aquellas sensaciones en su psique, esperando grabar en su subconsciente su olor, su sabor y su forma de besar.

Las manos de Hunt subían y bajaban por su espalda, por sus nalgas, por sus costados y por sus pechos. Su tacto, al igual que el de ella, era un poco desesperado, como si tratara de memorizarla también.

Hunt la agarró por la nuca y fundió su boca con la de él, profundizando el beso. Su necesidad de ella alimentó su propio deseo y Adie alzó las caderas, necesitando más, necesitando todo. Sintió, más que oyó, el gemido de aprobación de Hunt, y sus manos recorrieron la parte superior de su cuerpo, tratando de tocarlo donde pudiera. Oh, cómo deseaba poder fundir completamente sus cuerpos. Tenerlo dentro de ella no era suficiente, quería más…

Y una vez que lo tuviera, sospechaba que aún no sería suficiente.

Hunt le tiró suavemente de la cabeza hacia atrás y, cuando le miró a los ojos, jadeó ante la pasión y la necesidad que había en ellos.

–Maldita sea, eres exquisita –apretó el brazo alrededor de la cintura de ella, la volteó y la penetró con un golpe largo, seguro y perfecto.

Las piernas de Adie le rodearon las caderas y le clavó las uñas en el firme trasero, gimiendo de aprobación cuando él le buscó la boca y sus lenguas bailaron juntas.

Durante mucho tiempo, Hunt se contentó con permanecer dentro de ella, besándola con una ferocidad que nunca antes había mostrado. Sin dejarla, le besó la garganta, le subió los pechos para que sus pezones se encontraran con su boca, le mordisqueó la clavícula pero siempre, siempre, volvía a su boca.

El placer iba subiendo y estaba a punto de alcanzar su punto máximo, pero Adie no quería que aquello terminara. Y Hunt no lo apresuró, aparentemente contento de hacer que su encuentro durara, de alargar aquella experiencia el mayor tiempo posible. Porque no volverían a hacer esto…

El pensamiento la golpeó: un golpe caliente, duro y devastador. Esto era el fin, tan pronto como terminaran –probablemente después de ducharse y limpiarse– él daría por terminada la relación.

Y eso estaba bien; Adie sabía que tenía que terminar. Y si Hunt no lo hacía, lo haría ella. Tenía que hacerlo. Claro, se suponía que se quedaría solo tres días más, pero sus sentimientos por Hunt crecían a velocidad de vértigo… ¿cuándo había sucedido eso?

Había estado tan controlada. Y de pronto había empezado, para el fin de semana podría estar pensando en la eternidad, en el matrimonio y en bebés.

No, no podía dejar que aquello sucediera. Tenía que recoger sus cosas e irse.

No habría ninguna promesa de seguir en contacto, de volver a verse… su cuento de hadas en Nueva York había terminado y era hora de que volviera a la vida real.

Porque si se quedaba, si seguían así, empezarían a decirse palabras que no querían decir, como «te quiero» y «no puedo vivir sin ti».

No, era mejor irse mientras se gustaban, mientras Hunt aún la quería. Quería que Hunt solo tuviera buenos recuerdos de ella.

—Deja de pensar —murmuró Hunt.

Adie quería mantener cierta apariencia de control, pero la boca de Hunt era exigente. Sus manos eran insistentes y estaba introduciendo su erección más profundamente en ella, exigiendo su respuesta. Los pezones le cosquilleaban, sentía la piel enrojecida y su canal palpitaba de necesidad mientras se cernía al borde de un clímax estremecedor. ¿Cómo podía sentirse tan bien y tan miserable al mismo tiempo? ¿Cómo podía ser dos personas a la vez, una suplicándole que la llevara al límite y la otra gritando en silencio que tenía que marcharse, que necesitaba protegerse, que sus crecientes sentimientos por él la dejaban sin piel?

Entonces, el orgasmo la golpeó, estrellándose sobre su cabeza, y le suplicó a Hunt que le diera más. Él respondió, metiendo la mano entre los dos para encontrar su nódulo mientras sus caderas la penetraban. Adie sintió que salía despedida y, cuando sintió el alivio, volvió a caer por aquel precipicio sin fin…

Los ojos se le llenaron de lágrimas y las saboreó en los labios, confundida y alterada, palpitando con las secuelas del placer concentrado.

Hunt la había hecho volar una vez más, la había enviado a las estrellas y de vuelta, pero ahora la realidad se precipitaba a su encuentro, tan fría y dura como inoportuna.

No la amaba, y aquello tenía que terminar.

Tal vez la amaba un poco, y aquello tenía que terminar.

No, la amaba profundamente. Aquello no podía terminar de ninguna manera.

Hunt, que estaba corriendo por Central Park, se detuvo y se llevó las manos a las caderas. Su aliento formó un círculo de vaho frente a su cara. Ignoró el viento helado que le pegaba la camiseta de correr al pecho.

Lo que sabía con certeza era que no quería que se fuera.

La noche anterior había decidido incluso romper con ella, pero pensar era fácil. Hacer, como había descubierto, era imposible. Su mente, decidida a mantenerlo a salvo, estaba convencida de que debía permanecer emocionalmente aislado y solitario.

Su corazón y su cuerpo no podían concebir una vida sin Adie.

Hunt colocó las manos enguantadas en el borde del puente de hierro fundido y se quedó mirando las gélidas aguas del lago. Se había prometido no volver a enamorarse, no tener ningún apego emocional, pero Adie se había colado bajo sus defensas y había dado un vuelco a aquella resolución. Tenía miedo de salir herido, por supuesto que sí. Le aterraba perderla, pero vivir su vida sin ella le asustaba más.

No podía –no quería– volver a la vida que tenía antes, un apartamento vacío, sexo sin sentido, todas las horas dedicadas al trabajo y más trabajo.

Quería algo diferente, algo significativo…

Y quería todo lo que podía tener con Adie.

Quería una boda a lo grande, o una pequeña, lo que ella prefiriera. Quería verla caminar hacia el altar donde él la esperaba. Quería volver a casa con ella cada día y despertarse con ella cada mañana. Quería verla rodeada de un hijo, su hijo, y estar allí cuando trajera una nueva vida al mundo.

De hecho, podría estar embarazada ahora mismo. Aquella mañana no se habían acordado de usar preservativo. Pero en lugar de sentir pánico y ansiedad ante la idea, Hunt sonrió, completamente tranquilo ante la perspectiva.

Desvió la mirada hacia el paisaje cubierto de nieve de su parque favorito y pudo imaginar a un niño de ojos marrones jugando en la nieve, haciendo pequeñas bolas y lanzándoselas, fallando por mucho. O, si heredaba el brazo de lanzador de Hunt, bolas de nieve que le dieran de lleno en la cara. Podía ver a la madre de su hijo con otro bebé en un cabestrillo contra el pecho, los ojos brillantes de felicidad.

Era fácil imaginar a su pequeña familia llegando a casa con chocolate caliente y café, Adie pisando los juguetes y los libros mientras se hundía en el sofá para levantarse la camisa y dar de comer a su niña.

Les preparaba la comida, bañaba a los niños, luego llevaba a su mujer a la cama y le hacía el amor antes de que uno de los niños interrumpiera su sueño…

De repente, deseaba desesperadamente lo que tenían Richard y Rachel: un matrimonio sólido, una vida de recuerdos, hijos y compañía. Sabía que no sería fácil –tener mucho dinero no era un escudo a prueba de balas contra el dolor, como la muerte de Steve–, pero Hunt y Adie podían abrirse camino, amar. Solo tenían que permanecer juntos, hombro con hombro, y enfrentarse a todo lo que se les presentara. Tenían que creer que el amor podía conquistar cualquier cosa.

Hunt sacudió la cabeza. Parecía una tarjeta de felicitación, pero eso no hacía que la emoción fuera menos cierta. Había sublimado sus primeros sueños, alejado su deseo de tener una familia porque le daba miedo volver a sentir la pérdida y el dolor, pero una familia seguía siendo lo que quería. Y Adie era el centro de la familia que imaginaba.

Nunca se había sentido así con Joni. Su relación se había basado en el ego y el orgullo. Y su relación con Griselda había sido todo conveniencia. Y, posiblemente, pereza. La idea de criar un hijo con Griselda le hacía estremecerse. Él y Adie no tendrían apartamentos separados ni niñeras. Hunt participaría activamente en la crianza de sus hijos. Llevaría a su hijo a jugar al béisbol y a los entrenamientos de la liga infantil, a su hija a las clases de ballet o de violonchelo. O, diablos, al revés.

Aunque se sentía inseguro, no podía esperar a lanzarse. Sabía que Adie y él podrían hacerlo todo, juntos. El único problema, pensó Hunt mientras empezaba a correr de vuelta a casa, era convencerla.

Adie cerró la cremallera de la maleta, agarró el asa y la sacó de la cama de Hunt. La maleta cayó sobre el suelo laminado con un fuerte golpe, y por poco se le cae encima del dedo gordo. Con los ojos empañados por las lágrimas, Adie miró la habitación de color chocolate y agua, preguntándose cómo iba a encontrar la fuerza de voluntad para recoger la maleta y marcharse.

Pero tenía que hacerlo…

Porque se estaba enamorando, estaba haciendo exactamente lo que se había prometido a sí misma que no haría. Así que tenía que irse mientras pudiera, mientras tuviera fuerzas para alejarse.

Hunt tampoco quería esto, se recordó Adie. No le había ofrecido nada, ni le había sugerido que se quedara en Nueva York, ni le había pedido que retrasara su viaje para pasar la Navidad con él. Pero algo era diferente, algo había ocurrido entre ellos la noche anterior y aquella mañana. No solo habían tenido sexo, sino que habían hecho el amor.

El sexo era fácil, pero últimamente, ella y Hunt no se habían dedicado al acto biomecánico. No, habían hecho el amor, maldita sea, en todo el sentido de las palabras. Utilizando sus cuerpos, se habían metido el uno en la mente del otro. Había una intimidad impactante en la forma en que se tocaban que iba más allá del acto prosaico, era como si Hunt la conociera, pudiera ver dentro de ella. Habían conectado.

Pero Adie tenía que cortar esa conexión, ahora, inmediatamente.

Porque si no lo hacía, si permitía que esto creciera, solo había dos resultados posibles. Comenzaría a tejer fantasías alrededor de Hunt y él se cansaría y acabaría dejándola, o, si por alguna extraña razón sus sentimientos crecían más rápido que los de ella y él quería algo permanente de ella, ella huiría.

Adie se rodeó la cintura con los brazos y se acercó al ventanal, mirando hacia las calles y los árboles cubiertos de nieve. No le haría eso a Hunt, no le permitiría pensar que tenían un futuro cuando sabía que era la amante fugitiva por excelencia.

No importaba que Hunt hubiera dicho que no le gustaba el compromiso, que era tan antirrelaciones como ella. Había visto algo en sus ojos la noche anterior que la había asustado. Si estaba en lo cierto o no, si él estaba enamorado de ella o no, no importaba, se iba a ir antes de que la situación se complicara más, antes de que sus sentimientos entraran en juego y lo arruinaran todo.

—¿Café?

Adie parpadeó furiosamente para ahuyentar las lágrimas. No permitiría que la viera llorar. Respiró profundamente, esbozando una sonrisa. Se giró despacio y vio sus pies en la puerta con dos tazas en la mano. Aquellas manos que la habían sostenido, que la habían acariciado por última vez.

Y era mejor así. Además, Hunt quería ser libre, no tener ataduras, dedicarse por completo a su trabajo. Y por eso su relación con Griselda había durado tanto tiempo. Ella no le había exigido nada y se había conformado con lo poco que él le ofrecía.

Oh, Dios, tal vez él reiniciara lo que él y Griselda tenían…

La idea le dio a Adie ganas de vomitar. Pero tenía sentido: Griselda vivía en la ciudad, no le exigía nada y lo que tenían había funcionado durante mucho tiempo.

Hunt se detuvo en la puerta de su dormitorio y Adie lo miró, deseando poder congelar el tiempo. Seguía vestido con su ropa de correr. Parecía más despeinado de lo habitual. A pesar de la falta de sueño, se veía en forma y saludable, y sí, tan sexy que la dejó sin aliento.

Él cruzó el dormitorio y colocó la taza de Adie en la mesilla de noche. Acercándose a la ventana, apoyó el hombro en el cristal, mirando el parque que acababa de recorrer, con los senderos ahora resbaladizos por el aguanieve.

–Veo que ya has hecho la maleta –murmuró en voz baja.

Adie buscó en su rostro y en sus palabras el subtexto. No encontró ninguno.

–Sí, pensé que debería irme.

–¿Quieres contarme por qué? Creía que ibas a volar mañana.

–Sí, así es –Adie se retorció las manos–. Pero pensé que deberíamos, ya sabes…

–No, la verdad es que no sé –dijo Hunt, después de dar un sorbo a su café.

El «para acabar con esto» se le atascó en la garganta, no pudo obligarse a decir las palabras. Adie se balanceó sobre los talones. Dios, odiaba esta parte. Decir adiós nunca era divertido.

–¿Cuándo crees que volverás a la ciudad? –le preguntó Hunt.

—Tengo que volver en algún momento a principios de año —respondió ella sosteniendo la taza como si buscara calor—. Kate y yo tenemos pensado abrir un Tesoros y Tareas a finales de febrero. Una vez que los trámites legales estén listos, dejaré que Kate se encargue de la sucursal de Manhattan y yo solo vendré cada seis meses más o menos.

—Dado que aún no has mencionado que te pondrás en contacto conmigo, supongo que eso no está previsto —murmuró Hunt con tono duro.

Adie hizo un esfuerzo por pronunciar las palabras.

—No, no me pondré en contacto contigo.

—¿Quieres aclarar por qué? Creía que disfrutábamos el uno del otro.

Adie se movió de un pie a otro y se dijo a sí misma que tenía que dejar de inquietarse.

—Sí, así es… así era. Es solo que… creo que se nos ha terminado el camino.

—Mentira —le espetó Hunt—. Dime la verdad.

Adie dejó la taza de café, se metió las manos en los bolsillos traseros de los ajustados vaqueros y levantó los hombros. Se decantó por la respuesta más válida y fácil de explicar.

—Yo vivo en Londres, Hunt, tú vives aquí. Ninguno de los dos quiere nada permanente, así que estoy saliendo con calma de tu vida —Adie forzó una sonrisa—. Cuando yo me vaya de escena, estoy segura de que Griselda estará encantada de retomar el camino donde tú lo dejaste.

Los ojos de Hunt brillaron con ira y Adie torció el gesto. Dios, ¿por qué tenía que mencionar a su ex? Oh, tal vez porque quería saber si tenía la intención de reiniciar el contacto con la bailarina rubia. Hunt la miró fijamente, con una expresión que sugería que le habían crecido dos cabezas.

–¿De verdad crees que volvería con ella? ¿Después de lo que hemos compartido tú y yo?

–Hemos compartido cama, Hunt. Nada más.

–Creía que disfrutábamos tanto fuera del dormitorio como dentro de él –replicó Hunt. Solo voy a decir esto una vez… Griselda no volverá a formar parte de mi vida. Hemos terminado. Ella quería algo que yo no podía darle.

Adie ladeó la cabeza.

–¿Amor? ¿Compromiso? ¿Una relación seria?

–No, Griselda no quería eso de mí. Lo que quería era que criáramos un hijo juntos –afirmó Hunt, sin dejar de mirarla–. Y le dije que no.

Por Dios, ¿en serio?

–¿Y por qué no me lo dijiste antes?

Hunt entrecerró los ojos.

–Quizá porque solo compartíamos la cama, Adie.

Vaya. Ahí le había dado.

A pesar de saber que estaba alargando esta despedida, Adie quería saber más.

–¿Dijiste que no porque no quieres ser padre?

Hunt le sostuvo la mirada, tenía una expresión enigmática.

–Creía que no. Pero he cambiado de opinión sobre bastantes cosas desde que apareciste en mi vida, Adie. No quiero tener una relación fría con una mujer fría. No quiero una niñera que críe a mi hijo, que lo visite en el apartamento de abajo. Quiero que mi hijo corra por el pasillo y se suba a nuestra cama, acurrucado entre nosotros, que nos regañe para que nos levantemos porque quiere jugar. Quiero bañar a nuestros hijos, leerles cuentos, llevarlos a los partidos y a clase de ballet. Quiero ser padre, no un donante de esperma.

Hunt hizo una breve pausa.

—Sé la madre de mi hijo aún no nacido, Adie.

—¿Cómo?

¿Se había vuelto loco?

Adie lo miró, buscando el toque de humor que le indicara que estaba bromeando. Pero no lo encontró.

¿Qué estaba pasando allí? En lugar de subir un nivel (intentemos mantener esto vivo, veamos a dónde va la situación), se había saltado cinco o seis y había ido directamente al piso más alto, el más aterrador.

El impulso de arrojarse a sus brazos, de pegar su boca a la suya y repetir que sí entre los besos sin sentido, era fuerte. Como la alegría que le llenaba el corazón. Adie se obligó a dar un paso atrás y levantó la mano. Que Dios la ayudara, tenía que irse antes de que se precipitara y dijera una estupidez.

Como un sí.

—Por Dios, Hunt, ¿a qué viene esto? —preguntó con voz repentinamente exigente—. Nos conocemos desde hace tres semanas y ahora me pides que sea la madre de tus hijos? Se suponía que esto era una aventura de tres semanas, Sheridan. Sin compromisos, sin ataduras, un buen rato y luego nos vamos. ¿Qué demonios estás haciendo?

—¡Estoy tratando de mantenerte en mi vida, maldita sea!

—¿Por qué? —gritó Adie a su vez.

—Porque lo que tenemos es increíble. Porque esto puede ser algo especial, algo único en la vida.

Sus palabras rebotaron en las paredes, en el cristal

de los amplios ventanales, y Adie sintió que le golpeaban la piel.

No, ella no quería esta intensidad, no la había pedido, no podía confiar en ella. Este nivel estaba fuera de su zona de confort.

Hunt no había mencionado la palabra «amor», pero estaba ahí, rondando entre ellos. Pero el amor, expresado o no, moriría. Siempre lo hacía con el tiempo. Ella no podía ser amada, no quería serlo…

El amor era un mito… ¿verdad?

Adie lo miró fijamente a los ojos, vio la ternura bajo su frustración y se sintió inclinada a creer que el amor podía durar, que ella podía cambiar. Pero eso no era justo, ni para él ni para ella.

Vio que su rostro se suavizaba, vio cómo sus manos se acercaban a ella, pero antes de que pudieran conectarse físicamente, Adie dio un paso atrás.

No podía dejarse arrastrar por una relación que no tenía ninguna posibilidad de durar.

Uno de ellos tenía que ser sensato.

—Esto es un pensamiento irreal, Hunt, de verdad. Lo hemos pasado bien pero, en el fondo, sabes que los dos estamos demasiado mal como para tener una casa, unos hijos y la valla blanca. Soy el producto de dos de las personas más disfuncionales del mundo y tú, cuando te recuperes de este subidón de sangre en tu cerebro, te arrepentirás de tus palabras. Con el tiempo te sentirás frustrado por tener que equilibrar una novia y tu trabajo. Empezarás a estar resentido conmigo y yo empezaré a odiarte, y si tenemos un hijo juntos, será cien veces peor. No estás pensando con claridad.

—Tengo treinta y cinco años, Adie, y dirijo una empresa multimillonaria. Conozco mi propia mente –aseguró Hunt, que parecía molesto–. Dale una oportunidad a esto. Danos una oportunidad. Sé que vivimos en ciudades diferentes, pero lo resolveremos. Iremos paso a paso si eso te hace sentir más cómoda.

Adie negó con la cabeza, se acercó a la cama, se puso el bolso al hombro. Luego agarró el asa de la maleta y la inclinó sobre las ruedas.

–No puedo, Hunt. Quiero decir, podría quedarme, podríamos intentar que funcionara, pero ambos sabemos que al final se desmoronaría. No se me dan bien las relaciones. No creo en el amor y no confío en él. Sé que nunca me permitiré amarte porque me aterra entregarme a algo que no durará. Y como mi miedo es más grande que todo, mataré lo que sentimos y terminarás odiándome.

Hunt se metió las manos bajo las axilas y se balanceó sobre los talones. Desvió la mirada y, cuando volvió a hablar, sonó muy triste.

–No te vayas, Adie, no te vayas. Resolvamos esto.

Adie se limitó a negar con la cabeza y se dirigió al ascensor. Miró el gran árbol de Navidad en la esquina de la sala de estar, con los adornos pintados a mano brillando a la luz de la mañana.

Feliz maldita Navidad para mí.

Decidió que aquella sería probablemente más miserable que todas las demás juntas.

Por desgracia, no había nadie a quien culpar, más que a ella misma.

Capítulo Diez

Adie había oído hablar de recibir señales de un ser superior, pero siempre había pensado que el universo tenía mejores cosas que hacer que enviar mensajes a humanos intrascendentes. Pero sentada en los escalones que conducían a su piso en Notting Hill después de un viaje de veinte horas por el infierno empezaba a creer que podía ser cierto.

Porque, maldita sea, su vuelo desde el aeropuerto JFK había sido una serie de desastres de principio a fin. A su llegada al aeropuerto, se produjo una inexplicable confusión con su billete, ya que el ordenador no pudo encontrar su reserva. Tras recibir la tarjeta de embarque, se equivocó de puerta y tuvo que correr al otro lado de la terminal para tomar el vuelo.

Una vez en el aire pensó que sus problemas habían terminado, pero las turbulencias sobre el Atlántico habían sido brutales y luego el avión dio vueltas durante una hora sobre Heathrow antes de que el piloto aterrizara con un violento viento cruzado. Una vez en tierra no encontraba su equipaje, y cuando por fin llegó a casa, llorosa y cansada, se dio cuenta de que había perdido las llaves.

Bueno, estaban exactamente perdidas. Recordó haber volcado el contenido de su bolso en el apartamento de Hunt para cambiar de bolso y las llaves debieron de caer al suelo allí.

Tenía un juego de repuesto en el cajón del escritorio en el trabajo, pero las llaves de su oficina estaban en el mismo anillo que las del piso. Necesitaba que su asistente, Kaycee, la dejara entrar en la oficina, pero Kaycee estaba de camino a Dublín para pasar las Navidades con su familia. Podía llamar a un cerrajero, pero encontrar uno sería casi imposible y, si lo hacía, tendría que pagar una fortuna por sus servicios. Otra opción, menos estresante, sería encontrar un hotel…

O volver a Manhattan…

La idea le surgió en la cabeza, como lo había hecho cada minuto durante las últimas horas. Pero esta vez no podía apartarlo, ni quería hacerlo. Quería estar en Nueva York. Hunt, al parecer, la quería allí…

Adie se rodeó las rodillas con los brazos y consideró la propuesta de Hunt.

Trasladarse a Manhattan no sería un problema, Kaycee era fantásticamente eficiente y la mayor parte del trabajo de Adie se hacía por Internet. Tendría que volar de vez en cuando a Londres, pero para eso se inventaron los aviones.

A sus padres no les importaba dónde vivía, ni tampoco lo que hacía. No eran un factor en su proceso de decisión.

En cuanto a Hunt…

Él le había dicho que quería que se quedara, que tenían la oportunidad de crear algo increíble, y su primera reacción fue descartar su afirmación. Porque ¿quién se enamoró en menos de un mes?

Y especialmente dos personas que no creían en el amor.

Adie había vivido siempre con miedo: miedo a ser amada y a que ese amor le fuera arrebatado, miedo a poner su fe en alguien para que la decepcionara una y otra vez. No tenía suficiente valor para arriesgarse…

Si llegaba hasta el fondo de sus sentimientos, si dejaba de lado sus muchas excusas, negaciones y racionalizaciones, sabía que estaba completamente enamorada de Hunt. Y sí, tal vez no durarían para siempre, tal vez todo se desmoronaría en dos o tres meses porque eso era lo que estaba destinado a suceder. Pero no sería porque ella creara un drama o encontrara la manera de irse.

Había terminado con el autosabotaje.

Lo único que podía hacer era intentarlo. Intentar ser feliz, ser feliz con Hunt.

Y eso empezaba por volver a Nueva York…

Adie se puso en pie, y cuando estaba a punto de llamar a un taxi, se detuvo justamente uno a su lado. La ventanilla se bajó, y el conductor, que se parecía a Santa Claus, se inclinó sobre el asiento para dedicarle una sonrisa amistosa.

—¿Dónde te llevo?

—¿A Heathrow?

—Claro que sí.

Adie subió al coche y cerró la puerta de golpe. Sacó el móvil del bolso, entró en internet y vio que el siguiente vuelo a Nueva York salía en unas horas. Reservó su billete e inmediatamente recibió un mensaje en el que se le preguntaba si estaba interesada en que la pasaran a clase preferente sin coste alguno.

Por supuesto que sí.

—Sabes que es Nochebuena, ¿verdad? —le preguntó el conductor mirándola por el espejo retrovisor—. El tráfico va a ser muy intenso.

Adie le sonrió y negó con la cabeza.

–Todo va a estar bien. En cuestión de minutos has aparecido tú, he reservado un billete, he conseguido una mejora y mira, el tráfico va bien.

–Vaya, parece que el universo te está cuidando.

Adie sonrió todavía más. Sí, eso parecía.

Era más de medianoche en Nochebuena y Hunt caminaba por la Quinta Avenida con las manos metidas en los bolsillos del abrigo. Frunció el ceño al ver a una pareja que se hacía un *selfie* frente a un escaparate excesivamente decorado.

Adie y él no se habían hecho ni una sola foto juntos. Demonios, su relación había terminado antes de que ninguno de los dos pudiera pensar en guardar un recuerdo de lo que habían tenido.

Hunt se dio la vuelta, deseando poder dejar de pensar en ella, dejar de echarla de menos. Aunque solo había pasado un día y medio desde que se marchó, apenas podía respirar porque la echaba mucho de menos. Anoche no había dormido mucho, y cuando se quedó dormido ya casi amaneciendo, se despertó buscándola… y no estaba allí.

¿Se sentiría así cada mañana durante el resto de su vida? Se pasará, se dijo Hunt. Siempre se pasa. Esto es solo dolor, se supera día a día. Como dijo Kate, era un superviviente.

Con los hombros encorvados contra el viento helado, Hunt recordó las palabras de Kate en su fiesta de Navidad unas noches atrás.

«Para Adie, el amor ha sido… esquivo».

Hunt se detuvo de golpe. ¿Le había dicho siquiera que la amaba?

Dios, no lo recordaba.

Le había pedido que tuviera un bebé con él, que se quedara en Nueva York, casi se lo había exigido. ¿Pero le había dicho que la amaba, que ella era su mundo? ¿Le había explicado realmente, completamente, con fluidez, lo que significaba para él?

¿Era consciente Adie de que cuando Hunt hacía una promesa, cuando se proponía una tarea, siempre, siempre lo daba todo? Adie no sabía que su amor no era condicional, que su lealtad era inquebrantable. Que la amaría a través de todas sus inseguridades, que él era el único lugar donde ella siempre y para siempre sería adorada, aceptada.

Cuando trabajaba, trabajaba; cuando amaba, amaba. Y Hunt la amaba. Con todo su corazón.

¿Tenía ella la más mínima idea?

¿Pero cómo iba a tenerla? Se conocían desde hacía tres semanas y el tiempo que habían pasado juntos fuera del dormitorio era mínimo.

Tenía que decírselo, ahora, aquella noche. Bueno, lo antes posible. Necesitaba explicarse, poner todas sus cartas sobre la mesa, exponerse completamente. Tenía que dar todo lo que tenía para recuperarla.

Hunt sacó el móvil y buscó el número de su piloto. No lo encontró, y decidió llamar a Duncan.

–¿Hunt? Es muy tarde. ¿Está todo bien?

Hunt soltó el aire que había estado reteniendo.

–Lo siento, lo sé. Pero ¿puedes llamar a mi piloto y decirle que presente un plan de vuelo a Londres? Quiero salir a primera hora de la mañana. ¿Y puedes hacer que Pete me recoja lo antes posible?

–Estoy en ello –Duncan vaciló un instante–. ¿Va todo bien?

–No estoy seguro. ¿Y tú? ¿Cómo está tu amigo?

Hunt escuchó su largo suspiro.

–Sin cambios. Voy a tener que tomar una decisión sobre si le quito el soporte vital o no.

–Dios mío –Hunt se frotó la mandíbula, avergonzado por no haber comprobado antes cómo estaba su ayudante–. Lo siento mucho, Duncan. ¿Hay algo que pueda hacer?

–No, pero gracias –respondió Duncan–. Puede que necesite más tiempo, Hunt. Creía que había logrado olvidarme de él, pero no es así. Decir adiós es duro y me estoy arrepintiendo de las cosas que dije y de muchas de las que no dije.

Hunt oyó las lágrimas en la voz de Duncan y trató de tragarse el nudo en la garganta. Buscó desesperadamente algo que decir que pudiera ofrecerle consuelo.

–Eres la persona en la que confiaba lo suficiente como para tomar las grandes decisiones por él, Duncan. Es evidente que te quería mucho.

Duncan permaneció en silencio durante un instante, y luego volvió a su modo eficiente.

–Plan de vuelo, piloto, Londres, recoger lo antes posible. Entendido.

–Feliz Navidad, Duncan. Te deseo… fuerza.

Duncan se aclaró la garganta.

–Feliz Navidad, Hunt. Y espero que ella diga que sí.

¿Cómo demonios lo sabía? Hunt miró el móvil, pero cuando se lo acercó a la oreja para saber si su ayudante había desarrollado poderes psíquicos, Duncan había desaparecido.

Y, sí, Hunt también esperaba que le dijera que sí.

Se quitó la nieve de los hombros y pisó fuerte al entrar en el vestíbulo del Stellan, agradecido por la ráfaga de calor. Miró hacia el portero nocturno que se había puesto en pie a trompicones.

–Mario, ¿trabajas en Nochebuena?

–Sí, señor –respondió Mario. No pasa nada, mi familia llegará en avión por la mañana.

–Pete llegará pronto. ¿Me avisas cuando esté aquí? –preguntó Hunt, dirigiéndose al ascensor.

–Claro. Pero, señor Sheridan, tiene una visita –Mario le sonrió, levantó el pulgar y lo movió hacia un lado.

Hunt se volvió lentamente y vio una pequeña figura acurrucada en el sofá de visitas del vestíbulo. Se le entrecortó la respiración al reconocer aquel rostro pálido, aquel pelo más despeinado de lo habitual.

Adie.

Santo cielo, había vuelto.

Hunt no podía dejar de mirarla. Sacó el móvil, se puso en contacto con Duncan y le dijo que cancelara el plan de vuelo y su conductor. Luego se inclinó sobre Adie y la levantó suavemente. Ella se revolvió y abrió los ojos de golpe.

–¿Hunt? ¿Dónde estoy?

Hunt le dio un beso en el pelo.

–En casa, cariño. Estás en casa.

–Bien –respondió Adie, antes de cerrar los ojos y volver a dormirse.

Adie abrió los ojos y se incorporó. Volvía a nevar. Grandes copos pasaban por delante de la enorme ventana del dormitorio de Hunt, y uno o dos salpicaban

el cristal. Los nubarrones oscuros y pesados le indicaban que se avecinaba más nieve, y los árboles que
se balanceaban en Central Park sugerían que el viento
aullaba.

Se giró y vio a Hunt, que estaba de pie en el umbral de la puerta. Adie sonrió.

–¿Hay alguna posibilidad de tomar un café? ¿Y
me puedes prestar algo de ropa? Porque he perdido el
equipaje. ¿Y podemos hablar?

Hunt sonrió ante su discurso errático y señaló con
la cabeza la mesilla de noche.

–Café –luego señaló el vestidor–. Tus maletas llegaron esta mañana. El aeropuerto hizo que las entre-
garan aquí porque pusiste mi dirección como residen-
cia principal. Todas tus cosas están en el armario, tus
artículos de aseo en el baño.

Agradecida, Adie agarró el café y dio un gran sorbo y luego otro, suspirando de placer.

Hunt se metió las manos en los bolsillos de los
pantalones.

–Date una ducha si quieres, Adie, y luego hablaremos. Pero, si tardas más de diez minutos, me uniré a
ti allí, y créeme, allí no vamos a hablar.

Era tentador demorarse, pensó Adie mientras se la-
vaba los dientes, pero la próxima vez que hicieran el
amor no quería que hubiera malentendidos entre ellos.

Con suerte, pronto estaría en sus brazos, en su
cama, porque, en realidad, ¿cuánto tiempo hacía falta
para decir «lo siento, me he equivocado, te quiero y,
por favor, puedo quedarme?

***

Hunt oyó sus pasos por el pasillo y se apartó de la ventana del salón. No podía llevar más de quince minutos, pero le pareció una eternidad. Dios, tenía un aspecto increíble y no podía creer que estuviera allí, en su apartamento.

Se tomó un momento para estudiarla, complacido de que no se hubiera maquillado. Llevaba puestos unos pantalones de yoga y un jersey hasta el muslo e iba descalza. Su falta de preocupación sugería que estaba tan ansiosa por arreglar las cosas como él.

Así que se lanzó sin preámbulos.

–¿Por qué has vuelto, Adie?

Adie se sentó en el borde del cojín de su sofá de cuero, colocando las manos entre las rodillas. Hunt se sentó frente a ella, con los antebrazos sobre las rodillas y los ojos clavados en los suyos.

–Tuve un viaje de pesadilla a Londres, todo salió mal. Volví a mi apartamento y me di cuenta de que había perdido las llaves del piso. Pensé en ir a un hotel, pero rápidamente me di cuenta de que no era ahí donde quería estar.

Adie suspiró.

–Mi configuración por defecto es huir cuando alguien me dice que le importo. No confío en mí misma cuando se trata del amor, Hunt. Y, normalmente, me resulta imposible confiar.

Hunt entrelazó las manos con las suyas. Adie lo miró como si esperara que dijera algo, pero él se limitó a hacer rodar el dedo índice en el aire, indicándole en silencio que continuara.

Adie tardó un poco en volver a hablar.

–Cuando llegué a Londres, me di cuenta de que no es en ti en quien no confío, sino en mí –respiró profundamente y lo miró a los ojos–. Espero que estés enamorado de mí. Yo sé que lo estoy de ti, lo he estado desde la noche en que te conocí.

–Gracias a Dios –murmuró Hunt.

Adie levantó la mano.

–Estoy muy asustada, Hunt.

El miró sus dedos entrelazado antes de ponerse de pie, rodeó la mesa auxiliar que separaba y se sentó al borde del cristal. Adie soltó un grito y le dio un golpecito en la rodilla.

–Quítate, se va a romper. Es una mesa de edición limitada.

–Es fuerte, y me aguantará, y me importa un bledo lo cara que sea –aseguró Hunt.

Y era cierto, ella era lo único importante. Y quitarle ese miedo de los ojos también era imperante. Hunt colocó le puso las manos en las rodillas y apretó.

–El amor es un sentimiento que da miedo. Y como estoy muy enamorado de ti, también estoy aterrado.

–¿En serio? –preguntó Adie, obviamente sorprendida–. Creí a que ti nada podía asustarte.

–Tú me aterrorizas. Perderte me aterra. Te confieso que cuando te encontré en el vestíbulo, estaba subiendo a casa para hacer la maleta. Iba a ir a Londres a buscarte.

Los grandes ojos de Adie se clavaron en los suyos.

–¿De verdad?

Hunt le acarició el pómulo.

–Estaba preparado para rogarte que volvieras conmigo –necesitaba una respuesta clara, así podría volver a respirar con tranquilidad–. ¿Has vuelto, Adie?

Adie asintió, con lágrimas en los ojos. Hunt estaba

a punto de agarrarla, de arrastrarla hacia él, cuando ella volvió a levantar la mano.

–Tienes que saber que no se me dan bien las relaciones, Hunt, pero voy a intentarlo. Te quiero demasiado como para no hacerlo, y tienes que prometerme que no me abandonarás.

Nunca la abandonaría, y así se lo hizo saber.

Adie sonrió al ver que la tranquilizaba, pero se dio cuenta de que aún no estaba convencida.

Dudó antes de volver a hablar.

–No me opongo a tener una familia, a tener hijos, a comprometerme firmemente, pero ¿podemos ir paso a paso? Nos conocemos desde hace muy poco tiempo y todo ha ido muy rápido.

Hunt pensó en su pregunta y estaba a punto de decirle que le daría todo el tiempo que quisiera cuando una vocecita en su interior le dijo que no lo hiciera. Confiando en su instinto, negó con la cabeza.

–No, eso no va a suceder. No te voy a dar tiempo para que te convenzas de lo contrario, para que dejes que tu cabeza se imponga a tu corazón. Quiero casarme, ahora, inmediatamente. La víspera de Año Nuevo a más tardar. Y luego quiero que dejemos los anticonceptivos –añadió Hunt.

Adie se quedó con la boca abierta.

–¡No, Hunt, no podemos!

Hunt le sonrió.

–Podemos y lo haremos. Vamos, Adie, salta conmigo, da este enorme salto de fe. Sé audaz, sé valiente.

Adie se echó a reír.

–Hunt…

–Dime, ¿sí o no? ¿Quieres casarte conmigo inmediatamente? – Hunt se aseguró de que ella oyera la pregunta seria detrás de su sonrisa–. Quiéreme, cariño, y déjame amarte como nunca antes te han amado.

Adie apoyó el puño en los labios.

–Estás hablando en serio.

–Absolutamente –insistió él, desesperado por obtener una respuesta–. ¿Y bien?

La vio respirar y por un segundo, solo uno, pensó que podría decir que no, pero entonces su sonrisa floreció, sus ojos brillaron y levantó los hombros encogiéndose despreocupadamente. Se rio entre dientes.

–Qué demonios… vamos a hacerlo. Átame tan fuerte que no pueda correr, Sheridan. Tan fuerte que lo único que pueda hacer es amarte.

Hunt se inclinó hacia delante y sus labios rozaron los de ella.

–Eso es todo lo que quiero, Adie, que me ames.

Adie le rodeó el cuello con los brazos y le miró a los ojos, con amor, deseo y alivio.

–Te amo. Mucho.

Hunt apoyó la frente en la suya.

–Y yo a ti, cariño. Bienvenida a casa.

Y, a juzgar por su tierna expresión, Hunt supo que por fin había aceptado que él era su hogar, que con él era donde debía estar.

Del mismo modo que ella era el colchón donde siempre aterrizaría con suavidad.

Y decidió que, después de todo, aquellas iban a ser unas Navidades excepcionalmente buenas.

DESEO

FIONA BRAND

CÓMO RESISTIR
LA TENTACIÓN

HARLEQUIN™

Capítulo Uno

Allegra Mallory miró por el espejo retrovisor de su descapotable cuando tomó la calle Sixth y se le aceleró el corazón al ver que la ranchera negra, que estaba segura que pertenecía al millonario Tobias Hunt, giraba tras ella.

Tobias. Un metro noventa de puro músculo, ojos grises, pómulos altos y un marcado mentón. El hombre con el que había pasado una noche apasionada hacía dos años.

La tensión hizo que apretara el volante. La última vez que había visto a Tobias había sido en el funeral de su tía abuela, Esmae, dos días antes. Afortunadamente, había podido evitarlo gracias al gran número de gente que había acudido al servicio y a la posterior reunión en su mansión de la costa. Sin embargo, cuando el abogado de su tía le había llamado para que acudiera a la lectura de su testamento, a la que también estaba convocado Tobias, que era el nietastro de Esmae, supo que ya no podía seguir evitándolo.

Allegra se detuvo en un semáforo. Otra ojeada al retrovisor confirmó que seguía teniéndolo detrás y, súbitamente, la saltaron recuerdos indeseados.

Nunca se perdonaría haber incumplido la promesa que se había hecho a sí misma de no acostarse con un hombre con quien no mantuviera una relación. Y

3

lo que era aún peor, con el último hombre con el que debía haberlo hecho.

Claro que ella no había pensado que sería solo una noche…

Por entonces, había sido lo bastante ingenua como para creer que, dado que llevaba cuatro años fascinada con él, Tobias era el hombre de su vida, y que aquella noche marcaba el comienzo de algo serio, una relación como la que habían tenido sus padres y que ella siempre había asumido que llegaría a tener.

La ranchera seguía pegada a ella, empequeñeciéndola y haciendo que se sintiera acosada. Allegra miró contrariada los cristales tintados que impedían ver al conductor, pero pudo leer la matrícula: Hunts, por Hunt Security, y vio el destello de unas gafas de sol mirándola directamente, lo que significaba que Tobias sabía que era ella a quien tenía delante.

Sintiéndose expuesta en el descapotable, miró hacia adelante y se concentró en el tráfico. La tensión y las descargas de adrenalina que la recorrían solo se debían a tener que tratar con Tobias cuando todavía estaba abatida por la pérdida de Esmae y por la aprensión que sentía ante la lectura de su testamento. En cualquier caso, no se debían a que Tobias la atrajera o excitara.

Tras la noche que habían pasado juntos y el hecho de que, unos días más tarde, Tobias hubiera sido fotografiado con la preciosa heredera Francesca Messena, su madre le había pagado una terapia. Para completar su sanación y liberarse de la rabia, Allegra se había apuntado además a varias terapias alternativas. Una de ellas, centrada en el perdón, consistía en escribir mensajes de perdón y quemarlos. La parte de escribir había sido difícil, pero la de quemar le había encantado. Para cuando la terapia había concluido, también había recopilado la información necesaria para poner en marcha un spa y había logrado su objetivo: dejar de sentirse atraída por Tobias.

El semáforo se puso verde y Allegra aceleró suavemente, concentrándose en las instrucciones de su navegador, cuya sexy voz a veces la distraía. Consiguió no pasarse el giro que debía tomar y, en unos segundos, se encontraba en el aparcamiento subterráneo del lujoso rascacielos donde el abogado de Esmae tenía su bufete.

Consciente de que tenía el morro de Tobias prácticamente pegado a su parachoques, aceleró nada más pasar la barrera para buscar un espacio libre, lo que no iba a ser sencillo dado que, por estar en pleno centro de la ciudad, era un aparcamiento muy frecuentado.

Allegra percibió de reojo un movimiento, y aunque no estuvo segura de si un vehículo había salido o acababa de aparcar, giró a la derecha. Lo bueno fue que Tobias pasó de largo; lo malo, ver que del coche bajaban una mujer y su hija, vestida de rosa y con el cabello salpicado de purpurina.

Al entrar en el aparcamiento, Allegra había visto carteles anunciando que en el edificio se celebraba un desfile de belleza infantil, así que dedujo que la niña era una de las participantes. Verla la devolvió a los años de su infancia en los que ella hacía el circuito de desfiles, que había abandonado a los dieciséis años cuando había jurado no volver a vestirse de rosa ni llevar diamantes de bisutería. Pero entonces su madre la había tentado con un último desfile, que tenía por premio una sustanciosa cantidad de dinero con la que podría sufragarse sus estudios y Allegra no había dudado en aceptarlo. Finalmente, había conseguido el dinero, el coche y los diamantes.

Frustrada, pero manteniendo la confianza en que encontraría un sitio para aparcar, siguió buscando. Si su madre la hubiera acompañado, habría rezado para conseguirlo, pero Allegra no coincidía con ella. Paige Mallory era la consentida hija única de una antigua familia de Luisiana, ex Miss Luisiana y todo un personaje. En opinión de Allegra, Dios estaba demasiado ocupado resolviendo los problemas creados por la humanidad como para preocuparse por su aparcamiento, así que el trabajo le tocaba a ella. Si la máquina de entrada había expendido un ticket, tenía que haber un espacio. La cuestión era encontrarlo antes que Tobias.

Cuando vio las luces traseras de un coche que giraba hacia la izquierda, asumió que tenía que ser alguien saliendo. Al mismo tiempo, atisbó el movimiento de otro coche, que aceleraba en el carril lateral. Tobias había visto también el coche que se marchaba y pretendía aparcar en el espacio vacante.

Allegra se enfureció. Ella procedía de una familia en la que los buenos modales eran primordiales. Su padre y sus cuatro hermanos mayores abrían las puertas a las mujeres; las invitaciones se enviaban por correo convencional, no con mensajes de texto; se cenaba en la mesa, con servilletas de tela, y las conversaciones importantes se mantenían cara a cara.

Lo educado sería dejar a Tobias aparcar, puesto que estaba más cerca. Pero dos años antes, Tobias no había sido precisamente considerado con ella. Había convertido su apasionada noche en un encuentro banal y, dos días más tarde, había roto con ella por teléfono.

Allegra apretó los dientes y, sin pensárselo, aceleró.

Tobias Hunt frenó en seco cuando un descapotable blanco con el logo lateral Madison Spas giró bruscamente delante de él para quitarle un aparcamiento.

Aun si no hubiera reconocido el coche, habría tenido que estar ciego para no reconocer el sedoso cabello castaño recogido en un moño despeinado, los delicados pómulos y la elegante nariz medio oculta por unas enormes gafas de sol.

Allegra Mallory.

Una antigua reina de la belleza que, de acuerdo a la famosa *influencer,* Buffy Hamilton, ocupaba el segundo lugar, ella se otorgaba el primero a sí misma en la lista: «Quién va a casarse con un millonario».

«Puede que ese no sea el tipo de información que un oficial de las Fuerzas Especiales reconvertido en presidente de una empresa multinacional de seguridad debiera saber», se dijo Tobias. Pero lo cierto era que había tenido relación con ambas mujeres.

Buffy, evidentemente intrigada por su ascenso a millonario seis meses atrás, cuando su fideicomiso familiar había liberado finalmente su herencia, lo había invitado al lujoso yate de su padre. Pero él había declinado el fin de semana para dos.

En contraste, Allegra, que había irrumpido en su vida seis años atrás, no lo había invitado nunca a nada. Le había bastado llegar a Miami con sus ojos oscuros y su mirada ensoñadora, su sofisticado estilo y su acento sureño para poner su vida boca abajo.

Al pasar de largo vio de reojo las esbeltas piernas y los tacones de Allegra. El aspecto que presentaba, con un vestido color esmeralda y una chaqueta corta que ceñía su figura, aumentó su frustración por llegar tarde a la lectura del testamento de Esmae.

Durante media docena de años se había esforzado por reprimir la poderosa atracción que había despertado en él la sobrina de Esmae cuando había llegado a Miami, apenas unas semanas después de que se hubiera mudado a vivir con su novia de entonces, Lindsay. Esa atracción había sido igualmente intensa dos años atrás cuando, después de romper con Lindsay precisamente porque no podía quitarse a Allegra de la cabeza, había sucumbido a la tentación y había pasado una apasionada noche con ella.

Al hacerlo, había sido consciente de haber cruzado una línea: la que lo convertía en el padre que llevaba toda su vida intentando olvidar.

James Hunt no había sido capaz de conformarse ni con un buen matrimonio ni con un mal *affaire*. Había abandonado a la madre de Tobias y había pasado a tener una sucesión de relaciones con modelos de primera fila. Quince años atrás había muerto en un accidente de coche, mientras que su madre, Alicia Hunt, que había desarrollado una enfermedad del corazón, había fallecido solo seis meses más tarde.

Aunque Tobias había leído los informes médicos, tenía la certeza de que la muerte de su madre se debía a que su padre le había roto el corazón… literalmente.

Siguió conduciendo, pero los recuerdos de la noche con Allegra le impedían concentrarse en encontrar una plaza de aparcamiento.

Una noche despejada, calurosa, el cielo estrellado; las puertas de cristal de la cabaña de la playa de Esmae abiertas de par en par para dejar entrar la brisa. El sonido de las olas rompiendo en la orilla y Allegra Mallory, aún más hermosa desnuda, durmiendo como un bebé en la cama que compartían.

Apretando el volante intentó ahuyentar las vívidas imágenes que le recordaban que había cometido el error que se había jurado evitar: entrar a formar parte de la larga tradición de hombres Hunt, que eran capaces de dejar una relación sólida por una mujer espectacular.

Y ese error había tenido repercusiones que todavía lo torturaban, porque Lindsay, aunque entonces ninguno de los dos lo supiera, estaba embarazada y perdió el bebé el día siguiente a que él se acostara con Allegra. Y aunque Lindsay insistió en que no era su culpa, Tobias estaba convencido que, de haber permanecido con ella, el bebé, su bebé, habría vivido.

Corroído por la culpa por el daño que había causado, había conseguido controlar el deseo de sumergirse en una relación con Allegra convenciéndose de que parte de su interés en él se debía a su fortuna, y había cortado todo contacto con ella. La noche juntos formaba parte del pasado. En aquel momento, lo que le inquietaba era que acudiera a la lectura del testamento. Es decir, que estuviera allí para recaudar.

Una llamada lo distrajo de las especulaciones sobre cuál de las posesiones de los Hunt le habría dejado Esmae a su única sobrina. Tocó la pantalla del ordenador del salpicadero para contestar a su excompañero del ejército, J.T.

—Ya sé que llego tarde —dijo con impaciencia—. El vuelo se ha retrasado. Entretén a Phillips hasta que llegue.

No quería perderse ni un minuto de la reunión. Esmae tenía acciones de Hunt Security. Con un cinco por ciento del multimillonario negocio que su familia había construido desde la nada, y con el historial de engaños y manipulaciones a las que la aristocrática familia Mallory había sometido a su familia cuando eran pobres, tenía claro que no podía dejar nada al azar.

J.T. replicó en el mismo tono:

—¿De verdad crees que Esmae es capaz de haber dejado a Allegra las acciones? Al fin y al cabo, son de los Hunt.

—Pero pasaron a ser suyas porque mi abuelo no se molestó en redactar un nuevo testamento cuando se casó con ella, y luego tuvo la mala suerte de morir en un accidente de yate.

Pero el verdadero conflicto entre las familias se retrotraía a una generación anterior. A su bisabuelo, Jebediah, quien había trabajado en el rancho de Alexandra Mallory hasta que habían comprado una propiedad a medias. Tres años más tarde, durante un periodo de sequía y un tórrido *affaire* entre ellos, Alexandra había desparecido. El abogado que había hecho el reparto de tierra había otorgado en propiedad a Alexandra la mitad en la que, al poco tiempo, se descubrió uno de los pozos petrolíferos más importantes de Texas. Por contraste, la familia de Tobias se había quedado con un secarral que prácticamente los había llevado a la ruina.

Aunque J.T. era astuto y un viejo amigo, era nuevo en la compañía y no había tenido tiempo de aprender los sutiles detalles de la saga Hunt-Mallory.

–Si Esmae fuera a cederme las acciones, habría aceptado la oferta de compra que mi padre le hizo hace veinte años. Afortunadamente, mi abuelo tuvo la visión de cederle a mi padre el noventa y cinco por ciento de la empresa un par de años antes de morir. De otra manera, Hunt Security llevaría el nombre de Mallory Security.

–Pero Esmae te aseguró…

–Eso fue cuando yo era el único beneficiario de su testamento. Pero hace dos años, cuando Allegra se mudó a Miami, Esmae lo cambió y no desveló en qué términos –Tobias buscó con impaciencia un espacio vacío–. Es evidente que el testamento nuevo no me beneficia. Si no, por qué iba a ocultármelo.

El pulso se le aceleró al ver a Allegra entrando en el ascensor. Durante una fracción de segundo, cuando ella se volvió, sus miradas se encontraron, pero la puerta se cerró. Tobias bajó la rampa al siguiente nivel, que también estaba lleno.

–Yo debería heredar las acciones –añadió en tono sombrío–, pero lo cierto es que no tenía relación de sangre con Esmae y Allegra sí. Y siempre que hay un Mallory implicado, es en perjuicio de un Hunt –su bisabuelo Jebediah lo sabía mejor que nadie–. No olvides que Esmae avaló el negocio de spa de Allegra, y que esta la ha atendido estos últimos meses de enfermedad.

Se produjo un silencio.

–¿De verdad crees que Allegra haría algo así? He

leído lo que se ha escrito sobre ella *online*, pero viniendo de Buffy Hamilton no puede tomarse en serio.

Tobias tuvo que controlar su irritación, cuando no solía perder la calma, y menos con J.T., con el que había servido durante años en Afganistán. Era la persona en la que más confiaba del mundo.

—Tú saliste con ella, así que deberías saberlo.

—Empiezas a sonar como Julia. Solo pasé un fin de semana en el yate de su padre —masculló J.T.

Julia era la novia con la que J.T. acababa de romper. Tobias frunció el ceño.

—No sabía que ese fuera el motivo de vuestra ruptura.

—No lo ha sido. Digamos que había otros… motivos, pero Julia insistía en mencionar a Buffy.

—¿Quieres decir que sí había alguien más?

No era de extrañar. J.T. era alto, rubio, de piel cetrina, con el tipo de constitución que atraía todas las miradas femeninas. Además era un empresario multimillonario.

—No exactamente. Lo que quiero decir es que esa supuesta persona no era Buffy.

—Volviendo al testamento —dijo Tobias—. Hace seis meses Esmae incluyó a Allegra como beneficiaria. Sea lo que sea lo que decidió, Allegra lo sabe y no me va a gustar.

—Me cuesta pensar que Allegra haya intentado aprovecharse de una tía moribunda.

Tobias se tensó, La última vez que habían hablado del tema, J.T. estaba de acuerdo con él, pero en aquel momento, tuvo la sensación de que se había unido al club de fans de Allegra.

–No sabía que la conocieras –comentó.

Tras un breve silencio, J.T. contestó:

–Nos hemos visto un par de veces. Julia acudía a su spa y la invitó a varias cenas con amigos.

Tobias apretó los dientes. J.T. había caído bajo el hechizo de Allegra. Volvió al piso superior y finalmente vio que un coche dejaba una plaza vacante.

–Supongo que eso fue antes de que rompieras con Julia.

–De otra manera, no la habría invitado a cenar a casa –dijo J.T. ofendido.

–No, claro.

J.T. había roto hacía un mes y Tobias se preguntó si Alegra podía ser esa «otra persona» a la que se había referido. Si la información de Internet era cierta, tenía sentido que J.T. fuera el siguiente millonario al que Allegra quisiera seducir.

Mientras aparcaba, dijo ásperamente:

–Si te he hecho venir a la lectura del testamento es porque estoy seguro de que hay algo raro. Nos vemos enseguida.

Colgó.

J.T. y Allegra. No se le había pasado por la cabeza. Y no estaba dispuesto a que sucediera.

El destino quiso que aparcara a dos coches del elegante descapotable de Allegra.

Tobias miró la hora y comprobó que llegaba diez minutos tarde. Mientras subía en el ascensor, se acordó de su último encuentro con Esmae que, a los noventa y dos años, seguía siendo testaruda, arrogante y levemente manipuladora. Todas ellas características de los Mallory.

Por algunos comentarios que su abuelastra había hecho, Tobias supo que había dispuesto algo peculiar en su testamento, y lo había visto confirmado cuando Esmae no le había dejado ver una copia. Que Allegra acudiera a la lectura significaba que los cambios incluían a su bisnieta.

Las puertas se abrieron en la planta de las exclusivas oficinas de bufete de abogados de Esmae, dirigido por Phillips. La mirada de Tobias localizó al instante a Allegra, y aunque se había preparado para el encuentro, en cuanto sus ojos se encontraron sintió que todos sus músculos se tensaban. Era la única mujer con la que reaccionaba de esa manera.

Ni el tiempo ni la distancia ni la culpabilidad habían conseguido que la olvidara. A pesar de salir con montones de mujeres que debían haber sido perfectas para él, como lo era su ex, Lindsay, seguía deseando a Allegra Mallory.

Se obligó a recordar las relaciones entre los Mallory y los Hunt.

El primer golpe lo había asestado Alexandra Mallory, acostándose con Jebediah, engañándolo y enriqueciéndose en el proceso.

Hacía setenta años, Esmae había evitado la quiebra financiera en la que habían caído los Mallory al casarse con el abuelo de Tobias, Michael Hunt. Ese había sido el segundo golpe.

Esmae había sido hermosa, pero Allegra, con su sedoso cabello, sus delicadas facciones y sus voluptuosos labios, era espectacular. Pero él no iba a permitir que la tradición familiar se prolongara.

No habría un tercer golpe.

Capítulo Dos

Allegra desvió la mirada de la magnética presencia de Tobias, que la observaba como si, por haberle quitado la plaza de aparcamiento, lo hubiera retado, tirándole un guante que él había recogido.

La culpabilidad por haber sido tan agresiva y otras sensaciones mucho más perturbadoras que se concentraron en la boca de su estómago fueron reemplazadas por una profunda irritación.

Tomó aire para suavizar su semblante, pero fue difícil recuperar la calma cuando la entrada de Tobias, con sus anchos hombros y su característico aplomo, consumió el oxígeno de la habitación.

Allegra se llevó la mano instintivamente al sencillo brazalete de diamantes, uno de los premios incluidos en su último concurso de belleza. Se lo había puesto exprofeso, como una manera de recordar que era una mujer de éxito y con objetivos claros, cuya vida no se definía por los errores ajenos.

Y lo cierto era que en los dos últimos años, tras un escándalo falso que había acabado con la carrera profesional en San Francisco por la que se había dejado la piel, tenía que perdonar muchos de esos errores.

Decidida a ignorar a Tobias y a su abogado, J.T., se dirigió a Phillips:

—¿Podemos empezar? Tengo una cita a las doce.

La cita era con un una cafetería que servía su ensalada favorita, pero nadie tenía por qué saberlo.

–Y no querríamos que te retrasaras –dijo Tobias sarcástico.

Allegra ignoró el calor que le subió a las mejillas y mantuvo la vista fija en Phillips, quien, mirándola con escepticismo, le pasó una copia del testamento. Tras seis meses en una empresa financiera rodeada de hombres que no parecían concebir que una mujer fuera atractiva y tuviera prioridades y planes en los que ellos no estaban incluidos, Allegra se había acostumbrado a recibir ese tipo de trato.

Aparentemente, puesto que había heredado el cabello castaño Mallory, y los ojos oscuros y la figura despampanante de su madre, los hombres no conseguían tomarla en serio. Aunque el problema lo tuvieran ellos, Allegra se esforzaba por presentar el aspecto más discreto posible.

Aquel día, sin embargo, sabiendo que vería a Tobias, había optado por todo lo contrario. Llevaba un vestido ceñido, con un escote generoso y lo bastante corto como para poder lucir sus piernas, quizá su mejor atributo. Por encima, se había puesto una chaqueta tipo bolero que enfatizaba su estrecha cintura y su generoso busto. En lugar de una trenza, se había hecho un moño flojo que quedaba perfecto con unos pendientes de diamantes Chanel que le había regalado su padre por su graduación. El vestido y la chaqueta, además de proporcionarle el aspecto sofisticado que buscaba, pertenecían a la colección de la diseñadora de moda Francesca Messena. Quizá era una elección extraña, puesto que se trataba de la mujer con la que

16

Tobias se había acostado antes y después que con ella, pero Allegra había decidido que era la demostración palpable de que había superado que Tobias la hubiera dejado por ella.

Además, como parte de su proceso de sanación, había perdonado a Francesca. Había tardado un tiempo y había tenido que quemar un montón de mensajes de perdón, pero se había repetido constantemente que Francesca era una buena persona, que no sabía hasta qué punto Tobias era despreciable.

Al tiempo que Phillips empezaba a leer el testamento, Allegra ojeó la primera página, consciente de que en algún punto iba a encontrar algo que no le iba a gustar, una sorpresa que debía de estar relacionada con Madison Spas, porque la única justificación de su presencia allí era que Esmae era dueña el cincuenta por ciento de las acciones.

Era demasiado tarde para arrepentirse de haber dejado que su tía invirtiera en el negocio en lugar de haber pedido un préstamo al banco, tal y como había planeado. Cuatro meses atrás, cuando había sabido que Esmae padecía una enfermedad terminal, le había ofrecido comprar su parte, pero Esmae había dicho que era innecesario, puesto que iba a dejársela en el testamento. Esa habría sido la solución ideal, excepto que cuando Allegra le pidió que le enseñara una copia del documento, Esmae se había negado.

Por eso Allegra se había preparado para el peor escenario posible: perder el control de su amado negocio a manos de Tobias Hunt.

Sacó las gafas de leer e intentó concentrarse en los detalles legales. Normalmente, gracias a su máster en finanzas, se le daba bien leer deprisa e identificar los puntos principales de cualquier documento, pero que Tobias recorriera el despacho como un tigre enjaulado le impedía concentrarse.

Al llegar a la tercera página, cuando empezaba a relajarse, Phillips llegó a una frase que Allegra tuvo que releer.

¿Tenía que vivir en la casa de la playa de Esmae con Tobias un mes entero o perdería las acciones de su negocio?

Sintió un intenso calor seguido de frío. Leyó por tercera vez, convencida de que debía haber un error.

Pero no lo había, y en aquel instante recordó el error que ella sí había cometido. Tras pasar la noche con Tobias, había cometido la indiscreción de contárselo a Esmae porque estaba convencida de que representaba el inicio de una relación duradera, tal vez de un futuro matrimonio. Esmae había respondido con cautela. Aunque ella misma se hubiera casado con un Hunt, sabía que Tobias era el último hombre con el que Allegra debía de haberse acostado porque la enemistad que existía entre las dos familias seguía viva.

Pero era demasiado tarde para arrepentirse de haber compartido en Esmae su secreto más oscuro, que su tía había prometido guardar. Había decidido actuar de celestina desde la ultratumba.

Otra posibilidad era que Esmae, la única Mallory que se había casado con un Hunt, el abuelo de Tobias para el que era su segundo matrimonio, solo pretendiera conseguir una reconciliación entre las dos familias. Pero eso no tenía sentido puesto que, despareciendo ella, ya no quedaba nada que las vinculara.

Tomó aire, súbitamente consciente de que Tobias se había plantado ante ella de brazos cruzados y la miraba como si estuviera seguro de que la idea había sido suya. Y aunque J.T., al que conocía superficialmente porque era el exnovio de una de sus clientas habituales, la observaba con menos tensión, parecía albergar la misma sospecha.

La combinación de Tobias y J.T., que debía haberle hecho sentir como un animal acorralado, no la afectó. Había crecido con cuatro hermanos mayores, y para cuando cumplió cinco años, pocas cosas conseguían amedrentarla. Tomó de nuevo aire y cerró los ojos para concentrarse en la visualización que le había recomendado su profesor de meditación. Desafortunadamente, en medio del lago en calma surgió un violento remolino. Abrió los ojos. Tobias bajó la mirada a sus labios y Allegra sintió una de las contracciones internas con las que su cuerpo reaccionaba a siempre que él la miraba.

«No puede ser», se dijo. Ya no sentía nada por él. Y ninguno de los dos estaría dispuesto a compartir un mismo techo. Aunque no estaba claro que hubiera forma de evitarlo.

—Así que no hay manera de evitarlo —masculló Tobias.

Irritada por que diera voz a sus pensamientos, Allegra lo miró y se arrepintió de inmediato al sentir una nueva oleada de calor.

Tobias se acercó a Phillips con mirada acerada y Allegra pensó en las historias que se contaban sobre el tiempo que había pasado en las Fuerzas Especiales del Ejército.

–A ver si lo entiendo. Si no convivo con Allegra, pierdo las acciones de mi propio negocio.

El tono crispado de Tobias indicaba que se consideraba mucho más perjudicado que Allegra, dado que era el presidente de una compañía de seguridad multimillonaria. Allegra era consciente de que las acciones que el abuelo de Tobias había dejado a Esmae eran decisivas en la toma de cualquier decisión. Lo que significaba que quienquiera que las poseyera, podía determinar el futuro de la empresa.

No tenía ni idea de lo que valían, pero dado que los productos de la empresa incluían alarmas domésticas, seguridad para personas VIP y algunos contratos militares, asumía que millones.

Phillips pasó una página como si quisiera confirmarlo y contestó:

–Así es.

Entonces Allegra reclamó su atención.

–¿Y si yo no vivo un mes en casa de mi tía-abuela, Tobias será dueño de mi negocio? Puede que Madison Spas sea un negocio pequeño, pero…

Philips le dedicó una mirada condescendiente que le indicó que estaba del lado de Tobias.

–Los términos están claro en la cláusula 16C, señorita Mallory.

Tobias, que se había sentado en la esquina del escritorio del abogado, se cruzó de brazos y dijo:

–No estoy especialmente interesado en hacerme con tu salón de belleza.

–No es un salón de belleza –lo corrigió Allegra. Y al notar que había elevado la voz, contó hasta cinco.

Cuando se trataba con machos alfa, como Tobias,

las reacciones emocionales no conducían a nada. Teóricamente, había que recurrir a la lógica y la astucia, pero, según su madre, había una táctica más efectiva: había que buscar la manera de decir «no».

Allegra miró a Tobias a los ojos y trató de ignorar el efecto hipnótico que su colonia ejercía sobre ella.

–Como supongo que sabes, Madison Spas es un spa de lujo y un centro de retiro especializado en terapias de relajación y en tratamiento holísticos.

–A eso me refiero: no tiene nada que ver con mis intereses.

–Me alegro, porque producir alarmas para coches y para casas no forma tampoco parte de los míos.

–Hunt Security hace mucho más que eso.

–Ah, sí, lo olvidaba. También tienes una especie de agencia de detectives.

J.T. emitió un sonido entre la risa y la tos y algo parecido a un destello risueño asomó a los ojos de Tobias.

–Supongo que te refieres a Hunt Private Investigations.

Allegra se dio cuenta de que discutir con Tobias le resultaba demasiado… excitante. Lo último que necesitaba era abrir la puerta a una atracción peligrosamente adictiva que, oficialmente, estaba muerta.

Le dedicó una sonrisa fría. Era posible que Tobias fuera rico y poderoso, pero la familia de ella, aunque venida a menos, también lo había sido en el pasado.

J.T., que hasta entonces había permanecido en silencio, la miró y dijo:

–No deberías atacar a Allegra, Tobias. Ya sabes cómo era Esmae de testaruda e impredecible…

–Si pretende insinuar que Esmae padecía demencia –intervino Phillips–, se equivoca. Hace unos meses pasó un test que confirmó que estaba en su sano juicio.

Tobias frunció el ceño.

–¿Si no sufría demencia, por qué habría escrito un testamento como este?

A Allegra no se le escapó la insinuación: si Esmae estaba en su sano juicio, alguien debía de haberla presionado para incluir aquella cláusula tan excéntrica en el testamento. Y puesto que no podía ser Tobias, ella era la culpable.

Mientras asumía el velado insulto, guardó las gafas en el bolso y se puso en pie. Si había una ocasión para poner en práctica la táctica de su madre y recuperar un mínimo control de la situación, era aquella.

–En contra de lo que parece que creéis, no tengo ni idea de qué motivó a Esmae a escribir esa cláusula, puesto que ella sabía mejor que nadie que preferiría quedarme aislada en una isla desierta a pasar una sola noche bajo el mismo techo que Tobias.

Dirigió una mirada gélida a Tobias para asegurarse de que había recibido el mensaje alto y claro: no solo que no lo deseaba, sino que jamás lo desearía.

–Literalmente, nada, absolutamente nada, me haría cambiar de idea.

Un cosquilleo cálido y sensual la recorrió al sentir los ojos de Tobias clavados en ella, como si su rechazo hubiera tenido el efecto contrario al que pretendía. Como si en lugar de sentirse ofendido, a Tobias le hubiera gustado lo que había dicho.

Como si su rotunda afirmación lo hubiera excitado.

Capítulo Tres

–Si Esmae sabía que no tenía sentido que viviéramos bajo el mismo techo ¿por qué habría de sugerir algo así? –preguntó Tobias contrariado.

Dos años atrás, esa pregunta habría dejado a Allegra desconcertada, pero en ese tiempo había madurado.

–Puede que incluyera esa cláusula por ti y no por mí.

–Está bien –dijo Tobias, cruzándose de brazos–. ¿Qué haría pensar a Esmae que me viniera bien vivir un mes contigo?

–Francesca Messena –se limitó a contestar Allegra–. Y su gemela, Sophie… aunque en menor medida.

Francesca era más relajada y vivaracha, el tipo de mujer que atraía a los hombres. Sophie, en cambio, tenía la reputación de ser más distante y controladora y de estar más interesada en los negocios que en los hombres. Más parecida a ella, de hecho.

La idea de que Tobias no se hubiera sentido verdaderamente atraído por ella porque, como Sophie, no era su tipo, la irritó aún más.

Tobias se pellizcó el puente de la nariz.

–¿Qué tienen que ver las gemelas Messena en esto?

Apretando los dientes enfurecida porque Tobias se

hubiera acostado con ella aunque ni siquiera le gustaba, Allegra contestó:

–¿Tengo que dibujarte un gráfico? Perseguiste a las
dos.

–Yo no diría que las perseguí.

–Llámalo como quieras –dijo Allegra con frialdad–, lo cierto es que hace unos meses, las dos se ca-
saron.

–Lo sé. Me invitaron a la boda.

–A eso voy. No pretendo ofenderte, pero Esmae
debía saber que tu vida amorosa estaba en declive. Tal
vez temió que no fueras a encontrar a nadie.

–Así que decidió echarme una mano.

Allegra dedicó a Tobias el tipo de sonrisa que re-
servaba para sus clientes cuando cumplían con sus
metas de entrenamiento.

–Solo es una teoría.

Phillips carraspeó para romper el silencio que se
produjo.

–Por muy fascinante que sea todo esto, señorita
Mallory, todavía no puede irse. Aún hay más.

Allegra parpadeó. Estaba tan concentrada en Tobias, que había olvidado el testamento. Y aún peor,
había cometido el error que se había prometido evitar:
pasar al terreno emocional. Se sentó con la adrenalina
recorriéndole las venas mientras Phillips continuó leyendo la letra pequeña del documento.

Las joyas Hunt, una enorme cantidad de diamantes
que se guardaban en la caja fuerte de un banco, pasaban a manos de Tobias, mientras que ella heredaba
una caja con recuerdos y un retrato de Alexandra Mallory, la madre de Esmae y bisabuela de Allegra. Esta

lo miró desconcertada, puesto que no tenía ni idea de que existiera un retrato de Alexandra, y menos aún alguna pertenencia suya.

–¿Están también en un banco? –preguntó.

Phillips consultó una hoja separada que tenía sobre el escritorio.

–No. Supongo que son objetos sin ningún valor, puesto que su tía los guardó en el ático de la cabaña de la playa.

Por más fascinante que fuera saber que Esmae había conservado algunos recuerdos, la última cláusula que leyó Phillips dejó a Allegra de piedra.

Esmae, como era lógico, dejaba a Tobias el hotel de cinco estrellas, el lujoso Ocean Beach, que había creado con el dinero Hunt, pero con una condición. Tenía que dirigirlo personalmente el primer mes, el plazo exacto durante el que exigía que compartieran la casa de la playa. De otra manera, el negocio pasaría a manos de Allegra.

La noticia la dejó paralizada. Si la exigencia de que vivieran juntos hacía que pareciera que quería atrapar a Tobias, aquella última la convertía en intrigante y manipuladora.

Súbitamente retrocedió dos años y medio en el tiempo, al momento en el que su carrera financiera había colapsado porque dos ejecutivos de la empresa en la que había empezado a trabajar la acusaron de ofrecerles sexo a cambio de joyas y de una promoción. Y todo porque, cansada de no conocer a nadie interesante, había cometido el error de apuntarse a una página de citas *online* para «ejecutivos».

Lo único que era cierto de lo que se contaba, era

que había quedado con uno de ellos, Halliday. No sabía que trabajaba en su empresa porque llevaba varias semanas en San Diego, montando una nueva oficina, y porque había usado un nombre falso. Aunque estaba casado, ni más ni menos que con la hija del jefe, seguía apuntado a la página, fingiendo ser soltero. Irritado porque ella descubriera su identidad y se negara a tener una *affaire* con él, Halliday se había adelantado a proteger su carrera y su matrimonio, haciendo circular en las redes sociales que ella se había ofrecido a acostarse con él a cambio de ser promovida.

Como si eso no hubiera sido bastante, otro ejecutivo de la empresa y amigo íntimo de Halliday, Fischer, sobrino de uno de los socios y también casado, que usaba la misma página de citas, la había acorralado en su despacho. Cuando se negó a aceptar una negativa, ella había tenido que recurrir a golpearlo con una grapadora.

Desafortunadamente, el golpe le había hecho sangrar el labio y le dejó un hematoma. Para empeorar las cosas, al retroceder, se había tropezado con una silla y se había caído al suelo. La escena podía haber acabado ahí y tal vez no hubiera pasado nada más, pero en ese momento, entró otro empleado. Fischer, rojo de rabia, había salido tambaleándose del despacho y se había dedicado a difamarla en las redes, afirmando que había intentado seducirlo a cambio de joyas.

Como resultado, había sido convocada ante el comité disciplinario de la empresa. Aunque las pruebas no habían sido «concluyentes», puesto que no las había, le anunciaron que el escándalo había convertido su posición en la firma en un problema. Allegra estaba segura de que el «problema» era que había usado el foro de la empresa para expresar su indignación con la junta directiva.

Quizá podía haberse reprimido, pero odiaba las injusticias, y que sus jefes se hubieran negado por nepotismo a investigar lo sucedido la había sacado de quicio. Si aquellos para quienes trabajaban mentían y protegían a sus propios ejecutivos, pensó que le resultaría imposible convencer a sus clientes de que les confiaran su dinero. Siguiendo esa lógica, tampoco podía confiarles su carrera ni su talento, así que había dimitido.

Pero sus males no acabaron ahí, pues la decisión, de la que se sentía orgullosa se había visto enturbiada por la manifestación de una enfermedad peculiar, la T.S.V., taquicardia supraventricular. Un término largo para describir que su corazón se aceleraba fuera de control y que, ocasionalmente, requería intervención médica. La primera vez que lo había sufrido había sido en la universidad. El médico le había explicado que se debía a que tenía un tipo de personalidad obsesionada con mantener el control y que no manejaba bien el estrés.

Se dio cuenta de que Tobias había hecho un comentario cáustico y que J.T. elevaba una protesta a Phillips en lenguaje legal. Pero ella se concentró en Tobias.

–Hay una solución sencilla –dijo–. Le pediré a mi abogado que redacte un documento renunciando a todos los derechos sobre…

–Mira la cláusula C –dijo Tobias–. Si renuncias a tus derechos al hotel y yo no lo dirijo durante el próximo mes, lo heredará tu pariente más cercano, que, si no me equivoco , es tu hermano Quin.

Allegra leyó la cláusula y se le encogió el corazón. Quin, que tenía ya un exitoso hotel en Nueva Orleans, no dudaría en hacerse con el Ocean Beach.

Miró a Tobias fijamente.

–No tengo ni idea de qué es todo esto. La única conversación que tuve con Esmae fue sobre las acciones que ella posee de Madison Spas, hace cuatro meses, en la que le ofrecí comprárselas.

–Así que no fue idea tuya que viviéramos juntos.

Allegra, que estaba guardando el testamento en el bolso, se quedó parada.

–Umm, deja que lo piense… ¿Ir a vivir en una casa aislada con el último hombre con el que querría compartir espacio?

Se puso de pie, se colgó el bolso al hombro y miró el reloj inteligente que le indicó que tenía una llamada perdida de Janice, su recepcionista. Entonces, concluyó:

–No, jamás se me pasaría por la cabeza.

Tobias no se molestó en disimular su incredulidad.

–¿Así que fue idea de Esmae?

–Sí.

Súbitamente Allegra sintió que se le aceleraba el corazón y se le hacía un nudo en el estómago por el temor de que, una vez más, su reputación fuera a verse empañada por algo que no había hecho.

«Pero eso no tiene por qué pasar», pensó decidida. Era su propia jefa. Nadie podría obligarle a marcharse.

Aunque, por otro lado, Tobias podía negarse a prorrogar el alquiler.

Eso supondría tener que encontrar otro espacio para el spa. Ya estaba buscando local para abrir un segundo spa, pero eso iba llevarle meses. Si tenía que mudarse en cuestión semanas, no tendría donde ir.

Respirando profundamente, contó hasta tres. Si quería conservar el local, necesitaba que Tobias la creyera.

Miró a Phillips fríamente y preguntó:

–¿Me había visto con anterioridad?

El abogado se tensó como si estuviera siendo interrogado.

–No, que yo recuerde.

–Exacto, porque no nos conocemos. ¿Por qué íbamos a conocernos? Usted es el abogado de mi tía y llevaba sus asuntos personales. Yo no tenía nada que ver en ellos.

Tobias frunció el ceño.

–Que no coincidieras con Phillips no prueba nada.

Allegra lo miró.

–¿Crees que me aproveché de Esmae en su lecho de muerte y le hice cambiar su testamento? Si fuera así, ¿por qué no le pedí más, como la casa o los diamantes? Son bienes muy valiosos y te los ha dejado a ti.

Al ver que Tobias iba a hablar, se adelantó:

–Y, no, no quiero la casa, y mucho menos los diamantes. Y no tengo que demostrar nada respecto al testamento. Recuerda que llevo solo dos años en Miami. En ese tiempo hemos coincidido cinco veces como mucho. Dos de ellas en estos días: en el funeral de Esmae y ahora. Si eso te hace pensar que te acoso, tu vida amorosa debe de haber tocado fondo.

Metió el testamento en el bolso bruscamente.

Debía haber pasado por alto el comentario de Tobias, pero que insinuara que lo perseguía le había tocado una fibra sensible, porque era verdad que, en el pasado, lo había perseguido y que había sido rechazada.

Además, estar en una habitación con hombres que la creían capaz de usar su sexo para conseguir lo que quería era un incómodo recordatorio de lo que había padecido en San Francisco.

Fue hacia la puerta, pero Tobias llegó antes y se la abrió.

El gesto le recordó que, incluso *online* y aunque ella no hubiera experimentado esa faceta de su personalidad, Tobias tenía la reputación de ser un caballero.

Le lanzó una mirada airada y trató de no apreciar sus magníficos pómulos y la cicatriz que le cruzaba la nariz y que hacía pensar en una pelea de bar o, más probablemente, en un combate cuerpo a cuerpo. El estómago se le contrajo al imaginar a Tobias combatiendo y a esa imagen le siguió otra que la ruborizó: sus dos cuerpos desnudos y entrelazados. Para contrarrestarla, pasó al ataque.

–Me acusas a mí, pero puede que fueras tú quien influyó en Esmae.

–¿Por qué iba a querer que vivieras en mi casa un mes? –preguntó él con calma.

–Porque estás secretamente enamorado de mí y, por lo que sé, no tienes suerte con las mujeres.

Cruzó el umbral y cerró la puerta a su espalda.

***

Tobias se quedó mirando fijamente la puerta.

Había intentado no prestar atención a las tenues pecas que salpicaban la nariz de Allegra ni a cómo se había ruborizado al fijar la mirada en su cicatriz.

También prefería ignorar la súbita convicción de que Allegra seguía deseándolo.

La posibilidad tensaba cada músculo de su cuerpo en una reacción que rechazaba porque, que Allegra lo deseara, prácticamente confirmaba su intervención en el cambio del testamento de Esmae.

La broma sobre su ausencia de vida amorosa le hizo fruncir el ceño. Era cierto que había dedicado los dos últimos años, desde que su tío se había retirado como presidente de Hunt Security, familiarizándose con la parte financiera del negocio. Había pasado seis meses con Gabriel Messena y había salido con las gemelas Messena, solo y exclusivamente en términos amistosos.

Había leído en las columnas de sociedad alguna referencia a la ironía de que las dos hermanas hubieran acabado con otros hombres, pero la verdad era que, por muy guapas que fueran, él las sentía más como hermanas que como posibles novias.

En aquel momento, hacerse consciente de que la única mujer que había significado algo para él en los últimos años era Allegra, lo dejó de piedra.

Phillips comentó:

−¿Cree que va a poder superar el próximo mes? Esa mujer es terriblemente temperamental.

−Lo conseguiré.

Aunque se hubiera ido, el perfume de Allegra seguía flotando en el aire y era el mismo que llevaba dos años atrás. Eso le recordó cómo, entonces, había perdido su habitual dominio de sí mismo para entregarse a una pasión de la que solo había conseguido distanciarse cuando una llamada de Lindsay le había hecho reaccionar y había decidido hacer algunas averiguaciones *online* sobre Allegra. No tardó en descubrir que había tenido relaciones con dos millonarios de la costa oeste, lo que le llevó a concluir que la intensa noche que habían compartido no era más que un encuentro casual más para ella.

¿Habría Esmae exigido que convivieran solo por complicarle la vida? Aunque Allegra no hubiera estado implicada en la decisión, Esmae, que adoraba a su sobrina, solo habría incluido esa condición si sabía que Allegra seguía interesada en él.

El pulso se le aceleró.

En cualquier caso, el problema lo tenía él, porque, quiéralo o no, seguía deseando a Allegra. Sin ninguna lógica, llevaba seis años deseándola y no podía hacer nada evitarlo.

Después de salir con J.T. del despacho de Phillips, se planteó la posibilidad de probar la táctica que debía de haber usado antes: dejarse llevar por el deseo hasta que este se agotara, tal y como le había sucedido en toda sus relaciones.

Después de todo, el testamento de Esmae exigía que vivieran juntos, no que se casaran. Y ya que iban a compartir el mismo espacio, ¿por qué no la misma cama?

Solo de pensarlo, se le tensó el cuerpo. Un mes y todo pasaría. No entendía por qué no había pensado antes en esa solución. Si lo hubiera hecho, quizá se habría liberado de la inconveniente atracción hacia Allegra que había enturbiado todas sus relaciones desde hacía seis años.

Vio a Allegra al final del pasillo, esperando el ascensor. Al entrar y volverse, lo miró fijamente.

–Puede que nos espere – comentó J.T.

Tobias pensó que, tal y como había actuado, Allegra dejaría que las puertas se cerraran… Y así fue.

Aunque resultara retorcido, la idea de que Allegra estuviera retándolo despertaba algo primario en él, la determinación de aceptar el reto y jugar bien sus cartas para llegar victorioso al final del mes.

Imaginar a Allegra desnuda en sus brazos volvió a activar su cuerpo y, súbitamente, el mes que tenía por delante ya no le pareció una sentencia.

Capítulo Cuatro

Alegra observó con satisfacción los números que se iban iluminando a medida que descendía al aparcamiento.

No esperar a Tobias y J.T. había sido un infantil acto de venganza, pero después de la escena en el despacho de Phillips no estaba dispuesta a compartir el ascensor con ellos. Así que cuando las puertas se cerraron, sintió una deliciosa paz.

Durante el descenso, se miró en el espejo y le alegró comprobar que presentaba casi tan buen aspecto como al salir de casa. Mantener siempre la compostura y sonreír era una lección que había aprendido durante sus años recorriendo el circuito de los concursos de belleza.

Se puso los auriculares y seleccionó una música tranquila. El ascensor se detuvo y un anciano que le recordó a su abuelo entró y miró el panel de números con gesto confundido. Tras preguntarle, Allegra presionó el botón que necesitaba. Después, se concentró en su respiración, que seguía más agitada de lo conveniente.

El ascensor se detuvo y el anciano se bajó. Mientras las puertas se cerraban, Allegra comprobó sus pulsaciones en la aplicación de su reloj. Lo último que necesitaba era sufrir un episodio de T.S.V. No eran peligrosos, pero sí lo bastante inquietantes como para asustarla.

El más serio había tenido lugar algo más de dos años atrás, cuando había acabado en urgencias, tras las entrevistas con los socios en Burns-Stein Halliday. Tras atender los consejos de los médicos y de su madre, había decidido introducir algunos cambios en su vida.

Sus padres habían querido que denunciara a la empresa por acoso sexual, pero Allegra había preferido evitar la tensión que le hubiera causado acudir a los tribunales, que probablemente la habría llevado de vuelta al hospital. Lo último que había querido era acabar hospitalizada, así que había decidido que lo que debía hacer era recuperar la alegría y cuidarse.

Una vez tomó esa decisión, el siguiente paso fue tomar la decisión de iniciar una carrera que incluía dos cosas que se le daban bien: el dinero y la belleza.

Unas pocas semanas en la casa de la playa con Esmae le habían proporcionado la inspiración que necesitaba para poner en marcha el spa.

Esmae, que siempre había disfrutado asumiendo riesgos, se ofreció a darle el capital, entre otras cosas, porque estaba cansada de ser tratada como vejestorio inútil, y así había nacido Madison Spas. Habían elegido ese nombre porque era el apellido que compartían.

El spa llevaba ya dos años en marcha y los servicios que ofrecían iban en aumento. En los últimos meses se había convertido en el destino favorito de celebridades agotadas que necesitaban tomarse un respiro. Por eso estaba buscando local para un abrir un segundo spa en un lugar más remoto. Había visto ya uno, y cuando pasara el mes que Esmae la había obligado a vivir con Tobias, hablaría con el director de su banco para llegar a un acuerdo de financiación.

Siempre había asumido que Tobias heredaría el hotel, pero nunca había imaginado que fuera a dirigirlo en persona. Gracias a Esmae, no solo tendrían que compartir una casa, sino también el trabajo.

Los términos del testamento dejaban claro que Esmae había pretendido actuar de celestina. Y lo peor era que Allegra estaba convencida de que era su culpa porque, por algún motivo, Esmae debía pensar que seguía sintiéndose atraída por Tobias.

Las puertas del ascensor se abrieron en el oscuro aparcamiento.

Caminando sobre sus altos tacones y escuchando una apacible música, fue directa hacia su coche. A los pocos segundos, oyó el otro ascensor abriéndose a su paso, y aunque habría querido acelerar el paso, se obligó a no hacerlo. ¿Qué más le daba que fuera Tobias? No la amedrentaba.

–Allegra.

A pesar de su seguridad en sí misma, el tono grave y autoritario con el que Tobias la llamó hizo que se le contrajera el estómago, pero fingió no oírlo y sacó el teléfono para que le quedara claro que estaba ocupada. Unos segundos más tarde, le entró una llamada. Se trataba de una número desconocido, pero Allegra supo al instante de quién se trataba. La aceptó.

–¿Cómo has conseguido mi teléfono?

–Me lo diste hace dos años –contestó Tobias.

–Te pedí que lo borrarás.

–Se ve que olvidé hacerlo.

–¿Qué quieres?

–Date la vuelta y te lo diré.

Allegra colgó y miró hacia atrás con expresión sor-

36

prendida, como si no hubiera sabido todo el tiempo que tenía a Tobias y a J.T. detrás de ella.

–Ah, estáis aquí –se quitó los auriculares–. Disculpa, ¿querías algo?

Tobias la miró risueño.

–Vas a necesitar esto –dijo, balanceando una llave en el aire.

Allegra reconoció al instante el bonito llavero que solía usar cuando había vivido en casa de Esmae, antes de encontrar su apartamento.

Evitando tocar los dedos de Tobias, lo tomó y sintió una punzada de emoción. Todavía no había asimilado que ya no volvería a ver a Esmae.

Miró a Tobias fijamente y se alegró de llevar unos tacones lo bastante altos como para estar prácticamente a su altura.

–Gracias. Aunque, insisto en que no quiero vivir contigo.

–No vamos vivir juntos.

Allegra tuvo la certeza de que Tobias seguía convencido de que intentaba atraparlo y tuvo ganas de darle un puñetazo.

J.T. intervino, dedicándole una sonrisa amistosa.

–Cariño, todos sabemos que no quieres vivir con Tobias. Ya lo has dejado claro.

–No me llames «cariño» –replicó Allegra, tan ásperamente que J.T. la miró asombrado.

Allegra no había pretendido ofenderle, pero desde los sucesos en San Francisco no tenía la menor tolerancia con ese tipo de trato íntimo.

Tobias miró a J.T. de soslayo y dijo:

–No te metas en esto.

J.T. retrocedió con gesto serio.

–Está bien. No es asunto mío.

–Exactamente.

–Vale –J.T. se encogió de hombros–. Me vuelvo a la oficina.

A medida que sus pasos se alejaron, la tensión entre Tobias y Allegra se incrementó.

–Te has hecho algo en la nariz –comentó de pronto Tobias.

Desconcertada, Allegra se llevó mecánicamente el dedo a la nariz. Después de que Tobias la dejara, el pequeño ángulo del puente, herencia del lado Toussaint de la familia, se le había hecho insoportable cada vez que se miraba en el espejo.

–Me sometí a una pequeña cirugía.

–Y llevas el cabello distinto –añadió Tobias.

Allegra se quedó unos segundos paralizada, perdida en los ojos grises de Tobias. No sabía si sentirse halagada o irritada porque hubiera notado los cambios en su aspecto.

Guardó la llave en el bolso junto a los auriculares, preguntándose por qué Tobias había adoptado un tono conciliador. Finalmente, decidió responder con la impersonal cortesía que habría dedicado a un cliente.

–Gracias por notarlo, pero este es mi color natural. Antes me ponía mechas pero, dado que el spa trabaja con tratamientos naturales, sería contradictorio que su directora fuera una rubia de bote.

La oleada de placer que la había invadido por el hecho de que Tobias notara aquellos pequeños cambios fue sustituida por la alarma de que se tratara de un cambio de táctica: ya que tenían que compartir casa,

38

¿habría decidido intentar convencerla de que también compartiera su cama temporalmente?

De pronto, el mes que tenía por delante se presentó aún más difícil. Dos años antes había lanzado toda cautela por la ventana. Si Tobias adoptaba la determinación de seducirla ¿sería capaz de resistirse?

Una solución se le presentó de la nada. Era la respuesta perfecta para una situación que, de otra manera, podría escapársele de las manos.

Sacando las llaves del coche y manteniendo la sonrisa neutral, comentó:

—Uno de los motivos por los que no quería compartir la casa contigo es... —cruzó los dedos a la espalda—, que dudo de que mi prometido lo vea con buenos ojos

El ruido de la puerta de J.T. cerrándose y el motor poniéndose en marcha resonó en el aparcamiento.

Por un instante, Tobias pareció irritarse, pero se apresuró a adoptar una expresión impersonal. Miró el dedo de Allegra, que estaba, por supuesto, desnudo.

—No sabía que estuvieras prometida.

Allegra mantuvo los dedos cruzados. Aunque odiaba mentir, no podía echarse atrás.

—¿Por qué ibas a saberlo? No somos precisamente amigos.

El coche de J.T. pasó a su lado hacia la salida y Tobias alzó la mano para despedirse. Allegra vio entonces que estaban junto a su ranchera, que había aparcado prácticamente al lado del descapotable de ella.

—Me extraña que Esmae no lo mencionara —dijo Tobias al tiempo que presionaba la llave y se encendían las luces de su vehículo.

Allegra mantuvo una actitud calmada mientras su

cerebro funcionaba a toda velocidad. Iba a tener que encontrar a alguien que se hiciera pasar por su prometido y no tenía ni idea de quién podría ser, puesto que llevaba siglos sin salir con nadie.

—Esmae no lo sabía. Es muy… reciente.

Tobias escrutó su rostro.

—Qué curioso. ¿Y cuándo sucedió? ¿En el funeral?

Allegra contuvo el impulso de decirle que no era de su incumbencia. No era el momento de perder la calma. Además, estaba sorprendida por lo irritado que Tobias estaba, como si que estuviera prometida lo afectara. Y eso no tenía sentido.

A no ser que estuviera celoso.

Allegra descartó esa idea de inmediato. Para que Tobias sintiera celos, tenía que sentir algo por ella, y era evidente que ese no era el caso.

Intentó pensar en una fecha que resultara plausible.

—Me comprometí… el día antes de funeral.

—Ese día trabajaste.

A Alegra le desconcertó que Tobias supiera su horario y que la interrogara como si no la creyera. Sin dejar de sonreír, dijo:

—Soy una mujer y puedo hacer varias cosas a la vez. Además, no trabajo veinticuatro horas al día. Una vez dejo el spa tengo… una vida.

Tobias deslizó la mirada por su rostro y la fijó en sus labios, haciendo que una corriente eléctrica la recorriera.

—¿Quién es el afortunado? —preguntó finalmente.

El timbre del teléfono salvó a Allegra, porque su mente se había quedado completamente en blanco respecto a su posible prometido.

Para cuando contestó, había saltado el contestador. Se trataba de uno de sus proveedores. Y eso le dio la inspiración.

Había contratado hacía poco a un instructor de gimnasia y entrenador personal, Mike, un modelo y actor a la espera de su golpe de suerte. Era alto, musculoso y rubio. No era el más listo del gimnasio y tenía una vena narcisista que podía presentar un problema, pero era guapísimo. Además, necesitaba dinero, y hacía poco le había pedido más horas de trabajo.

Eso, combinado con su formación como actor, lo convertía en el candidato ideal.

Allegra actuó como si acabara de recordar la pregunta de Tobias.

–Se llama Mike Callaghan. Lo conocerás pronto. Quizá no debería de haberte dicho anda, porque todavía no lo hemos hecho oficial –miró el reloj como si tuviera prisa. Lo que era verdad, dado que tenía que organizar un compromiso–. ¿Cuándo tengo que mudarme a la casa?

No conseguía decir «a tu casa».

–Hoy mismo, si quieres –dijo Tobias.

–Muy bien, Cuanto antes, mejor; así acabaremos también antes. Me gustaría disfrutar de un poco de privacidad con mi prometido.

Una llamarada prendió en los ojos de Tobias.

–Yo también voy a mudarme hoy mismo.

Allegra guardó el teléfono en su bolso para ganar tiempo.

–Naturalmente, Mike me ayudará. ¿Quieres que te ayude también a ti? Es muy fuerte.

Un destello de humor asomó a la mirada de Tobias.

—No necesito ayuda. Solo pasaré allí un mes.

Allegra le dedicó una sonrisa distante.

—Solo un mes para que los dos consigamos lo que nos corresponde y no tengamos que volver a vernos.

Tobias la miró sin atisbo de humor.

—Suenas como una verdadera Mallory.

El comentario enfureció a Allegra.

—Para que lo sepas, nadie de mi familia, ni en el pasado ni en el presente, ha sido deshonesto. Los Mallory, como los Hunt, han tenido golpes de buena y mala suerte. Y, antes de que la menciones, sí, conozco la historia de Jebediah y Alexandra. Pero, para serte sincera, en mi opinión, el motivo de que Jebediah se enemistara con Alexandra no fue la división del terreno, sino que ella lo rechazara por otro hombre. Alguien que probablemente era mucho mejor que él.

Podría haber continuado. La forma en la que los Hunt contaban la historia del matrimonio entre Esmae y Michael Hunt también era parcial y siempre insinuaban que Esmae era una cazafortunas.

—Y por dejar las cosas definitivamente claras —concluyó con ojos centelleantes—: Los Hunt sois millonarios. Podríais comprar varias veces el pozo petrolífero con el que se quedó Alexandra y aún seríais ricos. Así que, por qué no olvidamos todo esto y pasamos página.

—Por esto —masculló Tobias.

Y, posando las manos en la cintura de Allegra, inclinó la cabeza y la besó. Fue un beso delicado, casi tentativo, o lo habrá sido si Allegra no se hubiera asido a sus solapas para no perder el equilibrio. Él le rodeó entonces la cintura y la estrechó con tanta fuerza que

Allegra se quedó sin oxígeno y pudo sentir su corazón y su sexo endurecido.

Entonces, un golpe de calor hizo que le flaquearan las rodillas. Aturdida, percibió que el bolso se le deslizaba del hombro al suelo, pero a ella le dio lo mismo porque estaba ocupada en aferrarse a los hombros de Tobias y a ladear la cabeza para poder besarlo más profundamente.

Tobias volvió a mascullar algo que sonó a juramento. La tomó por las nalgas y la pegó aún más a él. Un segundo después, Allegra sintió el frío metal del coche bajo el trasero.

El sonido de las puertas del ascensor abriéndose hizo que se tensara y que fuera consciente de que prácticamente estaban haciendo el amor en público. Avergonzada, se soltó y se estiró la ropa. Luego tomó aire y retrocedió.

–Esto no debería haber pasado.

Tobias se ajustó la corbata.

–¿Porque estás prometida?

Allegra se ruborizó. Casi lo había olvidado.

–Exactamente.

Un hombre de mediana edad pasó a su lado mirándolos con curiosidad.

En ese momento, Allegra se dio cuenta de que se le había desabrochado un botón de la blusa y que enseñaba algo más que el escote. Se abotonó precipitadamente y se agachó a recoger el bolso. Tobias recogió un lápiz de labios y un pequeño bote de perfume de debajo del coche y Allegra se los quitó de la mano bruscamente.

–No puede volver a pasar –masculló, sacando las llaves del descapotable.

–Tú mandas –dijo él.

Allegra le lanzó una mirada enfurecida. No sentía el menor remordimiento, y menos aún porque había hecho un descubrimiento. Puesto que un hombre no podía fingir una erección, era evidente que Tobias la deseaba. El problema era que la deseaba contra su voluntad, lo que era aún más ofensivo, y le hacía revivir la humillación de cuando la había abandonado.

Actuando como lo había hecho, Tobias había cometido un pecado: el de trivializarla. Y, por otro lado, Allegra tampoco había necesitado una bola de cristal para saber que se había creído las falsedades que habían publicado Halliday y Fischer.

Probablemente, incluso en aquel momento estaría haciendo algún juicio de valor superficial sobre ella; pero, afortunadamente, a ella ya no le afectaba lo que él pudiera pensar. Esa era una de las razones por las que había salido con pocos hombres en sus años universitarios y por las que había cometido el error de apuntarse a una página de citas. Habitualmente, era capaz de identificar a distancia al tipo de hombre que iba a hacer juicios superficiales sobre ella, y los evitaba como a la peste.

Dio media vuelta y fue hacia su coche. Necesitaba pensar y planear el mes que tenía por delante.

Y organizar a Mike.

Cuando iba a arrancar, Tobias se acercó y apoyó las manos en su puerta, impidiendo que diera marcha atrás.

–Solo por dejar las cosas claras: tu novio puede ayudarte, pero no puede quedarse en la casa.

Allegra notó que se ruborizaba al oír a Tobias pronunciar la palabra «novio» en tono escéptico.

Presionó el botón de arranque y el rugido del motor sirvió de señal de que daba la conversación por terminada.

Que no la creyera aumentaba su determinación de emplear a Mike para el papel. Si era preciso, usaría todos sus ahorros en conseguirlo.

No soportaba el aire autoritario con el que Tobias creía que podía decidir lo que podía o no hacer, incluida la prohibición de ver a su prometido… aunque no lo tuviera.

Para cuando se mudara a la casa de Esmae, bueno, de Tobias, su falso compromiso debía estar plenamente operativo.

Tobias retiró las manos de la puerta, pero Allegra no arrancó. Alzando la cabeza lo miró con los párpados entornados. Era una mirada que había practicado a lo largo de los años y que sabía que resultaba muy sexy.

–¿Insinúas que no puedo tener sexo con mi prometido?

Un fogonazo amenazador brilló en los ojos de Tobias y Allegra sintió una íntima satisfacción.

–En mi casa, no –dijo él con fingida calma.

Se sostuvieron la mirada con una intensidad perturbadora. La de Tobias tenía un carácter hipnótico que impedía que el cerebro de Allegra funcionara, pero si hacía unos minutos había llegado a la conclusión de que Tobias la deseaba, en aquel instante, llegó a otra conclusión vital: no quería que fuera de Mike.

Lo que significaba que, efectivamente, estaba celoso.

Una corriente de calor la recorrió y se asentó en su vientre.

–Menos mal –dijo fríamente–. Por un instante creía que te referías al sexo en general.

Antes de que la mirada de Tobias acabara por derretirle el cerebro y accediera a acostarse con él, dio marcha atrás y aceleró hacia la salida. Cuando llegó a la rampa, un vehículo le dio alcance. Al mirar por el retrovisor vio que se trataba de Tobias, prácticamente acosándola, lo que suponía que lo llevaría detrás hasta que saliera del edificio.

Solo pudo volver a respirar cuando, al llegar al aire libre, giró a la derecha, hacia la cafetería en la que iba a comer. Afortunadamente, estaba en la costa, mientras que la oficina de Tobias quedaba en el extremo opuesto de la ciudad. Al verlo tomar la dirección contraria consiguió relajarse parcialmente, pero la tensión sexual que había estallado entre ellos la mantuvo con los nervios a flor de piel. Irritándose consigo misma, hizo girar los hombros, pero no podía dejar de revivir el beso que se habían dado.

La serpiente del deseo había despertado en ella, pero ya no era tan inocente como en el pasado. Después de meses de terapia había adquirido una inteligencia emocional de la que carecía cuando se había acostado con Tobias.

Frunció el ceño. La única explicación de que Tobias la hubiera besado después de saber que estaba prometida era que no la creía. Igual que estaba seguro de que pretendía atraparlo. En definitiva, Tobias estaba convencido de que seguía deseándolo.

Eso significaba que tenía que hacer su compromiso ficticio aquella misma tarde realidad.

Capítulo Cinco

Tobias irrumpió en su oficina y alzó una mano a modo de saludo a Jean, su indispensable asistente personal, antes de entrar en el santuario de su despacho.

Dejó el maletín en una butaca de cuero y fue hacia la cristalera desde la que se divisaba Miami Beach, pero Tobias no era consciente de las vistas porque mentalmente estaba en el aparcamiento, con Allegra Mallory entrelazada a él, sus voluptuosas curvas pegadas a su cuerpo mientras un beso se prolongaba en otro y en otro.

Había estado a punto de perder el control. También Allegra. Y todo porque ella había dejado caer la bomba de que tenía un prometido; y eso, en lugar de haber supuesto un alivio, había tenido el efecto contrario.

¿Allegra prometida?

Por encima de su cadáver. ¡Allegra Mallory era suya!

Ese pensamiento se asentó en su mente como inevitable. Por qué desear a Allegra tan intensamente se escapaba a toda lógica. Conocía a numerosas mujeres bellas, inteligentes y encantadoras. Durante los últimos años había salido con varias de ellas precisamente para olvidar a Allegra.

Seis años atrás, al verla había sentido que lo atravesaba un rayo. Hacía dos años, había sido la causa de la ruptura con su prometida, Lindsay. La fuerza de la atracción que sentía por ella había sido tal, que ni siquiera saber que el estrés que le había causado la ruptura había contribuido a que Lindsay abortara había conseguido borrar a Allegra de su mente.

Se abrió la puerta del despacho y J.T. entró con una pizza y una caja con donuts.

—Vengo en son de paz –dijo sonriendo–. No sabía que estuviera… metiéndome en tu terreno.

Tobias lo miró fijamente. Sabía que había sido un poco brusco con él, pero J.T. tenía que saber que no podía tontear con Allegra.

—Si sirve de algo, hasta ese momento yo mismo no lo sabía –comentó. Y, abriendo las cajas, sacudió la cabeza y dijo–: ¿Llamas a esto comida?

—No: obras de arte –J.T. se sentó y sacó un trozo de pizza–. Doble queso con salchicha y jamón. Y los donuts están rellenos de caramelo.

—Te van a matar.

—Pero iré al cielo –J.T. dio un bocado a la pizza–. Ahora que me has pedido permiso, puedes comer.

Aunque no le gustara, Tobias aceptó un trozo porque no había probado bocado desde que había llegado de Nueva York.

J.T. le pasó una servilleta.

—Así que tú y Allegra… Debía haber recordado que os acostasteis.

Tobias frunció el ceño.

—¿Cómo lo sabes?

—Estaba en la fiesta de cumpleaños de Esmae y os vi en la playa.

—Eso fue hace dos años –Tobias se limpió los labios–. Por lo visto, ahora está prometida.

J.T. dejó suspendida la pizza que se llevaba a la boca.

–Bromeas. En esta ciudad se sabe todo y no he oído nada –dejó la pizza en la mesa como si con ello quisiera subrayar la gravedad del momento–. Me refiero a que Allegra no es precisamente invisible. Hay muchos tipos que estarían encantados de…

–¡Cállate!

–Perdona –J.T. sonrió a modo de disculpa–. Supongo que lo bueno es que si está comprometida no pretende atraparte. Aunque ¿y si lo que quiere es resultar más atractiva? Ya sabes, haciéndose –J.T. dibujó comillas con los dedos a la vez que añadía–: inalcanzable.

–Lo dudo. Allegra lleva dos años viviendo en Miami a poca distancia de mi apartamento y no ha hecho ningún esfuerzo por verme.

J.T. se encogió de hombros al tiempo que tomaba un donut.

–Vaya, entonces es verdad. ¿Tienes curiosidad por saber quién es el tipo?

Tobias contuvo su irritación a duras penas.

–Alguien llamado Mike Callaghan.

–¿Thor? No puede ser –J.T. masticó pausadamente–. Es el entrenador personal del spa. Lo llaman así por lo atractivo que es. Julia hizo unas sesiones con él antes de romper conmigo. Y Allegra y él trabajan juntos.

Tobias apretó los dientes. Hasta ese momento había querido creer que Mike ni siquiera era real. De hecho, antes de la cita en el bufete, se había ocupado de visitar las redes sociales de Allegra para ver a qué se dedicaba y había tenido la sensación de que no salía con nadie en particular. Pero el hecho de que trabajara con Callaghan cambiaba las cosas, porque significaba que podía verlo a diario.

La tensión que lo recorrió fue clarificadora. Estaba furiosamente celoso, lo que confirmaba las sensaciones que había tenido al ver a Allegra: la deseaba con la misma intensidad que siempre. Y aunque sabía que no lo reconocería ni aunque la torturaran, ella a él también.

También fue consciente de que, ante la aparición de Callaghan, si no reclamaba a Allegra como suya lo antes posible, aquel mismo día si era preciso, podía perderla para siempre.

Cuando J.T. se marchó, Tobias observó el rastro que había dejado detrás: la basura llena, azúcar glaseada sobre la mesa, manchas de grasa y, riendo para sí, se preguntó qué sería de su vida sin J.T.

Se conocían desde pequeños y se habían incorporado al ejército juntos. Por muy molesto o inoportuno que J.T. pudiera ser, era lo más parecido a un hermano que tenía.

Llamó a su asistente. Aunque había tomado un trozo de pizza, estaba hambriento, y ya que iría directamente de casa de Esmae, lo mejor sería comer algo. Había un café en la planta baja del edificio que Jean frecuentaba. Cuando él tomaba algo en el despacho, solía encargar allí sándwiches o ensaladas.

Cuando le dijo lo que quería, Jena preguntó tras una pausa:

–¿No vas a tomar carne?

–Me apetece probar algo… distinto,

–¿Cómo de distinto? Hay muchos platos vegetarianos.

Tobias frunció el ceño.

–¿Qué te gusta a ti?

–La ensalada de arroz, o las tortas de lentejas. También está bueno el salmón.

–Pídeme una ración de cada.

Una hora más tarde, Tobias había terminado de comer pero, aunque los platos no estaban mal, no habían llegado a saciarlo.

Eso mismo le pasaba con su vida amorosa.

Miró la hora. En menos de una hora tenía una cita con el encargado del Ocean Beach, Marc Porter. Durante las siguientes semanas estaba obligado a dirigir un hotel de lujo, algo en lo que no tenía la menor experiencia.

Lo único bueno era que Esmae había tenido el talento de rodearse de personal joven y muy cualificado, como Marc. El asunto que más le preocupaba era el spa de Allegra, porque no tenía acceso a sus cuentas. Solo contaba con una copia del contrato de alquiler, que expiraba a final de mes.

Lo lógico sería no renovarlo. El fallecimiento de Esmae significaba que podía cortar definitivamente todo vínculo con Allegra y apartar de sí la tentación que representaba en su vida. Pero el hecho de que quisiera volver a tenerla en su cama le obligaría a actuar con cautela. Aun así, Madison Spas tendría que abandonar el local. Allegra se enfurecería, pero él suavizaría el golpe ayudándole a buscar un nuevo local.

Todos los problemas se irían resolviendo. Eso sí, una vez consiguiera acostarse con ella.

Allegra aparcó en el espacio que tenía asignado en Ocean Beach y caminó hacia su local con el orgullo que solía embargarla cuando pensaba en sus logros.

Ocean Beach era un hotel de lujo al que acudían clientes exclusivos para disfrutar de vacaciones en la playa en un ambiente tranquilo. En el spa había diseñado zonas ajardinadas y espacios apacibles y silenciosos donde sus clientes pudieran disfrutar de una calma absoluta.

Cuando llegó a su despacho, miró el calendario de actividades para localizar a Mike. Las clases en el gimnasio habían terminado, pero tenía una cita con un cliente para una sesión de entrenamiento personal que estaba a punto de acabar.

Se dirigió al gimnasio, grande y luminoso, que estaba equipado con máquinas de última generación. Mike estaba apoyado en una máquina de pesas, con el cronómetro en la mano, mientras su cliente, un hombre oriental rechoncho que Allegra reconoció como un cliente habitual, intentaba hacer zancadas.

Mike la miró sonriente y apretó el cronómetro antes de dar una palmadita en el hombro del cliente.

—Muy bien, James, Hemos acabado por hoy. Nos veremos a las seis de la mañana para correr en la playa.

—¿A las seis? —preguntó James quejoso.

Mike se puso una toalla al cuello y tomó su bolsa de deportes.

–A no ser que quieras quedar antes…

–No, no, las seis está bien.

Allegra esperó a que el ejecutivo se fuera camino de las duchas antes de iniciar la incómoda conversación.

Mike, que se negaba a usar gafas mientras trabajaba, se puso unas de moldura gruesa al tiempo que se aproximaba.

–¿Qué hay, jefa?

Allegra le dedicó su mejor sonrisa profesional.

–La semana pasada me pediste más horas pagadas y te dije que no tenía nada que ofrecerte, pero ha surgido algo.

Mike sonrió distraído mientras rebuscaba en su bolsa de deporte.

–Eso suena bien –sacó el teléfono–. ¿Has decidido probar las sesiones de artes marciales mixtas que te propuse organizar en la zona arbolada cerca de la playa?

–La verdad es que no. Nuestros clientes vienen a relajarse y no creo que funcionara –Allegra no encontraba la manera de decirlo–. Lo que te propongo es más como actor que como entrenador.

–Eso mola –Mike pasó el dedo por la pantalla del teléfono y frunció el ceño. La miró por encima de las gafas y preguntó–: ¿Cómo sabías que estaba buscando un papel?

Allegra no estaba segura de que hacerse pasar por su prometido contara como un «papel».

–Me lo comentaste en la entrevista.

–Bien. Entonces sabes que cuando consiga algo que valga la pena, me marcharé –hizo un movimiento con la mano imitando el despegue de un avión y continuó ojeando sus mensajes–. Estoy esperando a que mi agente me diga algo sobre un papel en una serie. Una especie de *Los vigilantes de la playa,* pero con alienígenas y zombis.

Allegra tomó aire para hacer acopio de paciencia.

–Entretanto, como digo, tengo algo parecido a un papel para ti –dijo. Y mencionó una cifra.

Mike alzó la mirada del teléfono y sonrió.

–¿Con quién tengo que acostarme para conseguirlo?

–Con nadie –replicó Allegra con frialdad–. Necesito un prometido falso durante un mes.

Mike la miró como si se hubiera vuelto loca.

–¿Para qué?

–Es… complicado.

Mike frunció el ceño como si intentara entender de qué se trataba.

–¿Lo que quieres es un acompañante? Ya lo he sido en el pasado, pero odiaba el horario y los bares. Complicaba mi rutina de entrenamiento. Luego estaba lo de las mujeres mayores…

Allegra enarcó las cejas.

–¿Tengo aspecto de mujer mayor?

Mike parpadeó.

–No. Tienes aspecto de ser mi jefa.

–Precisamente –Allegra empezaba a pensar que había cometido un error al pensar en Mike. En su currículo incluía muchos detalles de su experiencia como entrenador, modelo y actor, pero no mencionaba que hubiera sido acompañante–. Y en este momento necesito un actor.

Mike pareció entenderlo finalmente.

–Entonces ¿solo tengo que fingir que me gustas?

–Fingir que eres mi prometido –aclaró Allegra. Y para que no hubiera lugar a confusión, añadió–: Eso no incluye sexo en ninguna de sus facetas.

–¿Y aun así quieres pagar todo ese dinero? –Mike sonrió de oreja a oreja–. Mola.

Cuando Allegra volvió a su casa aquella tarde, se puso un vestido de algodón holgado y unas deportivas porque iba a tener que cargar con peso y quería estar cómoda. Hizo dos maletas y llenó su neceser con todo lo necesario para un mes.

Se aseguró de incluir varios vestidos de noche porque había planeado tener varias citas con Mike para que quedara claro que eran una pareja. También metió su joyero, en el que había una selección de joyas buenas que no quería dejar en el apartamento mientras estuviera fuera, a la que añadió unas cuantas piezas de bisutería.

Una vez terminó, llevó las maletas hasta la puerta principal. Normalmente las habría cargado ella misma en el coche pero, dado que Mike iba a buscarla, supuso que ocuparse del equipaje debía formar parte de su papel.

Recorrió el apartamento asegurándose de que todas las ventanas estaban cerradas, tomó una bolsa de la compra y guardó en ella la comida que tenía en el frigorífico y en la despensa. La pareja que siempre había trabajado en casa de Esmae ya solo se acercaba a asegurarse de que todo iba a bien, así que Allegra dudaba de que fuera a haber algo para comer. Dejó la bolsa junto a las maletas y miró la hora. Mike se retrasaba diez minutos.

Molesta por su impuntualidad, decidió cargar el equipaje en el coche. Después de todo, la parte importante de que Mike la acompañara era que fuera él quien descargara y lo llevara a su dormitorio delante de Tobias.

Conseguir meter las maletas en el descapotable de dos puertas no fue sencillo, pero finalmente consiguió meter la pequeña detrás de los asientos y la grande en el asiento del copiloto; la bolsa con provisiones y el bolso cupieron en el suelo.

Agitada, recorrió por última vez la casa para asegurarse de que no se dejaba nada, y acabó en su espacioso y elegante dormitorio, con su decoración en tonos blancos y su pequeño balcón. Instintivamente, se miró en el espejo para asegurarse de que no llegaba al encuentro con Tobias con el maquillaje corrido o despeinada. Por si acaso, sacó unas horquillas de un cajón y se aseguró el moño.

Cuando Mike llegó finalmente en una destartalada furgoneta, veinte minutos más tarde de lo acordado, el sol empezaba a bajar en el horizonte. Conteniendo su irritación, porque habría sido mucho más fácil meter en la furgoneta el equipaje que en su coche, le dio a Mike una copia del calendario de citas que había programado y le indicó que la siguiera.

Veinte minutos más tarde, cruzaba las preciosas verjas de hierro que se abrían al camino de acceso a la mansión de estilo español y detuvo el coche en el acceso semicircular de gravilla que llegaba a la puerta principal. Al ver el coche de Tobias y deducir que ya se había instalado, se le aceleró el corazón.

Bajó del coche al tiempo que Mike detenía su furgoneta detrás de ella. Allegra rodeó el coche y fue a bajar la maleta del asiento del copiloto, pero recordó que lo natural sería que lo hiciera Mike. Sin embargo, por algún motivo inexplicable, este seguía sentado al volante. Entonces Allegra se dio cuenta de que estaba concentrado leyendo el calendario que le había dado y tuvo que llamar a la ventanilla con los nudillos.

–Se supone que deberías estar ayudándome –dijo conteniendo a duras penas su impaciencia.

Mike bajó la ventanilla y señaló la primera frase del plan.

–¿Quieres que interprete esta escena ahora mismo?

Allegra lo miró atónita.

–No es una escena, Mike. Es la vida real.

–Ah, claro –sonriendo, Mike saltó de la furgoneta y se guardó el papel en el bolsillo trasero.

Allegra respiró profundamente para intentar relajarse.

–Acuérdate de que tienes que pasar por mi prometido.

En se momento se abrió de par en par la puerta de la casa y Tobias bajó la escalinata, más musculoso de lo que Allegra lo recordaba, con unos vaqueros gastados y una camisetas que se ceñía sus hombros. Dirigió la mirada a Mike, que estaba descargando la maleta, y dijo:

–Tú debes de ser el prometido de Allegra.

Mike dejó la maleta en el suelo y por un instante puso tal mirada de desconcierto que Allegra temió que la farsa se desvelara incluso antes de dar comienzo.

Pero entonces, Mike sonrió y se acercó a Tobias con la mano extendida.

–Así es. Me llamo Mike Callaghan.

Tobias parecía extremadamente relajado.

–El entrenador personal. Sí, te he visto cuando he ido esta tarde al hotel.

Sorprendida por que Tobias supiera que Mike trabajaba para ella cuando había contado con que resultara una figura algo más misteriosa, Allegra comentó:

–Mike no trabaja para el hotel, sino para mí. Así fue como nos conocimos.

Entrelazó el brazo con el de Mike e hizo un esfuerzo por parecer encantada de acurrucarse contra él.

Tobias dirigió su siguiente pregunta a Mike.

–¿Cuánto tiempo llevas trabajando en el spa?

Mike se quedó paralizado como un cervatillo aturdido por los faros de un coche y Allegra sintió que se le encogía el corazón. Le había dado numerosas instrucciones, pero no había imaginado que tuviera que dictarle cada frase. Sonrió animada.

–Lleva solo unas semanas, ¿verdad, Mike?

–Ah, sí… Unas semanas.

Allegra mantuvo la sonrisa.

–Todo ha sido muy… precipitado.

Tobias se cruzó de hombros.

–Eso parece –comentó, mirándola fijamente–. Supongo que debo daros la enhorabuena. ¿Cuándo es el feliz día?

Allegra miró el reloj para indicar que no tenía tiempo para perderlo charlando.

–Todavía no hemos tenido tiempo de decidirlo.

–¿Ni de comprar el anillo de compromiso?

Capítulo Seis

Allegra se puso en guardia. Tobias había usado un tono neutro, pero lo conocía lo bastante bien como para saber que cuando parecía calmado podía ser peligroso. Había usado ese mismo tono cuando la había dejado y cuando había cuestionado la factura de la atención médica a Esmae que tenía un cero más de lo que esperaba.

Había confiado en pasar sin el detalle del anillo, entre otras cosas porque no podía permitírselo. El pago a Mike iba a suponer dos meses del dinero del que disponía para gastos, pero además, un anillo de compromiso había representado siempre para ella la promesa de un amor verdadero. Una cosa era fingir un compromiso inexistente y otra llevar la mentira al extremo.

Pero Tobias no le dejaba otra opción. Había planeado encontrarse al día siguiente con Mike para pagarle la mitad de lo prometido. Con un poco de suerte, encontraría un anillo entre los objetos que Esmae le había dejado. De no ser así, podría encargar que le hicieran uno con la colección de diamantes falsos y verdaderos que poseía, pero resultaría casi tan caro como uno nuevo.

–De hecho –dijo con dulzura–, tenemos pensado comprarlo mañana.

Animada por haber salido del atolladero, se soltó del brazo del Mike, intentando disimular el alivio que sentía.

–Si no te importa, tenemos que llevar mis cosas dentro. Supongo que puedo usar el que era mi dormitorio.

–Marta lo ha preparado para ti.

Por primera vez en varios días, Allegra tuvo un motivo de alegría. Tobias debía de haber decidido conservar a Marta, que había sido el ama de llaves y cocinera de Esmae durante más de treinta años, y a su marido, Jose, que cuidaba de la propiedad.

Un estallido de música rap la sobresaltó. Mike sacó el teléfono del bolsillo y se alejó para contestar la llamada. A los pocos segundos estaba inmerso en una conversación.

Haciendo un esfuerzo para no inmutarse por el hecho de que su «prometido» la ignorara, Allegra sacó la maleta pequeña y la dejó en el suelo. Tobias tomó la grande, que Mike había abandonado.

–Parece que tu novio está ocupado. Te acompañaré a tu dormitorio.

Allegra siguió a Tobias al interior de la mansión que el abuelo de él había construido para Esmae. El suelo de mosaico azul y blanco del vestíbulo estaba coronado por un techo abovedado. El oscuro mobiliario que Allegra recordaba de su infancia había sido sustituido hacía años por cómodas y mesas rústicas, sofás de tonos neutros y unas preciosas arañas de techo de conchas traslúcidas.

Subió tras Tobias la amplia escalera en cuyas paredes colgaban los retratos de la familia Hunt. Cuando

Allegra se dio cuenta de que Tobias, en lugar de dejar la maleta en la puerta, probablemente entraría en el cuarto, se tensó.

Quizá estaba exagerando, pero durante el mes siguiente, su dormitorio debía ser su santuario; no podía permitir que Tobias invadiera su espacio personal.

Se adelantó para llegar antes que él a la puerta.

–Muchas gracias por tu ayuda –dijo impersonalmente–. Puedes dejarla aquí.

–¿Mientras esperas a que tu novio cargue con ella?

En lugar de hacerle caso, Tobias entró y dejó la maleta al pie de la cama.

Para empeorar las cosas, mientras Allegra dejaba la otra en el suelo, Tobias fue hasta el balcón, lo abrió y salió. Allegra lo siguió con la determinación de exigirle que se fuera.

El corazón se le desplomó al ver abajo a Mike, todavía al teléfono en actitud relajada, como si se hubiera olvidado completamente de ella y de por qué estaba allí.

Tobias enarcó una ceja.

–Parece que Callaghan sigue ocupado.

«Probablemente hablando con su novia de verdad».

Ese era un detalle que Allegra no se había planteado hasta ese momento, pero en cuanto tuviera la oportunidad de hablar con él, le aclararía que, mientras estuviera empleado como su prometido, tendría que evitar a su novia.

Tobias la miró.

–Me alegro, porque preferiría que no entrara en tu dormitorio.

–¿Y tú sí?

–Yo no soy tu amante.

De pronto el aire se cargó de electricidad. Tobias se acercó a ella hasta que Allegra sintió el calor que irradiaba y pudo oler su colonia.

–Maldita sea, no pensaba hacer esto. Al menos no por ahora –masculló él.

Allegra sabía que debía moverse. Era el momento perfecto para dejarle claro que la vieja atracción se había extinguido completamente. El problema era que, igual que le había sucedido en el aparcamiento, descubrir que Tobias seguía deseándola hacía vibrar cada molécula de su cuerpo. Estaba clavada en el suelo, congelada al mismo tiempo que hervía por dentro. No habría podido moverse ni aunque su vida dependiera de ello, porque en lo más hondo de su ser, supo que no quería resistirse. Por una vez en su vida quería permitirse lo que anhelaba, y en aquel momento, anhelaba a Tobias.

Alzó la barbilla y lo miró, retadora.

–¿Y qué es lo que no deberías hacer?

–Besarte –farfulló él.

Sus manos callosas y cálidas le tomaron el rostro y una nueva corriente de deliciosas sensaciones la recorrió. La aspereza de sus manos le recordó que Tobias no era solo un ejecutivo poderoso; además del tiempo que había servido en el ejército, había pasado gran parte de su vida en el mar. Cuando ella iba de vacaciones a casa de Esmae solía pasar horas viéndolo navegar.

La boca de Tobias alcanzó la suya y un hierro candente la atravesó al tiempo que se ponía de puntillas y se abrazaba a su cuello como si su cuerpo tuviera voluntad propia.

«Esto no debería de resultarme tan natural», se dijo. Y menos aún gustarle tanto,

Tobias gimió, lo que hizo que el placer que la recorría se acentuara. Él alzó la cabeza por un instante y volvió a agacharla para besarla más profundamente, Entonces los recuerdos de dos años atrás que Allegra creía olvidados se agolparon en su mente.

El descaro con el que había olvidado toda cautela y prácticamente lo había seducido…

Había encontrado la llave de la cabaña de la playa, que se guardaba bajo una maceta, y habían entrado en el vestíbulo a oscuras. Tras encender una luz y dejar el resto en penumbra, había conducido de la mano a Tobias al piso superior. Después de unos cuantos besos apasionados, habían entrado en un dormitorio. Tras desnudarse y echarse en una cama con dosel, la luz de la luna que entraba por el balcón había dotado la escena de un romanticismo sobrenatural que había contribuido a que lo que estaba sucediendo pareciera irreal.

Pero el súbito recuerdo de lo que había pasado dos días después puso todo ello en perspectiva. No había sido más que sexo. Nada más. Y eso era precisamente a donde se encaminaban.

Consciente de que estaban besándose apasionadamente en el balcón, a la vista de Mike, Allegra se separó bruscamente de Tobias. Mike ni siquiera se había enterado, pero en aquel preciso momento acabó su conversación, miró alrededor, alzó la cabeza y, sonriendo, la saludó con la mano.

Allegra comprendió por qué nunca le había resultado atractivo. Estaba segura de que si alguna vez tenía que enfrentarse a un dragón, no sería su caballero andante. Probablemente, estaría demasiado ocupado hablando con alguna de sus novias o con su agente.

Sintiéndose profundamente irritada y llena de suspicacia, miró a Tobias con dureza.

–¿Por qué me has besado? –preguntó, bajando la voz para que Mike no la oyera–. No contestes. Lo sé. Querías comprobar si pretendo atraerte a un matrimonio que ninguno de los dos podríamos querer ni aunque estuviéramos locos. Además, te recuerdo que estoy prometida.

Tobias la miró provocativamente.

–No te estaba poniendo a prueba.

–Entonces ¿qué estabas haciendo?

Una llamada a la puerta dio la conversación por terminada.

Marta asomó la cabeza:

–Me voy, pero he dejado la cena preparada. Solo tienen que calentarla.

Media hora más tarde, después de que Mike se fuera, Tobias bajó a cerrar su coche. Cuando volvía al interior, vio un papel en el suelo y lo recogió. No pretendía husmear, pero el papel estaba doblado de tal manera que el encabezamiento era visible: *Programa de citas*.

Tobias dejó a un lado toda discreción y desdobló el papel. Se trataba de una hoja de cálculo que incluía un calendario de citas, instrucciones sobre dónde encontrarse, qué ropa llevar, y varias veces, remarcado en negrita, se especificaba que Mike no recogiera a Allegra en su destartalada furgoneta porque conduciría ella.

Aparentemente, a Allegra le gustaba llevar las riendas en las relaciones, y Mike no necesitaba solo indicaciones, sino instrucciones precisas.

Repasó las notas, entre las que había varias relacionadas con Callaghan despejando un cobertizo lleno de material de gimnasio y que no tenía la menor relación con encuentros románticos. Tobias tenía la certeza de que la dirección que aparecía era el local donde Allegra pensaba abrir un segundo spa. En esos encuentros participaba un arquitecto. No había más referencias al tipo de cita amorosa propia de una pareja recién prometida. Solo, un apunte: *Compro el anillo. Almuerzo, Centro comercial Atraeus, doce en punto.*

Tobias asumió que se trataba del anillo de compromiso, aunque parecía que lo compraba la propia Allegra y que Mike se limitaba a hacer acto de presencia. Y en ningún sitio se mencionaba un encuentro entre sus familias.

Mientras que sabía que la de Allegra estaba en Nueva Orleans, no sabía nada sobre Mike, excepto que trabajaba para ella. «Y solo por poco tiempo», se dijo con amargura.

Dobló el papel, fue a la biblioteca de su abuelo, que albergaba una magnífica colección de libros antiguos, y lo guardó en un cajón del escritorio.

El retrato de su bisabuelo, Jebediah Hunt, con su rostro de granito y sus pobladas cejas, parecía observarlo, y como en otras ocasiones, Tobias pensó que resultaba un poco amenazador.

Eso le recordó el comentario que había hecho Allegra sobre el motivo de que Alexandra lo abandonara.

Era sabido que su bisabuelo era un hombre rudo y difícil, y en aquel momento Tobias se preguntó si era así como Allegra lo veía a él. Su abuelo solía decirle que era una réplica de su bisabuelo, y empezaba a pensar que no se había tratado tanto de un halago como de una crítica.

Pero a pesar de todos sus defectos, Jebediah había tenido una personalidad fuerte. Cuando había surgido el conflicto con Alexandra y la división de la propiedad, lo había abandonado todo y había empezado de cero, trabajando de detective de la Agencia Nacional Pinkerton. Unos años más tarde, fundó su propia agencia, que acabaría convirtiéndose en Hunt Security.

Tobias fue hacia las puertas de cristal que se abrían a un porche. La vista que se abarcaba del mar Atlántico desde lo alto de la casa era impresionante, pero en aquel momento apenas la apreciaba.

Desde que Allegra le había dicho que estaba prometida, estaba en tensión, malhumorado; pero después de conocer Callaghan estaba prácticamente seguro de que el compromiso era falso. Por otro lado, también sabía que no podía correr el riesgo de equivocarse.

Sacó el teléfono y llamó al jefe de la filial de Miami de Hunt Private Investigation. Tulley contestó al instante. Unos minutos más tarde, Tobias colgaba.

Si Allegra había contratado a Callaghan para que se hiciera pasar por su prometido solo podía ser o para demostrar que no había tenido ninguna participación en las decisiones de Esmae, o porque quería protegerse de él.

Y dado que Allegra no tenía ningún reparo en ponerlo en su sitio, dudaba de que la segunda fuera la hipótesis correcta.

Por otro lado, tal vez estaba completamente equivocado y el compromiso era real. Pero le costaba creerlo.

Solo imaginar a Allegra con Callaghan lo sacaba de sus casillas. Su instinto le decía que, aun si estuvieran prometidos, todavía no eran amantes.

La relación que mantenían parecía la propia de jefa y empleado, pero hasta estar completamente seguro, no podía actuar.

Por eso le había dado a Tulley veinticuatro horas para investigar a Callaghan, aunque descubriera lo que descubriera su detective, él ya había tomado una decisión: Callaghan tenía que desaparecer.

Capítulo Siete

Allegra cerró la puerta del dormitorio y se apoyó en ella con el corazón acelerado. Se llevó la mano a los labios, que seguían levemente hinchados y le cosquilleaban. No podía creer que hubiera permitido que Tobias la besara a la vista de Mike. De haber levantado este la cabeza y descubrirlos, la parodia del compromiso se habría… complicado.

Un fogonazo mental del instante en el que los labios de Tobias habían tocado los suyos hizo que sintiera un calor agobiante. Fue al cuarto de baño y se refrescó el rostro. Tras secarse, se miró en el espejo para ver si se le había corrido el rímel, como así era. Usó una de las toallitas húmedas con las que Marta abastecía todos los cuartos de baño y limpió las manchas. Entonces vio que tenía una marca roja en la barbilla, probablemente resultado del roce del mentón de Tobias, y se le contrajo el estómago al recordar el escalofrío de placer que la había recorrido cuando Tobias había hecho aquel gesto.

Para completar la imagen de abandono total que presentaba, su perfecto peinado se había soltado en el abrazo, y algunos mechones le enmarcaban el rostro. Entonces creyó recordar que Tobias había enredado los dedos en su cabello mientras la besaba. Mientras se besaban, se corrigió con desmayo. Tobias lo había iniciado, pero ella no podía negar el entusiasmo con el que había respondido.

Como si no pudiera saciarse de él.

Apartando con determinación a Tobias de su mente, abrió la maleta y sacó el neceser con maquillaje y el de los cosméticos y los llevó al cuarto de baño para colocarlos en la encimera de mármol con el orgullo de desplegar los productos de su firma, Madison Spas. Luego guardó los neceseres vacíos en un armario, se quitó las horquillas, se cepilló el cabello y se rehízo el moño.

Tras disimular la marca roja con corrector, se puso una hidratante con color y un poco de colorete. Una capa de rímel y brillo en los labios dieron el toque final a la transformación.

De vuelta al dormitorio, deshizo las maletas confiando en que le ayudara a tomarse como normal la idea de compartir casa con Tobias. Desafortunadamente, sentirse normal cuando le había besado no una, sino dos veces en el mismo día, resultaba difícil.

Le vino a la cabeza el comentario pasajero de uno de sus terapeutas, que le advirtió del posible peligro de pretender enterrar lo que había pasado entre Tobias y ella con una lista de terapias, como si estas le garantizaran la sanación por acumulación.

En un instante de lucidez se dio cuenta de que el problema era que, en el fondo, le gustaba el reto que Tobias representaba. Era el tipo exacto de hombre alto, musculoso, temperamental macho alfa por el que se sentía atraída. En cuanto entraba en la misma habitación que Tobias se le aceleraba el corazón y la adrenalina le bombeaba la sangre.

El hecho era que había crecido con una manada de lobos y que se había acostumbrado a tenerlos cerca. Si hubiera podido conseguir que Tobias comiera de la palma de su mano, habría perdido todo interés en él, tal y como le había sucedido con otros hombres.

Tomó aire y lo exhaló lentamente.

La posibilidad de que pudiera quebrarse y dejarse arrastrar por la atracción que sentía por Tobias, que parecía ser igualmente poderosa en él, la aturdió brevemente.

No sucedería. No dejaría que pasara. Por eso se había provisto de un prometido falso.

Sacó un vestido de gasa con un estampado vegetal y un escote pronunciado, otra de las caras prendas Messena, y lo colgó en una percha.

Lo que debía hacer era organizarse para pasar el menor tiempo posible con Tobias y cumplir el programa de citas con Mike.

Una buena manera de evitar a Tobias aquella noche era buscar la caja con recuerdos que le había dejado Esmae y confiar en que contuviera algo parecido a un anillo de compromiso. Según Marta, se trataba de una caja pintada a mano con una etiqueta que llevaba su nombre y que estaba en el ático.

Allegra terminó de guardar la ropa en los cajones y en el vestidor y fue a sacar el joyero. El cierre de metal se había enganchado en el forro de la maleta y, al tirar de la caja, esta se le resbaló de los dedos y cayó al suelo. La tapa se abrió y los diamantes y la bisutería se esparcieron por el suelo.

Mascullando entre dientes, los devolvió a la caja, asegurándose de que guardaba las piezas buenas en los compartimentos adecuados. Pero cuando intentó cerrarla, vio que el cierre se había roto, así que tendría que comprar un nuevo joyero o reparar aquel.

Lo dejó en un estante del armario, donde también colocó las maletas vacías. Su ropa ocupaba un espacio mínimo en el vestidor, pero eso le ayudaría a recordar que su estancia allí era temporal.

Solo tenía que dormir en una magnífica cama, disfrutar de la deliciosa comida de Marta y localizar los objetos que Esmae le había dejado. Aunque pudiera resultarle doloroso rebuscar entre las pertenencias de Esmae, también sentía una enorme curiosidad por el retrato de Alexandra Mallory, su interesante y misteriosa antepasada de la que había oído tanto pero cuya imagen no había visto nunca.

La cena fue breve y extrañamente decepcionante. Allegra había esperado que Tobias intentara charlar con ella de cuestiones banales, pero aparte de un saludo inicial, prácticamente la había ignorado mientras degustaba la cena de Marta entre llamadas de teléfono. Allegra acababa de encontrar el postre que Marta había dejado en el frigorífico cuando Tobias contestó una nueva llamada.

Al tiempo que él se levantaba de la mesa, Allegra oyó que pronunciaba el nombre de Francesca y se quedó helada. Cerró el frigorífico, volvió al comedor, dejó la fuente con ensalada de frutas en el mostrador y se sirvió un cuenco. Mientras, Tobias salió distraídamente a la terraza a la que se accedía desde el comedor para hablar privadamente.

Allegra intentó convencerse de que no era posible que se tratara de Francesca Messena. Mejor, de Francesca Atraeus, puesto que se había casado. Pero cuando se acercó a la terraza fingiendo concentrarse en la vista, oyó a Tobias nombrar a John, el marido de Francesca, y su sospecha se vio confirmada.

Una extraña mezcla de sentimientos se apoderó de ella. Primero, el desconcierto y la decepción de que Francesca siguiera en contacto con Tobias a pesar de estar casada con otro hombre; luego, una furia ciega.

¿Cómo era capaz Tobias de besarla dos veces y luego tener una charla íntima con su examante?

¿Y cuál era el problema de Francesca? ¿No le bastaba con un solo hombre?

El estallido de rabia fue seguido de una sensación de vacío en la boca del estómago que reconoció al instante porque era idéntica a la que había sentido al saber que Tobias había ido directo de su cama a la de Francesca.

Miró la tentadora fruta, pero había perdido el apetito y dejó el cuenco en la mesa.

Dos años atrás, al saber que Tobias estaba con Francesca, había descubierto gracias a las redes sociales que a Francesca le gustaban los hombres, en plural, y que había tenido numerosos novios con los que mantenía una buena relación tras romper con ellos. O era la persona más encantadora del mundo, o disfrutaba del poder que le otorgaba mantener a sus examantes atados con correa.

La voz grave de Tobias sonó más próxima, indicando que volvía al comedor. De no haber sabido con quién estaba hablando, podía haber sido una conversación de trabajo, pero que Allegra supiera, Tobias no tenía ningún negocio con Francesca. Así que llegó a una conclusión que la dejó perpleja: Francesca, a pesar de estar casada, seguía deseando a Tobias.

Cuando este volvió a la mesa, Allegra se concentró en la ensalada de fruta.

–¿Llamada de trabajo? –preguntó con indiferencia.

Tobias se sentó frente a ella con expresión ausente.

–Pensaba que no querías hablar.

Allegra sabía que debía dejar el tema, pero la enfurecía que hubiera hablado con la mujer con la que había salido antes y después de acostarse con ella, y más aún, solo una hora después de besarla a ella en el balcón. Era la constatación de que siempre ocupaba un papel secundario en la vida de Tobias.

Tomó un trozo de melón y, con una sonrisa forzada, dijo:

–Me ha parecido oír el nombre de Francesca.

–Francesca Atraeus, así es. Llega en un vuelo mañana.

Allegra se quedó paralizada.

–¿Viene aquí?

–¿Te molesta?

Allegra dejó el tenedor en el cuenco.

–Por supuesto que sí: si Mike no puede venir, ella tampoco.

Tobias frunció el ceño.

–No me refiero a esta casa. ¿Por qué iba a venir aquí si puede alojarse en el hotel de su marido?

Allegra había olvidado que John Atraeus era dueño

de uno de los mejores hoteles de la ciudad y que parte de su familia vivía allí. Era evidente que había bastado oír su nombre para que se le nublara la mente y asumiera que Tobias y ella tenían un *affaire*.

Tomó aire para pensar, pero sentía una furia interior que, después de dos años de terapia, debía haberse extinguido, y que se obligó a reconocer como lo que era: estaba celosa. Lo quisiera o no, volvía a experimentar una peligrosa atracción por él y, por mucho que lo negara, lo deseaba con toda su alma.

–¿Y qué… la trae a Miami? –preguntó.

Tobias, que había continuado comiendo como si nada, preguntó a su vez.

–¿Tiene alguna importancia?

Allegra hizo un esfuerzo sobrehumano por mantener un tono neutro.

–Si no importara, no lo preguntaría.

–Su hermana está pensando en instalar una de sus boutiques en el Ocean Beach. Como Sophie está de viaje, Francesca se ha ofrecido a venir a ver el local.

Allegra bebió agua mientras intentaba asimilar que Francesca pudiera acudir regularmente al hotel y formar parte de la vida de Tobias.

–En el hotel no quedan locales libres para una nueva boutique –comentó. Entonces le asaltó una espantosa sospecha. Miró a Tobias encendida–: A no ser que estés considerando no renovarme el alquiler de mi spa.

Había estado tan concentrada en las cláusulas incluidas en el testamento que no se había planteado seriamente aquella posibilidad, pero en ese momento tuvo la certeza de que ese era el plan.

–Las gemelas Messena está planteándose abrir una tienda en Ocean Beach porque saben que estoy pensando en ampliarlo –explicó entonces Tobias.

Allegra era consciente de que no había contestado su pregunta, pero la nueva información la interesó:

–No sabía nada de eso.

–Porque no he tomado ninguna decisión. Solo es una idea.

Por más que lo intentó, Allegra no pudo reprimirse y le espetó:

–Pero sí has encontrado el momento de contárselo a Francesca.

Tobias la miró como si la radiografiara y Allegra fue consciente de que había dejado traslucir en exceso hasta qué punto se sentía afectada. Había cometido el error de permitir que Tobias supiera que estaba celosa.

Intentó convencerse de que no era así. Solo estaban hablando del hotel y era lógico que le preocupara el futuro de su negocio. Tobias no tenía por qué saber hasta qué punto le irritaba su relación con Francesca.

–De hecho, el plan de expansión era de Esmae, pero lo dejó en suspenso cuando enfermó. Su asesor financiero, Gabriel Messena, me habló de ello en el funeral, y le di permiso para que le comentara a sus hermanas la posibilidad de que, en el futuro, dispusiéramos de más locales comerciales. ¿Te parece mal?

Allegra forzó una sonrisa profesional.

–¿Por qué iba a parecerme mal? –se puso en pie bruscamente y en tono indiferente, comentó–: Si me disculpas, voy a echar un ojo al ático de la cabaña de la playa. Según Marta, Esmae dejó allí los objetos destinados a mí.

Mientras subía hacia su dormitorio, se dijo que el hecho de que Francesca siguiera en la vida de Tobias no debía constituir un problema. Pero lo cierto era que, una vez había descubierto que ella sí lo deseaba, lo era. Y enorme.

Mientras no le demostrara lo contrario, tenía que asumir que Francesca seguía interesada en Tobias. Dos años antes, lo había conquistado y después lo había dejado ir. Pero si quería volver a hacerlo, ¡sería pasando por encima de su cadáver!

Se planteó la posibilidad de ignorar a Tobias y mantener el falso compromiso con Mike.

Definitivamente, tendría que elegir. ¿Un prometido ficticio que le costaba un ojo de la cara y a quien tenía que dar continúas instrucciones o un millonario frustrante, esquivo e irritante que no disimulaba su deseo de arrastrarla a su cama por unos días?

Y debía tomar la decisión antes de que Francesca aterrizara en Miami.

Capítulo Ocho

Anochecía cuando Allegra tomó el sendero que conducía a la cabaña situada en un talud al borde de la playa.

Ayudándose de la linterna del móvil, subió la escalerilla hasta el porche, localizó la llave bajo una maceta y entró. El aire estaba cargado y hacía un calor sofocante. Dejó la puerta abierta para que entrara aire fresco y encendió una luz. Luego fue hacia la zona del comedor, la cocina y el salón y abrió la que daba al porche para crear una corriente.

Ni siquiera fue capaz de apreciar la espectacular vista del mar que se extendía hasta el horizonte y del muelle, con la pequeña barca atracada en un extremo. Si hacía aquel calor abajo, el ático debía de ser un horno. Tomando una bocanada de aire fresco, subió las escaleras, encendiendo las luces a su paso.

No pudo evitar que el corazón se le acelerara al pasar junto al dormitorio principal, con sus cuatro postes de hierro y la mosquitera de gasa. Habían transcurrido dos años desde la noche que había pasado allí con Tobias y había confiado en encontrarlo cambiado, pero estaba exactamente igual que entonces.

Pasando de largo para evitar quedar atrapada en el pasado, dio la luz del rellano y empezó a subir la escalerilla que conducía al ático. Cuando llevaba vario peldaños, se produjo un zumbido, la luz tituló y acabó por apagarse del todo. Allegra masculló entre dientes, asumiendo que habían saltado los plomos y había dejado toda la planta a oscuras. Sacó el teléfono de nuevo y activó la linterna, con la que iluminó la puerta del ático.

Cuando entró en el abovedado y polvoriento espacio, la asaltó una peculiar expectación. Aunque era una Mallory solo conocía la historia de Alexandra y Jebediah a grandes rasgos. Y jamás había visto ninguna imagen de Alexandra ni de su esposo, James Walter Mallory, que había muerto antes de que ella abandonara Inglaterra.

Allegra pulsó un interruptor, pero, tal y como esperaba, no sirvió de nada.

Deslizó el haz de luz entre baúles y muebles rotos. El polvo del viejo mobiliario que probablemente no había sido tocado en décadas le hizo estornudar. Abrió las contraventanas para dejar que entrara el último resplandor del ocaso y aguzó la vista.

Los objetos personales de Esmae parecían estar junto a la puerta. Casi de inmediato, Allegra localizó un armario pegado a la pared sobre el que había una pequeña caja de madera.

Para llegar a él, tuvo que sortear un sillón y un baúl de viaje. En cuanto tocó la caja, que tenía una etiqueta con su nombre, sintió que se le aceleraba el pulso.

Deslizó la mano por la suave superficie de la tapa y, al asomar el brillo de una letra A de nácar incrustada en la oscura madera, Allegra sintió una profunda alegría: tenía que tratarse del joyero de Alexandra.

Inesperadamente, la embargó una emoción incontenible que la tomó por sorpresa, puesto que no había pensado que pudiera sentir tal conexión con su bisabuela. Después de todo, no había conocido nunca a Alexandra Mallory, y lo que sabía de ella le había provocado sentimientos encontrados.

Tomó la caja, que resultó ser sorprendentemente pesada, y decidió bajar al piso inferior para lavarse las manos y examinar su contenido a la luz.

Unos minutos más tarde, la dejaba sobre la encimera de la cocina. Tras lavarse, inspeccionó los armarios porque sabía que Esmae siempre dejaba la casa bien provista de productos de limpieza.

Una vez retiró todo el polvo, Allegra apreció la calidad de la caja. La madera oscura debía ser jacarandá y el nácar no se reducía a la inicial, sino que se prolongaba en una delicada filigrana de flores por todo el contorno.

Tiró los papeles de cocina manchados a la basura y abrió la tapa. Aunque no sabía qué iba a encontrar, le sorprendió que encima de todo hubiera un diario gastado. Lo dejó a un lado y encontró varias bolsas de terciopelo negro. Abrió una de ellas y un collar se deslizó en su mano. No era ni mucho menos una experta, pero tuvo casi la total seguridad de que los centelleantes cristales eran diamante. Aun así, decidió que no podría confirmarlo hasta observarlos a la luz del día y hacer que fueran valorados por un joyero.

Por otro lado, no tenía sentido que fueran diamantes, puesto que, por lo que sabía de Alexandra y Esmae, habían llegado a estar en bancarrota. ¿Quién, perdiéndolo todo, conservaba las joyas de la familia?

El resto de las bolsas contenían pendientes a juego, un broche, un brazalete y una sortija espectacular. Había también algunas piezas más sencillas y bonitas, perlas y granates engarzados en oro que parecían más antiguas.

Allegra guardó las joyas preguntándose por qué Esmae no las habría mencionado nunca, y especuló con la idea de que las hubiera heredado cuando ya se había casado con un hombre tan rico como Hunt y hubiera decidido esconderlas en lugar de ponérselas y crear un conflicto.

Pero eso seguía sin explicar por qué las había abandonado en el ático, ensuciándose y cubriéndose de polvo.

Dejando la caja en la cocina, subió de nuevo para intentar localizar el cuadro de Alexandra.

Estaba trepando por un sofá cuando un chirrido la hizo detenerse. Lo primero que pensó fue que eran ratas y estuvo a punto de salir corriendo, pero entonces oyó a Tobias mascullar:

–¿Qué ha pasado con la luz?

Allegra pisó una pila de revistas y estuvo a punto de resbalar, pero le salvó estar asida al respaldo del sofá.

–Creo que se ha fundido un fusible cuando he encendido la luz de arriba.

Un haz de luz la enfocó.

–Al ver que no volvías a casa, he pensado que te había pasado algo. Mañana revisaré la caja de fusibles. Si la instalación eléctrica es la misma que puso mi abuelo, habrá que reemplazarla –Tobias deslizó la luz por el ático–: ¿Es que Esmae no tiraba nada?

–Eso parece. Ni ella ni nadie –Allegra mostró un viejo látigo de ganado–. Dudo que esto le perteneciera.

–Espero que no.

Allegra vio una fugaz sonrisa de picardía asomar a los labios de Tobias y se le paró el corazón. Le había visto a Tobias sonreír y reír, pero nunca a ella.

Tobias apartó el sofá y el sillón que había detrás de aquel.

–Ya es hora de que todo esto vaya a la basura.

Se levantó una nube de polvo que hizo estornudar a Allegra, pero Tobias había abierto un hueco hacia la pared.

–Gracias. O eso creo –bromeó ella. Y se dio cuenta de que también era la primera vez que usaba un tono jocoso con él.

–De nada. Va a llevar semanas librarse de todo esto –entonces Tobias dirigió la luz hacia un rincón–. ¿Es eso lo que estás buscando?

Allegra vio la esquina del marco de un cuadro cubierto por una sábana. Con el corazón acelerado, fue hasta él iluminándose con la linterna, retiró la tela y proyectó la luz sobre el lienzo.

Aunque la mujer tuviera la piel más blanca y el cabello más oscuro que ella, Allegra tuvo la inquietante sensación de mirarse al espejo. Se trataba de un retrato de su bisabuela de joven, probablemente anterior a su boda. Tenía una sonrisa cálida y levemente pícara, como si estuviera a punto de echarse a reír, y su mirada era serena y directa.

Allegra no había esperado sentir una conexión especial con su antepasada, pero el retrato era tan realista y vívido que fue como si los años no hubieran pasado.

Observó sus manos. No llevaba alianza, así que, efectivamente, todavía no estaba casada. También observó que, aunque lucía algunas de las joyas de perlas y granates, no llevaba ningún diamante.

Tobias unió su haz al de ella, lo que permitió apreciar mejor el brillo del cabello, el fulgor de sus ojos y el exótico corte de sus pómulos, que llevaba a intuir que por sus venas corría sangre italiana.

–Es preciosa –musitó Tobias.

Allegra sintió un inesperado regocijo al tiempo que intentaba llevar el cuadro hacia la puerta. Puesto que su parecido con Alexandra era evidente, Tobias debía pensar lo mismo de ella.

–Yo lo llevo –Tobias le quitó el cuadro de las manos y lo dejó junto a la puerta–. No es de extrañar que Tobias quisiera casarse con ella.

Allegra frunció el ceño.

–No he oído nunca que hablaran de matrimonio.

Tobias se acercó a la ventana más próxima y la abrió. Una fresca brisa ayudó a aliviar el calor.

–Eran amantes y él planeaba casarse con Alexandra. Por eso hizo negocios con ella –dijo Tobias.

Allegra se indignó.

–Que yo sepa, acostarse con un hombre no forma parte de un contrato, a no ser que…

–Ella accediera a casarse con él –la cortó Tobias–. Pero prácticamente al día siguiente un abogado se presentó en el rancho y Alexandra y sus dos hijos desparecieron sin despedirse ni dar ninguna explicación. Posteriormente, el abogado escribió desde Nueva York notificando la división del terreno. El resto es historia.

De pronto, la enemistad entre los Hunt y los Mallory empezaba a tener sentido. No había sido solo por el pozo de petróleo; era algo mucho más personal.

–Se ve que tenemos versiones distintas –comentó Allegra–. Según la mía, mi bisabuela, tras enviudar, crio sola a dos hijos que con los años se convertirían en dos hombres de éxito. Alexandra murió sola y pobre. No sé qué pasó entre Jebediah y ella, pero creo que tu bisabuelo no debió enterarse de lo que pasó realmente.

Por otro lado, Allegra no podía explicarse los diamantes que había encontrado en la caja.

–Se enterara o no –dijo Tobias con aspereza–, quien sufrió fue Jebediah.

Allegra lo miró fijamente.

–Pero claramente se recuperó y se casó, mientras que Alexandra no lo hizo. Y si era tan guapa y tan interesada ¿por qué iba a acostarse con un trabajador del rancho e incluso hacer negocios con él? No tiene sentido. La solución evidente para ella habría sido casarse con un hombre rico.

–¿Eso es lo que tú harías?

Aquellas palabras cayeron como una roca en el pecho de Allegra. Había perdido la cuenta del número de veces que algún hombre insinuaba que iba a la caza de un hombre rico, o que la subvaloraba por ser mujer y atractiva. Pero que lo hiciera Tobias…

–Evidentemente, no.

Allegra respiró profundamente para aplacar su rabia. Pero el aire estaba tan cargado y hacía tal humedad que apenas podía respirar. Dejando el cuadro atrás, empezó a bajar las escaleras. Oyó que Tobias bajaba detrás de ella y, de pronto, no pudo soportar por más tiempo sentirse tratada como una vulgar oportunista. Cuando llegó al vestíbulo, se giró y clavó un dedo en el pecho de Tobias.

–¡Cómo te atreves a decir eso! No sabes nada de mí. No me saqué un título de empresariales porque quisiera quedarme en mi casa haciéndome la manicura mientras un hombre me mantiene, He creado mi propio negocio y me gano mi propio dinero.

Un destello iluminó la mirada de Tobias.

–Y así puedes controlar a tus hombres, como a Mike.

Allegra frunció el ceño.

–¿Qué te hace pensar que Mike es controlable?

–Es tu empleado.

–¿Y piensas que yo me aprovecharía de eso para dominarlo?

–No es el tipo de relación a la que yo aspiraría.

–¡Qué interesante! Dime, ¿cómo es tu relación ideal, puesto que está claro que yo no la he encontrado nunca?

Tobias apoyó una mano en la pared, junto a la cabeza de Allegra, y se acercó tanto que esta pudo oler el fresco aroma de su piel y la fragancia de su loción de afeitado.

–Tú necesitas a alguien que no se deje mandar.

–Que yo sepa, no eres la persona más adecuada para dar consejos sentimentales –Allegra tomó aire y alzó la barbilla, pero fue un error, porque eso acercó sus labios a los de Tobias–. ¿Se te ocurre alguien en particular?

Tobias le miró con expresión ardiente y Allegra se dio cuenta de que había sido la pregunta equivocada, pues prácticamente constituía una invitación.

–Ahora que lo dices, sí –dijo Tobias con solemnidad–: Yo mismo.

Capítulo Nueve

Allegra miró a Tobias atónita.

–Pensaba que no querías una relación.

–No quiero quererla –masculló Tobias.

–¡Eso es aún peor!

Tobias inclinó la cabeza y Allegra sintió sus dientes en el lóbulo de la oreja. Una deliciosa sensación la recorrió al tiempo que recordaba el apasionado beso del balcón.

Tenía que reaccionar de inmediato, la conversación había entrado en un terreno demasiado personal y en lo referente a Tobias, estaba claro que anulaba su fuerza de voluntad. Tenerlo tan cerca la devolvía a la noche que habían pasado juntos, a lo maravilloso que había sido hasta que todo había descarrilado.

Retrocedió.

–¿Qué te hace pensar que sigo deseándote?

–Esto –dijo él, acariciando con sus labios los de ella.

Allegra suspiró.

–No es justo.

Tobias le retiró un mechón de cabello detrás de la oreja.

–Te aseguro que si pudiera controlar lo que me pasa cuando estás cerca, lo haría.

A Allegra no le gustó oír que era alguien por quien

se sentía atraído contra su voluntad, pero por otro lado le permitió intuir un destello de luz al fondo de un túnel muy largo.

—Pero sí me deseas.

Tal vez no fuera mucho, pero al menos era algo.

—Desde hace seis años. Y los que quedan por delante —dijo Tobias.

Allegra aspiró bruscamente, desconcertada porque mencionara seis y no dos años, como sería lógico.

Seis años atrás, ella había ido por primera vez de vacaciones a Miami. Había sido un regalo de Esmae por aprobar el primer curso de Stanford. También había sido el inicio de su fascinación por Tobias, que solía tener su yate amarrado al muelle. Ella solía sentarse en la playa con gafas de sol y una revista, fingiendo no prestarle atención ni estar celosa de las sucesivas novias con las que aparecía.

Su tía la había invitado las siguientes vacaciones. Durante todo ese tiempo, Tobias no había mostrado el menor interés en ella. Hasta que habían acabado sentados en el mismo tronco durante una fiesta de cumpleaños de Esmae.

Allegra le puso las dos manos en el pecho a Tobias.

—Entonces ¿por qué desapareciste después de la noche que pasamos juntos? No me digas que fue por lo de Jebediah y Alexandra.

—Sinceramente, eso ni se me pasó por la cabeza.

—Porque no tiene nada que ver con nosotros —dijo Allegra con vehemencia.

Tobias la estrechó contra sí y ella le dejó hacerlo porque necesitó sentir que al menos su deseo era real.

—Había roto con Lindsay un par de semanas antes…

—¿La mujer alta y rubia con la que te habías prometido?

Y de pronto, Allegra lo comprendió: Tobias quería decir que ya la deseaba mientras mantenía una relación con Lindsay.

—Te sentías culpable por que yo te gustara —dijo en alto.

—Algo así —contestó él.

Allegra intuyó que había algo que no le decía, pero no era capaz de concentrarse en otra cosa que el regocijo de saber que Tobias la había deseado todos aquellos años. Y aunque hubiera querido hacerle más preguntas, no habría podido, porque Tobias la besó.

Abrazándose a su cuello, se puso de puntillas y pegó su cuerpo al de él. La respuesta instantánea de Tobias hizo que la recorriera una ola de calor. Notó sus manos en la cintura, luego que le hacía retroceder y que cruzaban una puerta. Aunque estaban casi a oscuras, tuvo la impresión de que entraban en el dormitorio en el que habían hecho el amor. Dos pasos más y su pierna tocó el borde de la cama.

Tobias levantó la cabeza, pero ella volvió a inclinársela para besarlo, hasta que creyó que se ahogaba en un mar de sensaciones. Tobias deslizó las manos por su espalda y le desabrochó el vestido, que cayó a sus pies. Dio un paso para salirse de él y Tobias le quitó el sujetador.

Ella le desabrochó la camisa y le acarició el torso desnudo. Él terminó de quitarse la camisa con un movimiento brusco y la dejó caer al suelo. Luego cubrió los senos de Lindsay con sus manos y ella sintió una sacudida eléctrica. Él inclinó la cabeza y le succionó un pezón, logrando que el tiempo se ralentizara y que un calor ardiente se acumulara en la entrepierna de Allegra.

Unos segundos más tarde, Tobias la tomó en brazos y la depositó sobre la cama. Allegra notó la fresca sábana bajo la piel y que se le había caído una de sus deportivas. Fuera, el viento había arreciado y la lluvia salpicaba la ventaba, pero en la penumbra interior, con las linternas de sus teléfonos como única luz, seguía haciendo un calor bochornoso.

Sintiéndose súbitamente expuesta, aunque no estuviera completamente desnuda, Allegar se ayudó del pie para quitarse las deportivas mientras veía a Tobias quitarse los pantalones y los calzoncillos. El juego de luces y sombras marcó sus abdominales y la estrecha cintura, y la belleza de su masculinidad dejó a Allegra sin aliento. Vagamente, registró que Tobias se ponía un preservativo. Por un momento, se tensó al ver que estaba preparado. Tal vez solo se debía a que era precavido, pero la posibilidad de que tuviera un preservativos consigo pensando en su encuentro con Francesca Messena, la perturbó. Pero apartó ese pensamiento de sí, diciéndose que, pasara lo que pasara en el futuro, en aquel instante Tobias era suyo.

La cama se hundió al echarse Tobias a su lado y ella se abrazó y acurrucó contra su cuello, estremeciéndose al sentir el íntimo contacto de su piel.

Después de un prolongado beso, alzó las caderas para que Tobias le bajara las bragas y a partir de ahí ya no pudo pensar, solo actuar. Se asió a sus hombros mientras él la penetraba lentamente; luego se movió suavemente para acomodarlo, intentando relajar la tensión de sus músculos. Habían transcurrido dos años desde que habían hecho el amor y en ese tiempo no había estado con ningún otro hombre.

¿Y antes? Tampoco. Por eso la experiencia seguía resultándole nueva.

Tobias la miró a los ojos cuando se adentró plenamente en su interior.

—¿Estás bien?

Ella se abrazó a su cuello, sintiendo cada célula de su cuerpo viva y electrizada mientras él empezaba a moverse.

—Estoy bien —tomó aire—. Te has puesto un condón, así que no me arriesgo a convertirme en madre soltera. Por favor… no pares.

Pero eso fue lo que Tobias hizo. Allegra vio un brillo burlón en sus ojos.

—¿Siempre tienes que ser la que manda?

—Por supuesto —musitó ella—. Soy de Luisiana.

Tobias rio y Allegra frunció el ceño al ver que seguía inmóvil. Ella serpenteó. ¿Qué pasaba? Le llegó una inspiración Había leído mucho sobre pezones. Por lo visto, era posible controlar a un hombre tocándoselos. Así que eso fue lo que hizo.

Tobias emitió un sonido entre un gruñido y un gemido de placer, pero al menos empezó a moverse.

Ella se asió a sus hombros para contener la intensa oleada de sensaciones y emociones que la recorrieron.

Había pasado tanto tiempo desde que habían hecho el amor y desde que ella se había sentido verdaderamente deseada… Nunca se había considerado especialmente sensual, excepto con Tobias. Bastaba que la tocara para que prácticamente ronroneara. Y hasta aquel instante, no había sido consciente de cuánto lo había echado de menos, a pesar del dolor que le había causado y de todos los esfuerzos que ella había hecho para eliminarlo de su vida.

Tobias la besó y de pronto el placer se hizo incontenible, el calor se acumuló en su vientre y, finalmente, estalló con un prolongado gemido.

Al cabo de un rato abrió los ojos. Creía haberlos cerrado por poco tiempo, pero los teléfonos se habían apagado, dedujo que había pasado al menos una hora.

El viento ululaba en el exterior y una lluvia fina seguía golpeando las ventanas. Había bajado la temperatura pero ella sentía calor porque Tobias mantenía un brazo sobre su cintura, como si quisiera mantenerla junto a él incluso mientras dormía.

Giró la cabeza para verle el rostro, pero en la penumbra no pudo distinguir sus facciones. Se acurrucó contra él intentando relajarse, pero solo podía pensar en volver a hacer el amor.

La lluvia cesó y debió abrirse un claro porque la habitación se iluminó levemente. Allegra se incorporó sobre el codo y miró a Tobias bajo la luz de la luna. Tuvo un deseo incontenible de trazar con sus dedos la línea de su mandíbula y de besarlo. La expectativa de volver a encontrarse en sus brazos hizo que sintiera todo su cuerpo vibrar. Pero eso mismo la contuvo.

La exultante felicidad que sentía, el impulso de olvidar toda cautela y vivir el presente hizo que se detuviera a pensar.

¿Y si al dar finalmente rienda suelta a su atracción, esta acababa diluyéndose y al final del mes la habían superado?

Pero ¿y si, quizás, solo quizás, lo que había entre ellos era de verdad?

El corazón se le aceleró al imaginarse viviendo con Tobias, manteniendo una relación seria, incluso casándose.

Pero no podía olvidar que la última vez que había imaginado un futuro con Tobias, él la había dejado.

Por eso mismo debía pensar y no solo sentir. Tobias representaba un reto; estaba acostumbrado a mandar y poseía una fortaleza de espíritu que se había forjado en sus años con las Fuerzas Especiales. Y no debía olvidar que no había mencionado ninguna palabra relativa al compromiso o al amor. Solo la cruda química que los había marcado ya seis años atrás.

Y por mucho que anhelara tocarlo, abrazarse a él y despertarlo con un beso, súbitamente se dio cuenta de que si quería conquistar a Tobias, no lo conseguiría cediendo y volviendo a hacer el amor con él.

Ya lo habían hecho y nada había cambiado.

Tal vez Tobias se había abierto levemente y le había hablado de Lindsay, pero conseguir información de él era una hazaña. Además, Allegra seguía teniendo la sensación de que su confesión sobre Lindsay no había sido completa, de que le ocultaba algo… Entonces lo vio claro.

Si Tobias había luchado durante años contra la atracción que sentía por ella, ¿cómo era posible que se hubiera comprometido con Lindsay y por qué había mantenido el compromiso cuando sabía que deseaba a otra?

Por otro lado, cuando finalmente había roto con Lindsay, no había intentado empezar una relación con ella. Habían pasado una noche juntos y luego había desaparecido… Como si no la considerara a la altura de tener una relación. Como si la viera como algunos de sus compañeros de universidad, que la consideraban una especie de mujer florero solo apropiada para un rollo pasajero.

Y de pronto sucedió algo, se le aclararon muchas otras cosas.

En el despacho de abogados se habían enfrentado. Luego, en el aparcamiento, Tobias había querido sexo con ella. Como si hubiera decidido que, ya que tenían que pasar un mes juntos, por qué no incluir el sexo y así terminar por borrarla de su sistema.

Cuanto más lo pensaba, más convencida estaba de estar en lo cierto.

No dudaba de que si seguía acostándose con Tobias, confirmaría la imagen que se había hecho de ella y así le estaría facilitando que la abandonara al final del mes.

Y, súbitamente, tuvo claro cómo actuar.

Enfurecida, se movió lentamente para no despertar a Tobias y se levantó. Notó las agujetas que le había provocado hacer el amor, dada su falta de práctica; unas agujetas que solo había experimentado en otra ocasión. Y ese pequeño detalle la enfureció aún más.

Que en toda su vida solo hubiera hecho el amor con Tobias era… preocupante.

Caminando de puntillas localizó su teléfono, recogió la ropa y las deportivas y fue a refrescarse y a vestirse al cuarto de baño.

Cuando se estaba subiendo la cremallera del vestido, se dio cuenta de que nunca había pensado en el sexo como algo meramente casual porque esa no era su personalidad. Para empezar, la intimidad no era algo que le resultara natural; y desde el «problema» en San Francisco su innata tendencia a la desconfianza se había acentuado.

Y aun así, había hecho el amor y se había permitido ser vulnerable con Tobias sin que él ni siquiera se hubiera enterado de lo que eso significaba para ella. Ni siquiera parecía haberse dado cuenta de que era virgen.

Entonces, la asaltó otra idea. Tobias había querido que supiera lo importante que su compromiso con Lindsay había sido. Como si la atracción que sentía por ella fuera una traición que no se hubiera perdonado. Sin embargo, en ningún momento le había preguntado por su compromiso con Mike.

¿Cómo era posible que no le importara que los dos estuvieran traicionando a Mike? Aunque el compromiso fuera ficticio, él no lo sabía.

Por un instante se planteó la posibilidad de que Tobias se hubiera dejado llevar por la pasión y hubiera olvidado que estaba prometida. O todo lo contrario: no lo había olvidado, pero veía hacer el amor con ella como la forma de lograr que rompiera con Mike y reclamarla como suya.

Allegra tomó aire y lo exhaló lentamente, estudiando esa posibilidad.

Que Tobias actuara así encajaba en su personalidad. Sus actos no habían sido ni sinceros ni honestos. Habían sido los propios de un macho alfa.

Capítulo Diez

Allegra bajó las escaleras de puntillas, deteniéndose y conteniendo el aliento cuando la madera crujió bajo sus pies. Tomó el joyero y salió sigilosamente. Unos minutos más tarde, caminaba por el sendero iluminado por la luna hacia la casa principal que, desde lo alto de la colina y con las luces encendidas, parecía un acogedor faro.

Miró la hora. Aunque tuviera la sensación de que habían transcurrido horas, todavía no había dado la medianoche. Solo había pasado tres horas en la cabaña... haciendo el amor con el único hombre con el que lo había hecho, una sola vez, con anterioridad.

Al llegar al porche, se volvió para contemplar la espectacular vista.

Aunque había algunas nubes, la luna llena convertía el mar en plata líquida y dibujaba la silueta de los árboles y del tejado de la cabaña de la playa.

Al día siguiente, iría a recoger el retrato de Alexandra. Tenía las joyas consigo y estaba ansiosa por limpiar el anillo para ver si podía servirle como falso anillo de compromiso.

Subió precipitadamente las escaleras al dormitorio por temor a que Tobias la hubiera seguido. Estaba segura de que sería incapaz de resistirse a él y que volverían a hacer el amor. Y eso sería un desastre.

Para rectificar el error que había cometido, necesitaba seguir adelante con la estrategia que había planeado. De otra manera, lo que había entre ellos no llegaría a nada. Eso significaba que no podía volver a tener relaciones con Tobias hasta que este estuviera dispuesto a usar las palabras «amor» y «compromiso».

Ya en su dormitorio, dejó el joyero en la mesilla y encendió la lámpara. Estremeciéndose, porque la temperatura había bajado, cerró las cortinas.

Decidió ducharse y lavarse el cabello para poder marcharse por la mañana lo más temprano posible, antes de que Tobias se levantara. En albornoz y con el reloj en la muñeca porque se había acostumbrado a monitorizar constantemente su ritmo cardiaco, se sentó ante el espejo para secarse el cabello.

Mientras lo hacía, observó una marca roja en el cuello y otra en la barbilla, pequeños roces de la incipiente barba de Tobias. Suspiró recordando imágenes de la noche: Tobias besándole el cuello, presionando la nariz contra su mentón, mordisqueándole el lóbulo de la oreja…

Un sonido metálico la sobresaltó. Procedía del piso inferior y debía tratarse de la puerta principal, lo que significaba que Tobias había vuelto de la cabaña.

Con el corazón acelerado, Allegra apagó la luz del cuarto de baño, fue al dormitorio y apagó la lámpara de la mesilla, quedándose a oscuras. Tal vez exageraba, pero no confiaba en ser capaz de negar a Tobias la entrada si llamaba a su puerta.

Unos segundos más tarde, oyó que pasaba de largo y, luego, la puerta de su dormitorio cerrándose.

En cierta forma, le molestó que Tobias ni siquiera se detuviera o titubeara. A tientas, se sentó en la cama sin quitar ojo del reloj. Unos minutos más tarde, oyó la ducha y una puerta. Cuando pasaron cinco minutos en silencio, encendió la lámpara.

Entonces, colocó la caja en la cama, dejó el diario en la mesilla y vació las bolsas sobre la colcha blanca. No era el mejor color de fondo para estudiarlas y ella no era joyera, pero, una vez más, pensó que los diamantes podían ser reales. El del anillo era distinto, más pequeño y sencillo. Engarzado en oro, parecía un anillo de compromiso clásico.

Sintiéndose como si estuviera usurpando una vida ajena, lo deslizó en su dedo. Era muy bonito, pero le quedaba un poco pequeño, así que para poder usarlo, tendría que agrandarlo.

Devolvió todas las piezas a las bolsas y las guardó en un bolsillo con cremallera de su bolso. Se las llevaría a su joyería favorita, Ambrosi, a primera hora. Con suerte, podrían valorar las joyas y agrandar el anillo. Afortunadamente, Ambrosi estaba en el centro comercial Atraeus, donde había quedado con Mike al día siguiente.

Guardó la caja en el vestidor y mandó un mensaje a Mike para confirmar la cita a las doce en Atraeus. Luego, se metió en la cama y apagó la lámpara, pero cuando por fin estaba quedándose dormida, tuvo una inspiración que le hizo incorporarse de un salto.

Hacía un año y medio, una amiga le había invitado a un seminario titulado «Cómo conquistar a tu hombre alfa», dirigido por Elena Lyons-Messena, que era psicóloga y una especie de gurú del spa.

Elena, que hablaba por propia experiencia, había sido muy clara. No se conquistaba al hombre alfa, que era el líder natural de la manada, con dulzura y sometiéndose a su voluntad.

Se lo ganaba tomando el mando, discutiendo con él y contradiciéndolo, porque a los hombres alfa les gustaban los retos.

Allegra recordaba dos tácticas clave, ambas vinculadas a la disponibilidad.

En primer lugar, había que dejarle claro que una no estaba siempre disponible, pero que intentaría encontrarle un hueco.

En segundo lugar, había que hacerle saber que había otros hombres. En cuanto un hombre alfa descubría que no era el único, entraba en acción.

Según Elena, eso funcionaba porque el instinto natural del hombre alfa era luchar por la mujer que deseaba y conquistarla. Aunque las estrategias pudieran parecer brutales, según Elena eran en realidad una muestra de bondad hacia el hombre alfa, porque se le liberaba de la obsesión por la persecución y caza, y por fin sentían que podían relajarse.

También había señalado que, si el plan no funcionaba, la única alternativa era renunciar a él y abandonarlo. Si había suerte, el macho alfa se daba cuenta de lo que había perdido y salía en su busca. En el peor de los casos, todo habría sido un error y lo mejor era pasar página.

Allegra encendió la luz y localizó el libro que acompañaba al seminario. Lo abrió en el capítulo dedicado al compromiso y uno de los primeros párrafos fue revelador:

Advertencia: acostarse con un hombre alfa antes de que manifieste el deseo de comprometerse es arriesgado, porque él interpretará el sexo como «un premio» y tú puedes acabar siendo la víctima de una sola noche. Si te has acostado con tu alfa demasiado pronto, debes encontrar rápidamente la forma de rechazarlo.

Con los hombres alfa, «no» es una palabra mágica.

De acuerdo a eso, ella había cometido no una, sino dos veces, un grave error con Tobias. Le había dado el premio del sexo sin que ni siquiera tuviera que esforzarse para conseguirlo, porque las dos veces prácticamente había sido ella quien lo había seducido. Si alguno de los dos había sido el «cazador», era ella.

Eso tenía que cambiar.

No sabía cuál sería el resultado de aquella noche, pero teniendo en cuenta el pasado y el hecho de que al día siguiente Tobias iba a ver a Francesca, Allegra dudaba de que Tobias estuviera planteándose ningún tipo de compromiso .

Si quería conquistarlo, tendría que cambiar su comportamiento desde aquel mismo momento.

En parte, ya había puesto en práctica las lecciones de Elena al haber limitado su disponibilidad inventando su compromiso con Mike.

Y aunque fuera arriesgado mantener la farsa, no le quedaba otra opción.

No podía entregarse a un hombre que tal vez no estuviera dispuesto a comprometerse jamás con ella.

Si Tobias no luchaba por ella, estaba decidida a seguir el consejo de Elena: dejaría atrás una relación que ya había consumido seis años de su vida.

Tener que poner en marcha aquel tipo de estrategia la perturbaba, porque en el fondo lo único que quería era abrazarse a Tobias una vez más y proponerle tener una relación duradera.

Pero eso solo conduciría al fracaso y a que Tobias volviera a romperle el corazón.

Capítulo Once

El sol del amanecer intentaba atravesar unas densas nubes mientras Allegra se vestía con una preciosa falda corta color turquesa, a juego con un top ceñido y una camisola blanca de gasa que remataba el conjunto con un nudo a la cadera. Como toque final, se puso los pendientes Chanel y unas sandalias también turquesas. Miró el reloj y vio que eran casi las siete de la mañana, una hora antes de la que solía ir a trabajar; y metió la bolsa de maquillaje y el teléfono en un bolso de lona blanca.

Llevaba el cabello suelto y no se había maquillado, pero lo haría cuando llegara al trabajo. Su principal preocupación era marcharse antes de que Tobias se levantara, porque suponía que estaría molesto y querría saber por qué lo había dejado solo la noche anterior.

Estaba convencida de que debía seguir adelante con su «compromiso» con Mike y que Tobias, como buen alfa que era, le exigiría que dejara de verlo mientras se estuviera acostando con él.

Si Tobias le dedicaba una de las miradas que ella encontraba irresistibles, no estaba segura de que no fuera a ablandarse y a ceder. Y si renunciaba a Mike, estaría perdiendo la única ventaja que tenía.

Calculaba que, como mucho, podría mantener la farsa un día más, porque para la noche, Tobias estaría fuera de sus casillas y, si todo iba de acuerdo a lo planeado, exigiría tener una conversación con ella. En ese momento, se daría cuenta de que corría el riesgo de perderla y, con un poco de suerte, adoptaría la determinación de luchar por recuperarla.

Para ello, el primer paso era irse de casa sin que la viera; luego, hacer que el compromiso resultara creíble. Para eso, pensaba sacarse una fotografía romántica con Mike tomando champán y ponerla como salvapantallas de su móvil. Cuando Tobias lo viera, porque ella se encargaría de dejarlo a la vista, le diría que no soportaba la idea de que fuera a casarse con Mike porque se había dado cuenta de que no podía vivir sin ella.

Antes de salir del dormitorio, revisó las joyas. Al ver que una de las bolsitas de terciopelo se había descosido, buscó entre sus cosas un joyero de viaje y lo metió también en el bolso. Una vez valoraran las joyas, se desharía de las viejas bolsitas de terciopelo y guardaría las piezas en el joyero.

Tomó una chaqueta impermeable y se la colgó del brazo porque, de acuerdo al pronóstico del tiempo , se aproximaba una tormenta. Luego se miró por última vez al espejo y, yendo hasta la puerta, se detuvo un instante para escuchar. Al no oír nada, giró el pomo de bronce; una fracción de segundo antes de que abriera, oyó pasos y la voz de Tobias hablando por teléfono.

El corazón se le aceleró. Tomó aire y esperó unos segundos por si le oía bajar a la cocina. Al volver a hacerse el silencio, abrió la puerta una ranura. Aún podía oír a Tobias en la distancia, pero el descansillo estaba vacío.

Con un suspiro de alivio, Allegra salió y cerró la puerta a su espalda sigilosamente. Bajó las escaleras y cruzó la cocina, que estaba pegada al garaje. Al llegar a su coche, buscó en el bolso la llave, pero al no encontrarla se le encogió el corazón y tuvo el vago recuerdo de haberla dejado la tarde anterior en la mesilla de noche. Por eso no había estado entre los objetos que había traspasado de un bolso a otro.

Dejando esta y el impermeable en el asiento del copiloto, volvió atrás y subió las escaleras aguzando el oído. El pulso se le aceleró y se quedó paralizada al oír una puerta abrirse. Afortunadamente estaba en un punto de la curva de la escalera que no era visible desde el vestíbulo. Pero si Tobias iba hacia la escalera, la descubriría.

Unos segundos más tarde, oyó una puerta cerrándose. Alegra se irguió y subió tan sigilosamente como pudo al dormitorio, entró y localizó la llave del coche.

Estuvo tentada de dejar de ocultarse y bajar decidida las escaleras, pero la cautela le hizo cambiar de idea. El sonido de pisadas en el descansillo confirmó que había tomado la decisión correcta. Esperó a que Tobias pasara por su puerta. Era evidente que iba a la cocina, así que, una vez estuviera allí, ella podría salir por la puerta principal.

Las pisadas se detuvieron justo delante de su puerta. Allegra se quedó paralizada, esperando a que Tobias llamara para entrar. Pero en ese instante, oyó una vibración, seguida de la voz de Tobias contestando el teléfono. La voz fue perdiéndose, lo que le indicó que se alejaba.

Allegra esperó un minuto más; luego abrió la puerta y salió. Conteniendo la respiración, bajó las escaleras y cruzó el vestíbulo. Unos segundos más tarde, giraba la esquina hacia el garaje. Afortunadamente, ninguna de las ventanas de la cocina daba a aquel lado, así que estaba a salvo.

Tobias fue a recoger su maletín al despacho mientras hablaba con Tulley, el detective a quien había encargado que investigara a Allegra y a Mike, que enumeraba una lista de hechos que él ya conocía, como el del escándalo que había protagonizado Allegra en San Francisco,

Había confiado en que Tulley descubriera pruebas que confirmaran su intuición, porque cuanto más conocía a Allegra, menos encajaban las historias *online* que aparecían sobre ella.

Y después del par de horas que habían pasado juntos la noche anterior en la cabaña de la playa, había descubierto algo de lo que debía haber sido consciente antes. Además de preciosa, segura de sí misma e irresistiblemente sexy, Allegra era superorganizada, decidida y directa.

Esas características no encajaban con los comentarios en las redes sociales que la describían como una chica superficial que usaba su belleza para cazar un marido rico. Por otro lado, en relación al sexo, Allegra era levemente tímida, como si no estuviera acostumbrada a la intimidad física.

Ese pensamiento le hizo reflexionar sobre la primera vez que habían hecho el amor. Por entonces, y aunque resultara inconcebible, se había planteado la posibilidad de que Allegra fuera virgen. Pero tras leer sobre el escándalo, había asumido que era imposible. Después, Lindsay había sufrido el aborto y él había hecho lo que debía: romper completamente con Allegra.

Tobias apretó los dientes para dominar una oleada de calor al revivir la sensación de tener a Allegra pegada a su cuerpo. Si no era la mujer frívola que describían en las redes sociales, sino la mujer de negocios centrada y profesional que aparentaba ser en Miami, tenía sentido que la noche anterior se hubiera ido. Era comprensible que Allegra hubiera encontrado su comportamiento egoísta e insensible por segunda vez.

Justo cuando recogía el maletín, percibió un movimiento por el rabillo del ojo. Al mirar, vio a Allegra trotando hacia el garaje.

Dejando el maletín, terminó bruscamente la conversación con Tulley y fue a la cocina. El ronroneo del motor del descapotable resonaba en el silencio. Abrió la puerta que daba al garaje justo a tiempo de ver a Allegra dar marcha atrás. La llamó y le pareció que lo miraba, pero no estuvo seguro porque llevaba gafas de sol. Un segundo más tarde, giraba el volante y se alejaba.

Apretando los dientes, la llamó por teléfono. Saltó el contestador y, tras dejar un breve mensaje, guardó el teléfono.

Evidentemente, había un problema. No sabía cuál, pero lo averiguaría.

Allegra no iba a ninguna parte sin su teléfono, así

que, o estaba hablando u oyendo música; en cualquier caso, sabía que era él quien llamaba, pero había elegido no contestar.

Volvió al salón y llamó a Tulley. Quizá había estado haciendo las preguntas equivocadas.

Las redes sociales estaban plagadas de historias tergiversadas y de mentiras. Él mismo había sido víctima de más de una. Cuatro meses antes, había coincidido con la *influencer* Duffy Hamilton en una gala de beneficencia. Al día siguiente, ella había insinuado que habían pasado la noche juntos.

Cuando Tulley contestó, Tobias le dijo que le mandara una copia del informe antes de pedirle una segunda investigación, en aquella ocasión sobre los dos hombres, Fischer y Halliday, que habían acusado a Allegra de acostarse con ellos a cambio de joyas y de una promoción en la empresa.

—Quiero saberlo todo sobre ellos –dijo.

—De acuerdo. Antes de que cuelgue, le interesará saber lo que he averiguado sobre Mike Callaghan.

Tobias frunció el ceño. Prácticamente se había olvidado de él.

—Adelante.

—Aparte de estar contratado como entrenador personal por la señorita Mallory, es actor. Parece ser que está esperando conseguir un trabajo en una serie para dejar el gimnasio. Y aún hay más: tiene novia. Por lo que sé, nunca se le ha visto junto a la señorita Mallory. De hecho, mi fuente, que trabaja con ellos, no sabía nada de que tuvieran una relación. Y se rumoreaba que la señorita Mallory estaba pensando en despedir a Callaghan.

Hasta que le había encontrado otra función, evidentemente.

Tobias sintió diluirse parte de la tensión que lo había dominado desde que Allegra le había anunciado que estaba comprometida. El compromiso era falso.

Parecía lógico que hubiera elegido a Callaghan por ser actor. Si era así, le habría pagado y, dado que con un negocio nuevo y la intención de abrir otro, sus recursos económicos eran limitados, debía de haber supuesto un gasto terriblemente inconveniente.

Así que la única razón de que se hubiera inventado aquel compromiso era que Allegra quería dejarle claro que no había tenido nada que ver con la cláusula del testamento de Esmae. Pero a continuación, le había dado un mensaje contradictorio al acostarse con él.

Tobias se pellizcó el puente de la nariz. Su conocimiento de inteligencia militar parecía bastarle para entender a Allegra. Si hubiera sido una espía, habría confundido a la CIA, al KGB, al Mossad y a quien se le pusiera por delante.

Con cierta tristeza pensó que lo mejor que podía hacer era alejarse de una situación que se complicaba con cada minuto que pasaba. El problema era que, después de la noche anterior, era lo último que quería hacer.

Allegra tenía que ser suya.

La decisión, por más irracional que fuera, estaba tomada. A pesar de que encendía todas sus alarmas, encontraba a Allegra fascinante. Hacer el amor con ella era adictivo. Así que el «prometido» tenía que desaparecer. Y si Allegra creía que podía marcharse sin darle algún tipo de explicación, estaba muy equivocada.

Sacó del cajón el calendario de citas que había encontrado la tarde anterior en el suelo. Dos años atrás había herido a Allegra, pero si ella le dejaba, lo repararía. Para lograrlo, necesitaba hablar con ella y lo haría… Encontró la cita programada con Callaghan, aquella misma mañana, a las doce, en Atraeus.

Tulley carraspeó.

–¿Quiere que siga vigilando a la señorita Mallory?

Al recordar cómo Allegra se había marchado evitando coincidir con él, contestó:

–Sí. Si ella y Callaghan dejan el hotel juntos, llámame.

Tras colgar, fue a la cocina a hacerse un café. Tal y como él lo veía, desde el momento en que había hecho el amor con Allegra, Callaghan debía desaparecer. De hecho, debía haberse asegurado de que ese fuera el caso la noche anterior, pero lo cierto era que lo último en lo que había pensado era en hablar… hasta que se había despertado y había descubierto que Allegra se había ido.

Al volver a la casa había visto su luz encendida, pero para cuando había llegado a su puerta, estaba apagada. Aunque pensó en llamar, había intuido que estaba evitándolo, y esa sospecha se había confirmado hacía unos minutos, al verla partir en su coche.

El aroma a café impregnó el aire y se sirvió una taza. Luego estudió el programa de Allegra. Era increíblemente organizado y preciso, lo que confirmaba que a Allegra le gustaba estar al mando y que, evidentemente, Callaghan obedecía órdenes.

A pesar de estar enfadado con ella por haberse ido, Tobias sonrió. Aunque Callaghan no hubiera sido un prometido falso, un hombre pusilánime era lo último que Allegra necesitaba, porque no tardaría ni diez minutos en aburrirla.

Tobias se fijó en el detalle de que ella fuera a comprar el anillo, apretó los dientes al darse cuenta de que iba a incurrir en un gasto que, con toda seguridad, no podía permitirse. Impulsivamente, sacó el teléfono y abrió el correo de Tulley con el informe sobre Allegra.

Nunca había pensado en su faceta como empresaria, pero en ese momento se dio cuenta de que era relevante. Sabía que tenía un título de Stanford, pero Tulley añadía que de hecho se trataba de un máster que había concluido con unas notas excelentes.

De pronto, la imagen de Allegra como una chica superficial a la caza de marido rico le pareció irrisoria. Si ese hubiera sido su objetivo, podía haberlo logrado hacía años. En lugar de eso, había realizado la hazaña de ingresar en Stanford y había estudiado cinco años para sacarse una carrera que la colocaba en una posición privilegiada para trabajar en el mundo de las finanzas.

Una de las empresas de mayor prestigio, Burns-Stein Halliday, la había reclutado. Pero tan solo unos meses más tarde, Allegra la abandonaba con su reputación hecha trizas.

Casi seis años de trabajo extenuante y de una ambición férrea tirados a la basura porque, aparentemente, había querido usar el sexo para enriquecerse...

Tobias dejó la taza con gesto contrariado. No tenía el menor sentido. Que él supiera, en los dos años que llevaba viviendo en Miami su única obsesión era el trabajo, él era el único hombre con el que se había acostado en ese tiempo. Por primera vez, Tobias se planteó la posibilidad de que le hubieran tendido una trampa.

Tulley había incluido algunas notas sobre los dos hombres con los que se suponía que había tenido una relación extramatrimonial. Los dos estaban vinculados con la empresa, uno era un ejecutivo casado con la hija de uno de los socios; el otro, era sobrino de otro. Esa información era reveladora.

¿Por qué iba a arriesgarse Allegra a acostarse con cualquiera de ellos, sabiendo que podía costarle su carrera profesional?

Tulley también le mandaba fotografías de los dos hombres. Tendrían cuarenta y tantos años, estaban bronceados y en forma. Uno de ellos hasta lucía un diamante en la oreja. Ambos se habían divorciado, pero estaban casados cuando se produjo el supuesto escándalo.

Tobias se sentó, sintiendo la adrenalina recorrerle las venas. Se sentía como antes de entrar en una misión: concentrado y alerta.

Si averiguaba que ambos habían mentido para proteger sus reputaciones, se encargaría personalmente de exponerlos públicamente.

Y si eran responsables de truncar la carrera de Allegra, pagarían por ello.

Terminó el café y metió la taza en el friegaplatos. Luego tomó el maletín y fue hacia el garaje. Con un poco de suerte, puesto que iba al hotel, se cruzaría con Allegra. Pero en cualquier caso, pensaba acudir a

Atraeus a las doce, cuando se suponía que tenía la cita con Callaghan.

Antes de arrancar, llamó a J.T., que tenía amigos en Hollywood, y le pidió que hiciera una generosa contribución a la producción a cuyo casting se había presentado Callaghan, con la condición de que lo contratara aquel mismo día.

Cuarenta minutos más tarde, cuando iba desde su despacho en Hunt Security al hotel, J.T. le notificó que Callaghan había aceptado la oferta.

Tobias sintió una profunda satisfacción al tiempo que por fin se diluía parte de la tensión que lo atenazaba. Allegra despertaba en él un poderoso sentimiento de posesividad. Había pasado seis años resistiéndose a la atracción que sentía por ella porque no la consideraba adecuada para una relación. Era casi demasiado guapa, probablemente complicada, y los hombres la perseguían como moscas. Entonces, cuando Lindsay había sufrido el aborto, la culpabilidad de haber cedido a la tentación de acostarse con Allegra había sido la confirmación de que había cometido una equivocación.

Pero trascurridos dos años, empezaba a entender que la había juzgado erróneamente y hasta qué punto le fascinaban su ingenio y su actitud retadora, su brillante mente para los negocios y su fiera inteligencia. Cuando más la conocía, más le gustaba.

Y si era sincero, no la quería solo en su cama; quería mucho más que eso.

La idea de Callaghan colocándole un anillo de compromiso en el dedo, aun de manera ficticia, le hizo apretar los dientes.

Tenía que impedirlo a toda costa.

Capítulo Doce

Allegra aparcó en el centro comercial Atraeus a las once y media, con tiempo suficiente para elegir un anillo antes de que llegara Mike.

Tomando el ascensor, entró en el majestuoso vestíbulo, con sus las luminosas tiendas de lujo.

Para no coincidir con Tobias había evitado ir al spa, y había aprovechado para ver a su gestor en el banco y al agente de la inmobiliaria que alquilaba el local en el que confiaba abrir su nuevo spa. Ya solo faltaba que Mike fuera puntual.

Miró alrededor en caso de que hubiera llegado antes de la hora; al no verlo fue a comprar un ramo de rosas en la floristería. El plan era sencillo. Con el ramo y el anillo en el dedo, se sacaría varias fotos exultante de felicidad con Mike a su lado, como su guapo y devoto prometido. Luego, pondría una de ellas como salvapantallas e iría a trabajar.

Tras pagar por las flores volvió al vestíbulo y vio de reojo a un hombre alto, con traje, meterse en un ascensor. Por un instante se quedó helada pensado que se trataba de Tobias, pero enseguida se dio cuenta de que era imposible, porque iba a pasar el día con Marc, el encargado del hotel.

Miró la hora y observó la corriente humana, predominante femenina, que circulaba por el centro comercial. Mike era alto y guapo, lo que lo hacía fácilmente localizable. Allegra detectó a un hombre menudo, de cabello rubio, que estaba apoyado en la pared con el teléfono en la mano y que, en ese preciso momento, la miraba. Tuvo una sensación extraña, pero la ahuyentó diciéndose que debía tratarse de un marido esperando a que su esposa saliera de una de las tiendas.

Cambiando las flores de mano, sacó el teléfono, por si Mike le había llamado o escrito. No había hecho ninguna de las dos cosas. Lo buscó en la lista de contactos y lo llamó. Al ver que no contestaba, dejó un mensaje de voz.

Puesto que no tenía sentido esperarlo, fue hacia Ambrosi, la maravillosa joyería, decorada con antigüedades que la dotaban de una atmósfera extremadamente romántica. Pero Allegra no estaba interesada en ningún tipo de romanticismo, sino en volver a Tobias loco de celos. Por eso a primera hora, había dejado allí el anillo, para que se lo agrandaran, y el resto de las joyas, para que las limpiaran y valoraran. La dependienta le había dicho que estarían listas para las doce.

Al ir a entrar vio su reflejo en las puertas de cristal, pero también el del hombre que la había estado observando hacía unos minutos. En aquella ocasión, levantaba el teléfono y le estaba sacando una fotografía.

Allegra apretó los dientes. Antes de que se fuera de San Francisco, un tipo, probablemente inspirado por las mentiras de las redes, solía seguirla, sacarle fotografías y colgarlas en internet. Finalmente, había tenido que denunciarlo y le habían puesto una orden de alejamiento. Desde entonces, había desarrollado un radar para identificar a posibles acosadores. Si seguía ahí cuando saliera de Ambrosi, sería ella quien le sacaría una foto para enviarla a la policía.

La dependienta, una mujer joven y elegante llamada Fleur, le mostró el anillo, que resplandecía con un llamativo brillo.

—Espere un momento mientras voy a por el resto de las joyas. Creo que Clark ha terminado de lustrarlas.

Allegra sacó el anillo de la almohadilla de terciopelo en la que Fleur se lo había presentado. Al ponérselo, su ánimo se ensombreció súbitamente. Había estado tan distraída con su plan de conquista, que no se había planteado lo que el anillo le haría sentir.

Habiendo crecido con unos padres enamorados y entregados el uno al otro, siempre había supuesto que su destino era encontrar ese mismo tipo de amor, sincero e incondicional; que el día en que se pusiera un anillo lo compartiría con un hombre que prometería amarla y honrarla el resto de su vida. En definitiva, que el anillo sería el símbolo del inicio de una vida compartida de amor y fidelidad.

En lugar de eso, tenía un compromiso falso, un anillo falso y un prometido falso, que probablemente faltaría a la cita por la que ella le estaba pagando mientras que, por otro lado, ella padecía una obsesiva atracción por un hombre que solo quería sexo con ella.

Tratando de deshacer el nudo que se le había formado en la garganta, se quitó el anillo bruscamente. En ese momento, Fleur volvió con un hombre alto y delgado, vestido con un traje impecable y que parecía más el director de una funeraria que un joyero.

Dejó a un lado del mostrador las viejas bolsas de

terciopelo y depositó en él una gran caja con la firma Ambrosi. Abriéndola, sacó el collar. Una rápida mirada a Fleur hizo que esta sacara una almohadilla de terciopelo negro. Con movimientos solemnes, el hombre colocó encima el collar, que centelleó bajo las luces de la joyería.

Allegra se quedó sin aliento a pesar de saber que, como el resto de las joyas, tenía que ser falso. ¿Cómo si no iba Esmae, a la que le encantaba lucir los diamantes de Hunt, a guardarlas arrumbadas en un polvoriento ático?

Entonces Clark sacó dos hojas de papel de un sobre y las desplegó sobre el mostrador.

—He hecho una valoración rápida, pero si quiere, puedo pedir una segunda opinión con un especialista en joyas antiguas para la compañía de seguros.

—¿Qué compañías de seguros?

Clark la miró de hito en hito.

—¿Quiere decir que no tiene asegurados ni el collar de diamantes y los pendientes de Faberge ni el brazalete y el broche de Van Cleef y Arpels?

Sintiéndose como si le hubiera caído una bomba encima, Allegra salió de Ambrosi con el ramo de flores y una pequeña fortuna en el bolso, procedente de unas joyas que Esmae jamás había mencionado y de la que nadie de su familia tenía noticia.

Por ese motivo y porque no sabía nada de joyas, Allegra no se atrevía a asumir que le pertenecían. Cabía la posibilidad de que fueran originalmente de la bisabuela de Tobias, aunque eso no explicara por qué

Esmae las había conservado apartadas de los demás diamantes Hunt, que estaban catalogados y guardados en el banco.

Otra posibilidad era que fueran un esqueleto más en el armario lleno de ellos de la familia Mallory; que estuvieran escondidos porque eran robadas.

En cualquier caso, antes de hacer algo con ellas y acabar en la cárcel, necesitaba más información. Tenía que leer el diario de Alexandra.

Mientras caminaba sumida en sus propios pensamientos hacia el restaurante donde había quedado con Mike, miró el teléfono y vio que ni había contestado a su mensaje ni la había llamado.

Alargó el paso. El restaurante estaba a la vuelta de la esquina. Un segundo más tarde vio delante de sí una espalda ancha y una nuca que reconoció al instante: Tobias caminaba lentamente mientras hablaba por teléfono.

Así que, efectivamente, era él a quien había visto antes.

Allegra dio media vuelta y volvió hacia el vestíbulo. Lo último que necesitaba en aquel momento era encontrarse con Tobias. Al cruzarse con una pareja, estuvo a punto de chocar con el hombre que le había sacado una fotografía.

—¡Oiga!

Era evidente que no estaba acostumbrado a que se enfrentaran a él, porque se quedó paralizado.

A la vez que le hacía una fotografía, Allegra continuó fríamente:

—No finja que no me está siguiendo. Dígame quién es o voy directa a la policía.

–Se llama Tulley –dijo una voz grave a su espalda–. Trabaja para mí.

Allegra se volvió y clavó una mirada incendiaria en Tobias.

–¿Haciendo qué?

No necesitaba oír la respuesta para saber que debía tratarse de uno de sus detectives.

–Tulley es detective privado.

La confirmación de que Tobias estaba haciendo que la investigaran le produjo un profundo dolor. Significaba que no confiaba en ella y que, aun así, se había acostado con ella.

Pero si pensaba que iba a quebrarla, estaba muy equivocado.

–Espiar es relativamente menos grave que acosar. Pero si crees las mentiras que se escriben sobre mí, hemos acabado –dijo. Y dio media vuelta para marcharse.

Tobias se adelantó y le bloqueó el paso.

–No las creo –dijo con calma–. Cariño, solo le he pedido a Tulley que te siguiera hasta que yo pudiera llegar. Tenemos que hablar.

Allegra se puso en guardia ante la instantánea alegría que le produjo que Tobias la llamara «cariño» y el alivio de que no creyera lo que se decía de ella. Pero que la hubiera hechos seguir seguían mostrando cierto grado de desconfianza por su parte.

Miró el reloj ostensiblemente.

–¿Llevará mucho tiempo?

–Confío en que no –Tobias hizo una pausa antes de seguir–: Después de que huyeras esta mañana…

–No he huido. Tenía que ir al trabajo.

Tobias le dedicó una de aquellas miradas que la irritaban y excitaban a un tiempo.

—Después de que fueras a trabajar —rectificó—, pedí a Tulley que te siguiera porque me negaba a que vieras a Callaghan antes de que tuviéramos la conversación que debíamos haber mantenido anoche.

La posibilidad de que su plan hubiera surtido efecto tan deprisa le aceleró el corazón a Allegra.

—¿Qué conversación?

—Para empezar, esto —Tobias le mostró un papel doblado que Allegra identificó al instante como el calendario que había preparado para Mike.

Ruborizándose, se lo quitó de la mano.

—¿De dónde lo has sacado?

—Se le cayó ayer a Callaghan delante de casa.

Perfecto. Desde ese instante, Mike quedaba despedido como su prometido.

Allegra guardó el papel en el bolso.

—Que yo sepa, comprar un anillo de compromiso es lo propio de una pareja prometida para…

—No puedes estar prometida a él si te acuestas conmigo —dijo Tobias como si fuera una obviedad.

Una ola de calor prácticamente derritió a Allegra. Su afirmación y la intensidad con la que la acompañó fueron inequívocamente posesivas. Tobias la quería para sí. Y Allegra se dio cuenta de que esa brusca declaración era lo que había esperado dos años atrás y lo que habría necesitado la noche anterior.

No era poética, ni incluía ninguna palabra relacionada con el amor o las emociones. Era casi dictatorial, malhumorada, pero eso fue precisamente lo que le hizo sentirse exultante, porque era la prueba de que

Tobias sentía algo genuino por ella y que, finalmente, estaba preparado a luchar para conseguirla.

Pero entonces identificó lo que tenía de ultimátum: como se había acostado con él, no podía seguir prometida a Callaghan, a Mike, rectificó, irritándose consigo misma por estar pensando en los mismos términos que Tobias.

—No creo que estés en condiciones de exigir nada cuando has dejado nítidamente claro que no te interesa tener una relación.

—Ahora sí.

Allegra vio una vena palpitar en la mandíbula de Tobias. El murmullo de las conversaciones y los sonidos del ajetreado centro comercial se amortiguaron y por unos segundos, fue como si Tobias y ella estuvieran encerrados en una burbuja.

Miró a Tobias fijamente.

—No pienso acostarme contigo durante este mes solo porque te resulte conveniente.

Tobias frunció el ceño.

—Te aseguro que acostarse contigo no tiene nada de conveniente…

Tobias la tomó un instante por el brazo para retirarla del paso de una silla de ruedas. Con el movimiento, la cabeza de Allegra rozó un mentón y una de sus manos aterrizó sobre su pecho. Él la miró fijamente y masculló:

—Maldita sea, ojalá no estuviéramos…

—¡Tobias!

Allegra se tensó al tiempo que Tobias la soltaba.

Francesca Messena-Atraeus acababa de salir de la joyería junto a la que se encontraban.

Por un instante Allegra se quedó tan perpleja al verla que no se dio cuenta de que llevaba exactamente el mismo conjunto que ella.

El corazón se le desplomó. Había ocasiones que se quedaban grabadas a fuego en la mente de una persona, y tuvo la certeza de que aquella era una de ellas.

Pero no solo llevaban un modelo idéntico, incluidas las sandalias. También coincidían en el peinado y en el color de uñas. Podían haber sido el reflejo una de la otra, excepto por el color de cabello, que Allegra llevaba algo más oscuro.

Y mientras Francesca se acercaba a ellos, Allegra fue súbitamente consciente de algo que la sacudió hasta la médula.

Había estado comprando la ropa de Francesca y sus accesorios creyendo que era una señal de que había sanado, de que no le guardaba rencor. Pero en aquel instante se dio cuenta de que había intentado ser como Francesca para gustarle a Tobias.

El nudo que se le formó en el estómago fue una indeseada confirmación de esa intuición, a la que, inevitablemente, debía enfrentarse.

Dos años antes, llevaba el cabello largo y ondulado. Seguía teniéndolo largo, pero se lo había cortado en capas, de manera que le enmarcaba el rostro, exactamente como el corte que llevaba Francesca.

También había cambiado los tonos discretos de las uñas por otros más llamativos, y había pasado de usar zapatos cómodos y bajos, a ponerse tacones altos. Una vez más, igual que Francesca.

Incluso se había comprado una colección de lencería de seda que Francesca había encontrado en una entrevista. El precio era exorbitante, y de pronto supo por qué se había gastado tanto dinero en algo que normalmente no habría comprado.

Un último pensamiento, aún más espantoso, la asaltó. ¿Tendría algo que ver el renovado interés de Tobias en ella con el hecho de que se pareciera a Francesca? ¿Le habría hecho el amor porque la veía como una especie de sustituta de Francesca?

Su madre había tenido razón: había permitido que el rechazo de Tobias la afectara hasta hacerle perder confianza en su propia apariencia.

Pero eso había llegado a su fin.

Francesca fue apresuradamente hasta ellos y, abrazándose al cuello de Tobias, lo besó en la mejilla. Pero fue la amplia sonrisa de Tobias lo que confirmó a Allegra que sentía un verdadero afecto por ella.

Francesca se soltó, pero mantuvo un brazo alrededor de la cintura de Tobias al tiempo que indicaba a una amiga que se acercara y, tras presentarla, le anunciaba que aquel era el guapísimo hombre que la había invitado a cenar aquella noche.

Allegra se quedó paralizada por la cascada de emociones que la invadieron. Se suponía que Francesca estaba allí por negocios, pero no lo parecía en absoluto y, encima, Tobias la invitaba a cenar. Ese detalle, aparentemente nimio, le hizo darse cuenta de que Tobias jamás había tenido el mínimo detalle con ella.

Parpadeó como si fuera una sonámbula que acabara de despertar. Verlo con Francesca sirvió de constatación de las carencias de su relación, del abismo que había entre lo que Tobias ofrecía y lo que ella quería.

Y sus aspiraciones no eran disparatadas. Eran sueños accesibles, como un hombre con el que compartir un hogar y en un futuro, no demasiado distante, formar una familia.

Pero pretender eso con Tobias era como darse de cabezazos contra la pared.

A pesar de esforzarse por mantener una expresión tranquila e impersonal, Allegra supo que tenía las facciones congeladas en un tenso rictus.

Afortunadamente, Francesca solo hizo un comentario pasajero sobre la coincidencia de indumentaria, alabando el buen gusto de Allegra. Y aún en medio de su abatimiento, esta pensó que, en otras circunstancias, podrían haber sido amigas.

Sin embargo, cuando Tobias mencionó Madison Spas, la mirada de curiosidad que le dirigió Francesca hizo pensar a Allegra que la identificaba por los escándalos de San Francisco.

Hacía tiempo que ya no era habitual enfrentarse a aquel tipo de reacción, sobre todo desde que había cambiado radicalmente de carrera profesional. Pero ocasionalmente, el pasado asomaba su feo rostro.

Pero entonces Francesca la sorprendió mostrándose genuinamente interesada en los tratamientos del spa. Normalmente, ese era un tema con el que se sentía cómoda y que le habría ayudado a relajarse, de no ser porque cada vez que Francesca tocaba el brazo de Tobias cariñosamente, sentía una punzada de celos.

Porque a pesar del dolor de pasado, de las terapias y de la cautela con la que creía estar actuando, se había enamorado de Tobias.

De nuevo.

Capítulo Trece

Allegra agradeció que le vibrara el teléfono para tener la excusa de alejarse unos pasos de la perfecta pareja que formaban Francesca y Tobias.

Se trataba de Mike.

—¿Dónde estás? —preguntó siseando.

—En el aeropuerto de Miami.

Allegra enarcó las cejas.

—¿Cómo que en el aeropuerto? Tenías que estar aquí.

—Mmm… Tengo que decirte algo. ¿Recuerdas que quería un papel en una serie? Parece que alguien me ha recomendado y tengo un papel.

—¡Mike!

—Y tengo que estar en Los Ángeles mañana por…

Se oyó una voz femenina seguida de un sonido inconexo, como si Mike intentara cubrir el micrófono. Aunque ahogadamente, Allegra le oyó mascullar:

—Felicity, cariño. Dame un minuto. Ya sabes con quién estoy hablando.

Felicity. Probablemente, su novia.

—Así que tienes un papel en una serie y te vas a Los Ángeles con…

—Felicity. Volamos en unos minutos.

Allegra no comprendía cómo Mike, que era un completo inútil para planear cualquier cosa y estaba sin un céntimo, podía organizar un viaje improvisado a Los Ángeles con su novia. Entonces relacionó esa información con el hecho de que Tobias hubiera ido al centro comercial y su sospecha se convirtió en certeza.

–¿Cuándo te ha comprado los billetes Tobias?

Tras un breve silencio, Mike preguntó:

–¿Cómo lo sabes?

Allegra apretó los dientes.

–De la misma manera que estoy segura de que ha sido él quien te ha conseguido el trabajo. Así que dime, ¿cuándo?

Esa información era relevante, porque que Tobias se hubiera encargado de librarse de Mike la noche anterior, antes de acostarse con ella, significaba que lo tenía planificado.

–Esta mañana. Se ha puesto en contacto con alguien en Los Ángeles y me han llamado de la productora. Tobias ha estado genial. Ha pagado los billetes, hasta nos ha buscado alojamiento…

–¿Y qué pasa con tu trabajo en el spa?

Oyó al otro lado un mensaje de megafonía y la amenaza de Felicity de embarcar sola.

–Lo siento –masculló Mike–. Te he mandado un mensaje hace diez minutos. Me tengo que ir.

Colgó.

Allegra guardó el teléfono en el bolso diciéndose que usar a Mike había cumplido su objetivo hasta cierto punto, puesto que había logrado que Tobias reaccionara posesivamente, pero no en el sentido que ella había esperado.

En lugar de expresar el deseo de tener una relación verdadera con ella, había reaccionado en el sentido contrario: se había librado de la supuesta amenaza que representaba Mike… Como si no se le pasara por la cabeza pelear por la mujer a la que, supuestamente, quería cortejar.

Por otro lado, había actuado con una brutalidad alfa, y eso indicaba hasta qué punto sí le interesaba el sexo. Y de no haber sido porque ver cómo se comportaba con Francesca había puesto en evidencia lo limitado de su relación con ella, tal vez se habría sentido halagada por que se tomara tantas molestias para tenerla.

Pero Tobias no sabía hasta qué punto había cometido un error actuando como lo había hecho. Dos años atrás, ella se había defendido de dos hombres poderosos que creían que podían comprarla por dinero, regalos e influencias. Pero ni se había vendido entonces, ni lo haría en el presente.

Apretando los dientes, Allegra tomó una decisión radical. Dio media vuelta y se marchó. En su camino se cruzó una mujer de la limpieza que pasaba una fregona y Allegra le regaló su ramo de flores.

Fingir que se lo había regalado un novio que ya ni siquiera existía como ficción solo simbolizaba todo lo que no le ofrecía el futuro.

Tobias vio el preciso momento en el que Allegra daba media vuelta y se dirigía al ascensor. Despidiéndose precipitadamente de Francesca y de su amiga, se apresuró a darle alcance.

Sospechaba que la llamada que había recibido era de Callaghan y por cómo había reaccionado, Allegra debía de haber adivinado su papel en lo sucedido… o le había sonsacado la información a Callaghan.

Allegra entró en el ascensor y dedicó una mirada gélida a Tobias cuando este interpuso la mano para evitar que se cerrara la puerta para poder entrar.

–Estábamos en mitad de una conversación –dijo.

–¿Ah, sí? No me había enterado.

–Estábamos hablando de nuestra relación.

–Hay una gran diferencia entre lo que tú llamas una relación y lo que yo quiero –los ojos de Allegra centellearon–. ¡Has sido capaz de sobornar a Mike!

–He pagado a Mike para que podamos tener una relación –se justificó Tobias.

El ascensor se detuvo en una planta. Allegra clavó el índice en el pecho de Tobias y exclamó:

–¡Has pagado a cambio de sexo!

Se produjo un silencio tenso y una pareja madura que iba a entrar en el ascensor los miró de hito en hito. Tobias los saludó inclinando la cabeza y, tomando a Allegra del brazo, la sacó del ascensor.

–¿De qué demonios estás hablando?

Allegra sacudió el brazo para que la soltara.

–¿Cuánto te ha costado librarte de Mike?

Tobias citó una cifra de seis dígitos que le ganó una mirada horrorizada de Allegra.

–Eso es obsceno.

–Me he limitado a hacer lo que podía. No entiendo por qué eso equivale a pagar por tener sexo contigo.

Allegra lo miró desafiante.

–Has promovido la carrera de Mike por acostarte conmigo. Si eso no es pagar por sexo…

–Yo no lo veo así –protestó Tobias–. Nos acostamos anoche y en lo que a mi concierne, ya eras mía. Tenía que librarme de Callaghan porque si te tocaba iba a tener que pegarme con él.

Allegra lo observó prolongadamente.

—Está claro que me deseas, pero...

—Es algo más que eso —Tobias la llevó hacia el aparcamiento—. Como te he dicho, quiero que hablemos de nuestra relación.

Allegra condujo con cuidado bajo una lluvia persistente. El cielo estaba encapotado, pero seguía haciendo calor. El tráfico era denso, pero Allegra solo era consciente de que Tobias estaba detrás de ella una vez más; aunque, en esa ocasión, en lugar de sentirse nerviosa o irritada, la recorría una corriente de placer.

Tobias quería una relación con ella. Por fin la veía como «el premio».

Tomó el camino de acceso a la casa, presionó el control remoto del garaje y aparcó su coche. Un segundo más tarde Tobias ocupaba el espacio de al lado.

El nerviosismo de Allegra se disparó cuando, al bajar e ir a inclinarse para tomar su bolso, fue interceptada por Tobias que, saltando de su coche, la estrechó en sus brazos y la besó. Ella dejó caer el bolso en el asiento del conductor y, aunque percibió vagamente que se deslizaba al suelo, en aquel momento solo podía pensar en que Tobias la estaba besando.

Pero antes de que volvieran a hacer el amor, necesitaba hacer una pregunta. Apoyando las manos en el pecho de Tobias, le obligó a separarse unos centímetros.

–¿Francesca Messena?

Tobias la miró desconcertado.

–¿Qué pasa con ella?

–Saliste con ella antes y después de que te acostaras conmigo. La perseguiste…

–¿Yo? –preguntó Tobias sorprendido–. Pero si ni siquiera es mi tipo.

No era la respuesta que Allegra esperaba, pero le hizo más feliz que cualquier otra que hubiera podido darle. Entonces miró a Tobias con expresión solemne y preguntó:

–Y yo ¿soy tu tipo?

Tobias frunció el ceño.

–¿Es una pregunta trampa?

–En absoluto.

Tobias sonrió provocativamente.

–¿Después de seis años? Cariño, te aseguro que sí.

Allegra tuvo que dominarse para no dar saltos de alegría.

–Vale, última pregunta. ¿De qué tipo de relación quieres hablar?

–Una de verdad –dijo Tobias con firmeza–. Te quiero a mi lado. Discutiremos, porque los dos somos muy testarudos, pero buscaremos la manera de superarlo.

Allegra parpadeó.

–¿Dónde están los alienígenas que han abducido al verdadero Tobias?

Tobias sonrió y Allegra lo miró rebosando felicidad aunque, al mismo tiempo, la inquietara que todo hubiera resultado demasiado fácil. Finalmente, suspiró y dijo:

–Está bien. Intentémoslo. Te creo.

Poniéndose de puntillas, ladeó la cabeza y lo besó. Había sido un día espantoso. Se había sentido ansiosa y deprimida y había estado segura de haber perdido a Tobias.

Él respondió tomándola por las nalgas y alzándola del suelo para estrecharla contra sí. Allegra percibió que se movían. Él la dejó en el suelo al llegar a la puerta que conducía a la cocina y desde allí caminaron de la mano.

Pero no llegaron a dormitorio del piso superior. Tobias la tomó en brazos y fue a una de las habitaciones del primer piso. Las contraventanas la aislaban de la lluvia exterior y proyectaban sombras sobre la cama.

Tobias dejó a Allegra al pie de la cama, se quitó precipitadamente la chaqueta y la corbata y volvió a abrazarla. Cuando separaron sus bocas para respirar, Allegra le desabrochó la camisa y se la retiró, posando luego sus manos sobre su torso musculoso y caliente.

Tras otro pausado y prolongado beso, percibió que Tobias le bajaba la cremallera de la falda y un segundo más tarde se formaba una nube turquesa a sus pies. Ella se quitó el top por la cabeza junto con la camisola. Un instante después, desaparecía el sujetador y Allegra contenía el aliento al sentir la boca de Tobias cerrarse alrededor de uno de sus pezones.

Las sensaciones se apoderaron de ella, una corriente la recorrió al tiempo que notaba que se movían hacia atrás, hasta que sintió el roce del algodón contra las piernas. Entonces desabrochó el pantalón de Tobias, se lo bajó y posó la mano en su entrepierna. Tobias se la apartó y la abrazó para darle otro apasionado beso. Segundos después, se quitaba los calzoncillos y se colocaba un preservativo. Allegra se quitó las bragas y se tendió en la cama, pero cuando él se echó entre sus piernas, ella lo sujetó por los hombros.

–Así no.

Tobias sonrió y se dejó empujar hasta quedar echado de espaldas. Allegra, ahorcajas sobre él, lo guio a su interior.

Tobias posó las manos en sus caderas y ella comenzó a moverse con una creciente seguridad en sí misma. Mirándola fijamente, alzó las manos hasta sus senos. Ella gimió al sentir la tensión intensificarse en su vientre. Una fracción de segundos después Tobias invirtió sus posiciones y se meció dentro de ella. Ella se asió a sus hombros para acompasarse a su ritmo. Hacía calor y el aire era sofocante y húmedo y dificultaba la respiración. Incorporándose, Allegra presionó la nuca de Tobias para inclinar su cabeza y besarlo, y la tarde estalló en mil partículas en medio del bochornoso calor.

Media hora más tarde, Allegra despertaba de una duermevela e intuía de inmediato que algo iba mal.

Tobias, con los pantalones del traje y el torso desnudo, la observaba desde la puerta con una mano llena de diamantes. La frialdad de su mirada, que había sido tan dulce y cálida hacia un rato, hizo estremecer a Allegra.

–¿De dónde has sacado esto? –preguntó él.

Allegra se incorporó de un salto, tapándose los senos con la sábana. De inmediato se le formó un nudo en el estómago y su mente se puso a funcionar aceleradamente. Tobias debía de haber ido al garaje y encontrado su bolso en el suelo, del que debía de haberse caído y abierto la caja con las joyas.

—No es asunto tuyo, pero proceden de Esmae. Son joyas de la familia Mallory.

Tobias guardó silencio unos segundos. Luego dijo:

—Invéntate otra cosa, Allegra. Todo el mundo sabe que Esmae estaba arruinada antes de casarse con mi abuelo.

El tono y el contenido de esa frase fueron como una bofetada. El corazón de Allegra se aceleró y le costó respirar.

—De acuerdo —dijo con voz queda—. Dime tú de dónde proceden.

—Sé lo del escándalo en San Francisco.

Y era evidente que conectaba una cosa con otra.

—Por supuesto. Por eso me dejaste hace dos años y tienes la excusa perfecta para dejarme ahora.

Tobias frunció el ceño.

—Esto no tiene nada que ver con dejarte.

Allegra tomó nota de que no negaba que la hubiera dejado en el pasado por las mentiras de Fischer y Halliday.

—¿Así que quieres seguir acostándote conmigo a pesar de todo? —preguntó. Puesto que era una pregunta retórica, así que continuó—: ¿Por qué no le pides a tu abogado que investigue mi pasador? — al ver la expresión de Tobias se le desplomó el corazón —. Deduzco que ya lo has hecho.

—Precisamente porque nada tiene sentido.

—Claro, no es fácil averiguar de dónde sacan las mujeres bonitas sus joyas, especialmente si las heredan de su familia. Pero si necesitas certezas, llama a

Clark, un joyero de Ambrosi. Le he pedido que averigüe el origen y valor de las piezas. Para ahora debe de saberlo. En cuanto al resto de mis joyas, no tengo por qué darte explicaciones.

–Tenía que preguntártelo.

–Muy bien. Ahora, si no te importa –dijo Allegra fríamente, al tiempo que se enrollaba en la sábana y se levantaba de la cama–, tengo que vestirme para ir a trabajar.

Tobias la miró fijamente y, por un momento, Allegra creyó que la abrazaría y le suplicaría que lo perdonara. Pero sonó su teléfono y, dejando las joyas sobre la mesilla, salió de la habitación para contestar.

Allegra se quedó mirando la puerta. Había intentado disimularlo, pero que Tobias la investigara y siguiera desconfiando de ella la había sacudido hasta lo más profundo de su ser.

Se dio cuenta de que había confiado en que, si ponía todo su amor en la relación, Tobias se daría cuenta de cómo era realmente y se enamoraría de ella.

Pero se había equivocado.

Recogió las joyas, dolida por la rapidez con la que Tobias había vuelto a considerarla una mujer manipuladora dispuesta cambiar sexo por regalos.

Ese era un estereotipo que no estaba dispuesta a tolerar por parte de nadie, y menos, de Tobias. Además, estaba harta de que se acusara a las mujeres Mallory, incluida Esmae, de casarse por dinero.

Aunque el pasado de Tobias pudiera justificar esos temores, por el comportamiento que su padre había tenido con sus amantes, a las que compraba todo tipo de caprichos, ella no tenía por qué sufrir las consecuencias. Solo demostraba que Tobias no confiaba en el amor. O peor aún, que no confiaba en su amor.

Por más que ella lo amara, en aquel momento se dio cuenta de que él nunca llegaría a sentir lo mismo. Y entonces una de las frases del libro de Elena Lyons-Messena le saltó a la mente como un anuncio luminoso: *Si tu hombre alfa no da muestras de enamorarse, márchate. Sálvate.*

Tenía que irse. Aquel mismo día.

No podía quedarse ni en la cama de Tobias ni en aquella casa. Aunque perdiera su negocio, debía conservar su autoestima.

Sería aún más doloroso que dos años atrás, pero no podía permanecer junto a un hombre que no confiaba en ella. Llevaba seis años enamorada de él, a la espera, y había llegado el momento de cortar lazos y pasar página.

Abrió la puerta y fue hacia la escalera. De fondo, podía oír el rumor de la voz de Tobias, lo que solo contribuyó a incrementar su dolor, porque se había acostumbrado a ella y a tenerla cerca.

Preocupada por el ritmo al que le latía el corazón, pidió una cita con su médico y luego se duchó y vistió. Como una autómata, se puso unos pendientes y se aplicó un poco de maquillaje. Mientras se recogía el cabello, notó que el corazón seguía latiéndole demasiado deprisa y que empezaba a sentirse un poco mareada.

Se puso el reloj, conectó la aplicación al teléfono y esperó. Tenía ciento treinta pulsaciones por minuto, lo que no era nada tranquilizador, teniendo en cuenta que no estaba haciendo ejercicio.

Quiso creer que bajarían por sí solas y que no sería más que una falsa alarma. Sin embargo, por si tenía que acudir al hospital, metió en el bolso una muda de ropa. Las dos veces en las que había sido ingresada, había tenido que pasar la noche, así que prefería ir preparada. En ambas ocasiones, el tratamiento había funcionado y sus pulsaciones habían recuperado el ritmo normal.

Se afianzó en su decisión de dejar a Tobias aun antes de ir al médico. Ya tenía veintisiete años; los treinta estaban a la vuelta de la esquina, los años pasaban a una inquietante velocidad. El matrimonio y los niños no habían sido una prioridad para ella. ¿Cómo podían serlo si no había podido mantener una relación estable porque estaba perdidamente enamorada de un hombre que tenía una imagen completamente tergiversada de ella?

Lo cierto era que sí anhelaba amar y casarse, y quería ambas cosas con un hombre que la amara y respetara plenamente.

Y Tobias no era ese hombre.

Capítulo Catorce

Sintiéndose levemente mareada, Allegra hizo la maleta al tiempo que se prometía deshacerse de las prendas Messena y recuperar su propio estilo.

Recogió todos sus productos cosméticos en el neceser, lo metió en la maleta y la cerró.

Con la respiración agitada, porque moverse deprisa le estaba acelerando el corazón, guardó los joyeros en el bolso e, impulsivamente, tomó también el diario de Alexandra. Al menos tendría algo que leer en el hospital.

El sonido de una puerta cerrándose le hizo aguzar el oído. Solo podía ser Tobias, puesto que Marta ya debía de haberse marchado. Por un instante, Allegra pensó que se detendría y llamaría a su puerta, pero oyó que pasaba de largo; luego, sus pisadas en la escalera, la puerta de la cocina y el rumor del motor de su coche, apenas perceptible bajo la intensa lluvia.

Diez minutos más tarde, Allegra había metido el equipaje en su deportivo. Como era demasiado pronto para la cita con la médica, decidió pasar por su apartamento y descargar las maletas. Mientras avanzaba por la carretera, que estaba cubierta por las hojas que el viento había arrancado a los árboles, llamó a Janice para avisarle de que probablemente pasaría la tarde en el hospital y pedirle que llamara a posibles sustitutos para las clases de la tarde de Mike.

Una hora más tarde, después de haber pasado por su apartamento y de la cita con su médica, llamó de nuevo a Janice, que estaba informada de su dolencia, y le dijo que había sido ingresada en el hospital Mercy, aunque confiaba en que le dieran el alta esa misma tarde. Afortunadamente, su médica, Alicia Ortez, había trabajado en ese hospital durante varios años y había podido derivarla directamente a la unidad de cardiología, evitándole tener que esperar en urgencias. No era el procedimiento habitual, pero gracias a que Esmae había hecho un generoso donativo al hospital y había una cama disponible por unas horas, Allegra fue admitida.

Por más que estuviera familiariza con el protocolo médico, siempre se sentía un poco asustada. Al fin y al cabo, se trataba de su corazón.

Después de que una enfermera le tomara el pulso y la tensión arterial, la pasaron a una habitación donde la hicieron un electrocardiograma. Media hora más tarde, pasó a verla un médico, que vio los resultados y le hizo una serie de preguntas sobre los posibles motivos de que se hubiera dado aquel episodio.

Allegra estuvo a punto de decirle que se debía a que «le habían roto el corazón», pero nada más pensarlo, se le aceleró el pulso y, al ver al médico fruncir el ceño, decidió respirar profundamente para serenarse y mencionó la muerte de Esmae y el estrés en el trabajo.

El médico marcó un par de casillas de su informe y le administró una medicina que ya había tomado con anterioridad y que servía para reprogramar químicamente la actividad eléctrica del corazón.

Si eso no funcionaba, la siguiente alternativa era la cardioversión eléctrica, a la que ella solo accedería en caso de absoluta necesidad. Ya era bastante inquietante saber que la medicina que el doctor le estaba inyectando ralentizaría su corazón hasta llegar a pausarlo para así devolverle su ritmo adecuado. La idea de que tuvieran que lograrlo aplicándole una corriente de alto voltaje, la espantaba.

Mientras esperaba a que la medicina hiciera efecto, sacó el diario de Alexandra para leerlo.

Una hora más tarde lo dejaba en la mesilla.

La historia que Alexandra contaba sobre sí misma era intensamente personal y sorprendente. Efectivamente, había tenido un *affaire* con Jebediah, pero había sido lo bastante serio como para que planearan casarse. Allegra dedujo que el anillo que había hecho agrandar, había sido, de hecho, el anillo de compromiso que Jebediah le había regalado.

Desafortunadamente, el marido de Alexandra, un rico y poderoso aristócrata inglés con la reputación de ser violento, y que todo el mundo creía que había muerto antes de que Alexandra abandonara Inglaterra, en realidad estaba vivo. Decidido a reclamar a su esposa huida, había viajado a América, y la había localizado. Puesta sobre aviso por su abogado, Alexandra había huido con sus hijos. Se había instalado en Nueva York, confiando en el anonimato que le proporcionaría la gran ciudad, pero su marido la habían encontrado y había reclamado su casa y todos sus bienes. Respondiendo a su fama, había ingresado a Alexandra en un hospital y había vuelto a Inglaterra.

Pero no se había quedado con todo. Sabiendo el

riesgo que corría, Alexandra había invertido sistemáticamente parte del dinero del petróleo en diamantes, y los había enterrado en el jardín de su casa. Antes de morir por las lesiones, le había dicho a Esmae dónde encontrarlas y le había pedido que vendiera la mitad y le diera el dinero a su hijo, el abuelo de Allegra. A Esmae le recomendó que vendiera lo que necesitara para vivir, pero le aconsejó que guardara una parte por si llegaban malos tiempos.

Pero Esmae había sido más afortunada en el amor que Alexandra, lo que explicaba tanto que hubiera conservado las joyas como que no se las pusiera. En honor a Alexandra las había preservado como un seguro de vida, que a su vez había llegado a Allegra.

Tobias entró en su despacho y tras dejar el maletín sobre el escritorio, cerró la puerta para indicar a su ayudante que necesitaba privacidad. No quería que Jean oyera las llamadas que iba a hacer.

Había pasado la hora anterior navegando por las redes sociales de Halliday y Fischer, así que no le tomó por sorpresa lo que Tulley le contó cuando habló con él.

Los dos hombres tenían una reputación dudosa y el hábito de ir detrás de mujeres jóvenes. Los datos indicaban que la empresa Burns-Stein Halliday había atacado a Allegra debido a las relaciones familiares de los ejecutivos con los socios. Y la confirmación definitiva la proporcionó averiguar que no era la primera vez que habían intervenido para ocultar el comportamiento inmoral de Fischer y Halliday.

Tobias dio las gracias a Tulley y colgó. Luego fue hacia el ventanal desde el que se divisaba la ciudad con el mar de fondo. Llovía con fuerza y el cielo cubierto teñía los edificios de gris. Pero Tobias apenas prestaba atención a la vista.

Allegra había sufrido una terrible injusticia, y ni él se había molestado en preguntarle por los verdaderos hechos, ni ella había optado por contarle la verdad.

«¿Y por qué iba a hacerlo si debía pensar, justificadamente, que no la creería?», se preguntó con ánimo sombrío.

Tomó el maletín y bajó en el ascensor para tomar un taxi al centro comercial Atraeus. El joyero que Allegra había mencionado confirmó que esta le había llamado para indicarle que diera a Tobias la misma información que le había proporcionado a ella respecto a la procedencia de las joyas.

Tobias leyó las dos páginas que le dio Clark. Ambas remitían a un mismo recibido de compra a nombre de Alexandra Mallory. También vio el nombre Faberge y el valor estimado, que era de siete dígitos.

Ese no era el tipo de joyas que regalaban hombres como Fischer y Halliday. Se trataba de piezas exclusivas en las que invertían familias pudientes para proteger su fortuna, tal y como había hecho su propio abuelo.

Dio las gracias a Clark y se dirigió a la salida del centro comercial mientras reflexionaba sobre las consecuencias de sus actos.

En cuanto había encontrado los diamantes y había intuido que eran verdaderos, se había retrotraído a las violentas discusiones que solían tener sus padres por las joyas que su padre regalaba a sus amantes. A continuación había recordado el escándalo en el que Allegra se había visto envuelta por aceptar joyas a cambio de sexo, y el suelo se había abierto bajo sus pies.

Y aunque no quisiera aceptar que Allegra hubiera mentido y pensara que la conocía bien, en aquel instante se había planteado si no habría dejado que el deseo y los sentimientos nublaran su entendimiento; si no se había dejado engañar.

Pero una vez había confirmado que había llegado a conclusiones erróneas, se dio cuenta de que lo que había interferido en su juicio era su propia dificultad para confiar en los demás, así como unos celos irracionales al creer que Allegra pudiera haberse acostado con aquellos tipos.

Actuando como lo había hecho, había cometido un error imperdonable.

A la salida tomó un taxi y llamó a Allegra de camino a la oficina. Al no dar con ella, llamó al spa.

Contestó Janice. Allegra no estaba en el spa porque había ido al hospital.

Tobias se quedó helado.

—¿Por qué? —preguntó, temiendo que hubiera sufrido un accidente.

—Por una dolencia de corazón con un nombre extraño. Allegra se refiere a ella como T.S.V. No es muy grave. De hecho, ella misma ha conducido hasta el Mercy.

Tobias colgó con el corazón acelerado. Su madre había muerto súbitamente por una dolencia del corazón cuando él tenía dieciocho años.

El taxi lo dejó delante del edificio de su oficina. El

hospital estaba a unos quince minutos en coche. Tomó el ascensor al aparcamiento y antes de que se abrieran las puertas ya estaba hablando con ingresos del hospital, donde confirmaron que Allegra estaba en la unidad de cardiología.

Para cuando llegó a su coche, había averiguado en qué consistía el T.S.V. y sus síntomas. Podía presentarse en distintos niveles de gravedad y tenía una variedad de tratamientos, incluido el electroshock. Los episodios agudos tenían como causa primordial el estrés.

Con el corazón en un puño, arrancó y aceleró hacia la salida.

Él tenía la culpa por no creer su explicación sobre las joyas. En el momento, ella lo había mirado espantada y se había llevado la mano al corazón. Si le pasaba algo, jamás se lo perdonaría.

Entonces su mente volvió dos años atrás, cuando el padre de Lindsay le había llamado para decirle que había sufrido un aborto. Brice Howell no se había andado con rodeos y lo había responsabilizado de la pérdida del bebé por haber abandonado a Lindsay por otra mujer… aunque Tobias no hubiera sabido que estuviera embarazada.

Al llegar al hospital fue directamente al ala de cardiología, pero Allegra se había marchado diez minutos antes.

Saber que estaba bien le produjo un inmenso alivio, pero se negó a marcharse hasta hablar con el médico que la había atendido, quien, dado que no era su familiar directo, se limitó a informarle de que el problema se había «resuelto».

141

Tobias salió del hospital en tensión. Que el médico le negara información por no ser su marido fue el golpe final. Eso iba a cambiar.

Si Allegra volvía a aceptarlo en su vida, tendría la mejor atención médica posible. En adelante, él quería saber cualquier cosa que le pasara, aunque se hiciera un corte con una hoja de papel. Si tenía una emergencia médica, él estaría a su lado. Si era necesario, la transportaría en un almohadón de seda para que no sufriera mal alguno.

Para cuando llegó a su coche estaba empapado. Se quitó la chaqueta y la corbata y las tiró al asiento trasero. Tenía la camisa empapada, pero apenas lo notó. Mientras se incorporaba al tráfico, llamó a Allegra de nuevo, pero no obtuvo respuesta.

Aunque dudaba de que hubiera ido a trabajar porque era tarde, no quiso pasar por alto ninguna posibilidad, así que llamó a Janice.

Cuando esta le confirmó que no había vuelto a hablar con Allegra desde que le había avisado que iba al hospital, Tobias colgó. Llamó una vez más a Allegra y luego se concentró en la carretera.

Sintonizó una radio local, que estaba emitiendo un aviso de tormenta. Aparentemente, el huracán que supuestamente iba a virar hacia el golfo se dirigía hacia Miami. El cielo estaba tan oscuro que, aunque solo eran las cinco, tuvo que encender las luces. Fuertes ráfagas de viento sacudían el coche.

Si no encontraba a Allegra en casa de Esmae, tal vez había vuelto a su apartamento.

Iría donde fuera preciso hasta dar con ella.

Capítulo Quince

Allegra volvió a casa de Esmae porque mientras estaba en el hospital se había acordado del cuadro de Alexandra y quería recuperarlo.

Al aparcar, vio que el marido de Marta, Jose, ya había cerrado las contraventanas para proteger la casa de la tormenta. Estaba sumida en la oscuridad, así que Tobias no había vuelto.

Bajó del coche y fue trotando a la cabaña de la playa. Aunque llevaba un impermeable, se le empaparon los pantalones. El viento zarandeaba los árboles y el rocío del mar se elevaba sobre las olas e impregnaba el aire de salitre.

Vio que una de las contraventanas se había quedado abierta e intentó cerrarla, pero se dio por vencida al comprobar que el pasador estaba roto.

Retirándose el mojado cabello del rostro y sujetándose a la barandilla para no perder el equilibrio, rodeó el porche. Entonces vio la barca que estaba amarrada al final del muelle.

Evidentemente, Jose no había recordado ponerlo a resguardo en la caseta. Normalmente no corría ningún peligro, pero entre la marea alta y la tormenta, cabía la posibilidad de que se hiciera añicos golpeando el muelle, o que el cabo se soltara y se fuera a la deriva.

Inclinándose hacia adelante para combatir las rachas de viento, Allegra bajó hasta la playa y avanzó por el muelle paso a paso, asiéndose a la barandilla. Al llegar al final, se agachó y, soltándose solo de una mano, intentó soltar el nudo del amarre de la barca.

Una ola rompió contra el muelle y la empapó. Retirándose el agua de los ojos, siguió afanándose con el nudo, pero el agua y el viento tiraban del cabo, apretándolo cada vez más.

Para contrarrestar la fuerza que la empujaba hacia el mar, Allegra se inclinó sobre el agua y tiró del cabo a la vez que aflojaba el nudo con la otra mano. Casi lo había logrado cuando oyó que la llamaban y giró la cabeza. La sorpresa la paralizó al ver a Tobias, que se dirigía hacia ella con expresión aterrorizada y le gritaba que parara.

En ese momento, una gran ola barrió la superficie del muelle y le hizo perder el equilibrio. Dando un grito, intentó agarrase a la barandilla con la intención de pasar el brazo por encima y sujetarse por el codo, pero el suelo estaba resbaladizo y patinó.

Algo, probablemente la barca, le golpeó la cabeza antes de que alcanzara el agua.

Su primer pensamiento fue que debía alejarse del muelle para no golpearse contra los pilares que lo sujetaban. El otro peligro era la barca, que el viento y las olas zarandeaban.

Emergiendo peligrosamente cerca de la barca, tomó aire y comenzó a nadar hacia el exterior. Una vez ganara unos metros, podría cambiar de dirección hacia la orilla. Aunque era una buena nadadora, le costó avanzar en el encrespado mar.

Tras dar unas cuantas brazadas, se detuvo y miró

alrededor para orientarse. Una gran ola la alcanzó y la empujó hacia la orilla, lo que hubiera sido perfecto de no ser porque seguía demasiado cerca de la barca.

Dio un par de brazadas más y esperó a la siguiente ola. En esa ocasión, cuando emergió tosiendo y boqueando para tomar aire, percibió movimiento en el muelle.

Tobias se inclinaba sobre la barandilla y escudriñaba el agua como si sus ojos fueran dos rayos láser.

Una nueva ola alcanzó a Allegra, pero estaba preparada. Sumergiéndose, la buceó. Cuando volvió a emerger, vio que el muelle estaba vacío y la asaltó el pánico al imaginar que una ola había barrido a Tobias. Un segundo más tarde, este emergía su lado. Y ya no hubo tiempo de pensar porque la siguiente ola rompió sobre ellos.

Cuando pasó y Allegra tomó aire, Tobias gritó:

–¿Puedes nadar? Tenemos que llegar a la orilla antes de que esto empeore.

El alivio que Allegra había sentido al ver que Tobias no había sido arrastrado se convirtió en una cálida y embriagadora emoción al darse cuenta de que había saltado para salvarla.

–Puedo nadar.

Después de varias y dificultosas brazadas, Allegra vio que hacía pie. Al tiempo que se erguía, una ola la golpeó desde detrás, pero Tobias la tomó por la cintura y la sujetó contra su costado. Juntos, alcanzaron la orilla. En cuanto Allegra llegó a la arena, que ya estaba llena de algas y de restos de madera, Tobias la estrechó contra sí y la besó, apretando sus salados labios contra los de ella.

Cuando alzó la cabeza, la miró con expresión ardiente.

–Creía que te había perdido. ¿Qué demonios hacías en el muelle? ¿No has oído que viene un huracán?

–Quería recoger la barca.

–Si Jose te lo pidió, lo despediré.

El rugido del viento pareció mitigarse mientras Allegra miraba fascinada los ojos grises de Tobias, sus densas pestañas y la fascinante cicatriz de su nariz.

–No me lo ha pedido.

–Lo que quiere decir que ha sido tu idea. ¿Por qué será que no me extraña? –Tobias volvió a estrecharla contra sí, en un abrazo aún más íntimo que un beso.

Allegra se abrazó a su cintura y él añadió:

–Casi me da un ataque al corazón. No deberías haber bajado hasta aquí en medio de la tormenta, y menos aún cuando acabas de salir del hospital.

Allegra abrió los ojos sorprendida.

–¿Cómo lo sabes?

Tobias tiró de ella hacia la cabaña.

–Llevo toda la tarde llamándote. Al final he llamado a Janice y me lo ha dicho.

–¿Has estado buscándome?

–No. He estado buscándote desesperadamente.

Por un instante, Allegra no supo qué pensar o sentir, pero de pronto lo que sintió fue enfado. Había estado convencida de que habían terminado y había empezado el proceso de superar la pérdida. Y de pronto ¿Tobias se preocupaba por ella?

–Tenemos que entrar –dijo él–. La tormenta va a alcanzar su punto álgido en la próxima hora.

El viento ululó con un silbido agudo, como si el

huracán hubiera subido de intensidad. Allegra miró hacia atrás y vio que el mar se había encrespado aún más.

–¿Y la barca?

–Olvídala. Tendremos suerte si el muelle permanece en pie.

Tobias la mantenía asida por la cintura como si no pudiera soportar separarse de ella, mientras que Allegra se debatía entre la felicidad de saber que se había lanzado al agua para salvarla y el deseo de echarle en cara el dolor que le había causado.

El viento los azotó mientras subían las escaleras. Volviéndose, Allegra vio que el muelle estaba prácticamente sumergido bajo el agua.

–No deberías haber saltado –dijo, mirando a Tobias con ojos centelleantes.

–¿Te preocupas por mí? –preguntó él.

Allegra lo miró y, por una vez, no se esforzó en ocultar sus sentimientos, Tobias era fuerte y estaba en forma, pero podía haberse ahogado. Y, a pesar de lo enfadada que estaba con él, se quedó helada al darse cuenta plenamente de que podía haberlo perdido para siempre.

–Sí.

Tobias la ayudó a subir los últimos peldaños y entraron en la cabaña. Aunque el ruido se amortiguó cuando cerró la puerta, el sonido del viendo azotando la cabaña y el rugir de las olas contra la playa seguía siendo aterrador.

Tobias encendió las luces a su paso hacia la cocina.

–Estás sangrando –dijo alarmado.

Allegra se llevó la mano a la sien e hizo una mueca de dolor.

—Creo que me he golpeado contra la barca.

Tobias inspeccionó la herida.

—Solo es un arañazo, pero necesita un antiséptico. Y hielo.

Mientras Allegra se sentaba a la mesa, Tobias vació una bandeja de cubitos de hielo en un paño limpio y se lo pasó. Allegra lo apretó contra el golpe y Tobias fue al cuarto de baño, de donde volvió con un botiquín y una toalla.

Cuando se la puso a Allegra en el cuello, las luces parpadearon. Tobias se sentó en un taburete frente a ella, aprisionando sus piernas entre las de él, y abrió el botiquín.

—Al menos está claro que sabes andar —dijo risueño.

Allegra intentó ignorar lo atractivo que estaba con la camisa pegada al torso.

—¿No lo ponía en el informe de tu detective? —preguntó Allegra en el mismo tono.

—Me lo tengo merecido, pero no —dijo Tobias—. Solía verte nadar en la playa, cuando le pregunté a Esmae por ti, me contó que habías nadado a nivel de competición.

Retiró el cabello de la frente de Allegra y le aplicó el antiséptico.

—Aunque se le olvido contarme que sufrías del corazón, lo que hace tu comportamiento aún más temerario...

Allegra se estremeció de dolor.

—No pensaba acabar en el agua. Y tampoco se trata

de una dolencia grave. Es solo una especie de cortocir-cuito que se produce si estoy estresada.

Tobias la miró fijamente, con un extraño semblan-te. Luego guardó las cosas en el botiquín, se levantó y empezó a abrir armarios. Allegra sintió que todo el enfado que había sentido se desvanecía y echó de me-nos la intimidad que habían compartido en la playa. Tomó la bolsa con hielo de la mesa y se la aplicó en el golpe mientras veía a Tobias preparar café. También había dejado a mano unas velas y unas cerillas por si se iba la luz.

Cuando el aroma de café impregnó el aire, Tobias se quitó la camisa y la colgó del respaldo de una silla. Se secó con una toalla y, cruzándose de brazos, preguntó:

—¿Por qué no me has dicho que tenías V.T.S.?

Allegra desvió la mirada de su torso.

—Que yo sepa, no hemos dedicado mucho tiempo a hablar —sintiéndose súbitamente cansada de no hacer nada y de que él la atendiera, se levantó y sacó unas tazas—. En cualquier caso, no te lo he dicho, porque no pensé que importara.

—Sí importa —contestó Tobias. Y le sujetó la mano para que se quedara quieta. Luego entrelazó sus dedos con los de ella y añadió—: He venido a buscarte por-que quería arreglar lo que había pasado por la tarde. Cuando Janice me ha dicho que estabas en el hospital he ido a por ti, pero te acababas de marchar.

Hizo una pausa antes de continuar:

—Cuando te has marchado esta tarde me he dado de que he vuelto a cometer el error de no confiar en ti —Tobias vaciló antes de continuar—: Sabes que antes de conocerte estaba saliendo con Lindsay.

–Vivíais juntos.

–Lindsay llevaba dos años queriendo que nos casáramos y que formáramos una familia. Yo accedí, pero cuando ya estaba preparando la boda, me di cuenta de que no iba a salir bien y rompí con ella.

Sucintamente, Tobias explicó sus dificultades para confiar en los demás después de la ruptura de sus padres. Su padre había tenido una colección de *affaires,* hasta que había dejado a su madre por una joven modelo, la primera de muchas; y a su madre se le había agriado el carácter.

–Por eso elegí a Lindsay –afirmó–. Necesitaba a alguien estable y leal, porque no quería ser como mi padre. Entonces te vi en la playa y fue como si la tierra se abriera bajo mis pies. Eso, combinado con la culpabilidad que sentí cuando finalmente corté con Lindsay porque te deseaba…

Tobias fue hacia la ventana cuya contraventana estaba rota y miró hacia la oscuridad. Entonces siguió:

–Pero eso no fue lo peor. Aunque yo no lo sabía, cuando la dejé, Lindsay estaba embarazada. Poco después, sufrió un aborto –se encogió de hombros–. La única solución que se me ocurrió fue intentar olvidarte.

Una ráfaga de viento hizo crujir la cabaña, pero Allegra apenas lo percibió porque estaba perpleja con la revelación de Tobias.

–Siento mucho que perdierais el bebé –dijo quedamente–. ¿Cuándo sucedió exactamente?

Tobias se volvió hacia ella con el rostro ensombrecido.

–El día después de que tú y yo nos acostáramos.

Y de pronto, todo adquirió sentido. Allegra nunca había comprendido cómo Tobias podía haberla dejado con tal frialdad cuando la química entre ellos era tan poderosa y no había tenido el menor conflicto. Pero en ese momento supo que se debía a una mezcla de dolor y de culpabilidad.

–Te culpas a ti mismo por el aborto –musitó.

–Así es –dijo Tobias con expresión remota.

Después, las historias sobre Allegra que habían recorrido las redes sociales habían reforzado su decisión, arruinando cualquier posibilidad de una relación entre ellos.

Aunque todavía la enfurecía, Allegra supo que tenía que mencionar la escena de aquella tarde.

–¿Y qué hay de tu reacción a las joyas? Deduzco que has leído las mentiras de Fischer y Halliday.

Tobias hizo una mueca de amargura.

–Fue una reacción primaria, debida a que mi padre gastó una fortuna en regalar joyas a sus amiguitas, y no pude soportar la idea de que te hubieras acostado con esos tipos. Cuando fui al garaje y vi las joyas… me cegué.

Allegra tomó aire.

–¿Sabes hasta qué punto me ha dolido?

Tobias fue hasta ella, la tomó por los hombros y la atrajo hacia sí.

–Cariño, siento haberte hecho daño y que me haya llevado tanto tiempo reconocer la verdad. Cuando te has marchado, casi me vuelvo loco…

De pronto quedaron sumidos en la oscuridad. Tobias encendió una vela a tientas y la puso en un vaso. Tres velas más tarde, colocadas en lugares estratégi-

cos, la cocina adquirió una cálida y romántica atmósfera.

Tobias sirvió el café y le pasó una taza a Allegra.

–Necesitas esto –masculló–. Estás muy pálida.

Ella aspiró el delicioso aroma y se sintió recon-
fortada.

–Hay otra cosa que tienes que saber –dijo Tobias–.
He hecho que Tulley investigue a los dos hombres que
destrozaron tu reputación.

Allegra giró la cabeza bruscamente al darse cuenta de que Tobias se expresaba como si la considerara
inocente.

–¿Por qué? –preguntó, haciendo una mueca de dolor y llevándose una mano a la sien.

–Porque las historias son mentira y ellos sí que tienen una reputación cuestionable.

–Y mucho dinero e influencias –dijo Allegra–. Fischer intentó seducirme en mi despacho…

La furia que asomó a los ojos de Tobias la hizo
estremecer.

–Lo mataré –dijo él entre dientes.

–No hace falta. Le golpeé con una grapadora y le
dejé KO.

–¿Que hiciste qué?

–Era una grapadora muy grande –dijo Allegra ufa-
na–. Cayó redondo al suelo.

Tobias la miró risueño. Lugo, adoptando un tono
solemne, dijo:

–Sé lo que te hicieron, por eso hice que Tulley los
investigara. Ha hecho algunas averiguaciones y se ve
que los dos siguen usando páginas de citas con iden-
tidades falsas. También hay un par de acusaciones por

agresión que se desestimaron, probablemente porque las mujeres en cuestión fueron amenazadas o pagadas por su silencio. En resumen: son un par de depredadores.

Tobias se cruzó de brazos y continuó:

–Pero resulta que Hunt Security y varias de las empresas de las familias Messena y Atraeus, hacen negocios con Burns-Stein Halliday. He enviado a Burns el informe de Tulley y le he dicho que si no despide a Fischer y Halliday habrá consecuencias. También le he exigido algún modo de compensación para ti.

Allegra sintió un nudo en la garganta y le costó respirar. Había creído que había superado aquel episodio, pero su reacción le indicó que estaba equivocada. El dolor que le había causado perder de la noche a la mañana todo aquello por lo que tanto había luchado, seguía latente.

Cuando finalmente consiguió hablar, su voz sonó ronca.

–¿Qué quieres decir con «compensación»?

–Para empezar, una disculpa. Pero además, deberían compensarte por haber acabado con tu carrera…

–Me fui voluntariamente.

–Te fuiste por lo que pasó.

–No puedo permitirme demandarlos…

–Pero yo sí.

La afirmación no tenía nada de romántica, pero para Allegra lo fue, porque significaba que Tobias por fin salía en su rescate y luchaba por ella.

Y si Tobias estaba de su lado, Burns-Stein Halliday no tenían nada que hacer.

–Cuando vayas, quiero ir contigo –comentó.

Tobias frunció el ceño.

–No vas a volver a trabajar para esos payasos. Aquí tienes un negocio floreciente y, en lo que a mí respecta, el local del hotel es tuyo.

Un delicioso calor se concentró en el pecho de Allegra. Tobias estaba siendo encantadoramente autoritario. Y aunque ella no aceptaba órdenes de nadie, estaba dispuesta a aceptar aquella porque era lo que quería.

–¿Por qué iba a volver con ellos? Sería como volver a los concursos de belleza. Me gustaban, sobre todo si los ganaba, pero no eran lo mío.

–Cariño, no te entiendo.

Allegra explicó:

–Quiero decir que me gustó estudiar y tener buenos resultados, pero no me saqué el título para trabajar para Satán.

Tobias rio.

–¿Te refieres a Burns?

–Exactamente. Pero volviendo al asunto del local… Dado que Miami me gusta y que empiezo a pensar que tengo novio, por supuesto que quiero quedarme.

La emoción que brilló en los ojos de Tobias casi hizo que el corazón de Allegra se parara.

Entonces él se acercó a ella, le retiró la taza de la mano y la abrazó con fuerza. Ella se acurrucó contra su pecho y dijo:

–Ojala hubiera sabido hace dos años lo de tu relación con Lindsay.

–Y yo lo de Fischer y Halliday –Tobias apoyó al frente en la de Allegra y añadió–. Pero aunque nosotros no lo supiéramos, creo que hay alguien que sí lo sabía.

–Esmae.

–Ella sabía que estaba enamorado de ti.

En ese momento, el corazón de Allegra se hinchió de gozo y la felicidad se expandió por su interior, cálida, luminosa y tan embriagadora que se mareó levemente… pero no como cuando tenía que ir al hospital.

Echó la cabeza hacia atrás para mirar a Tobias a los ojos.

–¿Te habías enamorado? –preguntó para tener la total y absoluta certeza.

Tobias esbozó una sonrisa.

–De los pies a la cabeza, locamente.

Allegra sonrió a su vez.

–Así es como yo estoy enamorada de ti.

Tobias la besó.

–Me cuesta creer que esto sea verdad. Parece un sueño –musitó cuando levantó la cabeza. Entonces sacó una pequeña caja del bolsillo de la chaqueta que estaba sobre una silla y añadió–: Pero podemos hacerlo completamente realidad si me dices que sí.

Abrió la caja, en la que había un anillo de compromiso con un diamante, precioso en su simplicidad.

–Es maravilloso –dijo Allegra.

–Y completamente nuevo –dijo Tobias–. No está lastrado por el pasado

Allegra suspiró.

–Y lo has comprado para mí…

Tobias se arrodilló.

–Allegra Mallory, ¿quieres casarte conmigo y ser el amor de mi vida?

Solo había una respuesta posible.

–Sí, sí y sí.

Allegra le tendió la mano para que le pusiera el anillo y cuando Tobias lo hizo, se le llenaron los ojos de lágrimas, pero ya no de dolor, sino de felicidad.

Finalmente Tobias y ella tenían su final feliz.

DESEO

MAUREEN CHILD
SEIS NOCHES DE SEDUCCIÓN

Para Tessa Parker lo más embriagador de su trabajo era su jefe. Sin embargo, no había conseguido que Noah Graystone la considerara algo más que su eficiente secretaria. Harta, presentó su dimisión, aunque accedió a ir con Noah a Londres de viaje de negocios y aprovecharlo para tener una aventura sin compromiso.

JOSS WOOD
ROMANCE CON UN MILLONARIO

Las chispas saltan cuando Adie Ashby-Tate y Hunt Sheridan se conocen. Lástima que Hunt no crea en las relaciones. Sin embargo, Adie es una tentación demasiado grande para el millonario. Cuando ella accede a tener una aventura, Hunt aprovecha la oportunidad. La única regla es: sin compromiso. Pero puede que el espíritu navideño cambie las normas.

N.º 541

FIONA BRAND
CÓMO RESISTIR LA TENTACIÓN

Tobias Hunt nunca había tenido la menor dificultad en dejar a las mujeres, hasta que conoció a Allegra Mallory y, para poder recibir la herencia que le correspondía, le obligaron a vivir con la tentación. Estaba convencido de que podría superar su intensa atracción hacia Allegra, especialmente después de que ella anunciara que estaba prometida. Pero al descubrir que el compromiso era falso, decidió imponer sus propias reglas.

JULIA™

DIANA PALMER
UNA MISIÓN PARA DOS

El detective de policía Rick Márquez
jamás se había enfrentado a un caso
que no pudiera resolver. Tan solo le faltaba una mujer con la que pudiera encontrar la felicidad. Pero iba a conocer
a la única mujer que podría encajar
con él en cuerpo y alma... Sin embargo, las circunstancias del trabajo de
Gwen y la información personal que
ella no le había contado no tardaron
en poner a prueba su amor...

N.º 469

HELEN R. MYERS
AMANECE EN MI CORAZÓN

Era la casa que la agente inmobiliaria Genevieve Gale había
soñado para sí misma. En lugar de eso, la eligió para el matrimonio de los Roark. Pero cuando el atractivo millonario iba a
instalarse con su esposa, enviudó. Entonces buscó consuelo
en los brazos de Genevieve, y ella le ofreció todo lo que tenía
sin esperar nada a cambio. Incluso después de descubrir que
estaba esperando un hijo.

CHRISTINE RIMMER
FALSO NOVIAZGO

Travis Bravo estaba harto de la afición que tenía su madre a
hacer de casamentera. ¿Y qué mejor manera de pararla que
llevar a una novia a casa en vacaciones? El único problema era
que ni siquiera estaba saliendo con alguien. Pero allí estaba su
amiga Samantha Jaworski.
Y a Sam le resultó muy sencillo lanzarse a su papel de novia de
Travis... y también a sus brazos.

¡YA EN TU PUNTO DE VENTA!

Las mejores novelas de...
SECRETOS

ANNE MATHER
Una mujer misteriosa

Sara era un mujer bella, misteriosa y angustiada. Matt estaba muy intrigado por la personalidad de su inesperada invitada porque ella se negaba a contarle de dónde venía, pero era obvio que huía de algo.

El sentido común le decía a Matt que no se implicara, pero justo entonces se enteró de que Sara era la esposa desaparecida de un millonario. Estaba claro que necesitaba su protección. Y, a medida que el ambiente se iba llenando de erotismo, Matt se dio cuenta de que, aunque no debía tocarla, tampoco podía dejarla marchar...

ANNE MATHER
Una mujer misteriosa

CAROLE MORTIMER
Noticias del corazón

CAROLE MORTIMER
Noticias del corazón

Cuando Leonie llegó a la mansión inglesa de Rachel Richmond, la impresionaron el estilo sofisticado y la amabilidad de la famosísima actriz. La impresión que le causó Luke, el hijo de Rachel, fue algo muy diferente.

Luke Richmond era un tipo frío y orgulloso que no sentía ninguna simpatía por Leonie y que estaba demasiado acostumbrado a salirse con la suya. Pero, por mucho que le pidiera que se marchara, a Leonie le habían encargado escribir la biografía de Rachel y no se iba a mover de allí... especialmente después de darse cuenta de que Luke escondía algo...

N.º 87

Tiffany

Dos 2 en 1 uno

Sarah Morgan

El ático de la Quinta Avenida

Eva, una romántica empedernida, adoraba todo lo que tuviera que ver con la Navidad. Ese año probablemente habría pasado las fiestas sola, así que cuando le ofrecieron cuidar un ático espectacular en la Quinta Avenida, no dejó escapar la oportunidad. Lucas Blade, el popular autor de novela negra, estaba viviendo una pesadilla. Con una fecha de entrega y el aniversario de la muerte de su mujer aproximándose, se había aislado en su ático acompañándose únicamente de su dolor. Pero cuando la tormenta de nieve del siglo dejó a Eva atrapada en su piso, Lucas empezó a abrirse a la magia que ella traía consigo…

Una noche sin retorno

Fiestas, mujeres, interminables horas de trabajo…, nada ayudaba al famoso arquitecto Lucas Jackson a escapar de su oscuro pasado. Cuando llegó al castillo de su propiedad en medio de una tormenta de nieve, lo único que buscaba era el olvido…
Emma Gray tuvo que llevar personalmente unos documentos importantes a su jefe en medio de la tormenta, y nunca hubiera esperado que ese lado oscuro del serio y reservado Lucas pudiese generar tan primitiva, poderosa e inapropiada reacción.

BIANCA.

*Le agradaba saber que
ella no era inmune a él...*

PERDIDA
EN EL PASADO

MAGGIE COX

N.º 3091

El corazón de Ailsa latía con desenfreno. No estaba en absoluto preparada para el impacto de encontrarse frente a frente con los inolvidables rasgos de Jake Larsen. La única diferencia era la cruel cicatriz que atravesaba la mejilla de su exesposo y que, en cierto modo, acrecentaba su atractivo y le recordaba a Ailsa la terrible tragedia que los había separado...

Jake había pensado que vería a Ailsa tan solo durante unos minutos, no que se quedaría incomunicado varios días con ella en su casa debido a un fuerte temporal de nieve. Sin embargo, cuanto más tiempo pasaba con Ailsa, más le parecía que la esposa que perdió cuatro años atrás se convertía en la mujer que estaba decidido a conquistar...

BIANCA.

*Sin darse cuenta, comenzó a desear
que su nueva prometida compartiera su cama,
en vez de hacérsela...*

INDECENTE INDISCRECIÓN

JENNIE LUCAS

N.º 3094

Emma Hayes había pasado de trabajar en uno de los hoteles del magnate Cesare Falconeri a hacer personalmente la cama de su mansión, dirigir el funcionamiento de su casa e, incluso, entregarles los regalos de despedida a sus numerosas conquistas. Sin embargo, cada una de aquellas aventuras de su jefe era un golpe a su corazón. Hasta que, una rara noche de desinhibición, alargó los brazos y tomó lo que siempre había querido...

Cesare Falconeri se había jurado que nunca volvería a casarse. Sin embargo, cuando su aventura con Emma tuvo consecuencias, se vio obligado a incumplir sus promesas...